suhrkamp taschenbuch 334

Adolf Muschg wurde im Mai 1934 in Zollikon bei Zürich geboren. Er studierte Germanistik, Anglistik und Psychologie. 1959 promovierte Adolf Muschg mit einer Arbeit über Ernst Barlach. Danach lehrte er in Zürich, Tokio, Göttingen, Ithaca N. Y. und Genf. Seit 1970 ist Adolf Muschg Professor für Germanistik an der Eidgenössischen TH in Zürich. Prosa: *Im Sommer des Hasen*, 1965; *Gegenzauber*, 1967; *Fremdkörper*, 1968; *Mitgespielt*, 1969; *Papierwände*, 1970; *Liebesgeschichten*, 1972; *Albissers Grund*, 1974; *Entfernte Bekannte*, 1976. Theaterstücke: *Rumpelstilz. Ein kleinbürgerliches Trauerspiel*, 1968; *Die Aufgeregten von Goethe*, 1971.

Im Spätsommer 1973 schießt Dr. phil. Peter Albisser auf Constantin Zerutt, mit dem er seit 1969 im Gespräch war, und verletzt ihn schwer. Bei der Vernehmung am nächsten Tag bekennt sich Albisser schuldig, ohne Provokation auf Zerutt geschossen zu haben. Zerutt ist ein Zeuge, der den gerichtlichen Erwartungen so gar nicht entspricht. Wenn er überhaupt redet, dann erzählt er Geschichten, über sich, und über Albisser.

Die Fragen und Nachforschungen der Untersuchungsrichter sind der erzählerische Anlaß: Die Suche nach dem Motiv. Albissers Lebenslauf beschreibt die Entwicklung des moralischen und politischen Bewußtseins, von der Suche nach den Ursachen körperlicher Krankheit bis zum Wissen um das Unbehagen an der Gesellschaft, von der Resignation und Todessehnsucht bis zur gesellschaftsverändernden Aktivität für menschlichere Verhältnisse, aus Sehnsucht nach Leben. Das alles ist mit höchstem Kunstverstand erzählt. *Albissers Grund* ist ein sehr realistisches, weil poetisches Buch. Es vereinigt in sich die Spannung des Kriminalromans, die stoffliche Fülle des Entwicklungsromans und die kritische Humanität in der Darstellung zeitgenössischer Wirklichkeit.

Adolf Muschg
Albissers Grund

Roman

Suhrkamp

Umschlagfoto: Hanna Muschg

suhrkamp taschenbuch 334
Erste Auflage 1976

Druck: Ebner, Ulm · Printed in Germany
Umschlag nach Entwürfen
von Willy Fleckhaus und Rolf Staudt

Für Jürg Wunderli

An einem Spätsommertag des Jahres 73 wurden dem Ausländer Zerutt, Constantin, Alter ca. 60, Herkunft ungeklärt, in seiner Wohnung Badgasse 23 a folgende Verletzungen beigebracht: ein Lungensteckschuß, ein Schulterdurchschuß, ein Streifschuß beim linken Auge; fünf weitere Schüsse wurden in den Türrahmen der Altwohnung abgegeben. Die Tatwaffe: eine widerrechtlich zurückbehaltene Ordonnanzpistole Kaliber 9 mm; der Täter, ein Dr. phil. Albisser, Peter, war aus der Schweizer Armee ausgeschlossen worden und hatte auch seit einem Jahr seinen Dienst als Englischlehrer an einem Zürcher Gymnasium quittiert. Er befand sich seit längerer Zeit bei Zerutt in einer Art Behandlung; Zerutt war der Fremdenpolizei als Graphologe bekannt. Täter und Opfer setzten der Untersuchung schwer zu bestimmende Widerstände entgegen. Die Behörde sah sich veranlaßt, das Verhältnis der beiden Männer auszuleuchten nach seinem Grund.

Als Polizei und Ambulanz am Tatort eintrafen, hatten die Beamten Mühe, den Täter von seinem Opfer zu trennen, Albisser lag über Zerutt und versuchte Mund-zu-Mund-Beatmung. Ob er ihm damit das Leben gerettet hat, weiß man nicht. Die Notfallstation des Kantonsspitals, der Zerutt sofort zugeführt wurde, bestreitet es: Zerutts Wunden wären nur bei größerem Blutverlust lebensgefährlich gewesen. Albisser machte bei der Verhaftung selbst den Eindruck eines Getroffenen, sein Gesicht war blutverschmiert, seine Stimme tonlos. Er hatte die Beamten aus einem nahen Spezereiladen alarmiert – offenbar waren die Schüsse in dem baufälligen, vorwiegend von fremden Arbeitskräften bewohnten Gebäude ungehört geblieben; er bestritt nicht, der Schütze zu sein, er bestand, ohne Erfolg, darauf, Zerutt in der Ambulanz zu begleiten, um ihm Blut zu spenden. Als er dem Untersuchungsrichter, einem Dr. Egli, vorgeführt wurde, erkannte dieser mit einem Blick, daß sich Albisser in einem Schockzustand befand und verzichtete auf sofortige Vernehmung. Er sollte diese Rücksicht bereuen. Denn als er am nächsten Tag wiederkam und Albisser, auf dessen dringende Erkundigung, hatte melden können, Zerutt habe eine ruhige Nacht verbracht, seine Besserung sei nur noch eine Frage der Zeit, lehnte sich Albisser mit einem heftigen Atemzug zurück und erklärte zu Händen des Protokolls, daß er gestern in einer augenblicklichen Verwirrung, aber ohne jede Provokation auf Zerutt geschossen habe, daß er sich schuldig bekenne und bereit sei, ein entsprechendes Geständnis zu unterschreiben, daß er aber ferner zu diesem Vorfall nichts mehr zu sagen habe, gleichgültig, wie lange man ihn im Gefängnis festhalte. Auf Vorhalt Dr. Eglis, daß er mit einem solchen Boykott nicht nur sich, sondern auch Zerutt schaden könne, erwiderte er: die ausschließliche Deutung dessen, was geschehen sei, überlasse er hiermit Zerutt; was dieser davon halte, sei auch er, Albisser, bereit, als die Wahrheit anzuerkennen. Seine eigene Meinung scheide hiermit aus diesem Fall aus, er betrachte sich durch seine Tat als überholt.

So Zerutt, sagt Dr. Kündig, der Chefchirurg, mit einem fröhlichen Blick auf Zerutts Augenbinde, wie fühlen wir uns heute, heilen wir brav? Warum weinen Sie denn?
Ich weiß nicht, sagt Zerutt.
Dr. Kündig hebt Zerutts Augenlid an, das rechte, unbeschädigte; Zerutt preßt es gleich wieder zu. Wenn er blinzelt, sieht er den Chefchirurgen nur noch als blassen Fleck.
Komisch, sagt Dr. Kündig und drückt auf die Klingel. Da-

zu setzt er sich auf Zerutts Bettkante und wippt.
Schwester Claudia, fragt Dr. Kündig, was ist mit diesem Auge?
Er bekommt die Tropfen dreimal täglich, sagt Schwester Claudia.
Dr. Kündig studiert die Krankentabellen. Er sagt: so geht das nicht weiter.
Dr. Kündig wippt heftig, reitet auf Zerutts Wunden herum, ohne es zu wissen; Zerutt hat gehört, daß Dr. Kündig ein guter Reiter ist, gegen ein Rückenleiden reiten muß, das er sich beim Operieren geholt hat; Operieren, hört Zerutt, ist nicht gesund. Zerutt beißt also die Zähne zusammen und sagt: Herr Doktor, nehmen Sie mir die Kugel heraus.
Dr. Kündig wippt nicht mehr. Zerutt, sagt er, hören Sie mir mit dieser Kugel auf. Allmählich betrachte ich das als Einmischung. Ich habe Ihnen gesagt: heilen Sie, damit haben Sie jetzt alle Hände voll zu tun. Das Medizinische überlassen Sie mir.
Ich kann nicht leben mit einer Kugel im Leib.
Werden Sie aber müssen, mein Lieber. Die Kugel in Ihrer Lunge ist kein chirurgischer Gegenstand. Sie ist eine saubere Sache. Das dürfen Sie wörtlich verstehen. Die Hitze des Gefechtes, Zerutt, die macht so ein Stück Blei steril. Das weiß man aus dem Weltkrieg.
Die Kugel ist Gift für mich, sagt Zerutt.
Sie wäre Gift für Sie, Zerutt, wenn sie Ihnen was zugeführt hätte, ein bißchen Dreck, einen Fetzen Hemd oder sonst was Unappetitliches; dann dürften Sie klagen, und ich müßte handeln. Aber das kapselt sich ein, das bildet die schönsten Ränder, da winkt auch von ferne kein Abszeß, da ist alles klar und sauber. Wäre Ihr ganzes Innenleben wie Ihre Röntgenbilder, Sie brauchten keinen Richter zu fürchten ... morgen kommt dieser Bezirksanwalt, legen Sie dann ein wenig Ehre ein für die Medizin ... warum weinen Sie?
Ich weine nicht, ich verliere meine Augen.

Unsinn, sagt Dr. Kündig und beginnt scharf zu reiten. – Reden Sie keinen Unsinn. – Und zum Beweis, daß Zerutt Unsinn redet, sieht Dr. Kündig zuerst in aller Ruhe die Brust- und die Schulterwunde nach: alles schön, alles klar, im Rahmen des Grausamen natürlich, das ein Chirurg nicht mehr sieht: stellt er Heilung fest, so sieht er die Wunde nicht mehr.
Aber dann deckt er Zerutts verbundenes Auge auf und erschrickt; er hört auf zu reiten. Er zieht sofort Dr. Vögeli bei, einen Ophthalmologen. Darauf erhält Dr. Egli, der Untersuchungsrichter, eine Absage für den nächsten Tag.

Dr. Egli hat es erst persönlich genommen, daß er Albisser nicht zum Reden bringt; später kommt er auf die Idee, daß er es auch politisch nehmen kann. Er ist ein Freisinniger, wie die meisten studierten Bauernsöhne vom See; wo Albisser steht, weiß man aus den Akten, es gibt bereits einen Ordner in Sachen Albisser, eine Vorstrafe wegen Militärdienstverweigerung. Dr. Egli ärgert sich darüber, er findet, politische Strafen sollte es in der Schweiz, auf die er ohne Komplikationen stolz sein möchte, nicht mehr geben. Er nimmt es Albisser übel, daß dieser als gebildeter Mensch die Blöße seines Landes aufdecken mußte, er hat keine Geduld mit Leuten, die leiden, nur weil sie recht haben wollen. Das Ordentliche, findet er, verdient Schonung, es versteht sich schließlich nicht von selbst. Jetzt will der Waffendienstverweigerer auf einen Unschuldigen geschossen haben, immer etwas Besonderes, immer etwas Verwöhntes; Egli hat den Zug um Albissers Mund gesehen, er kennt diesen Zug, es kostet Mühe, davor gerecht zu bleiben.
Sie haben Glück, sagt Dr. Egli, daß Sie in einem Rechtsstaat leben, dort, wo es Sie hinzieht, hätte man jetzt näm-

lich Mittel, Sie zum Sprechen zu bringen. – Er sagt es nicht schadenfroh, er ist ja kein Reaktionär, aber wenn man ihm Unrecht tut, platzt ihm einmal der Kragen. Er ließe sich auch was sagen, er ist es nur gewohnt, daß man ihm das Wort gönnt; normalerweise arbeitet er mit dem Vertrauen seiner Gefangenen, auch nach ihrer Entlassung. Aber im Notfall hat auch der Rechtsstaat seine Mittel, Herr Dr. Albisser, er soll nämlich nicht an seiner Toleranz zugrunde gehen, dafür haben sich unsere Väter diese Toleranz nicht so mühsam erkämpft. Notfalls kann man Räume sprechen lassen, Schubladen aufbrechen, private Papiere beschlagnahmen, man tut es ungern, aber man hat die Vollmacht dazu, und vor allem, man hat, wenn Albisser nicht reden will, keine Wahl.

Während Dr. Vögeli, der Ophthalmologe, im verletzten Auge Zerutts eine Affektation, eine Entzündung feststellt, die bei so vielen Cortison-Stößen nicht hätte auftreten dürfen und an der Dr. Kündig, der Chirurg, nicht schuld sein will – seinem dienstälteren und berühmteren Kollegen gegenüber ist Dr. Vögeli denn auch bereit, von einem atypischen Verlauf zu sprechen –;
während die beiden Ärzte bei aller Sorge doch lächeln müssen, als Zerutt sie abermals mit seiner Kugel in der Lunge belästigt, als könnte sie auch an diesem Auge schuld sein – guter Mann –!, sagt Dr. Kündig –;
während die Ärzte außer Hörweite des Patienten wieder sehr ernst von einer »sympathischen Ophthalmie« sprechen und nicht mehr ausschließen, daß das verletzte Auge exstirpiert, entfernt werden muß, um den »sympathisierenden Effekt«, den es auf das gesunde, leider nicht mehr gesunde andere Auge auszuüben scheint, an der Wurzel zu zerstören;

während aber von doppelter Erblindung einfach noch keine Rede sein darf –:
studiert Dr. Egli in Albissers Dreizimmerappartement, zu dem er sich wohl oder übel Zutritt verschafft hat, ein Papier, das ihm für das Schweigen des Täters, für die heute schon wieder aufgeschobene Vernehmung des Opfers Ersatz verspricht; Ersatz auch für die Fall- oder Krankengeschichte Albissers, von der sich in Zerutts armseligen Mietzimmern keine Spur gefunden hat.
Es hat sich bei Zerutt außer einigen Kritzeleien so gut wie nichts Geschriebenes gefunden: keine Durchschriften graphologischer Gutachten, keine ordentlichen Personalpapiere (darauf war man gefaßt gewesen), keine Hinweise auf die Mentalität des Flüchtlings. Zerutt schien außer Steinen, gewöhnlichen Fluß- und Feldsteinen, die sich auf den paar Abstellflächen dieser zwei Zimmer drängten, nichts gesammelt zu haben, kein menschliches Interesse zu pflegen. Dr. Egli fragte sich eine Weile, ob man an Steinen ein menschliches Interesse nehmen könne; dann genierte er sich und schrieb so abwegige Gedanken seinem Beweisnotstand zu. Denn Zerutts Wohnung schwieg sich aus, oder Dr. Egli hatte die Zeichen der Dürftigkeit nicht lesen gelernt; auch diese Möglichkeit wollte er vorläufig offen lassen. Frau Huber, die hier aufräumte, wußte zu Zerutt ebenfalls nichts zu sagen, wenn auch mit vielen Worten; das erstaunte Egli, da sie sich als Sozialhelferin bezeichnete. Zerutt hatte sie keineswegs bestellt und bezahlte ihre Dienste auch nicht, sie kam im Auftrag der reformierten Kirchgemeinde, die alte Leute, welcher Bekenntnisse immer, nicht vereinsamen ließ. Zerutt hatte aber, wie Egli erfuhr, von dieser Fürsorge keinen Gebrauch gemacht, sondern seine Wohnung immer verlassen, wenn Frau Huber sie betrat. Es schien ihm genug, wenn er sie ungefragt aufräumen und saubermachen ließ, auch einmal warm kochen; Geheimnisse lagen bei ihm offenbar keine herum, und wenn, so hätte sich Frau

Huber gehütet, danach zu schnüffeln. Egli gab es bald auf, diese diskrete Person nach gewöhnlichen Beobachtungen zu fragen, er wollte sie nicht kränken. Sie kam dann immerhin mit der Vermutung heraus, Zerutt müsse »vom Osten« bezahlt worden sein. Von seiner Graphologie wußte sie nichts, von Albisser auch nicht, überhaupt nichts von Besuchern, für sie hatte Zerutt immer allein gelebt, und jetzt plötzlich diese Blutspuren, die sie von Wand und Boden aufwusch: da konnte nur der Osten dahinterstecken. Wo ihr Verstand stillstand, fing bei ihr gleich der Osten an, dachte Egli unmutig, und doch: als er am andern Tag das Siegel von Albissers Tür löste und die Räume des Täters betrat, der den Mund nicht öffnen wollte, kam ihm der Verdacht der Sozialhelferin wieder in den Sinn.
Albissers Appartement glich einem Papierlager oder einer Bibliothek, in der verspielte Wilde gehaust hatten; auf den zweiten Blick war dann doch System da, die Druckschriften und Flugblätter, die mit Buchzeichen bewimpelten Türme marxistischer Klassik und revolutionärer Theorie waren in Gruppen organisiert, die vergangene oder geplante Aktionen zusammenfaßten, Arbeitskämpfe für Lehrlinge, Entfesselung von Kleinkindern, Guerillataktik in Schlafstädten. Dr. Egli brauchte das nicht studiert zu haben, um es zu kennen. Die jungen Leute, die er aus solchen Papierbergen hatte hervorkriechen sehen, kamen ihm auf der Straße immer etwas unheiter vor, auch wenn sie bunte Transparente trugen, als demonstrierten sie eigentlich gegen sich selbst. Solange die Revolution nicht wirklich festlich daherkam, hatte man von ihr nichts zu fürchten, dachte Egli, und ertappte sich dabei, daß er diesen Gedanken traurig dachte; gerade als hätte ihm der Gedanke einer wirklich festlichen Revolution noch gefehlt, und als fürchte er sich wiederum vor dieser Verlockung. Befreiung war es nicht, was ihn aus Albissers Bibliothek anwehte, eher der lustlose Verdacht, zu dem Egli sein Beruf verpflichtete: daß ein Mann, der seit

einem Jahr stellenlos dieses luxuriöse Appartment bewohnte, in der Tat von irgendwoher ausgehalten worden sein müsse; ob von Osten oder Westen, war herauszufinden; am Ende war es besser, wenn er, der Lustlose es tat, als einer der Eifrigen, von denen die Bezirksanwaltschaft wimmelte; das war eine Abwechslung, sonst befaßte er sich mit Wirtschaftsdelikten. Albissers Papiertrümmer verbargen nicht, daß die Möbel, die sie bedeckten, mit sachlichem Chic ausgewählt waren, die Stereoanlage, der Farbfernseher, die Drehorgel, Schilfrispen und Pfauenfederbuketts, das schwarz gekachelte Badezimmer, die fernöstlichen Rollbilder an den Wänden, ein siebenköpfiger Pfeifenständer; ja die revolutionären Titel selbst schienen Ausdruck von Wohnkultur, waren alle sehr gut gemacht; der Gesamteindruck war nicht drückend, sondern farbig, um Heiterkeit bemüht. Vielleicht war es diese unordentliche, sanft sterile Farbigkeit, vor der einem so weh wurde wie vor dem Spielzimmer eines Kindes, das alles bekommt außer dem Notwendigen, feste Knochen vielleicht, oder etwas Wärme. Dann setzte er sich, Beruf ist Beruf, an Albissers Schreibtisch und begann ihn nach Spuren seines Falles abzusuchen. In einer Schublade fand er verschnürte, offenbar zum Vergessen bestimmte Gedichte und Romananfänge. Dafür fühlte er sich nicht zuständig, er wollte die Sachen gerade weglegen, da fiel ihm ein Satz ins Auge und nahm ihn gefangen. Er mußte das Paket aufknüpfen und weiterlesen. Der Text war in einer Ich-Form verfaßt, die nicht Albisser gehörte, sondern einem andern, seinem Opfer; und doch war die Maschinentype diejenige der elektrischen Olivetti, die in einer Bücherlücke stand und die, wie Egli aus Akten wußte, auch für revolutionäre Flugblätter verwendet worden war. Der Raum aber, in den Egli dieser Text führte, war die Wohnung Zerutts, und doch nicht ganz. Es gab die meisten der Requisiten, die der Text nannte, dort nicht, oder nicht mehr: keine Bibliothek, kein Diplom, keine bunten Magazine; andere Einzelheiten aus dem Charakterbild Zerutts oder dem Bild der Stadt kamen Egli einfach phantastisch vor, auch die Tonlage, der Wortschatz stimmten nicht zu dem Flüchtling, oder Egli hatte sich sehr in ihm getäuscht. Und während Egli diesen Text mit der entliehenen Stimme zu Ende las und zu den Akten nahm, begann er sich zu fragen, was er hier für wirklich zu halten genötigt sei und worauf er sich eingelassen habe. Vielleicht gehörte das in ganz andere Zuständigkeit, in diejenige der Psychiatrie vielleicht, oder der Literatur, oder einer fremden Lebensart.

Ich bin Psychologe, ich gebe vor: kein regelrechter. Mein Diplom ist dasjenige einer kleinen römischen Gesellschaft und konnte vor zwanzig Jahren für wenig Geld erworben werden. In zartem Olivgrau, das mir Heimweh macht (obwohl es in meiner Heimat kein Olivgrau gab) steht mein Name

CONSTANTINUS ZERUTT

unter einem Block lateinischer Lettern, die ein böswilliger Priesterschüler, der klaren Grafik zum Trotz, dem Verständnis kunstvoll entzogen hat. So sehe ich denn, durch ein Guckloch in der Wand, die Gebildeten unter meinen Besuchern im Wartezimmer vor diesem Blickfang stehen und daran herumziffern: ORE STABIT FORTIS ARARE PLACETO RESTAT HIRUNDO MALEFICIS EVOLTAT. *Ich bin ganz sicher, bei Beginn der Sitzung auf das Dokument angesprochen zu werden. Ich weiß selbst nicht, was darin steht, habe keine höhere Schule besucht, aber meine Kunden sagen es mir gerne. Bei dieser Gelegenheit erfahre ich schon dies und das über sie und staune, wieviel vom Musterschüler in diesen doch verzweifelten Menschen immer noch übrig geblieben ist. Sie reden sich warm und verhalten sich so, als wären sie zu mir in keiner andern Absicht gekommen, als in Latein zu glänzen. Danach ist ihnen anzumerken, daß sie sich für genügend eingeführt halten.*

Solche Kunden langweilen mich vom ersten Augenblick an, und ich verfehle nicht, ihnen den wahren Sachverhalt mitzuteilen: daß ich weder studiert habe noch in irgendeinem ernsthaften Sinn diplomiert bin. Ich habe Leute getroffen, besonders Rechtsgelehrte und Mediziner, die daraufhin versuchten, mich auf die Schulter zu klopfen, als hätte ich einen Herrenwitz gemacht. Die Regel ist aber, daß der Kunde meine Erklärung als einen schlauen Test betrachtet und mir zu erklären anfängt, was ich damit beabsichtigt haben muß.

Ich lerne dabei nichts Neues. Fast immer bestätigt sich der Eindruck, den ich mir schon aus dem Verhalten des Kunden im Wartezimmer gebildet habe. Man erfährt viel, wenn man einem Menschen beim Warten zusieht. Die wenigsten können unbefangen mit sich selbst eine Viertelstunde allein sein. Sie proben ein Examen, stellen sich auf ihre Nummer ein, sie ordnen ihre Züge, räuspern sich gar. Sie benehmen sich wie Schauspielschüler, die gleich eine Rolle vorzusprechen haben: Faust, Gretchen, Mephisto. Und wenn ihnen dann der Stoff ausgeht, greifen sie nach demjenigen, der auf meinem Tischchen aufliegt. Dabei pflegt, wenn es feinere Menschen sind, ihre Erwartung den ersten Stoß zu erleiden. Ein paar Hefte Comics, mehrere Edelweiß-Romane, die ich zu einem Fächer ausbreite, dazu ein Jahrgang Fachliteratur »Der Starkstromtechniker«, ferner ein Bildband über byzantinische Kunst. Sonst gibt es in meinem Wartezimmer nichts zu sehen außer dem Fenster, und darauf kommen nicht viele. Das Fenster geht auf einen Hinterhof hinaus. Man blickt in einen Schacht von Küchenbalkonen und Badezimmerfenstern, und in der Tiefe auf einen einzelnen Baum, der immer folgsam sein bißchen Laub wechselt. Ich gestehe, daß ich für jeden, der sich an diesem Fenster verweilen kann, ein günstiges Vorurteil fasse. Dagegen verstimmt mich, wenn er nach den byzantinischen Mosaiken greift, als wäre er durch ein bißchen

Tiefdruck zu retten. Es scheint mir bedauerlich, wenn ein Mensch in seiner Not die Chance ungenützt läßt, den tiefen Eindruck, den eine Edelweiß-Geschichte früher auf ihn gemacht haben muß, nachzuprüfen. Ich erwarte nicht, daß er sie nicht mehr aus der Hand gibt; aber daß er sich nicht einmal erlaubt, sie anzurühren, deutet auf einen erschrekkenden Mangel an Neugier. Der Mann ist mir noch lange nicht verzweifelt genug.

Es ist dann in der Regel ganz einfach, ihn mir vom Hals zu schaffen und den Praktikern zuzuleiten, die für seine Bedürfnisse aufzukommen bereit sind. Ich nenne meinen Preis. Es ist ein saftiger Preis, und er muß ihn, wenn ich ihn nach hinten gebeten habe, noch im Stehen schlucken; ich habe ihm nicht einmal einen Stuhl angeboten. Ich sehe, wie er glaubt, sich verhört zu haben; dann wiederhole ich: 120. In seinem Gesicht beginnt die Höflichkeit mit der Verlegenheit, die Verlegenheit mit dem Zorn zu kämpfen. Ich kann warten, bis der Zorn die Überhand gewinnt. Vielleicht fragt er noch, ob das nicht ein bißchen viel sei; ich zucke die Achseln. Es ist nicht einmal die Höhe des Preises, die ihn verstört; es ist die Tatsache, daß ich, ohne ihm auch nur ins Auge zu blicken, vom Geld anfange. Auf diese für ihn schmerzlose, ja eigentlich befreiende, weil mit moralischer Entrüstung verbundene Weise überzeugt er sich selbst davon, daß ich nicht sein Mann bin. Das hätte er später unter ungünstigeren, seine Persönlichkeit verletzenden Umständen herausfinden müssen. Ich pflege den Herrschaften dann, wenn es regnet oder Winter ist, in den Mantel zu helfen, und lese dazu in ihren Mienen, obwohl sie diese eisig verschlossen glauben: Nicht einmal eine Praxishilfe. Ich hätte es gleich wissen können.

Meine Praxis ist einfach. Sie besteht aus den zwei Zimmern, in denen ich lebe. Im Sprechzimmer steht mein Bett, ein ganz unverhülltes Bett mit einer hoch aufgeschüttelten Decke. Meine Kunden nehmen es zuerst gar nicht wahr.

Nicht nur, weil mein Sprech- und Schlafzimmer wenig Licht hat, sondern weil sie von ihren eigenen Problemen zu erfüllt sind und weil die Annahme, ins Sprechzimmer eines Psychologen eingetreten zu sein, sie blind macht für einfache Gegenstände. Meine Bücher bestätigen ihnen die Sinnestäuschung, denn Bücher gehören ja zu den Dingen, die sie bei einem Psychologen erwarten, obwohl ich gerade von den Büchern, selbst wenn ich wollte, keinen Gebrauch machen könnte, denn es handelt sich um Fachliteratur über das Eisenbahnwesen der alten k. u. k. Monarchie. Ich habe bei meiner Flucht kein Buch gerettet; die Bibliothek wurde mir von einem hiesigen Geographie-Lehrer hinterlassen, der versorgt werden mußte, weil er seine Schüler nur noch über die Streckenführung der Karawankenbahn prüfte. Ich habe sie in meinem Sprechzimmer noch viele Male mit ihm abgefahren, bevor er im Asyl starb, für ihn: im kleinen Bahnhofgebäude seiner Heimatgemeinde Fischental; er hatte sich immer gewünscht, wie Tolstoj zu sterben.
Früher oder später pflegt der Blick meiner Kunden doch auf mein Bett zu fallen. Dann weiß ich, daß sie sich, nachdem sie meinen Preis geschluckt haben, der zweiten Prüfung gegenübersehen. Ihre Pupillen erweitern sich dann; es ist merkwürdig, wie wenig besonders der privilegierte Mitmensch für den Anblick eines solchen Bettes gerüstet ist. Alte Ängste scheinen den Kunden zu beschleichen, Erinnerungen an seine frühe Kindheit, als er vielleicht in einem solchen Bett eine Tante sterben oder tot liegen sah. Ich lese durch die Fallmasche eines Augenblicks eine ungeheure Preisgegebenheit in seinem Gesicht. Es ist wahr, das Kopfende des Bettes ist hinter einem Schrank verborgen, der meinen Schlaf vor dem Morgenlicht bewahrt. Aber das Gefühl der Geborgenheit, das ich selbst mit dieser Einrichtung verbinde, scheint sich auf einen Mann, der von der Straße kommt und auf dieselbe zurück will, niemals zu übertragen. Es packt ihn die Furcht vor etwas Bodenlosem, vielleicht

der Armut, wenn er in diese Ecke blickt; ich bemerke, wie er mit seinem Stuhl eine Spur nach hinten rückt. Ein ärmliches Totenbett mitten im Sprechzimmer! Soll er sich etwa da hineinlegen? Er faßt sich, blickt sich zum erstenmal richtig um, holt sich Rat beim übrigen Mobiliar, sieht den staubigen Schreibtisch, das Kochzeug in der Nische, liest den Titel auf dem einen oder anderen Buchrücken, genug! er sagt es schon fast laut, setzt ein Gesicht auf, das sich wieder auskennt, und dieses Gesicht begleite ich dann ohne weitere Worte zur Tür. Im Wartezimmer halten sie sich nie lang genug auf, um nachträglich festzustellen, daß es eigentlich mein Wohnzimmer ist; sie gehen nicht, sie sind schon gegangen.

Ich aber, befreit von einer Last, setze mich auf den Fauteuil zu den Heftchen und atme. Ich betrachte das Fenster und die schwache, nur zu erratende Verschiebung der Jahreszeit, die darin vorgeht, die rasch weggewischte Zeichnung eines Vogelzugs vor einer langsamer treibenden Wolke, die Ankunft der ersten Tropfen auf der Scheibe, deren Herunterzappeln ich verfolge, bis sie zusammenrinnen und plötzlich Eile haben. Ich habe keine Eile.

Selten einmal geschieht es, daß einer der Herren wiederkommt. Es zeigt sich dann, daß ich ihn unterschätzt habe, und ich behandle ihn, natürlich kostenlos. Ich habe mich für meine diplomierten Kollegen immer geschämt, die sich ihr Honorar mit dem Satz verdienen: eine Analyse, die einen Patienten nichts koste, sei ihm auch nichts wert. Der Umgang mit mir kommt meine Kunden ohnehin teuer genug zu stehen. Es trifft sich günstig, daß der städtische Polizei-Präsident zu diesem engsten Kreis gehört, ein Mann, den ich – ich tue das nicht immer – vor dem Selbstmord bewahrte, indem ich es ihm unmöglich machte, seinen Beruf mit ganzem Ernst auszuüben. Jetzt sind seine Aufläufe und Demonstrationen die farbigsten im ganzen Land, und von weither reisen Jugendliche in Sonderzügen an, um in unseren Grünflächen, die geschickte Gärtner über Nacht wieder herstellen, Tänze aufzuführen und mit Blumen nach öffentlichen Gebäuden zu werfen.

So ist die Stadt mein Kunde, ohne es zu wissen. Ich verlange keinen Dank, kein richtiges Diplom. Ich bin zufrieden, wenn mir bei einem Gang über die Straße eine Pfingstrose gegen die Brust fliegt, größer als der Kopf eines jungen Mädchens; denn auch die Blumenzüchter haben sich von den Jugendlichen nicht lumpen lassen und demonstrieren auf ihre Weise. Der Polizei-Präsident ist es auch, der mir die »Schritte« vom Leib hält, mit denen weniger verständige Kunden manchmal drohen. So habe ich auch unter gewöhnlichen Polizeimännern diesen oder jenen Bekannten gemacht. Er legt mir seinen Haftbefehl auf den Tisch, und ich lege wortlos ein von seinem obersten Vorgesetzten unterzeichnetes Papier daneben. Er liest es erst flüchtig, dann betreten, steckt sein eigenes Papier wieder ein und verläßt mich mit einem wirren Lächeln.

So bleibt meine Praxis klein. Viele führt das Gerücht zu mir; nicht viele kommen wieder. Das Problem, mir zum zweitenmal unter die Augen zu treten, scheint größer zu sein als das Problem, mit dem sie mich hatten aufsuchen wollen. Das trifft vor allem auf Frauen zu. Ich bin mir keiner Unhöflichkeit bewußt. Aber ich scheine so wenig Atmosphäre zu haben, daß sie bei mir nicht auf ihre Kosten kommen. Ich stelle die Fragen nicht, die sie von einem Psychiater erwarten und die sie für die alles entscheidenden halten. Ich bette sie nicht einmal auf eine Couch, ich besitze gar keine. Sie müssen mir an meinem Eßtisch gegenübersitzen, und für ein Abenteuer bin ich ihnen nicht mehr rosig genug.

Warum kommen sie überhaupt, wenn sie kommen? Verstehe ich recht, so ist es ein Gerücht, dem ich meine paar Kunden verdanke: daß ich heilen könne, wo eigentlich nichts mehr zu heilen sei.

Der nächste Tag war schon der letzte, an dem es einen Sinn hatte, Zerutt das bereits beschädigte Auge herauszunehmen, notfallmäßig, denn die Entzündung des unbeteiligten rechten war so weit fortgeschritten, daß es Zerutt nicht mehr offenhalten konnte. Er sah Dr. Vögeli nur verschwommen, als ihm dieser das Notwendige mit leisen Worten auseinandersetzte, nicht auf der Bettkante und ohne zu wippen. Dr. Vögeli ritt nicht, er war kein fröhlicher Mediziner wie Dr. Kündig, der sich vom Fall Zerutt zurückgezogen hatte. Als Dr. Vögeli fertig war und wartete, schwieg Zerutt; dann sagte er, daß er die Operation nicht bezahlen könne, und Dr. Vögeli wirkte nicht mehr so bedrückt, als er versicherte, Geld spiele keine Rolle, wo es um das Augenlicht gehe. Zerutt drückte ihm die Hand; er suchte nach der Ruhe in dieser Hand und fand sie, obwohl die Stimme des Arztes nicht sehr fest war. Dabei roch Zerutt an Dr. Vögeli, es wurde ja nötig, daß er seine Nase übte, wenn das zweite Auge dennoch verloren gehen sollte. Er roch eine Mischung von Lysol, Milchbrocken und etwas Mundfäule; dazu wischte ihm Dr. Vögeli Wasser von der Wange, das gibt es bei Entzündungen. Er wußte nicht, daß Zerutt weinte, nicht über seine Augen sondern über einen Arzt, der seine Hand nicht fühlen ließ, daß er kein Glück kannte, wo den Leuten Glück wichtig ist, bei Frauen, Kollegen, im Spiegel; mit dieser Hand fuhr er fort, die Dinge ohne Rache anzufassen. Es war keine vorgeschriebene Gelegenheit für Augenwasser, aber Vorschriften waren an Zerutt immer gut vorübergegangen; sie konnten ihm wehtun, weiter nichts.

Als Zerutt am dritten Tag beide Augen verbunden wurden, war es nur dem gesunden Auge zulieb, sagte Dr. Vögeli, das jetzt geschont werden mußte; es war kein Dauerzustand, es war, sagte Dr. Vögeli, eine Sache der Zeit. Die Operation sei gelungen.

Zerutt hat ein eigenes Zimmer bekommen. Das erleichtert die Verhöre, die nun nötig werden.
Zerutt hat noch einen Tag Zeit zu überlegen, was er dem Untersuchungsrichter sagt. Der wird wissen wollen, wie es zu diesen Schüssen kam; die Entwicklung wird einen Anfang brauchen.
Albisser ist ein starker Pfeifenraucher. Er könnte zu Zerutt gekommen sein, um seine Pfeifen loszuwerden; für solche Zwecke werden heute Wundermänner aufgesucht. Vielleicht hat Albisser Zerutt wirklich für einen brotlosen Schüler Freuds gehalten, dem man unter die Arme greifen muß. Hilfe beim Abgewöhnen wäre noch keine Analyse, erst eine kleine Stützaktion; aber es wäre ein Anfang, aus dem noch etwas werden kann.

Z. schätzte den Mann auf Ende Dreißig, aber er war schon grau, bis ins Gesicht hinein; selbst seine Augen waren grau. Dazu kontrastierte so gut wie möglich sein gemustertes Hemd, das er ohne Krawatte trug, und sein billig aussehender, wahrscheinlich aber maßgeschneiderter rosa Sakko. Der Mann wirkte zugleich gepflegt und verwahrlost, etwa so, daß Z. den Eindruck bekam, die Pflege seiner Kleider, seiner Haut, seines Haars mache dem Mann Mühe, und eben darum ringe er sie sich jeden Morgen wieder ab; was dem Mann Mühe machte, konnte er nicht liegen lassen. Seine Hose war gebügelt, aber unscharf und lieblos, bestimmt von einer Maschine. Er sah aus wie ein Gebildeter, der einem ungeliebten Beruf nachgehen muß; Z. hielt ihn zuerst für einen Mann vom Fernsehen, der in abhängiger Stellung viel private Unabhängigkeit zur Schau stellen muß, oder für einen Sportredakteur, der lieber über echte Ereignisse geschrieben hätte. Später korrigierte Z.: der

Mann war Lehrer am Gymnasium. Um seinen Mund bildete sich, wenn er redete, ein scharf eingeritztes Kerbenmuster, das auf so knappem Raum – der Mann hatte, dank seinem fliehenden Kinn, wenig Untergesicht – lustig wirkte, gewiß gegen seinen Willen und seine Erfahrungen. Dafür sprang seine Nase weit vor und appellierte an Pflegeinstinkte. Es war kein unwichtiges, aber mit sich selbst zerfallenes Gesicht, wofür auch die Augen sprachen, die in ganz verschiedener Höhe angebracht waren. Es bedurfte, Z. sah es, der täglichen Anstrengung, dieses Gesicht zusammenzuhalten. Bei Erschütterung rutschte es auseinander, nur die starke Nase blieb gleichsam stehen. Dann gemahnte der Mann an einen Papagei, der im Tierladen sitzengeblieben ist, ein Einzeltier ohne Hoffnung. Keine Namen, sagte der Mann. Nennen Sie mich A. Für mich sind sie Z.

Der Mann rauchte nicht. Er hielt sein Gesicht hin, wie es war, etwas verloren, ohne Pfeife.

So darf ich mich ab heute als Ihr Patient betrachten, sagte A.

Wie Sie wollen.

Ich will ja, sagte A., und der Spott verschwand aus seiner Stimme.

Wahrscheinlich hatte er gehört, daß zu einem solchen Handel ein Augenblick der Preisgabe gehört, des wahren Ernstes, mit dem man sogar seine Ironie beiseite stellt. Die hatte ja nie so recht geholfen. Seine Miene sagte: jetzt halte mich, von jetzt an will ich nicht mehr schuld sein, wenn ich untergehe.

Gut, packen Sie aus.

Entschuldigen Sie, sagte A., und seine Ironie kehrte, wenn auch mühsam, wieder, muß ich das im Stehen abtun? Ich dachte, Sie böten mir wenigstens etwas zum Sitzen an.

Ich bin kein Witzblattpsychiater. Zeigen Sie mir Ihren Schwanz.

Bitte? fragte A. Es war die letzte Chance für ihn, nicht recht gehört zu haben, oder für Z., einen Versprecher zu korrigieren.
Z. sah ihm an: A. hatte sich auf viel gefaßt gemacht, aber unter der Bedingung, daß Z. dabei Takt walten ließ, die richtigen Wörter kannte.
Ich gehe, sagte A. – Gestatten Sie.
Schon gut. – Und als A. unter der Tür stand: Sie haben mein Honorar vergessen. Hundertzwanzig.
Wofür?
Für die heutige Konsultation.
Dafür, daß Sie ein einziges dreckiges Wort in den Mund genommen haben?
Ich kann nichts umsonst tun.
Ist das ein Puff? Was glauben Sie eigentlich? – Ich weiß, daß Sie einer der letzten Schüler Freuds und in schwierigen Umständen sind, ich komme zu Ihnen, weil ich glaube –
Sie wollten mir eine Gefälligkeit erweisen. Also her mit dem Geld, bitte.
In A.s Gesicht stand blank: es ist nicht möglich. Dahinter der Verdacht, daß Z. etwas ganz anderes meine. Dahinter der stärkere Verdacht, daß er genau das meine, was er sage. Wenn sich A. die Mühe nahm, konnte er in Z.s Gesicht lesen, daß der letzte Schüler Freuds kein ernsthaftes Interesse an seinem Schwanz nahm. Kränkend? Auch. Aber vielleicht ein Beweis von Z.s Vertrauen –
Viel später sagte er Z.: als Sie das vom Schwanz sagten (er brachte es nicht fertig, anders als so gewunden darüber zu sprechen), da wußte ich nicht gleich, was Sie bezweckten. Warum Sie mich demütigen wollten. Aber dann sagte ich mir, daß man einen Menschen auf diesem Niveau niemals demütigen kann.
(Auf welchem Niveau sonst, A.)
Und dann sagte ich mir, daß Sie möglicherweise die Ab-

sicht hatten, mich eben durch Ihre Grobheit zu schonen. Zarter wäre grausamer gewesen.
Sehr schön.
A. kam immer wieder auf diesen Anfang zurück:
Sie haben, als Sie das Wort (!) gebrauchten, die Schwelle für unseren Kontakt gleich so hoch wie möglich gelegt. Da spring, sagten Sie. Wenn du diese Höhe nicht auf Anhieb schaffst, vergeuden wir unsere Zeit.
Er unterschob Z. manchmal ein rhetorisches Du und bekam nie ein gewöhnliches dafür.
Es ist wie bei den Gewichthebern, nicht wahr? Bei Wettkämpfen haben die nur eine beschränkte Anzahl von Versuchen. Es hängt also viel daran, wie sie das Ausgangsgewicht wählen. Auf die Gefahr, daß sie es schon beim erstenmal nicht schaffen.
Er schaffte es. Er kam auf Z. zu und begann sich den Hosenschlitz aufzuknöpfen.
Für 120 tun Sie's also, sagte Z.
A.s Finger hörten mit Knöpfen auf.
Tee? fragte Z. und ging in sein Schlafzimmer zur Kochnische. Mit dem Topf in der Hand kam er nochmals in die Tür. Er hatte nichts mehr an. – Wollen Sie einen Bügel?
Ach was.
A. legte sein Zeug ab, Stück um Stück. Ja, die Unterhose auch. Dann kam er nach hinten.
Während er in Z.s Schlafzimmer herumging, suchte er seine Berührungsangst abzuschütteln. Zwei-, dreimal wagte er sich schon ganz in die Nähe der Kochplatte.
Der Tee riecht gut, sagte er. Z. hörte, wie er beim Herumgehen auch dem Bett auswich. Z. blickte über seine Schulter; A. stand sofort still, als hätte Z.: Platz! gerufen. A.s Stellung hatte etwas von einer verklemmten Antike, die mit Spielbein und Standbein nicht zurecht kommt. Aber er nahm nichts mehr zurück.

Z. kochte den Tee fertig.
Dann setzten sie sich – beim Hinsetzen genierte sich A. noch einmal – und redeten über Pfeifen, über das Pfeifenrauchen, über den Tod.
Nach einer Stunde zog sich A. wieder an, und Z. bekam seine 120 auf die Hand.

Um zehn Uhr vormittags betritt der Untersuchungsrichter Zerutts Krankenzimmer. Er hat eine weibliche Hilfe mitgebracht, so weit ist Zerutts Phantasie nicht gegangen.
Egli, stellt er sich vor. – Das ist Fräulein Blum.
Willkommen, sagt Zerutt.
Dr. Egli hat eine leise, hastige Stimme, mit viel Routine vornedran. Aber hinten steckt ihm etwas fest, was die Routine nicht mitmacht. Etwas Gepreßtes in der Kehle, das auf Grausamkeit schließen läßt; da er sie Zerutt nicht zu fühlen gibt: Grausamkeit mit sich selbst.
Eglis Höflichkeit hat einen Nebenton von Bestürzung; zusammen mit den kleinen Schweißausbrüchen Fräulein Blums empfängt Zerutt eine Ahnung, wie er auf unvorbereitete Besucher wirkt: zum Erschrecken verpackt und mitgenommen, leicht umzubringen, schonungsbedürftig. Riechen kann Zerutt Dr. Egli noch nicht; der Duft Fräulein Blums ist zu stark. Ihr Parfum paßt nicht, zu keiner Frau; es paßt vielleicht zu der gepreßten Stimme dieses Mannes. In Fräulein Blums Duft riecht Zerutt den Mann mit, den er selbst nicht riechen kann, er riecht die hilflos heftige Antwort auf ein körperliches Heimweh. Kaum steht Dr. Egli fünf Minuten im Raum und redet, während Fräulein Blum ihre Papiere bereitlegt, über Wetter und Befinden, und schon weiß Zerutt genug von diesen Leuten, daß sie ihm leid tun. Geht das wirklich so einfach, ein Zigeuner zu sein,

reicht es schon, daß einem seit ein paar Stunden das Augenlicht fehlt?
Ein paarmal tritt Schwester Claudia ins Zimmer; dann ist Zerutt nicht vernehmungsfähig. Es ist nicht ihr Duft, der ihn berührt, sie duftet nur nach ihrem eigenen Körper; es ist das Gefühl verstärkter Gegenwart im Raum, der dichter geworden ist, heller für das Gefühl; dafür könnte man auch blind geworden sein.
Zur Sache, sagt Dr. Egli, warum haben Sie Ihre Akten vernichtet?
Arztgeheimnis? fragte Zerutt, mit dem Ton: würde Sie diese Erklärung befriedigen?
Sie sind kein Arzt.
Zerutt lacht, so gut er kann; wer lacht gern mit einem Brustfelldurchschuß.
Er darf nicht lachen, sagt Schwester Claudia.
Ich kann nichts dafür, wenn er lacht, wehrt sich Dr. Egli.
Jetzt lacht er noch mehr, sagt Schwester Claudia erschrokken; jetzt duftet sie auch. – Beruhigen Sie sich doch, Herr Zerutt.
Sie warten, ob Zerutt aufhört zu lachen, es ist feierlich.
Herr Zerutt, sagt Dr. Egli, und man hört seiner Stimme an, daß Fräulein Blum nicht starren, sondern protokollieren soll (er ist im Dienst, er kann auch anders –). – Herr Zerutt, wenn Sie wirklich Medizin studiert hätten, dann wüßten Sie, daß das Arztgeheimnis da seine Grenze findet, wo ein Verdacht auf strafbare Tatbestände vorliegt.
Da ist das Beichtgeheimnis strenger, flüstert Zerutt. – Ich verlange nicht, daß Sie meinen Fall verfolgen.
Ein versuchter Totschlag ist kein Antragsdelikt.
Ich bin doch das Opfer!
Wir wollen Ihnen ja zu Ihrem Recht verhelfen.
Bitte nicht, sagt Zerutt, und das verfluchte Lachen will ihm wiederkommen. Schwester Claudia ist weggegangen; in der Blindenlandschaft verlöscht etwas.

Also: wo sind Ihre Akten zum Fall Albisser?
Haben Sie schon Haussuchung gemacht?
Das war nicht zu vermeiden.
Haben Sie die Fenster wieder geschlossen?
Erst mal aufgemacht, Herr Zerutt. Ihre Stuben konnten etwas frische Luft brauchen.
Wo Sie die wohl hergenommen haben. – Albisser, sagten Sie? Wer ist das?
Bitte?
Wer ist Albisser?
Aber hören Sie, das ist doch –. Da spielen Sie drei Jahre den Psychiater dieses Mannes, behandeln ihn so lange, bis er auf Sie schießt, und jetzt wollen Sie uns weismachen, Sie hätten seinen Namen nie gehört.
Ich habe kein Namengedächtnis.
Dr. Egli lacht ungeduldig, seine Kehle lockert sich nicht dabei. Was muß wohl geschehen, daß sich diese Kehle lokkert? Zerutt riecht auch das schon; er fürchtet, er riecht es.
Der Mann wollte nicht mit seinem Namen bekannt sein. Wir nannten keine Namen. Wenn es nicht anders ging, verkehrten wir mit unseren Initialen.
Soll das ein Spiel sein?
Das müssen Sie ihn fragen.
Dr. Egli räuspert sich, Zerutt entnimmt dem Räuspern: A. antwortet nicht, Egli muß sich an Z. halten, Z. ist der einzige, der spricht. Das gäbe Freiheiten, aber er ist kein Dichter, er wird sie für anderes brauchen.
Egli sagt einmal: Da haben Sie aber einen Dummen gefunden. Was der sich von Ihnen gefallen ließ. Ich hätte die Geduld früher verloren.
Sie hätten früher geschossen?
Ich hätte –. Es hat ja keinen Zweck mit Ihnen.
Diesen Satz will Zerutt stehen lassen.
Dann lesen Sie doch dieses Papier vor, Fräulein Blum, sagt

Egli; er sagt es müde; Zerutt staunt, wie bald sein Untersuchungsrichter müde wird. Und Fräulein Blum liest jetzt die Beschreibung von Zerutts Praxis vor, die Egli in Albissers Schreibtisch gefunden hat; sie liest so schön sie kann, mit jenem schweizerischen Nachdruck, den man an einer Handelsschule für Mädchen lernen und mit dem man nie, nie Schauspielerin werden kann; wieviele Jahre mag es dauern, bis man das merkt –.

Er schläft, sagt Fräulein Blum erschrocken leise.
Meinen Sie? flüstert Egli ebenfalls. Und Zerutt hört, daß es die Du-Form zwischen ihnen gibt; armer Dr. Egli, warum kann er nicht einmal am rechten Ort grausam sein.
Zerutt will keinen Schlaf heucheln, dafür ist ihm Schlaf zu heilig, er sagt:
Der Verfasser irrt. Ich nehme immer Geld.
Von andern Patienten auch?
A. hätte mir wohl andere gewünscht. Aber er wäre auch gern der Einzige gewesen.
»Ich behandle ihn, natürlich kostenlos«, liest Egli aus dem Text. – Vielleicht wollte Ihnen Albisser einen zarten Wink geben?
Hätte nichts geholfen, ich muß essen.
Wir reden immer von Geld, sagt Egli plötzlich mit Heftigkeit. – Was ist das für ein Text?
Sie haben ihn bei A. gefunden, sagt Zerutt, dann wird er wohl von A. sein, einer seiner literarischen Versuche.
Es ist aber von Ihnen die Rede.
Mit Freiheiten, sagt Zerutt.
Das mit dem Polizeipräsidenten –, sagt Egli.
Das haben Sie sicher nachgeprüft.
Es ist kompletter Unsinn, kompletter.
Sehen Sie.
Wie kamen Sie überhaupt dazu, Albisser zu behandeln?
Darauf kann Zerutt seine Erinnerung anbringen. Er tut es

leise und achtet darauf, wie sich im Raum die Düfte verändern.

Nackt? fragt Egli nach einer Weile. – Ist das die Wahrheit?
Ich bin kein Lügner.
Und was bezweckten Sie damit? Warum mußte er sich ausziehen?
Weil er sich davor am meisten fürchtete.
Egli fragt nicht weiter.
Sie haben mir nicht beantwortet, warum Sie ihn überhaupt behandelt haben.
Ich habe ihn nicht behandelt, aber ihm kam es wohl so vor.
Hier steht: »Ich tue das nicht immer«, gemeint ist: einen Menschen vor dem Selbstmord bewahren. Gaben Sie Albisser Grund zu einer solchen Behauptung?
Lebt denn der Polizeipräsident nicht mehr?
Gnädinger?
Kern.
Kern ist vor zwei Jahren gestorben.
Woran?
Hier frage ich, sagt Egli scharf. – Haben Sie Leute in den Tod getrieben?
Manche tun es nicht anders.
Was soll das heißen?
Die Leute sterben doch nicht, Herr Doktor. Sie töten sich.
Bitte? fragt Egli, und man riecht genau, daß er verstanden hat.
Wie oft war Albisser bei Ihnen zur Behandlung?
In der ersten Zeit oft, jede Woche. Später nur noch selten. Das letzte Mal, als er kam, hatte ich ihn ein halbes Jahr nicht gesehen.
Was ging den Schüssen voraus?
Nichts Besonderes.
Wovon haben Sie gesprochen?

Vom Wetter.
Vom Wetter?
Ich fragte ihn nach dem Wetter im Jura.
Bitte?
Da war er doch hingegangen, in dieses Lehrlingslager.
Sie fragten ihn nach dem Wetter?
Ob es vernünftig gewesen sei, sich ins nasse Gras zu setzen.
Wieso fragen Sie das?
Ich hatte das Bild in der Zeitung gesehen. Es zeigte A. in einem Kreis junger Leute. Sie saßen im nassen Gras und sangen.
Und dann hat er auf Sie geschossen?
Ja.
Egli blättert in seinen Akten. – Das war das Lager der Spartakus-Leute in Fahy?
So nannten sich die Leute.
Aber das war im vergangenen Juli! Das lag ja mehr als ein Jahr zurück!
Muß ein Zeitzünder gewesen sein.
Keine Witze! Deswegen schießt man nicht!
Dachte ich auch.
Zerutt, sagt Egli langsam. – Entweder lügen Sie, Sie lügen bewußt und mit System. Dann möchte ich wissen warum, und ich werde dahinterkommen. Oder – wenn Sie Albisser wirklich gezwungen haben, sich zu entblößen ... dann sind Sie nicht normal. Dann sind Sie nicht nur kein Psychiater, sondern selbst ein Fall für einen solchen.
Vielleicht schicken Sie mir einen?
Es gibt aber noch eine dritte Möglichkeit. Wir gehen jetzt, und Sie denken nach. Und dann erzählen Sie uns nächstes Mal eine andere Geschichte. Sie braucht nicht schön zu sein, nicht witzig. Nur wahr sollte sie sein. Einverstanden?
Gute Besserung, sagt Zerutt.
Wie bitte?
Nur weil Sie es nicht sagen.

Schon recht, Zerutt, lacht Dr. Egli halb drohend.
Sie gehen, Fräulein Blums Duft verweilt noch, ohne freundlich zu sein, und man kann hier nicht mal ein Fenster öffnen, alles vollklimatisiert. Zerutt zählt bis zwanzig, dann steht Dr. Egli wieder neben Zerutts Bett, allein. Er riecht schwach nach Leder und Unglück; tapferem, männlichem Unglück.
Jetzt können Sie mir sagen, was Sie mit Albisser angestellt haben.
Warum jetzt?
Wir sind unter uns.
Zerutt lacht mit Schmerzen. – Sie meinen, ich hätte mich vor Fräulein Blum geschämt?
Im Ernst.
Ich schäme mich nie, im Ernst.
Also – da war nichts? Damals?
Nichts ist zu viel gesagt. Da war schon etwas. Nur, zu fassen war es noch nicht.
Sie wissen schon was ich meine.
Nein.
Zerutt, sagt Dr. Egli und läßt den Herrn jetzt beiseite. – Ich verstehe, Sie begegnen, als Flüchtling, den Behörden mit Mißtrauen. Ich habe privat Freude an einem guten Gag. Aber alles zu seiner Zeit. Ich muß herausfinden, warum Albisser auf Sie geschossen hat. Er äußert sich nicht. Er mauert. Wir haben einen Psychiater auf ihn ansetzen müssen.
Das war also kein Spaß von Ihnen, sagt Zerutt.
Bei Mordverdacht hört bei uns der Spaß auf, dafür werden wir bezahlt. Für nichts und wieder nichts schießt kein Mensch auf den andern. Albisser ist schwer belastet. Wollen Sie das?
Zerutt lacht, unfreiwillig, es tut wirklich sehr weh. – Was habe ich denn hier zu wollen?
Sie können ihm helfen.

Warum soll ich ihm helfen, wenn er auf mich geschossen hat?
Herrn Dr. Eglis Unglücksgeruch wird stärker als das Leder. Er sagt: Sie kennen mich noch nicht, Zerutt. Ich bin einer, der die ganze Wahrheit wissen will. Nicht immer für eine Anklage. Aber immer für mich selbst.
Da haben Sie den meisten Menschen etwas voraus, sagt Zerutt.
Sie liegen hier mit einer Toleranzbewilligung, Sie sind noch nicht mal niedergelassen. Ich brauche Ihnen nicht zu sagen, daß Sie sich durch ein gutes Verhältnis mit den Behörden selbst am meisten helfen könnten.
Jetzt haben Sie es gesagt.
Dr. Egli schämt sich, man riecht es. Er steht noch einen Augenblick da, dann dreht er sich um und räuspert sich unter der Tür.
Das geht nicht weg, Herr Egli.

Besuch bekommt Zerutt nur von Amtspersonen. Vielleicht würden sie andere auch nicht zu ihm durchlassen. Kollusionsgefahr. Wenn er recht riecht, ist sein Krankenzimmer erstklassig ausgestattet. Der gerichtliche Charakter seines Unfalls macht *Einzelhaft* für ihn nötig, aber die entsprechenden Umstände sind in einem Schweizer Krankenhaus nur unter den Bedingungen des Einzelzimmers zu haben. So liegt er, als öffentlicher Fall, privat. Dr. Egli versäumt nicht festzuhalten, daß Zerutt es hier gut habe. Und doch gäbe Zerutt diese sorgfältig vorbereiteten Besuche gern für einen einzigen beiläufigen her; aber von wem?
Schwester Claudia?
Schwester Claudia kommt beiläufig, auch wenn sie dienstlich kommt; sie macht sich ohne Aufhebens an Zerutts Lu-

xus zu schaffen, für sie bleibt das Privatzimmer ein Arbeitsplatz. Er schließt dann sein Auge und hält sich von Schwester Claudia für besucht.

Ihr Freund ist Photograph, sie wohnen in einer Groß-Überbauung jenseits der Kantonsgrenze, wo es keine Konkubinats-Bestimmungen gibt. Zerutt fragt Schwester Claudia nicht nach diesem Photographen aus. Aber er gönnt sich, das Wort »Schwester« so lange so anzüglich auszusprechen, bis sie es sich verbittet. Gut, Claudia, da wäre also eine kleine Schranke gefallen. Du kannst es dir leisten, und in meiner Nacht riecht es dann etwas weniger nach Spital. Ich darf ins Halbwüchsige zurückkriechen. Damals war auch eine zum Erschrecken duftende Welt in nichts als einem weiblichen Namen beschlossen. Da numerierte man noch jeden Blick, den man bekam oder fast bekommen hätte. Kaiser, König, Bürger, Bettelmann, die Umstürze fanden damals von einem Tag zum andern statt, oder von einer Sprach- zu einer Rechenstunde. Man war ja nicht immer gut. Und die Liebe, oder was man dafür hielt, war eine hochempfindliche und einsame Lebensform. Man nährte sich von Spuren, wichtigen Verdachten, hartnäckigen Kombinationen. Viel weniger blind als jetzt ist man nicht gewesen.

Ich weiß, Sie spielen nur mäßig mit, aus Nachsicht, Claudia. Sie haben Ihren Photographen, der Patient nur seine Dunkelkammer, das bedenken Sie, darum sind Sie nett, ohne sich herabzulassen. Zerutt will nur so viel von Ihnen riechen, daß er den Leuten, für den Notfall, gewogen bleiben kann. Als er die Schwester bei Ihnen abgesetzt hatte, nannten Sie ihn Onkel, ein, zwei Mal. Das war zum Entzücken geschmacklos, denn es bewies ein bißchen Bedürfnis nach Abwehr bei Ihnen. Daß Sie an seinem schönen Blindenbett eine Kleinigkeit zu verteidigen haben. Sie sind nicht unempfindlich für seine Nase geblieben. Und wenn er's nicht zu dumm anstellt, darf er noch selbst für den

Schutz aufkommen, den Sie vor ihm brauchen. Solche Chancen geben Sie ihm noch.
Dabei könnten Sie sich jede Art von Herablassung leisten. Sie waschen ihn jeden Morgen, überall. Er ist dann Ihr Baby, mit dem Unterschied, daß er nicht putzig ist. Indem Sie seinen Schwanz waschen, eher zu kalt als zu warm, damit er auch liegen bleibt, richten Sie dafür die Schranke wieder auf. Und danach benehmen Sie sich wieder so, als brauche da keine Schranke zu sein und wäre nie eine gewesen, daß er Sie doch wieder dankbar »Schwester« nennt. So schwierig geht es hier zu, aber auch so beiläufig; das ist freundlich, Claudia, Schwester Claudia.

Dr. Egli hat jetzt Zahlen. Das macht ihn fest gegen Anfechtung.
Monatliche Ausgaben: Miete 210 Franken, Strom, Wasser, Gas etc. 50 Franken, Lebenshaltung (geschätzt) 200 Franken. Taschengeld: 40 Franken. Summa: 500 Franken. Dem Steuerformular entnimmt er, daß der Flüchtling den gleichen Betrag als monatliche Einnahme deklariert hat. Danach hätte er also jeden Monat mit Zero abgeschlossen. Dr. Egli ist das unbehaglich, selbst bei solchen Bagatellbeträgen. Man legt doch etwas zurück.
Sie schreiben in Ihrer Steuererklärung: Einnahmen aus meiner Beratungs- und Gutachtertätigkeit. Warum haben Sie das nicht spezifiziert?
Weil es nie jemand von mir verlangt hat.
Wer bezahlte Sie?
Firmen, die Stadt. Fünfzig Franken pro Gutachten.
Behandelt haben Sie nicht?
Nein.
Und Albisser?

Auch nicht.
120 Franken die Stunde haben Sie von ihm genommen. War das nicht ziemlich viel?
Ich nehme, was ich bekomme.
Sinn für Geld scheinen Sie ja zu haben. Haben Sie auch Sinn für Eigentum?
Wenn mans mitnehmen kann.
Stimmt es, daß Sie nicht einmal ein Wort für Eigentum haben?
Doch. Eigentum.
Ich meine – in *Ihrer* Sprache?
Zerutt lacht, es schmerzt ihn noch. – Studieren Sie die Sprache der Zigeuner, Herr Doktor?
Ich habe mit dem Jenischen angefangen.
Und das sollen Zigeuner sein?
Entschuldigen Sie. Ich wollte Sie nicht kränken.
Im Gegenteil, zu viel Ehre. Die Jenischen sind bloß entlaufene Bergbauern.
Wenn ich Zigeuner sage – ich meine das nicht rassisch, ich meine es als Lebensform –
Lassen Sie die Finger davon, Herr Doktor. Mit den Leuten ist nicht zu spaßen.
Sind Sie einer?
Dürfte ich Sie anfassen, Herr Doktor Egli?
Dr. Egli räuspert sich. – Wie meinen Sie das?
Am Kopf. – Zerutt streckt die Hand aus, krabbelt mit seinen Fingern. Und Dr. Egli schiebt seinen Kopf unter die Finger. Zerutt tastet die Glatzenhaut, geht über einen dünnen Haarkranz hin, die Tonsur der Leistungsintensiven. Die Ohren sind etwas groß, dünn und abstehend, das Gesicht unter dem reichlichen Backenfleisch noch fest, die Nase spitz und vorn leicht gespalten. Dr. Egli reckt den Kopf ein wenig, damit das Doppelkinn nicht stören soll, seine Lippen zeichnen ein schwaches Lächeln. Zerutt kriegt einen Mundwinkel zu fassen und fragt:

Wasserblaue Augen?
Eher grüne, sagt Dr. Egli, und sein Mundwinkel entschlüpft, Dr. Egli kann sein Grinsen nicht mehr halten.
Ihre Ahnen sind Weinbauern gewesen.
Noch mein Vater. Aber ich trinke nicht.
Solang Sie Ihre Kinder nicht büßen lassen, daß Sie nicht trinken.
Das war also eins Ihrer Zigeunerstückchen, sagt Dr. Egli und zieht seinen Kopf zurück. – Vergessen Sie nicht: ich will es wissen.
Die ganze Wahrheit, sagt Zerutt.

Alle Tage einmal fällt Dr. Vögelis Grubenlicht in Zerutts Augenhöhlen. Die linke antwortet nicht mehr. Die rechte gibt sich Mühe, durch Gesalbe und Geträn etwas Umgebung mitzunehmen. Tut es weh? fragt Dr. Vögeli aufmerksam. Das Licht muß Zerutt wehtun, sonst ist da kein Auge mehr. Dr. Vögeli spielt munter dabei, aber die Finger, mit denen er an Zerutts Kopf rückt, zittern. Dann wird der Funke wieder verschüttet, ungezählte Stunden lang; erholt er sich? Will er ausgehen?
Und jetzt verlangen Sie Licht von Zerutt, Herr Dr. Egli, die ganze Wahrheit für Ihren Fall. Woher nehmen und nicht stehlen?
Stehlen.
Der Nächste, bitte!
Z. wird doch seine Praxis nicht aufgeben, nur wegen eines Auges, oder zwei.

Treten Sie näher, ich kann Sie noch nicht riechen.
(»Russisch Leder«.)
Treten Sie näher, Herr Doktor.
Woher kennen Sie mich?
Ich kenne Sie nicht, aber Sie sind sicher Doktor.
Wenn Sie Psychiater wären, so wäre ich Ihr Kollege.
Nennen Sie mich ruhig: Kollege.
Er duftet.
Geben Sie mir Ihre Hand.
Wozu?
Ich bin doch Handleser.
Er reicht Zerutt eine feine schlaffe Hand, seine Mundwinkel machen ein Geräusch dazu. Er lächelt.
Sie sind mir noch nicht fett genug.
Und meine Lebenslinie? fragt er.
Weil Sie fragen: Sie sterben früh.
Ein Duftausbruch unterm »Russisch Leder«: Schweiß, der muffige Angstschweiß der sitzenden Menschen. Er zieht seine Hand zurück, sein schöner Baß wackelt leicht.
Sie sehen das mit verbundenen Augen, sagt er. – So rasch läßt er seinen Humor nicht fahren.
Sie haben zu wenig Magensäure. Passen Sie auf. Das ist kein Witz. Das hohle Gefühl im Magen, selbst nach großen Mahlzeiten? Eine Art Hungerkrampf ohne Hunger? Gelegentlich einen Stich im Rücken?
Sein Schweiß wird kalt in Zerutts Nase. Ein Psychiater, und Todesangst!
Sie gehen gleich aufs Ganze, wie?
O nein. Ich sage kaum die Hälfte. Sie wollten gerade lachen.
Er räuspert sich.
Sie möchten heute noch jemand fertigkriegen, sagt er. Versuchen Sie's nur mit mir. Dafür bin ich da.
Wie war der Name?
Wirz.

Da bleibe ich lieber bei Herrn Doktor.
Sein Schweigen wird gefaßter, das »Russisch Leder« schleicht sich zurück. – Lieber Kollege Zerutt, sagt er, ich bin nicht gekommen, um mit Ihnen Schläge zu tauschen. Sie brauchen mich nicht zu mögen. Bleiben Sie so witzig, wie Sie müssen. Ich bin hier, um abzuklären, was zwischen Albisser und Ihnen los war. Nicht die rechtliche Seite, die menschliche. Für nichts und wieder nichts schießt kein Mensch auf den andern. Ich gehe davon aus, daß Sie kein Interesse haben, Albissers Existenz völlig zu vernichten –
Da liegt Zerutt in seinem Zustand vor den Herrschaften, und sie fragen ihn immer wieder, wie er einem Schweizer so etwas antun konnte.
Und wenn Sie da von der falschen Voraussetzung ausgehen, Herr Doktor?
Dann bitte ich um Ihre Korrektur.
Wenn ich zuerst um Ihre Teilnahme bitten darf. Mit mir.
Dr. Wirz sagt, ohne sich zu räuspern: Verzeihen Sie, Sie machen es einem nämlich schwer. Zerutt, ich halte Sie nicht für ein Original oder sonst was, sondern für einen hellen Kopf, darum –
Dann sagen Sie bitte *Herr* Zerutt zu mir.
Ihr Verfahren interessiert mich. Es ist nicht ganz orthodox, sonst lägen Sie nicht hier. Aufgrund von Albissers Papieren habe ich nicht den Eindruck einer Analyse gewonnen, sondern – wollen wir es eine Herausforderung nennen? auf Tod und Leben? Nun, der Schuß ging, gestatten Sie mir den Ausdruck, hinten heraus. Wenn wir uns alle anstellten wie Sie, wäre unser Berufsrisiko etwas groß. Es gäbe bald keine Psychiater mehr. Ich weiß, das würde Sie nicht traurig stimmen –
Raucht er wieder?
Hat er jemals nicht geraucht?
Ja, während seiner Lehrlingskontakte.
Das war auch seine ungesundeste Zeit.

Lassen Sie ihn denn rauchen, im Gefängnis?
Wer so artig ist, darf rauchen.
Ich denke, er verweigert die Aussage?
Das denkt er.
Sie, Sie rauchen nicht?
Ich bin nicht artig, sagt Dr. Wirz. – Aber lassen wir mich jetzt aus dem Spiel. Ich komme sicher noch dran.
Ja. Bald.
Was soll das heißen?
Suchen Sie einen guten Arzt auf, besser heute als morgen.
Dr. Wirz schweigt, dann schluckt er. Zerutt sagt: Links, ein schwacher Druck, er wird oft mit dem Anfangsstadium einer Angina pectoris verwechselt.
So haben Sie es mit Albisser gemacht, nicht wahr. Sie haben einen Menschen ohne jede sinnliche Vorbildung nackt ausgezogen –
Dr. Wirz hat sich diese Geschichte bereits zu eigen gemacht. Er ist Psychiater, da gewinnt sie an Wahrscheinlichkeit. Dr. Wirz ereifert sich so, daß er scheinbar seinen Magen vergißt, aber Zerutt weiß, daß der Doktor aus Angst um seinen Magen so hoch pfeift, er pfeift im Dunkeln, der Doktor Wirz.
Und dann? Dann zeigen Sie ihm, daß noch nichts passiert ist. Daß seine Nacktheit nicht der Mühe wert war. Sie führen ihm vor, daß er nach wie vor dick verschalt herumläuft, unfähig, aus seinem Panzer auszusteigen. Durch Monate und Jahre tun Sie das. Sie schälen ihn wie eine Zwiebel, sie ziehen ihm Haut um Haut ab, bis auf die Knochen, bis aufs Mark. Und dann riechen Sie an seinem Mark wie der Zahnarzt an einer Wurzel, und dann sagen Sie: pardon, das ist faul, das muß alles raus. Und dann wundern Sie sich, wenn der Mann auf Sie schießt –. Sie gaben ihm zu verstehen, daß Sie sich nicht genug für ihn interessierten. Und das nach seiner Scheidung, wo von seinem Ich nur noch ein Trümmerhaufen übrig war. Sie belohnten ihn für

nichts. Nicht ein Erfolgserlebnis. Sie spielten den lieben Gott, ganz einfach durch Ihre Teilnahmslosigkeit. Und jetzt erwarten Sie Teilnahme von mir!
Dr. Wirz macht eine Pause und sagt:
Und dann nehmen Sie sein Opfer nicht an.
Ich nehme niemals ein Opfer an.
Daß er Ihnen zuliebe, oder Ihnen zum Trotz, jede Art von Anpassung verweigerte, daß er den Militärdienst verweigerte, seine Stelle verspielte, daß er da ist, wo er heute ist, im Gefängnis – das war wohl kein Opfer? Was wollten Sie noch mehr?
Meine 120 Franken die Stunde.
Er schluckt leer. Er glaubt es nicht.
Zerutt bemerkt dazu: Da war es wieder.
Was?
Schlucken Sie nochmals.
Der Psychiater erhebt sich, Zerutt hört ihn in seinen Mantel schlüpfen, sehr gutes Futter. Dann sagt er hoch über dem Patienten:
Sie beschämen mich. Ich wußte nicht, daß es das gibt.
Zerutt streckt den Arm aus. Er berührt Pelz. Er bekommt Dr. Wirz, der sich das Ausweichen erst im letzten Augenblick verbietet, an der Hand zu fassen. Die Hand ist feucht. Zerutt zieht ihn daran noch näher.
Fragen Sie einen richtigen Arzt, Herr Doktor.

Ja, Dr. Egli hat dem Psychiater die Geschichte vom Nackten Tee abgetreten. Einen Juristen, findet er, braucht sie nicht mehr zu belasten, auch wenn er die ganze Wahrheit will, es gibt Wahrheiten ohne Niveau, die zählen nicht mit, und er kommt, mit oder ohne Fräulein Blum, nicht mehr darauf zurück. Das hindert nicht, daß gerade eine minderwertige Geschichte bei den Ämtern die Runde macht, sich durchsetzt und gegen Zerutt spricht. Für Dr. Wirz hat sie keinen Schrecken, sie beschäftigt ihn als Material.

Sind Sie sicher, daß es zu keinen Tathandlungen gekommen ist? –

Meinen Sie, ob wir uns mal rasch angefaßt haben?

Nun windet sich Dr. Wirz doch, auch er bekommt jetzt Sorgen mit seinem Niveau. Es ist schwierig, einen Fall nach »Tathandlungen« abzutasten, wenn man weder seine feinen Hände dazu brauchen darf noch von gestern sein möchte.

Zum Beweis, daß Dr. Wirz nicht von gestern ist, plaudert er manchmal aus seiner Praxis. Er erzählt etwa von einer Patientin, die er nun schon zwei Jahre hat, und eines Tages kommt sie ganz schüchtern an, eine Mittvierzigerin, kommt also in die ANALYSE und sagt: Ich habe es zu verarbeiten versucht, es ging einfach nicht, bitte, Herr Doktor. Dr. Wirz fragt, ich frage, sagt er, und die Dame, nicht wahr, mit der er seit Monaten ungerührt über clitorales Ticken sprechen kann, nicht wahr, die schlägt jetzt doch wahrlich die Wimpern nieder und sagt, bitte, machen Sie das nicht mehr mit mir, BITTE. Er läßt sie daraufhin in Ruhe, ist zwar leicht verwundert, denkt sich aber: die kommt schon wieder. Und da kommt es auch, daß er der Dame in der letzten Sitzung NAHEGETRETEN sein soll, nicht ein-, gleich zweimal hinterander, und dann nochmal, es nahm gar kein Ende, und alles in zwei Stunden. So was! sagt Dr. Wirz und lacht sich zu. Wir dürfen das nicht mehr, WIR, sagt die Dame, BITTE, es gefährdet meine ANALYSE. Na ja, das passiert hie und da, daß so eine Dame ihren Traumbedarf nicht mehr von meinem bißen Realität trennen kann. Madame, sagt dann Dr. Wirz zu so einer Dame, überlegen wir doch zusammen, warum Sie meinen, daß das Ihre Analyse gefährdet, es ist zwar nicht gewesen, aber es könnte durchaus gewesen sein, bei Ihnen überkommts manchmal den stärksten Analytiker. Sie verschafft sich eben ihren Liebesbeweis, verstehen Sie, sie braucht das, sagt Dr. Wirz, da hilft nichts, was ihr die Tatsachen schuldig bleiben, das stiehlt sich ihre Phantasie – In Amerika wird es bereits in die Therapie eingebaut, sagt Dr. Wirz.

Als Dr. Egli bei Albisser Haussuchung machte, gab es da noch eine Einzelheit, die ihn beschäftigt haben muß, sonst hätte er nicht davon geträumt. Es handelte sich um sieben große Büchsen voll Asche.
Dr. Albisser scheint die Asche, die sich in seinen Aschenbechern häufte, in leeren Tabakbüchsen gesammelt zu haben, als wüßte er nicht, wohin damit. Sieben große Aschenbüchsen, jede mit 200 Gramm Fassungskraft und geschmückt mit zwei rauchenden Balkanesinnen, über den vor lauter Papier kaum mehr benützbaren Schreibtisch verteilt. Dr. Egli leerte sie in den Kehrichteimer, eigenhändig. Er war ja selbst Raucher, die gleiche Marke.
Ist Doktor Wirz vorbeigekommen, fragt er den Patienten.
Ja, ein richtiger Psychiater.
Er ist eine Kapazität. Wir wollten nichts versäumen.
Leider ein schwer kranker Mann, sagt Zerutt.
Er kann Dr. Eglis Blick nicht sehen. Der Blick besagt: für Defekte aller Art bin ich jetzt nicht mehr zuständig.
Albisser läßt Sie grüßen. Das soll ich Ihnen sagen.
Zerutt nickt.
Sagen Sie, er hat Sie wohl schwer getroffen?
Das sehen Sie doch.
Ich meine – ich versuche mir nur Ihre Teilnahmslosigkeit zu erklären.
Zerutt nickt wieder.

Darauf konfrontiert Dr. Egli den Patienten mit seinem Lebenslauf.

Unehelich geboren im Grippejahr 1918 in Obervaz GR, von einer Dienstmagd, die noch im Kindbett starb. Der Vater dürfte ein »Spengler« gewesen sein, denn das Kind verschwand, kaum ordnungshalber gemeldet (von den Besitzern des Heustocks, der Wochen- und Sterbebett gewesen war) in einem Haufen Fahrender, wahrscheinlich einem Zweig der Moser-Sippe. »Schien auf« im Vorarlbergischen, fünfjährig, unter dem Namen »Constantin Zerutt«, anläßlich einer polizeilichen Kontrolle. Hatte Schweizer Papiere. Gestohlen? Gefälscht? Diese Mühe nehmen sich Vaganten sonst nicht. Also Zerutt. Warum nicht Moser? Wollte der Knochensammler-, Schinder- und Schirmflicker-Clan andeuten, daß das Kind nicht richtig dazugehörte? Nach längerem Vagieren – Elsaß? Flandern? Schottland?! – taucht der Moser-Haufe wieder in der sogenannten Heimat auf, wohin er von der badischen Polizei abgeschoben wurde. Aber ohne »Constantin Zerutt«. Den will sie schon vor »einigen Sommern« bei Bregenz im Dreiländereck verloren haben. »Ein Herr« habe den ungefähr Zehnjährigen mitgenommen. Damit ist man für den weiteren Lebenslauf Zerutts auf die Angaben des jetzigen Patienten angewiesen und soll ihm glauben, daß er mit jenem Knaben identisch sei. An einen »Herrn« will er sich nicht erinnern. Vielmehr will er, wie Dr. Egli dem Patienten vorliest, in einem Kapuzinerkonvent zu Innsbruck kleine Dienste verrichtet haben, bis hinauf zum Ministranten. Nach einem Opferstockraub will er nach Wien geflohen sein, wo er sich erst als Lauf-, dann als Hotelbursche durchgebracht und Manieren gelernt haben will, bis zur angeblichen Adoption durch einen rumänischen Edelmann namens Thudika Sion, Nachkomme eines berühmten Dichters. In einem solchen Haus bewegt man sich nicht, ohne eine gewisse Bildung anzunehmen; Zerutt will sogar an der

Universität Wien Studien obgelegen haben. Bevor aber die Adoption rechtskräftig werden konnte, starb der Gönner, und wer als Constantin Sion beinahe in Samt und Seide gelebt hätte, mußte wieder, unterdessen über 20, als Constantin Zerutt sehen, wie er weiterkam. Die deutschen Truppen begannen fast überall einzumarschieren, Zerutt setzte sich nach Osten ab, hatte Angst vor Verfolgung und konnte den Behörden nicht erklären, warum. Er geriet über Krakau und Lemberg nach Czernowitz, dessen Aussprache Dr. Egli Mühe macht, obwohl es dank jüdischer Intelligenz keine deutschere Stadt im Osten gab; dort kam er bei Freunden des Dichterenkels unter und will später auf den Sonnenblumenkulturen eines Herrn von Krausenegk in der Bukowina gearbeitet haben. Dr. Egli hat sich erkundigt: Sonnenblumen sind arbeitsintensiv, darum sieht er Zerutt da nicht recht. Er glaubt ihm schon eher, daß er sich den großdeutsch-rumänisch-verbündeten Durchmärschen wieder in fahrender Gesellschaft entzogen haben soll; angeblich hielt er sich zwei Jahre in den Urwäldern der Luczyna verborgen. Floh dann 1944 vor der nahenden Roten Armee über den Borgo-Paß und das Siebenbürgener Hochland durch »in die Tiefe gestaffelte Verteidungslinien« (OKW-Bericht) westwärts. Überschritt – hier befinden wir uns endlich auf amtlichem Boden – im späten Mai 1945 die Schweizer Grenze bei St. Margrethen, mit Papieren, die auf den Namen Jancu Vacarescu lauteten; die will er einem rumänischen Gefallenen bei Bistritz abgenommen haben. Dieses Alias gab sich als Zerutt, Bürger von Obervaz, aus und verlangte Repatriierung. Bis zur Abklärung seiner Personalien wurde Zerutt-Sion-Vacarescu in einem Lager im Prätigau interniert.

Diese Figur also stieg 1945 aus dem Kehricht eines halben Kontinents und wollte zu den Verschonten gehören. Da konnte jeder kommen. In Obervaz fand sich noch jene

Geburtsurkunde und der Vermerk, daß der Geborene später verschollen war. Wo in Innsbruck das Kapuzinerkloster gestanden hatte, gedieh nur noch Trümmerflora. Die Sippschaft des Thudika Sion, der freilich existiert hatte – aber was bewies das noch! – war, wie man in Wien erfuhr, wegen reichsfeindlicher Umtriebe ermordet worden. Recherchen in der sowjetisch besetzten Bukowina verliefen im Sand. Ein rumänischer Patriot namens Jancu Vacarescu war von der Feldpolizei Antonescus 1944 hingerichtet worden, aber sein Foto stimmte nicht mit demjenigen in Zerutts Papieren, dieses nicht mit Zerutts Gesicht überein.

Zerutt selbst blieb eine dunkle Quelle. Er konnte kein Rumänisch, was gegen seinen Lebenslauf sprach. Er wollte sich nur in der deutsch oder zigeunerisch (Romani) sprechenden Minderheit bewegt haben. Das Gutachten eines Sprachforschers wies siebenbürgisch-sächsisches Klang- und Wortgut bei Zerutt nach, ferner einige Brocken Zigeunersprache, die aber aus jiddischer Wurzel stammten und auch den Bündner Vaganten nicht fremd sind. Von diesen wiederum fehlt eine wissenschaftlich zuverlässige Bestandsaufnahme. Die eidgenössische Fremdenpolizei nahm sich die Mühe, Zerutt mit einem echten Bündner Fahrenden namens Hektor Moser aus der Trinkerheilstätte Irgenhausen zu konfrontieren. Das erhoffte Gespräch kam aber nicht in Fluß, und ein Beobachter, Dr. Meuli, notiert dazu: »Ich konnte mich des Eindrucks nicht erwehren, daß beide Teile unsere Absicht sabotierten.« Schon nach kurzem Aufenthalt im Prätigau redet Zerutt Mundart, sogar mit bündner-walserischem Einschlag, aber ein psychiatrisches Gutachten von 1947 bemerkt dazu: »Z. verfügt über eine verblüffende verbale Anpassungsfähigkeit und ein auffallendes Einfühlungsvermögen in fremde Erwartungen.«

Was ist Wahrheit? Man mochte ja nicht einfach Paragraphen reiten, wenn die ganze übrige Welt blutete. Anderseits, wo käme man hin, wenn man diesen Menschen nur auf sein eigenes Zeugnis gestützt kurzerhand zum Schweizer ernennen wollte! Wenn Zerutts Geburt ein bißchen ehrlicher gewesen wäre, seine Wanderungen besser motiviert! Die arme Berggemeinde Vaz winkte schon von weitem ab, als Bern diesen Menschen bei ihr einschwärzen wollte; die Sorte kannte man, man trug seit einem Jahrhundert schwer genug an der Armen- und Vagantenlast. Schließlich kam 1949 die rumänische Botschaft den einheimischen Behörden mit einem Auslieferungsbegehren zu Hilfe. Es beruhte auf der Vacarescu-Verwirrung und erlaubte den benötigten eidgenössischen Kompromiß. Der Flüchtling durfte sich zwar Zerutt nennen, galt aber bis zum Nachweis des Gegenteils als rumänischer Staatsangehöriger und mußte seine Weigerung, zurückzukehren, als politisch betrachten. Damit hatte er Anspruch auf Asyl, freilich in einem engen Rahmen. Er bekam eine sogenannte Toleranzbewilligung mit den üblichen Auflagen: daß er 1. kein Geld verdiente, und 2. der öffentlichen Hand nicht zur Last fiel.

Bei einem Mord, Zerutt, müßten wir Ihnen beweisen, daß Sie es gewesen sind. Aber hier geht es um einen Lebenslauf. Dabei könnten Sie uns ein bißchen helfen. Wissen Sie, warum? Weil Sie damit niemandem so sehr helfen würden wie sich selbst. Also: würden Sie diesen Lebenslauf noch unterschreiben?
Stille. Dann sagt Zerutt langsam: Ich danke Ihnen für das schöne Zimmer.
Wieso?
Ich könnte mir das nie leisten.
Wir sind doch keine Unmenschen, hören Sie.

Und immer wieder die gleichen Fragen: Warum nahmen Sie so viel Geld von Albisser? – Ich brauche Geld.
Wovon haben Sie gesprochen, bevor er auf Sie geschossen hat? – Vom Wetter.
Keine Frage mehr, jetzt muß Dr. Egli deutlich werden: Zerutt. Bis jetzt haben Sie nur meine Schokoladenseite kennengelernt. Ich finde Sie ein fideles Haus, auf Ihre Art. Ich würde Ihnen gönnen, wenn Sie im Lande bleiben könnten, ob Sie nun Zerutt oder meinetwegen Dracula heißen. Aber wenn Sie mir nicht reinen Wein einschenken – warum lachen Sie?
Zerutt lacht, er kann es nicht beherrschen; da es weh tut, lacht er böse. Über das »fidele Haus«. Das hat ihm noch kein Mensch gesagt.
Sind Sie Marxist? fragt Dr. Egli.
Lache ich wie einer?
Wir haben bei Ihnen marxistische Schriften gefunden.
Ich besitze nur die Korrespondenz von Herrn Dr. Marx mit Herrn F. Engels, Kaufmann.
Wozu lesen Sie so etwas?
Wegen des Englischen. Herr Dr. Marx verwendet ein sehr mündliches, sehr direktes Englisch, mitten im deutschen Satz. Das Buch wurde mir empfohlen, bevor ich nach England ging. In Amerika nützte es mir dann nichts mehr.
England? fragt Dr. Egli. – Amerika? Wann soll das gewesen sein?
Sie müssen es bei den Akten haben.
Jetzt lacht Dr. Egli wider Willen. – Ich kenne Sie, sagt er. Sie werden mich auch noch kennen lernen. Ich werde Sie bald selbst bei den Akten haben, Sie Vagant.
Was hatten Sie für ein Vulgo?
Bitte? sagt er. – Sie wissen also, daß ich in einer Verbindung war. Aber das Vulgo sage ich Ihnen nicht. Ums Verrecken nicht.
Schmatz, sagt Zerutt.

Dr. Egli hat sich schon erhoben. Ja, ja, sagt er. Und nach einer Weile: Mich erwischen Sie nicht.

Schwester Claudia möchte Zerutt an ein Radio anschließen, gegen seine Stille, die sie sich ungemütlich vorstellt. Sie drückt ihm ein Mikrophon in die Hand, aber nicht zum Hineinsprechen, und zeigt seinem Daumen, wie er an einem kleinen Rädchen drehen soll. Dann wechseln die Programme, und man braucht nur noch einen Zapfen ins Ohr zu drücken, um sie zu empfangen. Früher seien die Geräte ins Kopfkissen eingebaut gewesen, aber nur in den privaten Abteilungen. Jetzt habe man Leitungen durch das ganze Krankenhaus verlegt und hinter jedem Bett, gleich neben der Sauerstoff-Zapfstelle, einen Anschluß angebracht. Dort steckt man einen Stöpsel hinein, dann tönt es, aber gedämpft, damit auch bei mehreren Patienten keiner den andern stört. Zerutt tut Schwester Claudia den Gefallen und probiert den Empfang aus, er ist wirklich sehr gut, sehr privat. Dann drückt er ihr das Gerät wieder in die Hand. Er möchte ihr lieber noch etwas sagen, bevor sie geht.
Und dann sagt er es ihr doch erst, als sie fort ist.
Schwester Claudia, nicht eitel werden. Sie haben nämlich bloß Glück gehabt. Denken Sie an die armen Bösen. Glauben Sie, die wären nicht auch gerne nett? Aber da ist mal was dazwischengekommen, meistens ein Vater oder eine Mutter, irgendeine dieser überanspruchten Bezugspersonen. Und dann rasten die zukünftigen Bösen schon als Kinder an der falschen Stelle ein. Fürs Leben, fast immer. Da müssen dann nur noch ein paar ungeschickte Umstände dazukommen, in die man sich verbeißt, und bei dieser Arbeit sieht man ja immer blöder aus, je mehr Zähne man sich

ausbeißt: da hat man sich die Liebenswürdigkeit schon verscherzt. Da bleibt nur noch ein bißchen Leistung übrig. Und weil die keine Freude macht und man das Glück nicht zwingen kann: Bitterkeit. Bitterkeit am Ende auch gegenüber der Freude und den Freundlichen. So jemand kann dann nur noch Saures schwitzen. Körper und Seele riechen nach einem versäumten Leben. Und das zieht, wie Sie sich denken können, keine Schmetterlinge mehr an. Wer sich ein Leben lang nach der Liebenswürdigkeit strecken muß, wird unliebenswürdig, Claudia, und da Sie es nicht geworden sind, haben Sie einfach Schwein gehabt, Sie und Ihr Photograph. So viel Schwein, daß er nicht einmal nötig hat, Aktphotos von Ihnen zu machen. Wahr oder nicht? Natürlich ist es wahr. Wenn Zerutt traurig ist, hat er immer recht.

Zerutt hat gehört: ein Hörspiel aus China. Er hat gelitten: Schmerzen. Er hat nicht gefunden: Claudias Hand.

Wenn ich in China lebte, als alter Mann, müßte ich mich dort an der Morgengymnastik beteiligen. Man läßt, ohne besonderes Zeichen, seine Arbeit stehen und bewegt sich. Aber man führt keine schroffen, heftigen, militärischen Bewegungen aus. Man spreizt die Beine und zieht mit den Armen ein Netz ein; das Netz ist nur gedacht, aber die Bewegung stimmt. Oder man streckt sich so langsam wie möglich, um eine Frucht zu pflücken von einem Baum, den es nicht gibt. Die Straße verwandelt sich in eine Szene voll bizarrer Figuren, als wäre sie ein erfundener Schauplatz. Jeder spielt, ganz für sich, eine Tätigkeit, die eine der Mühen des Lebens ausdrückt und, wenn mans genau macht und weils freiwillig ist, mit dieser Mühe ein wenig versöhnt.

So müßte es im Jenseits zugehen – sei nicht blöd, Claudia, wer spricht vom Tod, das ist doch das Letzte. Glaubst du, der Lange Marsch hat kein Jenseits, nur weil du's nicht mehr erlebst? Richtig, Schwester. Er hat kein Jenseits, oder es muß mal rasch zu erleben sein, an einem Morgen auf der Straße. Jeden Morgen, Claudia.

Und wenn ich rasch sage, meine ich nicht: hastig. Ich meine nur: JETZT. Lang darf die Übung nicht dauern. Weil dir sonst die schwere Arbeit, die noch getan sein muß, wegläuft und wieder fremd wird. Wie empfindlich ist diese Arbeit: nur wenn du sie von Herzen tust, will sie dein eigen sein. Aber wie kann man sie von Herzen tun, wenn man nichts Besseres weiß? Wie kann man sie gut machen, wenn man in ihr aufgeht? Der Lange Marsch, das heißt: auf der Höhe der eigenen Arbeit bleiben, Schritt für Schritt. Das ist so schwer, ohne Heiterkeit geht das nicht, ohne ziemlich viel Spott über die Mühe, die das macht, und dieser Spott braucht ein helles Herz. Die Arbeit, die da getan sein will, kann ein dummes Herz nicht brauchen, sonst wird sie selbst dumme Arbeit und gehört dir nicht mehr.

Die gute Arbeit frißt viel Erinnerung, das ist ihr Futter: Erinnerung. Daran, daß Nichtstun ebenso gut ist, zum Beispiel, und manchmal schwerer. Daß die Zukunft, für die man schuftet, schon zu schmecken sein muß oder nicht zu kommen verdient. Daß man auf das Ende des Marsches gerüstet bleiben muß, gerade wenn man es nicht mehr erlebt: durch tägliche Erinnerung, daß der Marsch nicht das Ende ist. Der will unterwandert sein durch Genuß, sonst lohnt er sich nicht, keinen Tag hat er sich gelohnt. Wenn man den Trost aus dem Jenseits nicht mehr hat, wird es zum Verbrechen, sich vertrösten zu lassen.

Großvater Mao: damals noch klein auf dem Langen Marsch, heute groß als Meister der Erinnerung. Er läßt sie üben in China; Erinnerung an die Arbeit, die noch zu tun und die nicht das Letzte ist. Er übt sie mit seinen Leuten, damit es nicht *seine* Leute bleiben, damit ihre Arbeit ihr

Eigentum wird. Mao will auf dem Marsch, den er verordnet hat gegen das Elend, auch das sozialistische, auch das private, aber erst mal das allergröbste – Mao will da übersprungen sein. Denk ich mir. Und kann selbst kein Glied rühren. Vor Schmerz. Dann rühr ich aber auch keinen Finger an die Glocke. Wer käme da schon: du nicht, nichts Gefälliges.

Wieder eine Welle: sie trägt genau bis ans Ende der Weisheit.

Wenn schon. Da waren auch schon welche.

Bitte nicht zu lang. So ein Held bin ich nicht, danke. Nicht jede Faser nachzählen, du Pedant.

Gymnastik heiße für Zerutt diese Nacht: nicht klingeln.

Ob ich die nächste Minute noch schaffe? Noch einen Schritt, nur noch einen Schritt: gutgut Schmerz. Sollst recht behalten, du Kindskopf. Nein, ich lache nicht über dich. Ich klingle nur. Zerutt klingelt ja schon.

Es ist die Kugel. Zerutt weiß: wenn die nicht mehr weh tut, ist es der Tod.

A. kam ein Vierteljahr lang regelmäßig zu Z. Sie redeten wenig zusammen. In ihren Kleidern, aber sicher, Herr Dr. Wirz. Nichts als small talk über Pfeifen, aber auch kulturelle Ereignisse: was A. damals eben so beschäftigte. Dabei wahrten beide fast kunstvoll ihre Unbekanntschaft. A. schien fest entschlossen, nichts mehr »preiszugeben«. Er redete nicht einmal von seiner Arbeit an der Schule, nichts von Scheidung; von Krankheiten nur in Nebensätzen. Er ließ Z. empfinden, daß er einen Fehler im Leben nicht mehr machen wolle: Übereilung. Er spielte vom unbeschriebenen Blatt, das er rein hielt für einen Anfang. Daraus ergab

sich ein Klima gespannter, fast humoristischer Nicht-Erwartung.
Das Gespräch drehte sich etwa um das Wetter. Oder: es drückte sich, vom Wetter handelnd, um dieses Wetter herum, denn A. dachte gar nicht daran, es auf die Probe zu stellen. Sie saßen die 120-Franken-Stunden in Z.s Wartezimmer ab. A. hatte seinen Platz mit dem Rücken zum Fenster; sein Gesicht wirkte dann etwas weniger blaß, der Gesichtsschatten diente ihm als Schutz und ein bißchen Ersatz für die Couch, die es bei Z. nicht gab.
A. schien, wenn er vom Wetter sprach, nicht wissen zu wollen, ob es draußen schön war.
Er trug auch allerhand Vorkommnisse aus der Zeitung vor, die er mitbrachte – Z. hatte keine abonniert –, meist Gerichtsfälle, an die er Betrachtungen über den Zustand »unserer« Gesellschaft knüpfte. Zu eigentlich politischen Gesprächen kam es nicht. Vielleicht weil Z. Flüchtling war und erklärte, hier nicht mitreden zu dürfen.
Was sollte eigentlich passieren?
Das Schweigen wurde immer wieder unvermeidlich. Man mußte froh sein, wenn der Tee, den sie regelmäßig tranken – A. kam immer nach vier Uhr – für den Gesprächsstoff aufkam. Leider wußte A. über Tee nicht viel zu sagen, wenn er schwarz und geröstet war. Beim grünen, deutete er an, hätte er mitreden können, aber es war nicht höflich, von grünem Tee anzufangen, wenn man mit schwarzem bewirtet wurde. Und weil es offenbar angeberisch gewesen wäre, grünen Tee mitzubringen – das Angebot war A. einmal entschlüpft, aber dann schämte er sich und machte es nicht wahr –, versuchte A., mit diesen langen Gesprächspausen zu leben. Er tat es, Herr Dr. Wirz, in der Ihnen bekannten, ihm aber wohl unbewußten Schutzhaltung, indem er die Beine übereinanderschlug, die Schultern einzog und auch noch die Arme verschränkte. Sonst hätte er sich wohl mit einer Pfeife beschäftigt, Dampf abgelassen

in seiner Belagerung. Aber diese Sprache sollte ja nicht mehr gelten. Lieber hielt er den Mund und nährte das Mißverständnis, daß er nichts zu sagen habe.
Z. konnte warten, für 120 Stundenlohn.

Eines Tages findet A. eine List. Er spricht zwar nicht, aber er läßt sich sprechen. Er geht aus sich heraus, aber nur sozusagen; mit einem technischen Vorbehalt. Er kommt mit einem Tonbandgerät an, dessen Aufstellung und Betrieb ihm einige Minuten (also für 8–10 Franken) zu schaffen macht. Z.s Stromverbrauch scheint ihn dabei nicht zu genieren. Dann spielt er Z. Bänder vor.
Es wird nie ganz klar, ob es sich bei dem gesprochenen Text um literarische oder biographische Versuche handelt. Jedenfalls kommt eine Ich-Figur darin vor, die mit A.s elektrisch belegter Stimme redet, während A. selbst, der diese Stimme offenbar kaum ertragen kann, die Knöpfe von Z.s Mänteln und Jacken fester näht. Er hat an Z.s Hausjacke einen losen Knopf entdeckt und ruht nicht, bis Z. diese Jacke auszieht und A. zur Behandlung überläßt. Das hat er beim Schweizer Militär gelernt. Z. ist gerührt, weil er aus den Tonbändern erfährt, daß A.s Ich-Figur gar kein gemeiner Soldat, sondern ein Offizier ist, und weil A. auch Knöpfe festnäht, die noch fest genug sitzen. Er kann diese Ichfigur nicht hören, ohne sich dabei in den Finger zu stechen, schielt auch immer wieder, sogar beim Einfädeln, nach Z.s Gesicht. Und doch kann er von diesem Band nicht lassen. Z. schließt, um A. zu entlasten, die Augen beim Zuhören. Es kommt vor, daß A. das Gerät plötzlich abstellt, dann erwacht Z. an der Stille.
A.s Ichfigur spricht ein gutes Deutsch, von dem Z. profitieren könnte, wenn ihn das traurige Thema nicht vom Genuß ablenkte. Das stört Z., denn gerade beim Traurigen hat er wenig zuzulernen; dann kommt es vor, daß er einschläft.

Dabei stellt sich die Ichfigur als weit herumgekommene vor. Wo ist sie nicht überall gewesen: im Fernen Osten, in Dänemark, in den Vereinigten Staaten. Würden da wirklich ferne Länder beschrieben, Z. behielte die Augen offen und möchte Näheres wissen: über Schiffsbau und Mobile Homes, über Wachablösungen vor Kaiserlichen Schlössern und rohen Fisch, über Betriebshymnen, Totenbräuche und Dirnenlöhne. Aber es scheint, A.s Figur habe in der lieben weiten Welt nur ihr eigenes Innere oder das Innere von Arztpraxen und Krankenhäusern gesehen; als sei sie nur gereist, um sich von Medizinern in allen Sprachen bestätigen zu lassen, daß sie nicht reisefähig sei. Z. erfährt nicht einmal, ob sich A. naß oder trocken rasiert hat, geschweige denn, woher das viele Reisegeld kam. Dafür erfährt er allerhand über ein Stück Papier in Singapur, das A. nicht zu seiner Zufriedenheit vollzuschreiben vermochte, oder ein Papier in Kopenhagen oder San Francisco, mit dem es ihm nicht besser ergangen war. Schon die Jugend dieser Ichfigur scheint nur aus Kinderkrankheiten bestanden zu haben, und statt einer ersten Liebe gab es einen Gehirn-Tumor, oder was die Figur dafür hielt. Mit der Schule scheint sie keine Mühe gehabt zu haben, denn Schule kommt auf den Bändern nicht vor.

Z. erfährt, was ein Tumor-Verdacht, wenn man ihm wirklich nachgeht, für das Befinden eines Patienten bedeutet. Da müssen Gehirngefäße mit einem Kontrastmittel koloriert werden, damit man sie im Röntgenbild nachweisen kann, und das geschieht mittels Anstich der Halsschlagader, die nach vollbrachtem Bild kaum durch das Gewicht zweier Krankenschwestern wieder verschlossen werden kann. Da muß die Flüssigkeit der Kopfvakuolen abgezogen werden, diesmal von hinten, durch einen Halswirbel; eine Punktion, die nahe am Atemzentrum und damit am Tode vorbeiführt, ohne daß am Ende etwas anderes herauskommt als ein »negativer« Befund. Mit solchen Beschwernissen hat sich diese Ichfigur, wie Z. dem Tonband entnimmt, ihre reifere Jugend vertrieben und dazwischen sogar eine Doktorprüfung abgelegt, nicht einmal eine medizinische, sondern eine schöngeistige. Ein Körper wird da auf dem Band nicht gegeben, und doch ist nur vom Körper die Rede. Z. sieht gar nicht ein, warum der richtige A., der da vor ihm sitzt, solche Schwierigkeiten mit seinem Körper macht. Bis auf das bißchen Bauch kann er sich doch sehen lassen. Z. erwartet, daß der hilfsbereite Gast sein Schweigen bricht und die Stimme abstellt. Es wäre das Natürliche. Statt dessen geht er nur manchmal zum Tisch, um die Spulen umzudrehen und sich dann wieder unter diese Stimme zu ducken, die auf der Viertelsspur eines Tonbandes Platz hat.

In einem Nebensatz verlautet, daß diese Stimme verheiratet ist oder war.

Einmal hat sich die Ichfigur auf eine japanische Insel zurückgezogen, um dort entweder ihr Papier vollzukriegen oder (wenn Z. recht hört) den klinischen Tod endlich zu finden, hinter dem sie doch offenbar her ist. Z. hat keine Hoffnung mehr, etwas Näheres über diese Insel zu erfahren, Bodengestalt, Bewohner etc., auch diese Insel scheint in einer papierenen Gegend zu liegen. Z. sucht sie nachher aus dem Atlas heraus, zeichnet sie liebevoll nach: was hätte man aus dieser Insel nicht alles machen können! Hier also möchte die kleine Stimme endlich eine große werden oder den Körper abschütteln, den sie doch erst finden müßte; A. hat aufgehört zu nähen. Er saugt an seinem Finger, in den er sich gestochen hat, er möchte doch Z.s Mantel nicht »beschmutzen«, der wahrscheinlich sein bester oder gar einziger ist. Z. winkt ab, darauf kommt es doch nicht an, wo A.s Stimme oder Figur endlich Schluß machen will. Aber A. hat diesen Wink mißverstanden, jedenfalls erhebt er sich heftig und schaltet das Gerät aus. Der Schluß auf der Insel wird an diesem Tag nicht mehr zu erfahren sein.

Aber während A. das Gerät zusammenpackt, nein, er schont es nicht, sieht Z., wie A. Blutproben auf den Schaltern und Tasten hinterläßt, ein schwaches Geschmier auf glattem Kunststoff.

Das Gericht hat die Bänder mit den Papieren Albissers »sichergestellt« und Herrn Dr. Wirz zur Auswertung überlassen. Der Psychiater ist hinter dem Befund »Beziehungslosigkeit« her, im Hinblick auf einen kräftigeren: Schizophrenie. Wahrscheinlich meint er es gut. Er sucht ja mildernde Umstände für den versuchten Totschläger Dr. Albisser. Komisch ist nur, daß Dr. Wirz ebenfalls zu glauben scheint, daß jemand durch das richtige Wort zu retten sei.

Es kamen dann doch Tage – im März, oder wars schon Oktober –, wo es Z. wehtat, drinnen zu sitzen. Stellt er fest, an einem Fleck auf seinem Boden, daß die Sonne *schüchtern* scheint, möchte er sie trösten. Er will zwar noch immer nicht hinaus, aber er kann sich denken, daß er, wenn der Abend kommt, draußen gewesen sein möchte. Dann geht er spazieren.
Auch Rudern kommt in Frage, A. Wenn Sie die Bootsmiete bezahlen, schenke ich Ihnen das Honorar.
Da kommen Sie aber schlecht weg.
Beim Bootshaus fragt Z.: Mögen Sie rudern?
Wenn es kein Test ist.
Ich meine: können Sie rudern?
Keine Angst, sagt A. und denkt: es ist doch ein Test.

Natürlich konnte er es. Er versuchte sogar gemächlich zu rudern, aber das wurde ihm bald zu mühsam.
Schwäne sind nicht zum Überholen gedacht, sagte Z. von der Hinterbank her.
Weit draußen unter den großen Booten, die Stadt war schon niedlich geworden, sagte A.: Ich weiß, daß Sie –. Dann räusperte er sich. – Wie beurteilen Sie die Geschichte auf der Insel? Nicht als Literatur, fügte er ungeschickt hinzu, denn es war ihm ernst.
Ich habe immer auf die Stelle mit den Geishas gewartet.
Was für eine Stelle?
Da kommt ein Trampelboot, warnte Z. – Hatten Sie keine Stelle mit Geishas vorgesehen?
Zu Japan fallen Ihnen wohl nur Geishas ein?
Ich war noch nie dort. Ich weiß nur, was in den Illustrierten steht.
Und was steht in den Illustrierten? fragte A. höhnisch und fuhr in eine Versammlung von Bleßhühnern hinein. Sie flohen hastig, scharrten das Wasser hinter sich. Z. sagte: Daß man sie nicht mit leichten Mädchen verwechseln darf. Daß sie nur für Leute mit sehr viel Lebensart da sind.
A. schnaubte durch die Nase. – Sehen Sie, in Japan hat alles ein anderes spezifisches Gewicht. Das Schamgefühl sitzt an einer anderen Stelle. Es richtet sich ganz nach der sozialen Situation. Aber es ist viel leichter verletzbar als bei uns.
Bei uns ist ja fast nichts mehr verletzbar, sagte Z.
A. spritzte ihn immer wieder naß und wollte es nicht gemerkt haben. Er ruderte Z. so, daß der in die Sonne blinzeln mußte, dafür haßte er ihn jetzt, weil er blinzelte. Zwischen A.s Brauen lief der Schweiß zusammen. Er gab Z. mit jedem Stoß zu fühlen, wie er ihn ruderte.
Bequem, was? sagte A.
Schon wieder in der Nähe des Bootshauses, die Sonne war

weg, auf dem noch taghellen Wasser malten sich schwach die ersten Bänder von Lichtreklame, sagte A bedrückt: Sie haben ja recht, wenn Sie davon schweigen. Es hätte nur eine Geschichte werden sollen.
Wie wäre sie weitergegangen?
Er hätte seine Wette verloren.
Wette?
So viel hätten Sie doch merken dürfen, daß es sich um eine Wette handelte. – Wenn es ihm nicht gelingt, sein Problem einmal auszuschreiben, will er sich umbringen.
Es ist ein Künstlerroman?
A. schluckt und rudert.
Z. fragt: Und bringt er sich um?
Finden Sie, er sollte?
Das weiß ich nicht, es ist Ihre Figur.
Jetzt ließ A. die Ruder hängen und schaute Z. ins Gesicht.
Er sagte: Das nächste Mal werfe ich Sie ins Wasser.
Er half Z. dann doch aus dem Boot, Z. war ja der Ältere.
Sie hatten genau eine Stunde und zehn Minuten gerudert, aber A. mußte nur für eine Stunde bezahlen. Es war seine billigste Stunde mit Z.

A.s Ton änderte sich nach der Bootspartie.
Immer, wenn ich wiederkomme, schelte ich mich einen Esel.
Was soll ich bei Ihnen.
Das müssen Sie wissen.
Ich war beleidigt auf dem See, entschuldigen Sie.
A. hielt etwas Gestrüpp in der Hand, eine braune Hortensiendolde, vorjährige Goldrute, kleinere Trümmerflora; es wird also doch März gewesen sein.
Den Igel habe ich mitgebracht, Sie müßten mir nur eine flache Schale geben.

Sie suchten, aber Z. hatte keine flache Schale, und A. schämte sich, daß er gefragt hatte.
Ein Teller tuts auch. Wir nehmen den.
Ich dachte, er muß tief sein.
Sie brauchen kein Wasser.
Aus dem esse ich aber.
Wortlos begann A. sein Dörrzeug in den »Igel« zu ordnen, bog es in bestimmten Richtungen, hielt häufig inne. Er machte Z. etwas vor, aber etwas Schönes. Er zeigte ihm Japan, wie es wirklich war.
Das Silberpapier auch? fragte Z.
Aluminiumfolie. Sie steht, sehen Sie.
Ist das Kunst?
A. antwortete nicht. Er stellte Z. das Bukett aufs Wartezimmertischchen, trat einen Schritt weg, musterte es, trug es hinüber auf einen freien Platz in Z.s Büchergestell, schob ein paar Steine beiseite; musterte nochmals. Dann legte er Z.s Steine wieder hin, aber nicht genau wie vorher. Z. entnahm seinen Bewegungen: A. hatte in Japan Erfahrungen gemacht.
Machen Sie es bitte nicht kaputt, sagte A.
Aber A.: Z. sieht sich doch in seiner Wohnung nie um. Kaum steht so etwas da, bemerkt er es schon nicht mehr.
Daß Sie mit Ihrem Schmutz leben können, sagte die Sozialfürsorgerin jedesmal.
Ich sehe ihn nicht, bis er verschwunden ist, Frau Huber. Unmerkliche Dinge stelle ich nie fest, das ist eine Gnade bei mir.
Bei Ihnen muß es gleich krachen, bis Sie etwas merken.
Ganz richtig, Frau Huber, krachen muß es bei mir, aber dann merke ich es ganz bestimmt. Dafür habe ich ein Ohr.
Dabei hat Zerutt den Knall der acht Kugeln erst später gehört, beim Erwachen aus der Narkose. Nur die Nase hatte er gleich voll. Blut? Es roch, im Ernst, wie Blei.

Vielleicht wäre Z. die Kugel erspart geblieben, wenn er A.s Blumen angesehen hätte. Es lag A. daran, ein Andenken zu hinterlassen, er tat es nicht anders, und wer dann nicht sehen wollte, der mußte später fühlen.
Die Frage ist, ob Z. nach allem, was er heute zu fühlen bekommt, nachträglich bedauert, A.s Blumen nicht gewürdigt zu haben. Die Antwort lautet nein. Z. mag keine Blumen, außer Rittersporn, und Z. will kein Andenken an A.

Und was hat Ihr Held dann getan, nachdem ihm seine Geschichte gelungen ist?
Sie ist ihm eben nicht gelungen.
Ich finde sie gelungen.
Es hätte etwas anderes passieren müssen. Ein einziger ehrlicher Satz, zum Beispiel.
Sie gehen doch mit sich ins Gericht, ich könnte das nie. Stürzt er sich dann in den Krater?
Wie kommen Sie auf einen Krater?
Es ist doch eine Vulkaninsel, sagt Z., da liegt das nahe.
A. schweigt. Dann sagt er:
Er *will* sich hineinstürzen. Aber dann gibt es nur noch Pannen. Beim Aufstieg kommt er an einer Hütte vorbei. Sie gehört einem alten Mann, der sich als Führer anbietet. Er ist brotlos, die Saison hat noch nicht begonnen, also kann mein Held – A. korrigiert: die Figur – nicht nein sagen. Er wird auf das Maultier gesetzt, das müßte ja selbst getragen werden, Haut und Knochen, wie es ist, eigentlich hat er sich von diesem Tier erweichen lassen, als er das Angebot annahm, und jetzt schämt er sich, darauf zu reiten. Er hat das Gefühl, wenn er oben seine Absicht wahrmachen würde, hätte das Tier seinen schweren Gang umsonst getan –

A. lacht, er wird warm vor Hohn über seine Figur, die nicht zu ihrem Selbstmord kommt, weil sich der Maultierführer auf dem Gipfel nicht abschütteln läßt. Sie stehen unter Lavatrümmern und feilschen darum, ob sich der Held, die Figur, einen Augenblick entfernen darf. Der Führer, das Juwel, läßt es nicht zu, hier oben müsse man sich auskennen, um nicht zu verunglücken. Das ist sehr witzig, weil die Figur ja auch nicht *verunglücken* will, sie möchte *springen*, wozu sucht man sich sonst einen aktiven Krater aus; auf diesem Luxus muß sie bestehen, und der arme Klepper steht daneben und kann nicht mal grasen. Die Figur zahlt den Führer aus, horrend, der müßte eigentlich merken, daß man jetzt auf ihn verzichten will. Aber es scheint, der Figur ist ausgerechnet auf ihrem letzten Gang eine Art Mitmensch begegnet, der schon aus sprachlichem Unverständnis nicht abzuschütteln ist. Die Figur, der Held, meldet jetzt an, daß er austreten will, er packt geradezu – hier errötet A. und fährt dann weiter: aber das hilft auch nichts, das ist kein Rückzugsmotiv, in Japan verrichtet der gewöhnliche Mann das kleinere Geschäft (!) an jedem Straßenrand. – Also muß sich die Figur in aller Form, mit Pathos sozusagen, die Hose hinunterlassen und sich hinter den nächsten Lavabrocken kauern, damit der Führer nur endlich mal wegsieht. Endlich kann sich der Held im Schutz dieses Brockens wegstehlen und die Hose festziehen, bevor er richtig zu laufen beginnen kann, in die Richtung, wo er den Kraterrand vermutet. Und dann rennt er gegen einen hohen Maschenzaun, der so in der Eile gar nicht zu übersteigen ist; einmal hätte sich der Mensch ja auch gern noch sein gewaltiges Grab in Ruhe angesehen, und mit Gefühl; er will ja nicht hineinspringen wie in eine abfahrende Straßenbahn. Aber inzwischen ist der Führer, so schnell ihn seine alten Beine tragen, schon wieder herangekommen und verdient sich nochmals ein Trinkgeld, indem er seinen Touristen vom Gitter wegzieht. Dann führt er ihn an eine

Stelle, wo man den Krater nicht nur gefahrlos, sondern in seiner ganzen Schönheit überblickt –
A. erzählt noch, daß er daran gedacht hat, auch die Ermordung Präsident Kennedys in seinen Selbstmordversuch einzubauen, als Folie, vor der sich dann der ganze Akt nicht mehr gelohnt hätte. Aber dieses Motiv wäre zuviel gewesen, findet er, man darf das Komische nicht zu dick auftragen, wenn man sich seine Wirkung bewahren will –
Kurzum: die Figur will leben, bemerkt Z.
A. mustert ihn feindselig. – Die *Figur* ja, sagt er und verschließt den Mund.
Das war eine Erpressung.

Nach diesem Tonband weiß Dr. Wirz Bescheid: der Mord an Kennedy ist nur aufgeschoben, der kommt noch. Der muß noch kommen.
Mord, Herr Doktor?
Mord, Zerutt, sagt Dr. Wirz mit feiner Betonung. – Sie werden sehen. Sie sind nicht der einzige gewesen.

Sie sind schon einmal wegen Beamtenbedrohung verzeigt worden, sagt Dr. Egli.
Um Gottes willen!
Ich kann es Ihnen schwarz auf weiß beweisen.
Dr. Egli räuspert sich, er hat schon wieder vergessen, daß Zerutt nicht sehen kann.
Vor mir, sagt er, liegt ein Rapport von Wachtmeister Hünermann. Am 27. Juli 1969 um ca. 17.45 Uhr fuhr er mit seinem PKW auf der Bellerivestraße stadteinwärts Richtung Bellevue. Auf der Höhe des Corbusierhauses kamen Sie der Kolonne, die Wm Hünermann mit seinem PKW

anführte, auf dem bergseitigen Trottoir entgegen. Erinnern Sie sich jetzt daran?

An den Berg nicht, aber ich allein gegen eine ganze Kolonne, das kann nicht gutgegangen sein.

Dann trat ein Individuum – das sind Sie –

Vielen Dank.

Sie finden es wohl originell, die Leute auf den Arm zu nehmen, sagt Dr. Egli ruhig.

Was ist ein PKW?

Er schweigt.

Vielleicht errate ich es ja. Da trat ein Individuum –

Auf Stichwort darf er nicht weiterlesen. Darum sagt er einfach: Das waren Sie, und Sie haben diesen Hünermann bedroht.

Da muß ich doch um den polizeilichen Wortlaut bitten.

Der Untersuchungsrichter liest: »Dann trat ein Individuum, das sich nachmals mit einem Flüchtlingspaß als Zerutt Constantin, rumänischer Staatsangehöriger, auswies, direkt auf das von mir gelenkte Spitzenfahrzeug der Kolonne zu, hob die rechte Hand, schüttelte dieselbe und erschreckte mich als Fahrer durch diese unerwartete Bewegung so, daß ich einen Augenblick die Herrschaft über mein Fahrzeug verlor.«

Das ist eine tendenziöse Darstellung. Wahrscheinlich hob ich beim Gehen kurz den Zeigefinger und schüttelte ihn ein paarmal in Richtung der mich blendenden Windschutzscheibe.

Sie geben es also zu.

Ich schüttle meinen Zeigefinger öfters beim Spazierengehen.

Sie drohen den Automobilisten?

Nicht drohen. Und auch Fußgängern.

Wozu?

Damit sie nachdenken. Ich liebe den Ausdruck plötzlichen bestürzten Nachdenkens in einem fremden Gesicht.

Soll das ein Sport sein?
Ein Test. Ich bin doch Psychologe.
Damals sind Sie aber an den Falschen gekommen.
Ich bin an den Richtigen gekommen. Er hielt sogar an.
Er hat Sie gestellt.
Er verwirrte die ganze Kolonne. Einige hupten wie verrückt. Er riß seinen Wagen auf das Trottoir, sprang heraus und mir nach.
Und warum, denken Sie?
Das habe ich ihn auch gefragt.
Dafür haben Sie aber auch eine geschmiert bekommen.
Ich habe ihm verziehen. Wenn er sich nicht selbst angezeigt hätte –
Er hat *Sie* angezeigt, wegen Beamtenbedrohung und mutwilliger Störung des öffentlichen Verkehrs.
Es waren nur Autos.
Sind Sie sich noch immer nicht bewußt, daß Sie Menschenleben gefährdet haben?
Nicht, wenn Wachtmeister Hünermann einfach weitergefahren wäre. Er war ja nicht einmal in Uniform.
Nachdem Sie ihn provoziert hatten?
Ich habe ihm meinen Finger gezeigt.
Sie hatten keine Ahnung, daß er Polizist war, wie?
Ich sah nur seinen Ernst. Seinen tiefen Ernst.
Dr. Eglis Stimme ist anzuhören, daß er gegen seinen Willen wieder Spaß versteht, dabei ist das wirklich kein Spaß.
Zerutt, sagt er, Sie wollen die Leute verunsichern. Offenbar gehen Sie davon aus, daß jeder einmal etwas ausgefressen hat –
Hat Wachtmeister Hünermann etwas ausgefressen?
Jeder hat etwas ausgefressen, sagt Dr. Egli. – Das wissen Sie so gut wie ich. Und auf diesem Instrument spielen Sie.
Haben Sie auch etwas ausgefressen?
Das kommt bei jemandem, der sich mit Wirtschaftsdelikten befaßt, auf die Beleuchtung an. – Das wollen Sie doch.

Einen Verdacht lancieren, blind schießen. Sie verlassen sich drauf, irgendwo schlägt das immer ein.
Zerutt hört immer: schießen. Darf er Dr. Egli daran erinnern, daß Zerutt hier weit und breit der einzige ist, der weder geschossen hat, noch schießen kann, noch Freude hat am Schießen. Dafür ist er derjenige, der getroffen wurde.
Von drei Kugeln, ich weiß. Das ist Ihre Masche –
Na ja.
Entschuldigen Sie. Aber Sie dürfen sich einfach nicht wundern.
Sehen Sie das, Herr Doktor?
Sie drohen mir.
Ich habe nur meinen Finger erhoben.
Und?
Und?
Das meine ich. Sie machen die Leute verrückt –
Und?
Was soll ich tun? fragt Dr. Egli gereizt.
Los!
Seien wir ernst.
DAS IST ERNST, Herr Doktor, sagt Zerutt und streckt Dr. Egli den Finger unter die Nase. Dr. Egli packt den Finger mit einem Schwung, als wäre der Finger eine Fliege. Seine Hand ist feucht und zittert ein wenig.
Zerutt verbeugt sich leicht in seinem Kissen. Dr. Egli läßt sofort los.
Ist es das, was Sie wollen?
Ich weiß nicht.
Wie hätte Wachtmeister Hünermann Ihren Finger schnappen sollen? Wo er im Auto saß?
Es gibt tausend Wege.
Sie haben ihn zu Tode erschreckt.
Als er aus dem Wagen sprang und mir nachlief, konnte man denken, er sei immer noch auf dem rechten Weg. Auch schlagen hätte er mich dürfen, es kam ihm ja von Herzen.

Aber als er dann seinen Meldeblock herauskramte, da war es zwischen uns zu Ende.

Sagen Sie, fragt der Untersuchungsrichter, haben Sie schon einmal jemand getroffen, mit dem der Test funktionierte?
Ein Mal.
Wen?
Zerutt mustert Dr. Egli durch seine sieben Binden.
Ich weiß nicht, ob ich das weitersagen darf.
Bitte.
Es war einmal, und ich spazierte am Limmatquai, auf der Wasserseite, wie es meine Art ist, aber am frühen Morgen, was sonst nicht meine Art ist. Zwischen dem Verkehr und dem Fluß kann man da für sich gehen und die Sonne im Rücken haben. Ich ging von der Stelle, wo Sie die Fleischhalle abgerissen haben, Richtung Urania-Brücke –
Ich habe sie nicht abgerissen. Ich bin nämlich nicht an allem schuld.
Sie sind doch an gar nichts schuld, Herr Doktor Egli.
Und Urania-Brücke heißt es schon lange nicht mehr.
Wie heißt es denn?
Rudolf-Brun-Brücke.
R-Br-Br, das ist ja zum Frieren.
Brun war ein Revolutionär, der müßte Ihnen gefallen.
Zerutt lacht. Ein Revolutionär in Zürich! Und Sie nennen eine Brücke nach ihm?
Es gab hier auch Revolutionen, denken Sie, sagt Dr. Egli leise. – Es gab eine Offenheit allem Neuen gegenüber. Unsere Universität war das Werk radikaler Leute, die ETH auch. Viele von ihnen waren deutsche Emigranten.
War Brun ein Professor?
Der begründete erst unsere Zunftverfassung. Im 14. Jahrhundert.
Ein Wirtschaftsverbrecher.

Dr. Egli lacht. – Vom Adel aus sicher. Er war übrigens selbst einer vom Adel. Also, Sie gingen am Limmatquai.
Ja, zur Brücke der Revolution. Es war ein Föhntag, früh klar, nicht geheuer, die Limmat beeilte sich unter meinen Füßen, daß sie weiterkam, die Leute flüchteten auf die andere Seite, in den Windschatten der Bögen. Nur eine Person kam mir auf meiner Straßenseite entgegen, eine Dame mit Pudel, und ließ sich zausen. Alles an ihr war mit dem Wind gestrichen, Kopftuch, das vom Kopftuch kaum gehaltene Haar, ich fürchte: Perücke, auch der Rock. Sie war recht plastisch, sie erinnerte mich an einen Zierstrauch in einem windigen Herbst.
Jung?
Kaum. Wahrscheinlich eine ältere Nutte, die wieder einmal ausgeschlafen hatte.
Wenn sie einen Pudel hatte.
Nicht jede Nutte hat einen Pudel. Ich kannte einen, der hatte einer Nutte ihren Spaniel abgekauft. Der biß wie der Satan, war einfach nicht zu gebrauchen. Mein Bekannter fragte sich, wie das Tier tragbar gewesen war, in einem Nutten-Haushalt. Er erfuhr, daß der Hund ins Badezimmer eingeschlossen wurde. Wenn sie dann arbeitete, heulte er zum Erbarmen. Man sollte denken, so etwas verwirrt die Kunden oder verscheucht sie sogar. Aber es war der Hausmeister, der sich beschwerte. Er wollte ein ruhiges Haus. Außerdem durfte nie ein Gast das Badezimmer benützen, der Spaniel hätte ihn zerrissen. Er mußte ungewaschen nach Hause, und da zerriß ihn dann wohl die Gemahlin. Das Geschäft litt nach allen Seiten, und der Hund mußte weg. Mein Bekannter dachte, nach einem halben Jahr scharfer Dressur sei der Spaniel für die Gesellschaft zurückgewonnen. Aber immer, wenn mein Bekannter an etwas Bestimmtes dachte, heulte der Hund wieder. Es kam keine Freundin mehr ins Haus, der Hund hätte zu stark geheult, er wollte ja nicht rückfällig werden. Innerliche Un-

terschiede beim Geschlechtsverkehr ließ er nicht gelten. So lebte mein Bekannter wie ein Mönch. Er versuchte den Hund einmal zu bestechen und führte ihm eine läufige Hündin zu, sogar eine von Familie. Der Spaniel wußte nichts Besseres, als sie in Stücke zu reißen. Er war gleich streng mit sich wie mit den Menschen. Darauf mußte man ihn abtun, mein Bekannter sagte: vom Fleisch erlösen. Beim Sterben wurde die Menschenähnlichkeit des Hundes ganz deutlich. Mein Bekannter heulte. Er lebt immer noch wie ein Mönch, das ist die Macht der Erziehung.

Und am Limmatquai –

Also denken Sie einmal, Herr Doktor, Sie gehen etwa hundert Meter weit über den windgepeitschten Asphalt immerfort auf eine ältere Dame mit Pudel zu, deren Gesicht im Augenblick vollständig zugeweht ist. Sie erraten gerade noch den dicken Zinnober um die Lippen. Da muß doch etwas geschehen, so eine Distanz, die außerdem immer weniger wird, halten Sie sonst nicht aus, es zuckt Ihnen in allen Gliedern. Ich wußte mir nicht anders zu helfen, ich hob meinen Finger, drohte der Dame, wie Wachtmeister Hünermann es nennen würde.

Und dann?

Dann drehte der Wind und blies ihr Gesicht wieder frei. Ein richtiges, massives Tabaksgeschäftsbesitzerinnengesicht, viel Fleisch, gewissenhaft gepflegt, angenehm gehärtet durch Weisheit. Sie sah meinen Finger. Und dann ging es wie Sonnenschein über dieses Gesicht, es war natürlich auch grade Sonnenschein, die Wolken zerrissen an der richtigen Stelle, und siehe, die Dame hob ihren Finger auch – sie trug Handschuhe, weiße mit groben Maschen – und drohte zurück. Volle zehn Schritte drohten wir einander, und mein Zeigefinger war steif vor Glück.

Bitte? sagt Dr. Egli.

Es war ein schöner Morgen, Dr. Egli, es wurde Frühling, und ich sah ihr nach, wie sie den Pudel an der Leine fest-

zog, damit er nicht wegfliegen konnte. Sehen Sie, Dr. Egli: ich brauche mich nur zu vergessen, dann kommt diese Dame wieder auf mich zu.
Sind Sie Masochist? lacht Dr. Egli.
Alles, was Sie wollen, Herr Doktor, alles was Sie wollen.

A. hatte den Eindruck, daß sein Verhältnis zu Z. in Bewegung geraten sei. Diesen Eindruck wollte er festhalten. Eines Nachmittags beugte er sich über Z.s Papiere und sagte: Jetzt weiß ich, warum Sie mich nicht aushören wollten. Sie waren eifersüchtig. Sie fabrizieren selbst gerne Inseln.

Es ist wahr, wenn Z. eine Schriftprobe betrachtete, über die er ein Gutachten verfassen mußte, so kritzelte er sich keine Notizen dazu, sondern Inseln.

Manchmal schleicht sich beim Entstehen von Z.s Inseln eine Katastrophe ein. Eine sanfte: Z. hat sie nicht bemerkt, und gleich ist es zu spät: eine Höhenkurve verpaßt ihren Anfang. Das ist im kupierten Gelände leicht möglich. Die Kurve wandert an sich selbst vorbei und erkennt sich nicht wieder. Sie bricht aus, steigt, droht end- und heimatlos zur Spirale zu werden und Z.s Insel, bevor sie sich recht bilden kann, zu umstricken, zu erwürgen. Eine bösartig gewordene Linie. Wenn Z. elend ist, läßt er sie so weiterlaufen, bis sie am Gipfel, der keiner werden durfte, liegenbleibt, blind wird, ein toter Punkt.
Gewöhnlich merkt es Z. früh genug, wenn eine Kurve verwildert, und sucht seine Insel zu retten. Er läßt dann zwei

Kurven zusammenfallen: ein Absturz. Da bleibt nur noch die Flucht in eine senkrechte Wand. So kommen Z.s Inseln oft zu Wänden, wo keine hingehören, am Rand eines weichen Deltas zum Beispiel. Oft hat er auch noch versäumt, dort einen Fluß münden zu lassen. So entstehen Geländeformen, die nur eines rechtfertigen kann: Naturschönheit.

Bei leichten Schriftproben macht Z. seine Insel flach. Ein Profil, dem man ansieht, daß es sich kaum entschließen kann, Land zu werden. Vielleicht taucht es nur bei Ebbe auf, oder im Halbschlaf. Die Flut nimmt es zurück, ohne Brandung aufzubieten, streift es einfach weg. Solche Inseln sind dann, von ihrer Melancholie abgesehen, nicht der Rede wert, aber Z. nimmt an, der Bewerber kriegt, bei dem Personalmangel, seine Stelle trotzdem.

Dr. Egli will wissen, wie man es bei einer Schreibmaschine macht. Bei einer mechanischen kann ers noch begreifen. Da gibt es den verschieden starken Anschlag. Das ist mit Fingerspitzengefühl herauszuholen, auch wenn die Finger von Natur ungleich stark sind. Aber bei einer elektrischen Maschine? Bei einem IBM-Typenkopf?!

Es bleibt, Herr Dr. Egli, das graphische Gesamtbild. Der Umbruch an der rechten Kante. Es bleiben Eigenarten des Einrückens, der unterschiedliche Gebrauch der Leertaste. Es bleibt – oder fehlt – das Gefühl für den goldenen Schnitt in der Proportionierung der Textgruppen. Es bleiben Atavismen beim Unterstreichen, handschriftliche Rückstände, wenn Sie wollen. Arten der Hervorhebung. Eigenarten der Mischschrift, der Abkürzungen, des Zeichengebrauchs. Unschätzbar sind eigenhändige Korrekturen –

Jeden Tag gegen fünf Uhr geben Zerutts Wunden etwas Ruhe. Dann kommt Dr. Vögeli, um sich nach dem Befinden zu erkundigen. Er meint Zerutts Wunden: sie gefallen ihm, sagt er. Nur bei Zerutts rechtem Auge, das er sorgsam auspackt und bespiegelt, drückt er sich zurückhaltend aus: Zerutt solle so weitermachen.

Claudia geht um sieben Uhr. Vorher bekommt der Patient noch die Gute-Nacht-Spritze von ihrer Hand, einen Stich in den Oberschenkel. Was das verhindert oder bewirkt, weiß Zerutt nicht; er wird nicht müde davon. Er öffnet seine Augen unter dem Verband, auch das verlorene (man behält eine Art Sicht darin, wie die Amputierten Gefühl in ihrem entfernten Bein), stellt einen Unterschied fest zwischen seiner Tagblindheit und seiner Dämmerungsblindheit; die subjektiven Farben (Goethes Erfindung) spielen gegen Honig und Lila. Draußen ist noch lange Tag, nimmt Zerutt an, nur der Spitaltag ist vorbei, und in der Halbstunde zwischen Tagschwester und Nachtwache breitet sich eine leichte Leere aus, ein Bruch in der Luft, in die etwas Kindheit einfließt und Langeweile, auch Glockenläuten; die läuten hier ja unaufhörlich, feiern jeden Tag ein paarmal Beerdigung. Im Schweigen der Glocken hören Zerutts Ohren, dumm geworden, ein bißchen Klappern im Korridor draußen, verspätetes oder verfrühtes, ein Pausengeschwätz zu alter oder zu junger Schwestern, sich ablösende Schritte, die vorübergehen, keinem Patienten mehr gelten, sondern der Vorbereitung der Nacht.
Zerutt denkt, und es hilft nichts: jetzt verwandelt sich Claudia draußen wieder aus einer Schwester in eine Frau und geht mit einem Maul voll Lippenstift weg. Hoffentlich kann ihr Photograph wenigstens kochen. Sicher kocht er

scharf. Während sie ihr Kleinauto wegsteuert Richtung Kantonsgrenze, lassen Zerutts Gedanken sie auch fahren, spätestens in Schlieren hat er keinen Wunsch mehr, und kann nicht schlafen. Es geht hier zu gedämpft zu, die Zeit läuft so unscharf ab, daß er keine zu gewinnen hat und keine zu verlieren glaubt. Das Unwiederbringliche ist da und rührt sich nicht. Wenn du nicht schlafen kannst, genieß dein Nichtschlafen. Das ist bald gesagt. Vielleicht hilft das: sich an all die Stellen erinnern, die nicht mehr so wehtun.
Die Nachtschwester geht jetzt um, Zerutt nimmt an, es wäre lustig, die Nachtschwester zu ertappen, wüßte man nur, bei was. Der Schwesternmangel preßt sicher Leute zum Nachtdienst, die früher im Spital nicht vorgekommen wären, heimliche Hexen, verstoßene Nonnen, Schrankenwärterinnen, die man durch eine Überführung ersetzt hat. Er hört ihre merkwürdigen Tritte hereinschleichen und innehalten, weiß Gott, was die erforschen und grade in der Hand halten. Er stellt sich dann schlafend, vielleicht entgeht ihm da viel. Er sollte sich einmal totstellen oder gar eine ansprechen mit seiner hohlen Stimme.

A. ist im Grunde schüchtern. Nehmen wir an: er sitzt an seinem Schreibtisch, allein, will Hefte korrigieren. Aber nicht so richtig. Er dreht an seinem Radio, es kommt Musik heraus, die er nicht mag, auch nicht brauchen kann (er will ja arbeiten) – dann getraut er sich nicht gleich, diese Musik abzustellen. Er kann sich, auch wenn er sie nicht mag, zu gut denken, warum sie trotzdem ihre Berechtigung hat. Er ist, als Einzelkind, in Lebens- und Geschmacksfragen unsicher, deshalb zu schroffen Urteilen rasch bereit, aber auch imstande, das Gegenteil für möglich zu halten, wenn er sichs überlegt.

Da die Musik einmal da ist, veranlaßt ihn seine Phantasie, auch diese Musik für möglich zu halten. Vielleicht kennt er Leute, ältere Verwandte, denen sie etwas bedeuten würde. Was können diese Leute für ihr ungeschicktes Leben. Es kam halt vom Platten-Klub im Abonnement, eine Wassermusik, eine Winterreise; davon wird die Musik nicht schlechter. A. benötigt einen Ruck dazu, diese Musik abzuwürgen, den Ruck künstlicher Selbstachtung sozusagen. Schließlich haben ihn diese Leute mit ihren Platten von Maria Stader auch kaputt gemacht. Die Gummibäume hörten mit, das Messingleuchterchen, das verbilligte Stilmöbel. Und die »Polstergruppe«. Die war, fett und aufgeräumt, der wahre Zuhörer für Nußknackersuiten und Charakterstücke.

Stille; nun erst recht die Stille von damals. Tote Nachmittage der Kindheit schlagen ihr Auge auf. A. glaubt nicht, daß er jetzt noch arbeiten kann.

Er glaubt sich seine Bücher nicht, seinen Schreibtisch. Er fürchtet sich vor dem Telefon, das mitten in der Unordnung seiner Papiere steht. Es könnte läuten. A. hätte gerade keine Stimme, wenn er es abnähme, oder nicht seine eigene. Er zieht das Kabel heraus. Dann legt er sich aufs Bett nebenan, mit einem Buch.

Er liest nur noch Bücher, die er schon kennt.

Dazu mißt er sich Temperatur. Einmal in der linken, einmal in der rechten Schulterhöhle. Die rechte ist zwei Zehntelgrade kälter. Aber auch noch über dem roten Fieberstrich.

Immerhin: zweimal zehn Minuten gehen vorbei.

A. pflegt sich ein bißchen. Er hat einen ganzen Schrank voll Medikamente. Weinen kann er schon lange nicht mehr. Er vergißt sofort, was er liest.

Er kann die Stunden für morgen nicht vorbereiten. Er denkt: das schadet nichts. Vor der Klasse ist mir noch immer etwas eingefallen. Bis jetzt. Bis jetzt ging es manchmal

sogar besonders gut, wenn er nichts in der Hand hatte. Aber er weiß nicht, ob die Schüler das auch finden.
Er weiß wenig über seine Schüler. Er kann sich ihre Namen nicht merken. Ihre Gesichter begleiten ihn nicht. Die improvisierte Stunde war zu anstrengend.
Notfalls wird er einen Stundenaufsatz schreiben lassen. Dann hat er morgen abend wieder zu arbeiten.
Er dreht das Radio wieder an. Nachrichten. Nachrichten darf man nicht verpassen. Es könnte etwas geschehen sein, was die eigenen Probleme unwichtig macht. Woran man morgen in der Stunde anknüpfen könnte. Man wäre ein aktueller Englischlehrer.
Ein Flugzeugabsturz bei Korfu, 134 Tote.

Am andern Tag wird er in jeder Klasse ein Gedicht behandeln, Gedichte machen nicht viel Vorarbeit. Er wird damit enden, daß er sagt: und jetzt denken Sie darüber nach, warum das ein politisches Gedicht war.
In einer andern Klasse, die schwieriger ist, wird er einmal ungefragt sagen: Sehen Sie, ich will gar nichts geworden sein.

Nach der Stunde wird einer zu ihm kommen, der mehr über Ferlinghetti wissen möchte, und seinen Satz damit beginnen, daß er sagt: Entschuldigung, Herr Doktor. Dabei hat A. seinen Schülern verboten, ihn mit seinem Titel anzureden. Dann ist A. einen kurzen Augenblick glücklich. Er entschuldigt den Schüler gern. Er verspricht ihm, daß er auf Ferlinghetti zurückkommt.
A. war doch in Amerika, wie sollte er zu Ferlinghetti nichts zu sagen wissen.
In der nächsten Stunde hat er es vergessen. Der Schüler fragt nicht mehr.

Ein paar Tage später wird sich A. erinnern, daß er es vergessen hat, und sich Gedanken machen, weil der Schüler nicht mehr fragte; schreckliche Gedanken über sich selbst. Dann wird er, zum erstenmal in drei Wochen, wieder eine Pfeife rauchen.

Oder:
Am Morgen, wenn A. aus dem Haus sollte, sieht es so aus bei ihm: er sucht.
Es hätte nur an drei Orten sein können: auf dem Fenstersims, auf der Truhe neben dem Ausgang, oder in der Jacke von gestern. Zum drittenmal, schon nachlässig im Vorgefühl des sicheren Mißerfolgs, streift er mit der Hand – wozu, wo doch ein Blick genügt hätte – nochmals über den Schleiflack des Simses. Dabei dreht er ein paar liegengebliebene, unbeantwortete Briefe um. Natürlich nicht. Gut, er kann ja nochmals in die Taschen seiner Jacke fahren. Es gibt nichts, was einen so müde machen kann, sterbensmüde, wie der kleine Unrat in einer Jackentasche, ein Trambillett, ein paar aschig gewordene Streichhölzer, ein Fingernagelputzer, der auch gleich benötigt wird: die Fingerspitzen sind von einem Griff in die Tasche schon unmöglich geworden, stumpf, machen das Ausgehen undenkbar, zum Händewaschen bleibt doch keine Zeit mehr, er hätte vor drei Minuten das Haus verlassen müssen –. Jetzt kann er ebensogut noch in Ruhe die Nägel reinigen. – Schöne Ruhe, die aus dem Augenwinkel nochmals die ganze Wohnung abtastet. Er hat es sich doch zurechtgelegt, er hat es an einen extra Ort gelegt, der nicht zu übersehen war, er hat es der Unordnung vorsorglich entzogen. Aber wohin? Es ist sinnlos, aus dem Haus zu gehen, wenn er es nicht bei sich hat, es würde die dunkelsten Verdachte bestätigen,

die an der Schule über ihn umgehen. Oder meint er das nur?
Kalte Wut über den Stillstand, der jetzt, genährt vom langen trägen Zuspät, in der Wohnung herrscht, zum Schneiden dick. Der Wasserhahn tropft, die Fliegen halten ihre Flügel an, die Topfpflanze rührt sich nicht, wie kommt er dazu, nach all den Erfahrungen seiner Jugend eine Topfpflanze zu haben?
Ach, wäre nur alles egal, aber in Wirklichkeit braucht er diese Pannen offenbar, um das Zittern zu kriegen, in stille Raserei zu geraten, ja, über sein Unvermögen zu Gegenständen, die jede seiner Schwächen benützen, nachstoßen, nein: sachte nachrutschen in jede Lücke seiner Erinnerung, zuwachsen wie ein Urwald, wie ein Kehrichthaufen, und ihm eine geschlossene Oberfläche der Verwirrung bieten: sein eigenes Bild im Spiegel unerschöpflicher, schon fast naturhafter Unordnung.
Da: die Papierstöße auf dem Schreibtisch, auseinandergewühlt, zerfallen unter seinen Händen, denn er hat ja überall gesucht, auch da, wo er wußte, daß es nicht sein konnte. Wer soll das je wieder zusammenbringen, diese Nester der Verlorenheit, die schon die Verlorenheit von morgen ausbrüten und in denen die Verluste, die ihn morgen treffen werden, sich dann schon wieder wie gestrige ausnehmen werden, mit einem Hauch von ewigem Staub darauf und Aschenbrösel von der Pfeife, von entlaufenen Tabakkrümeln zu schweigen, die er jetzt, als hätte er nichts anderes zu tun, einzeln mit nassem Finger aufpickt, Herrgott, ist sein Mund trocken, und wohin jetzt mit den Krümeln? In den Mund, ausgerechnet in den Mund, wo er doch weiß, was Tabak im Magen ausrichtet, und im Darm erst!, sein Vater ist nicht ohne Grund an Darmkrebs gestorben, nur weil er das Wasser verschluckt hat, das ihm beim Stumpenrauchen, billigste Sorte, im Mund zusammenlief; nicht umsonst spuckt A. nach jedem zweiten Pfeifenzug aus,

schüttelt seinen zähen Speichel in den Papierkorb ab, um an was anderem einzugehen, wenn möglich. Und jetzt, volle fünf Minuten zu spät für den Zug in die Schule, frißt er den Tabak krümelweise, nur weil er keinen Ort dafür weiß, weil ihm niemand mehr seine Sachen aufräumt, weil er es nicht finden kann.
Selber schuld, denkt A. Warum haben sie mich alle im Stich gelassen, selber schuld, wenn ich jetzt doch am Darmkrebs eingehe. Siebenhundert Franken im Monat bezahlt er für diese Wohnung, nur um nichts mehr darin zu finden, alles verschluckt sie, was er extra beiseite gelegt hat, damit es am Morgen sicher parat ist, und jetzt liegt sie im zarten Schein der Morgensonne, der auf all dem Staubzeug etwas entsetzlich Gestriges annimmt, Kindheiten vortäuscht, in denen wenigstens für Ordnung gesorgt war, wenn sonst für nichts; wo hinter ihm her aufgeräumt wurde. Was denken sich die Leute eigentlich, die ihn, bald vierzigjährig, mitten in dieser Wohnung allein lassen? Er steckt wieder die Hand in die Tasche zu den Aschenresten, so mögen sie ihn jetzt finden, die tote Mutter, die gewaltige Tante, die entlaufene Frau, die Feuerwehr, mit der Hand sinnlos in der Tasche der gestern abgelegten Jacke, in der heute nichts mehr zu finden ist. Damit sie ein für allemal sehen: es hat keinen Zweck.
Natürlich: etwas findet sich immer. Genau das, was er vorgestern ebenso verzweifelt gesucht hat und heute schon nicht mehr brauchen kann. Das Überflüssige findet sich auf der Stelle, es liegt zuoberst auf dem Tisch, wo er alles umgedreht hat, es wird erst morgen, wenn er es plötzlich nötig haben wird, verschwunden sein, erst recht, wenn er es jetzt extra beiseite legen würde. Der Haken ist, es gibt in dieser zugeschütteten Wohnung gar keine Extraplätze mehr, sie wuchern sich sofort dicht, im Zimmer oder in seinem Gedächtnis, das kommt auf eins hinaus.
Selber schuld, warum laßt ihr mich in dieser Wohnung,

warum habt ihr sie mich überhaupt mieten lassen. Er könnte das ganze Gerümpel morgen schon auf die Straße stellen, morgen ist Sperrgutabfuhr, das ist eine sinnlose Information, darum hat er sie im Kopf behalten. Nichts, gar nichts würde er nachher vermissen, es würde sich zeigen, daß selbst die Bücher, die auf ihren Gestellen immer noch Ordnung heucheln (er rührt sie ja nicht an), ihm nie das geringste geholfen haben. Er wäre ein freier Mann ohne sie. Möglich, daß dann, wenn er den ganzen Dreck zusammenschnürte – aber er kann ja nicht einmal ein Paket richtig schnüren –, das Gesuchte plötzlich herausfiele. Zu spät, mein Verehrtes, jetzt kannst du mir, jetzt kann ich ohne dich, jetzt wird die Wohnung geleert, jetzt will er endlich einmal darin wohnen.

Aber er hat es doch extra hingelegt, das weiß er genau, was für eine Gemeinheit, gerade jenen Extra-Ort zu benützen, um darauf zu verschwinden, nur weil er vergessen hat, was für ein Ort das war, nur eins stand fest: der Ort war nicht zu übersehen. Als ob er es hätte verlegen wollen. Bitte, es soll A. nur keiner mit Freud kommen, gerade heute hängt doch eine gute Stunde dran, ob er es bei sich hat, im Grunde will er doch eine gute Stunde halten, er hat doch die Schule nicht abgeschrieben, woher sollen sonst die 700 für diese Wohnung kommen. Der bloße Gedanke ist eine solche Ungerechtigkeit, daß er sich das einfach nicht bieten zu lassen braucht, es bleibt jetzt ohnehin nichts, als ein Taxi kommen zu lassen, im übrigen hat er bei den Schülern längst den Ruf, in der ersten Stunde fünf bis zehn Minuten zu spät zu kommen. Auch um ein Taxi bezahlen zu können, muß man eine feste Stelle haben, aber wie soll das Taxi durch den Stoßverkehr kommen, es bleibt, wenn er sich's überlegt, eigentlich doch nur der Zug übrig, wenn der Verspätung hat, und wenn A. rennt, sich außer Atem rennt, bekommt er ihn noch.

Nochmals stürzt er sich auf die Papierstöße, die willenlos

nachgeben unter seinen Händen und sich teilweise auf den Fußboden flüchten, plötzlich bieten sie ihm einen läppischen Widerstand, den er sofort zerreißt, vielleicht war das ein wichtiges Papier, und sicher wird er auf diesem Tisch nie mehr etwas finden. Das ist ihm jetzt egal, das Eine muß her, das er doch extra hingelegt hat, schon viel zu spät für den Zug, jetzt läßt er sich nicht mehr foppen, alles hat seine Grenzen. Er wird es dem Ding zeigen, wenn es mit harmloser Miene des Weges kommt und vorgibt, immer da gewesen zu sein, es wird erst einmal Haare lassen, er duldet keine Verschwörungen in seiner Wohnung, er wird es diese verdammte Unordnung fühlen lassen.

Große, endgültig letzte Umschichtungen finden statt, im Kleiderschrank, dann im Büchergestell, dann nochmals auf dem Schreibtisch, der jetzt einer Schnitzeljagd gleicht. Es ist das letzte Mal, daß A. auf diese Weise sucht, das Verluststück hat noch *eine* Chance, gefunden zu werden, dann hat er getan, was er konnte, dann verläßt er die Wohnung so oder so.

Also nicht. Gut, jetzt ist es endgültig heraus: A. ist es nicht gewesen. Das habt ihr für euer Dichthalten. Man kann jeden schlechten Scherz zu weit treiben.

Mit der Erleichterung dessen, dem ein für allemal Unrecht geschehen ist, greift er nach der Tür: der Zug ist verpaßt, aber auf den kommt es jetzt auch nicht mehr an. Ach, der Schlüsselbund ist da, der fehlte doch letztes Mal, viel Ehre und adieu: A. wird jetzt nicht nur gehen, sondern laufen, ein lächerliches Bild bieten von der Tür bis zum Bahnhof, ein Englischlehrer, der sich kaputt macht, um den Zug dann doch nicht zu kriegen –

Das könnte euch so passen.

A. geht zum Telefon, erwartet den Summton und wählt die Nummer seiner Schule. Die Sekretärin wird hoffentlich schon dasein.

Langes, banges Läuten. Gott sei Dank. Und dann sagt A.

mit schwacher Stimme: Es tut mir leid, Fräulein Schweri, ich habe mich gerade wieder übergeben müssen, Galle, ich hoffte, ich würde es trotzdem schaffen, aber meine Beine wollen einfach nicht. Sie wissen ja, die alte Magengeschichte. Ich muß heute also. Ausfallen lassen, ja, leider. Bitte orientieren Sie das Rektorat und die Schüler. Ich gehe zum Arzt, dann sollte ich morgen wieder auf dem Damm sein.

Fräulein Schweri schweigt ein paar Sekunden zu lange, dann sagt sie: ich werde es melden (melden!), Herr Doktor.

Gute Besserung?

Davon sagt sie kein Wort.

Dann hätte A. also einen gewonnenen Tag. Er legt sich wieder auf sein ungemachtes Bett und fühlt sich verloren wie nie, verkriecht sich tief ins schuldbewußte Behagen seiner Unzuständigkeit und wartet auf die Zeitung.

Und während er Zeitung liest, spürt er: es könnte wirklich etwas mit dem Magen sein.

Ein ganzer Betrüger ist er nicht.

Was, wenn er nun morgen im Ernst fehlen muß?

Jetzt darf er rauchen.

A. war auch einmal jünger gewesen und hatte nie einen Bruder gehabt, darum suchte er einen.

Über A.s Bruderfiguren weiß Dr. Wirz am besten Bescheid. Mit geschlossenen Augen könnte er sie einsetzen in diese Biographie. Ja er würde sie *fordern*, wenn sie ihm unterschlagen würden. Er kennt doch seine Sozialisationsmuster.

Der erste Winnetou begegnete Old Shatterhand am Gymnasium, nach dem Tod seines Vaters. Winnetou hieß Fritz,

besaß eine Tasche, die hundert Franken gekostet haben wollte, setzte dem Religionslehrer Heiterkeit entgegen und zeichnete, ohne daß er erst vorzeichnen mußte. Seine Porträts oder Landschaften entstanden von innen her, als natürliche Grenzen von Schummerungen und Schraffuren. Das sah meisterhaft aus. Außerdem wußte Fritz, daß STAY in einem Sinatra-Song, den er locker herunterpfiff, nicht STEHEN bedeutete, sondern BLEIBEN. Solche Einzelheiten haften bei einem, der sie bisher nicht gemeistert hat, fürs Leben. Möglich, daß A. deswegen Englisch studiert hat.
Vertiefung fand statt, als dieser Junge, A. sonst eher spöttisch gesinnt, bei einer Demonstrationsstunde in Biologie seinen Kopf auf A.s Oberschenkel legte und während der Behandlung der Lippenblütler dort liegenließ. Einmal lud A. Fritz nach Hause ein, in die dürftige Rechtmäßigkeit seines Elternhauses. Das war ein Wagestück, dessen Erfolg er zwei schlaflose Nächte lang herbeizitterte. Am liebsten hätte er die ganze beschissene Dachwohnung umgebaut. Da gab es ja immer noch Vorfenster, Ofenheizung, fromme Öldrucke, und keine Tapete, die ganz war. Wenigstens ordnete er seine besseren Beutestücke, Muscheln, Dolch, Lava, Kameldreck etc. gut sichtbar auf Regalen. Rackerte sich im Garten ab, um müde und dadurch gelassen, vor allem aber, um braun zu werden. An diese Vorarbeiten, und das unbesiegbare Zittern seiner Hände, erinnerte er sich noch in Z.s Praxis. An den Besuch selber nicht, außer daß es Erdbeertörtchen gab mit schon käsiger Sahne. Wenn man nicht einmal einen Kühlschrank hatte.

Der zweite Große Bruder in A.s Leben: eine körperlich fortgeschrittene Fußballertype mit schlenkernden Bewegungen, wenn er ausnahmsweise zuspielte; gewöhnlich schoß er die Tore selbst. Der hieß Beat, war brünett und wurde in einem Arbeitslager erlebt. Die Schüler waren in einer Kaserne untergebracht. Zärtlichkeiten gab es da keine, nur Metzeleien; man war auch schon vierzehn. Einmal bei einer Kissenschlacht, wo sich A., rot und erhitzt – seine Gesichtsröten waren berühmt – bewährt hatte, trat Beat im Korridor seelenruhig auf ihn zu, als wollte er ihm nur gratulieren, Häuptling eines kampfversöhnten Stammes. Aber dann tat er etwas anderes. Er trat ihn mit einem scharfen Ausfall seines Fußballbeines in die Hoden. In diesen Schmerz grub sich wie ein Photoblitz das keineswegs beunruhigte, todsichere Gesicht des unverdienten Widersachers ein und blieb jahrelang haften. Der Schlag kam genau vor der Pubertät, und A. glaubt, er habe sie ein Jahr oder länger verzögert. Denn auch die dürftigsten seiner Klassenkameraden hatten schon den Stimmbruch, als er seinen noch durch künstliche Heiserkeit vortäuschen mußte. Es half nichts, wenn er sie prügelte; einen besonders schmächtigen prügelte er beinahe tot vor Eifersucht, nachdem ihm dieser, peinlich befragt und dann gefoltert, eine gewisse Samenmenge vorgewiesen hatte, auf einem grünen Löschpapier. So also sah das aus, wie das Glasige vom Spiegelei, und er bekam es nicht. Dabei immer die Todesangst, daß ihm jemand beim Gemetzel die Hose herunterriß und seinen Kinderbauch entblößte. Duschen ohne Badehose war damals noch nicht erlaubt, Gott sei Dank. Erst beim Anblick einer Hundepaarung, Monate später, näßte A. zum erstenmal, merkte es übrigens erst hinterher und prüfte dann nach: ja, da kam was. Seine Heiserkeit verlor sich nicht mehr ganz; das wurde seine Stimme fürs Leben. Aber der meuchlerische Fußballgott hatte eine Spur gezogen, die nicht mehr zuwuchs. Noch heute schläfert sich A., das weiß Dr. Wirz, durch die Selbstreportage eines Fußballspiels ein. Er spielt jenen Beat an, Beat verfehlt, zum Glück ist A. schon wieder zur Stelle, er ist einfach überall auf dem Feld, A. der Durchreißer, A. beim akrobatischen, eigentlich unmöglichen Torschuß, und Tor. Erst seit seinem ersten Prozeß spielt A. im Halbschlaf wie ein Senior. Er bewegt sich wenig, steht dafür immer richtig, serviert den tempierten Paß in die Mitte, es liegt dann an den Jungen, ob sie den Paß verwerten oder nicht. A. ist großmütiger geworden beim Einschlafen.

Bei Fritz und Beat verschaffte A. das Leben Genugtuung. Es ließ die Jugendgötter zurückbleiben, im banalen Bonsens aufgehen, während A. auf seinen Skrupeln aus ihrem Blickfeld ritt, so daß er sich, wie ein Herr, mühsam erinnern mußte, wenn er sie gelegentlich, sehr gelegentlich wiedersah, Fritz als Reisenden in Pharmazeutica, Beat als molligen Zeitungskorrespondenten. Ihr Witz war schwerfällig geworden, und A. hatte Mühe, seine Leutseligkeit zu verbergen.

Der dritte Große Bruder seines Lebens aber blieb uneingeholt. Das war bereits während seines Studiums und ein Blonder wie Fritz, damals Dramaturg an einem kleinen Stadttheater. A. interviewte ihn für ein schöngeistiges Magazin. Der Junge hatte damals schon einen Ruf als Veranstalter seltsamer Happenings, die er wie Ernstfälle behandelte. Als Impresario des Weltgeistes – über den er sich bei Adorno habilitierte, beiläufig übrigens – fand er sich nicht so leicht komisch. Seine erste größere Tat bestand darin, daß er in einer nördlichen Kunstschule eine nicht endende Linie an die Wand gemalt hatte; das war ein Ereignis der frühen fünfziger Jahre gewesen.

A. konnte es nicht lassen: er lud den Künstler wieder nach Hause ein. Inzwischen hatte er ja wenigstens ein Studentenzimmer. Er schrieb auch selbst, gelegentlich sogar für den Rundfunk. Er gestaltete also eine Sendung (Nachtprogramm) über seinen neuen Großbruder und bat ihn, sie bei sich anzuhören. Mit noch paar Freunden. Ach, es waren keine Freunde zum Vorzeigen. Aber die Sendung, hoffte A., war gelungen.

Sie lief noch – der Geehrte verzog keine Miene dazu –, als es um halb elf Uhr an A.s Zimmertür klingelte. Es war nicht die Polizei – der Apparat lief ja nicht laut –, sondern zwei kanadische Mormonen. Sie hatten A.s Adresse bekommen und wollten sein Seelenheil. Aber erst mal nicht stören. Andächtig, obwohl sie nichts verstanden, warteten sie das Ende der Sendung ab. A. war erleichtert und erbittert: sie verscheuchten ihm den Eindruck, auf den er gehofft hatte. Sie waren auf der für Jung-Mormonen vorgeschriebenen Missionsreise begriffen; der Ältere war Metzger und konnte gebrochen deutsch. Der andere, ein blasser Büromensch, konnte und war noch gar nichts; das sagte er selbst und bat den Freund, es zu übersetzen.

Aber zunächst saß man also um den Lautsprecher und hörte darin die Stimme A.s und seines Künstlers, die außerdem leiblich gegenwärtig waren; es war echt absurd, die Mormonen glaubten vielleicht an eine Art Wunder. Die Sendung ging zu Ende; der Künstler schwieg dazu. A. hatte nicht unbedingt ein Lob erwartet, vielleicht etwas Ermutigung, für ein anderes Mal. Aber das gab es hier nicht, es gab nur Stille, die die Mormonen nach einigem Räuspern zugunsten ihrer Zwecke auslegten. Zum Geklingel der Whisky-Gläser – danke nein, sie tranken nicht, aber sie nahmen es den andern nicht übel, wenn sie tranken – machten sie sich mit Vorsicht ans Bekehren. So gut wie möglich gaben sie diesen Menschen weiter, was ein Engel namens Moroni einem gewissen Joseph Smith vor mehr als hundert

Jahren im New Yorker Hinterland offenbart hatte, berührten, ohne sie zu entweihen, die goldenen Tafeln, von denen Smith, Zeugen konnten es beeiden, die Frohbotschaft in amerikanischer Neufassung hatte abschreiben dürfen, bevor die Tafeln wieder in Hill Camorah verschwanden. Dafür besaßen wir jetzt das Buch Mormon mit seinen der gewöhnlichen Bibel wunderbar nachempfundenen Glaubenstaten und seinem hebräisch-indianischen Personal, und A.s Gäste sollten dieses Buch, um es wahrhaft zu besitzen, auch erwerben. Der kanadische Fleischer und sein Gefährte legten es in deutscher Übertragung auf den Rauchtisch und lasen Stellen daraus vor, Antworten auf Lebensfragen, welche sich diese Gesellschaft sicher auch schon gestellt hatte, nur vielleicht noch nicht in der gebotenen Schärfe. Der Fleischer nahm ihnen das so wenig übel wie den Whisky, er war ja auch ein Sünder, nur eben ein geretteter, und hergekommen, um auch in diesem Zimmer das zur Rettung Nötige vorzukehren. Würde davon kein Gebrauch gemacht, so läge allerdings Veranlassung zum Übelnehmen vor, aber wieder nicht von seiner Seite, sondern von Gott direkt. Aber er war fast sicher, daß die Anwesenden das Gott, der sie liebe, nicht antun wollten. Es wäre ja ihr eigener Schaden.

Man war nett zu den Mormonen, im Rahmen einer humoristischen Ungeduld, die gelegentlich einen Blick zur Decke sandte. Nur einer nahm die Boten vollkommen ernst und ließ sich in kein billiges Einverständnis auf ihre Kosten ziehen: der Große Bruder. Er war es auch, der fragte und Antwort erhielt; kein Wunder, daß sich mehr und mehr auf ihn die Glaubhoffnung der Besucher zuspitzte. A. verbarg kaum seine Eifersucht. Ein solches Echo hatte er für seine Sendung nicht gefunden!

Die Mormonen, sie wollten ja nicht lange stören, nur mal schnell die ewige Wahrheit sagen, sammelten jetzt die Adressen der Anwesenden, um zu gelegener Zeit nachstoßen zu können. Sie waren es gewohnt, daß sich eine Rettung etwas hinzog. Und der Große Bruder gab seine Adresse. Harald heiße er, nur Harald, Prinz von Thule. Und die Priester sollten doch ja in seines Vaters Palast vorbeikommen, sein Herz rühren und dann sein Volk bekehren. Er gab genau an, wie man es anstellen mußte, um nach Thule zu kommen, wie oft die Kutter von Spitzbergen ausliefen, selten leider, bequemere Missionswege gebe es da oben leider nicht. Und daß sie nicht verfehlen sollten, ihn zuvor zu benachrichtigen, damit er alles zu ihrem Empfang rüsten könne.

Er sprach im Ernst. Und mit demselben Ernst, in dem nun schon eine heilige Erregung zittern durfte, ließen sich die Mormonen die einmalige Bekehrungsadresse in ihr Büchlein buchstabieren und versprachen, der Insel im Eismeer nachzugehen. Entsprechend fiel das Gebet aus, in das sie nun doch wieder alle einzuschließen begehrten, anstandshalber; es war ein einziges Dankgebet.

Als sie zur Tür hinaus waren: die große Heiterkeit? Man kann es sich denken. Prinz Harald saß unerschütterlich auf seinem Grabesernst. Der Jux war so grausam, daß A. und seine Freunde auf den Mund geschlagen blieben. Es kam kein Gespräch mehr auf. Aber es war kein Jux, der Prinz benahm sich nicht so. Er hatte mit den Boten im Sinn ihrer heiligen Geschichten verkehrt. Er hatte als einziger die Höflichkeit besessen, ihre Botschaft zu beantworten, wie sie es verdiente: mit einem Wunder.

Noch heute, erzählt Dr. Wirz, geht A. dieses ausgebliebene Lachen nach. Der Große Bruder, der sich um keins seiner Bedürfnisse kümmerte, ist eben dadurch der unbewältigte Held geblieben. Ein Prinz also doch. Die Wirklichkeit hat seither von ihm zu hören bekommen. Er lehrt sie heute, sich selbst als Kunst zu begreifen. A. liest in den Zeitungen jedes Wort über ihn. Er will nicht kleinlich sein. Das gehört, sagt Dr. Wirz, zu seinem Befund.

Da A. den Z. schließlich ermorden wollte, möchte Zerutt von Dr. Wirz wissen: als was. Er meint, daß er als Bruder doch kaum in Betracht käme, altershalber.

Dr. Wirz lächelt dazu. Abwarten, sagt er. Hat Ihnen denn Albisser gar nichts erzählt? Es gibt da noch mehr Familie.

Und dann zeigt Dr. Wirz, was ein richtiger Psychiater alles herauskriegt, auch aus Leuten, die glauben, sie hielten den Mund.

Albisser Peter war eine Zangengeburt. Seine Mutter hatte nie gelernt, die Beine zu öffnen. Ein Zahnarzt versuchte sie zu erwischen, als sie zwölf war und mit aufgesperrtem Mund im Stuhl saß. Vielleicht spielte ihre Zunge dazu. Wer kann, so dicht am Bohrer, seine Zunge beherrschen? Der Zahnarzt tat, als wolle er sie beruhigen, und sie spürte Erregung durch seine Hand, die es aufgegeben hatte, den Unebenheiten dieses jungen Mädchens auszuweichen. Sie reagiert mit einem Schock, läuft aus dem Stuhl. Sie erzählt nichts, ihre Eltern sind streng. Sie lernt Pflegerin. Das weiße Tuch bedeckt die Schwäche (ihre eigene) und erlaubt es, diejenige der andern mit Nachsicht zu behandeln. Als Tag und Nacht mit Gelähmten beschäftigte Pflegerin braucht man sich nicht damit zu beschäftigen, daß man selbst eine Frau geworden ist, also etwas erbärmlich Schwaches. Wenn Männer krank sind, kann man ihr Geschlecht in Kauf neh-

men, waschen, einschließen in Mitleid und Gebet: sie sind ja so sichtbar gestraft dafür.
Es hatte seine Logik, meint Dr. Wirz, daß Albissers Mutter schließlich einen Mann heiratete, der nicht mehr lange zu leben hatte. Einen mühsam heilenden Apotheker, der ihr Gebet für sich auszunützen wußte. Er wirkte so ruhig, verständig und überlegen in seinem Rollstuhl. Er hatte nichts Arges im Sinn. Liebe – mein Gott. Nein, er versprach ihr gleich die Ehe, ohne falsche Annäherung.
Anständige Frauen sind verheiratet, so viel war ja richtig. In Gottes Namen also. Man heiratete unauffällig. Der Mann war dreißig Jahre älter als sie. Und fünfzehn Jahre hatte sie schon gepflegt. Sie wollte Ihr Bestes tun. Nun eben im Haushalt, mit allem, was dazugehört. Das Schmutzige gehörte nicht dazu. Ihr Mann war nun glücklich kein Pflegefall mehr, das war gut so. Sie hatte ihr Teil daran. Sie bestand darauf, daß er sich vor der Heirat auf Herz und Nieren untersuchen ließ. So widerspruchsvoll, erklärt Dr. Wirz, sind die Wege einer Pflegerinnenseele. Ein bißchen Pflegefall sollte er ihr bleiben. Sie hatte ja nichts anderes gelernt und traute sich nichts anderes zu. Zugleich verlangte sie von ihrem Privatpatienten, daß er ein ganzer Mann sei (den sie nicht gebrauchen konnte). Vielleicht wollte sie nur eins: mit einem Mann zusammen alt werden. Hand in Hand mit ihm vom Fleisch erlöst werden, pflegend, nachhelfend, wo immer es nötig wurde. Es sollte nicht immerzu nötig sein. Ein wenig leben will man ja auch. Sie wollte ja nicht weiterarbeiten wie bei den Gelähmten. Sie wollte einfach verheiratet und sicher sein, daß nichts Böses mehr passierte.
Und dann passierte es doch: er machte ihr ein Kind. Der betrügerische Zahnarzt noch einmal: da verläßt man sich, und wird selbst verlassen. Doppelt verlassen: das Fleisch ist schwach, und dann ist es nicht stark genug. Albissers Vater hatte nicht mehr die Kraft, den dreißigjährigen Riß in ih-

rer Seele zu flicken. Er machte ihn nur fühlbar, zog mit seinem Bohrer eine obszöne Zeichnung auf ihren erstarrten Leib. Das Kind sollte dafür büßen. Ein heiliges Kind werden. Sie versprach es Gott. In diesem Zeichen kam Albisser zur Welt, der Sohn einer Jungfrau.
Es gab, erklärt Dr. Wirz, noch einen andern Zahnarzt in ihrer Jugend. Einen Dr. Holzherr. Er bohrte genauso, wie er hieß, mit Fußantrieb. Ein Gewalttäter. Aber er beschränkte sich auf das Gebiß. Was er geflickt hatte, das hielt. Lebenslänglich. Albissers Mutter habe von diesem Mann geschwärmt. Das war der *gute* Zahnarzt. Indem er sie leiden ließ, machte er wett, was der böse bei ihr angerichtet hatte.
Das war das Muster, analysiert Dr. Wirz. Die Männer zerfielen von da an in böse, die zärtlich waren und etwas von ihr wollten, und in gute, die sie leiden ließen und denen sie etwas geben konnte: blinden Gehorsam, Verehrung, notfalls Pflege. Wehe, wenn die beiden Charaktere durcheinandergerieten.

Auch Eltern, sagt Dr. Wirz, haben Eltern. Albissers Mutter hat ihr Problem nicht gestohlen.
Albissers Großvater mütterlicherseits hat ihn noch auf den Knien gewiegt. Damals war seine Sklerose schon fortgeschritten. Ein pensionierter Postbeamter. Sein Privatleben bestand darin, daß er frühmorgens, bei Harndruck, erigierte und sich erst bei seiner Frau erleichterte, bevor er zur Toilette ging. Diese vorübergehende Schwäche machte er an seinen Kindern durch anhaltende Strenge wieder wett. Vier Schwestern, alles Mädchen, also zum vornherein nichts Gutes. Er war lebenslänglich im Dienst, er erfand ein neues System zum Vorsortieren der Briefpost und schwärmte für Wilhelm II. Über dem Ehebett hing eine Karte, auf der er die Siege der Mittelmächte eintrug, mit Fähnchen, die er

auf Stecknadeln spießte. Der Erste Weltkrieg war sein stärkstes Gefühl. 1918 nahm er die Karte ab und kümmerte sich nur noch um seinen Beruf. Abends betrank er sich, aber das merkte ihm niemand an. Er betrank sich an seinem Arbeitstisch, allein; er arbeitete dazu. Nach seiner Pensionierung blieb nichts von ihm übrig als ein Kloß Wehleidigkeit und Sentimentalität. Er nahm zum erstenmal ein Kind auf die Knie. Das fand er lustig. Zwei seiner Kinder waren früh gestorben, seine Frau auch. So ließ er sich von seiner Ältesten mitpflegen. Dafür war sie da. Sie hatte jetzt zwei Alte im Haus: den Vater und den Mann. Schließlich hatte er ihr auch die Lehre bezahlt. Post bekam der Alt-Postverwalter keine. Seine andere lebende Tochter Anna schrieb ihm nie. Er soll fast immer mit dem Kopf genickt haben, auch im Schlaf. Er war einverstanden oder hatte recht behalten. Daß er tot war, merkte man nur daran, daß er aufgehört hatte zu nicken.

Zerutt soll nicht merken, daß er im Examen ist. Dr. Wirz erzählt ihm Albissers Familiengeschichten doch nicht für nichts. Es sind Fanggeschichten. Er möchte eine Reaktion sehen. Oder wenn keine Reaktion, bitte, das wäre auch etwas. Ein Schritt weiter in der Annahme, die Dr. Wirz jetzt schon recht plausibel scheint: daß Zerutt ein teilnahmsloser Satan ist. Wissenschaftlicher ausgedrückt: daß er in der Rolle des Teilnahmslosen auf seine dunklen Kosten kommt. Rache für Obervaz. Dr. Wirz hat noch nie einen Vaganten begutachtet, aber wie anders sollte seine Psychologie aussehen. Einen Seßhaften kreuzigen, indem man ihm unter die Nase reibt: je schöner deine Probleme sind, desto weniger interessieren sie mich.
Herr Dr. Wirz macht es professionell und mit Phantasie. Er spielt, wenn er erzählt, selbst ein wenig den Ausgestoßenen, der für die geregelte Gesellschaft nur böse Blicke

übrig hat. Zerutt soll sich in Dr. Wirzens Erzählungen wie zu Hause fühlen.
In Wirklichkeit erzählt Dr. Wirz, wie jedermann, Geschichten aus 1001 Nacht: er will von Zerutt hören, daß jemand, der so kluge Geschichten weiß, den Tod nicht verdient.

Sie wissen doch, sagt Dr. Wirz, wie eine kleinbürgerliche Ehe von innen aussieht. Eine Maschine zur Triebverklemmung. Der Geschlechtsneid, grauenhaft. Nehmen Sie Albissers Großmutter, eine lebensfrohe Frau. Einmal wird sie hinter dem fetten Arsch ihres Posthalters auch gelebt haben wollen. Unter Tränen genascht, nur einmal, und schon schlimm genug. Man gönnte es ihr gewissermaßen – das heißt, man gönnte es dem Posthalter, der seine Nächte im Büro verhockte. Das Petrol dazu zahlte er selbst, um die Eidgenossenschaft nicht zu schädigen. So einer war der, ein Patriot und armer Teufel. Wie hätte er es ohne sein Glas auf dem Tisch ausgehalten. Nach Hause getraute er sich nicht. Er hatte Angst vor seiner Frau, sie war ihm zu froh. Er wollte nicht wissen, wie sie es anstellte, so froh zu bleiben. Aber wie es so geht, das Dorf wollte es wissen. Man sprach von einem *Postboten.* Der war auch der erste, der manchmal mit den kleinen Mädchen spielte. Wie sollte die Mutter, die immer allein war, nicht dankbar sein. Der Postbote wurde plötzlich versetzt. Da erst, mit der verlorenen Wärme, kam der Verdacht bis zu den Kindern. Er machte die Wärme hinterher zu etwas Verbotenem. Wenn man es einmal im Leben gut hatte, wurde die Mutter schmutzig dabei. Man durfte es also nicht gut haben, am wenigsten mit einem jungen Mann.
Die ältere Schwester, Albissers Mutter, faßte einen Entschluß, schon fast ein Gelübde. Sie wollte ein gutes Kind werden, also durfte das mit der Mutter einfach nicht wahr

sein. Wenn ihre jüngere Schwester Anna sagte, sie habe es selbst gesehen, so fiel die Ältere in einen Schreikrampf. Einmal versuchte sie Anna, die es bestimmt gesehen hatte, zu vergiften. Rattengift. Man mußte dem Kind den Magen auspumpen.

Sie hätten diese Anna sehen sollen! Sie hat Albissers Mutter um ein paar Jahre überlebt. Und wie! Sie war nie liebenswürdig gewesen und hatte keine schönen Augen wie die Schwester. Aber sie wurde etwas, auf ihre Art. Aus Trotz. Bevor sie von zu Hause fortging, sagte sie ihrer Schwester: du bist nichts Besseres, du bist ein Rauschkind wie ich. Und du wirst ja doch heiraten, auch wenn du noch so fein tust. Du bist genau so eine wie die Mutter. Und sie sagte: ich weiß wenigstens, daß ich verkorkst bin, darum will ich keinen Mann unglücklich machen. Und mit Kindern könnte ich auch nicht umgehen. Glaubst du, du könntest das? Woher?
Dabei hat sie an Albisser so etwas wie Elternstelle vertreten, als seine Mutter dem Vater nachgestorben war. Sei ein Mann! sagte sie ihm nach dem Begräbnis und nahm ihn in ihre Wohnung. Seine Seele ließ sie in Ruhe. Davon verstehe ich nicht genug, sagte sie. Aber sie wusch seine Wäsche und bezahlte ihm erst seine Schule, dann sein Studium. Er war nicht dankbar. Er war damals achtzehn und Pflege gewohnt. Seine Mutter hatte ihn so verwöhnt, daß er mit einfachen Leuten wie dieser Tante nicht mehr umgehen konnte. Er fand bei ihr nichts gut genug. Sie liebte die Musik, aber sie hatte nur Platten, die alle Leute hatten. Er haßte ihre kleinen Möbel, ihre vielen Topfpflanzen, ihre Messinggarnituren. Er konnte nicht einmal mit ihr über Nietzsche reden. An seinem zwanzigsten Geburtstag sagte sie: jetzt suchst du ein eigenes Zimmer. Ich bezahle es dir. Aber hier will ich meinen Frieden haben. Jeden Sonntag kommst du zum Nachtessen, das reicht uns beiden.

So fiel Albisser aus seinem Nest. Er fiel nicht hart, schien es, er war ja eifrig und bekam Stipendien. Nur weg aus dieser Tantenwelt. Ein Mann mit eigenen Möbeln werden, einer Freundin mit Geschmack, militärischer Befehlshaber werden, Professor, Schriftsteller – nur los von Tante Anna.

Dabei war das eine großartige Frau. Sie betrieb eine Sauna, knetete ihre Kundschaft eigenhändig und war verheiratet. Mit einer Kunststopferin. Die wackelte mit dem Kopf, aber ihre Hände blieben immer ruhig. Es war ein glückliches Paar, so weit eben eine Ehe glücklich sein kann. Anna war ja ein Mann geworden. Die Sauna ging gut. Anna hatte es nie nötig gehabt, nach nackten Männern zu sehen. Sie walkte Fleisch, und damit basta. Schon als Kind *stand* sie zum Pissen. Als die Kunststopferin zu kränkeln begann, lernte Anna auch noch, was sie nie gekonnt hatte: kochen. Diät. Da hätte sie alles getan. Sie blieb am Bett der Freundin sitzen und zählte die Atemzüge. Die Sauna verpachtete sie. Als die Atemzüge aufhörten, nahm sie selber Gift. Doch noch. Ihre Schwester sah es ja nicht mehr. Das hätte sie ihr nicht gegönnt, der Frömmlerin. –
Dabei war Anna selbst eine Christin, auf ihre Art. Geld und Sauna vermachte sie einem Waisenhaus. Albisser, den sie nicht mehr als Waise betrachtete, bekam nur eine Rente von Fr. 300.– im Monat, auf drei Jahre. In drei Jahren kann man fertig studieren und etwas geworden sein. Wenn man will. Nichts Besseres, nur etwas Rechtes. Er erbte außerdem ein Album voll Marken, auf denen Flugzeuge abgebildet waren. Sie hatte nur solche gesammelt, aber seit Jahrzehnten. Als Albisser das Album verkaufte, stellte er fest, daß es zwanzigtausend Franken wert war und daß er nun doch noch länger studieren konnte –

Ist Anna selbst einmal geflogen?
Bitte? fragt Dr. Wirz.
Wenn sie nur Flugzeuge gesammelt hat.
Woher soll ich das wissen?
Schade.
Bitte?
Sie wollen sich doch habilitieren. Da kommt es auf jede Einzelheit an.
Wie kommen Sie denn darauf?
Ich finde es mutig von Ihnen. In Ihrer Lage hätte nicht jeder diese Willenskraft. Manche würden nur noch mal eine Weltreise machen.
Was heißt: in meiner Lage? fragt Dr. Wirz und schluckt.
Eben, sagt Zerutt.

Daß man aber auch noch einen Körper haben muß, wenn man schon so einen feinen Kopf hat. Was für eine Fehlerquelle, vom Tod gar nicht zu reden –

Dr. Wirz macht sich nicht über Albisser lustig, wenn er beschwören kann, daß in Albissers jüngeren Mannesjahren kein Organ auf seiner Beschwerdenliste gefehlt hat. KEINES. Doch, das Gehirn, das hatte ihn fast umgebracht, also war es abgetan. Es gelang ihm danach, sein Kopfweh als solches und nicht mehr tragisch zu nehmen. Aber Kopfwehtabletten nahm er natürlich, und die einzigen, die ihm halfen, enthielten Phenacetin.
Womit wir bei den Nieren wären.
Albisser tat es hier wie anderswo nicht ohne General-Untersuchung, die nicht nur teuer, sondern auch, wo immer möglich, schmerzensreich war. Mit einem Kontrastmittel, das man zur röntgenologischen Darstellung benötigt und

intravenös spritzt, wurde er bedient. Es brachte ihn jedesmal an den Rand einer Ohnmacht. Aber immer noch nicht an den Rand eines Befunds, obwohl sich ein Urologe einmal extra ein wenig »Nierengrieß« einfallen ließ. Ein Stein wollte aber nicht draus werden. Erst, als nuklearmedizinische Praktiken aufkamen, gelang es, in der rechten Niere Albissers eine gewisse Unterleistung nachzuweisen. Von der lebte er eine Weile. Hübsch war dabei, daß er seine Nieren auf einem Monitor grünlich oszillieren sehen konnte. Der linke Leistungsumriß verglomm rasch und normal, nur der rechte brutzelte ausführlich in sich zusammen, wie eine unheimliche Himmelserscheinung. Da die Unterleistung kaum außerhalb der Norm lag, eignete sie sich nicht lange zur Besetzung mit Todesangst. Da mußte was Stärkeres her. Einmal hatte ein fernöstlicher Urologe Albisser fast zu treffen vermocht; das war noch vor dem nuklearen Stadium. Er bemerkte zu Albissers »Nierengrieß«: MAN-KANN-NICHT-OPERIEREN. (Auf deutsch.) Albisser erschrak – ernsthaft hätte die Sache auch nicht werden sollen. Er wollte ja nur immer hören, daß NICHTS sei; das erleichterte ihn eine Weile und kränkte ihn dann. Aber der Japaner hatte nur sagen wollen, daß eine Operation nicht indiziert, nicht nötig sei. Er hatte sich eben im Geist seiner Wissenschaft ausgedrückt.

Ins Urologische schlugen auch die Töpfe voll Urin, welche Albisser – diesmal schon in Amerika – zusammenpißte, über genau zu beobachtende Zeiträume, damit man irgendwelche Kulturen daraus züchten konnte. Aber die Kulturen wurden auch nicht recht fett. Übrigens wurden die Nieren- und Blasen-Expeditionen Albissers immer von der Angst getragen, es möchte ihm einmal jemand DEN KATHETER vorschlagen, die Blasenspiegelung. Immer stieß er hart gegen die Grenze vor, wo sich diese grausame Tubus-Prozedur, der Angriff auf seine Männlichkeit, aufdringen wollte; aber dann schreckte er doch zurück und ließ es bei der Drohung bewenden. Auch über die ließ sich ja ganz schön destruktiv brüten. Die Blase simulierte eine Entzündung um die andere, affizierte die Harnleiter (Tripper? aber woher?) und zog den Katheter an wie der Magnet das Eisen – aber gehabt hat sie ihn bis heute nicht, so viel Dr. Wirz weiß.

Dr. Wirz ist sicher: Albisser hebt sich den Katheter für seine alten Tage auf. Zerutt verdankt Dr. Wirz auch einen Hinweis auf die WEIBLICHE Komponente von Albissers Krankheitssucht. Keine Sorge: Dr. Wirz wird diesen Hinweis zu seiner Zeit vertiefen, im Gutachten zum Prozeß wird er sich sehr gut machen und Albisser zwar etwas widerlich erscheinen lassen, aber juristisch entlasten, meint Dr. Wirz.

Aus dem Herzen ließen sich natürlich höhere Alarmstufen herauswirtschaften. In der Tat muß Albisser seinen Kreislauf durch Nikotinmißbrauch nicht schlecht belastet haben. Sein Glück und Pech war nur, daß sein Herz etwas aushielt. In der Verwirrung seiner Gefühle trieb er ja auch Sport – unregelmäßig, aber hektisch. Oft kam Albisser direkt vom Vita-Parcours zu seinen Ärzten. Sein Herz bewies ihm unter Qualen, wie gut es war. Es verschaffte ihm einen Brustschmerz, der eine ganze Skala vom dumpfen Ziehen bis zur Vernichtungsangst bestrich und vom Elektrokardiographen doch auf keine Weise darzustellen war. Auch bei Belastung (Treppensteigen, später Testfahrrad) lieferte es Bilder, die jeder Professor – unter einem Professor tat es Albisser möglichst nie – seinen Studenten als Muster eines Normalherzens vorführen durfte. Trotzdem, oder darum, gab es in Albissers Krankengeschichte kardiale Eclats, die den Verkehrsfluß zweier Städte zum Erliegen brachten, Blaulicht sprühten und ganze Notfall-Teams beschäftigen: NICHTS. Präventiv fraß Albisser Nitro-Pillen, bastelte in Heimarbeit wahre Explosionen, die er in seinem Aderbaum detonieren ließ; ein gesunder Kreislauf hätte

dabei Schaden nehmen müssen, aber Albisser hatte einen *sehr* gesunden. Die gute Pflege seiner Mutter rächte sich jetzt. Obwohl sie, stellt Dr. Wirz fest, an Albissers Krankheitswunsch die Hauptschuld trug: wo im Leben gab es je wieder die Vorzugsmilch, mit der er schon als Säugling traktiert worden war! Albissers Blut lief rund, er konnte für seine zahllosen Blutproben fast beliebig viel davon hergeben. Oft sahen seine Ellbeugen aus, als züchte er Roßbremsen oder Blutegel. Aber auch eine Embolie war nie zu erzwingen.
Wenn sein Herz wieder einmal ausgeschlossen war, mußte eine Großverschiebung aller Ängste stattfinden. Albisser warf sich dann sozusagen mit Sack und Pack auf sein nächstes Organ. Das Nächste zum Herzen ist der Magen; auch hier hat Albisser taktische Erfolge erzielt und sich eine Magenresektion nur knapp entgehen lassen. Drei Wochen lag er im Krankenhaus, weil der Spezialist – für den es allmählich auch Ehrensache wurde – geglaubt hatte, ein Geschwür zu orten. Um es auch nur vermuten zu können, muß er Albisser scheußlich drangenommen haben. Eine Gastroskopie klassischen Stils, ausgeführt auch noch von einem alten Arzt – Professoren kleben lange an ihren Lehrstühlen – ist eine Viecherei aus dem Bilderbuch, besonders wenn dieser Greis noch seine sämtlichen Studenten ans Ende der Röhre bittet, während er mit dem andern Ende an der Magenwand des Patienten herumscheuert. Diesen Hartgummischlauch muß man sich durch Albissers Mund, Gaumen und Speiseröhre gerammt denken, und Albisser im Vollbesitz seiner Sinne, damit der alte Professor auch immer ein Gefühl dafür behält, wie weit er gehen kann. Für Albissers Gefühle bleiben bei alldem nur noch kleine Ausschläge des Nichtkönnens übrig; der ganze Mensch zappelt da an einem halbsteifen Schlauch und hat strenges Verbot zu zappeln! Denn der Professor sieht auch nicht mehr so gut, er vermutet das Geschwür auch jetzt

noch eher, als daß er es sieht, er demonstriert es seinen Studenten, die es auch sehen, wenn sie an der Prüfung nicht durchfallen wollen. Und um recht zu behalten, führt der alte Herr noch ein Scherchen durch seinen Schlauch ein und zwackt Albisser ein Stücklein Magenwand ab. Natürlich: Krebsverdacht besteht immer, wenn jemand mit Albissers Symptomen anrückt. Den erzwingt er einfach, darunter tut es seine Angst nicht mehr; in einem Magen, der Geschwüre (?) bildet, ohne übersäuert zu sein, besteht natürlich Krebsverdacht.

Krebsverdacht besteht aber auch bei einer lange schmerzenden Prellung im Oberschenkel oder an der Ellbeuge. Mitten im Leben will Albisser nun einmal vom Jüngsten Tag umfangen sein, er verlangt von seinen Ärzten immer das Äußerste. Er ist dann noch gnädig, es muß nicht gleich der Tod sein, aber etwas ganz in der Nähe, wenns gefällig ist. Darauf muß Albisser bestehen, und er hat ja, meint Dr. Wirz, ganz recht, nur sucht er am falschen Ort.

Der alte Professor behandelte Albissers Magengeschwür, es war ja auch *seine* Sache geworden, in der Privatstation mit Milch, Vanillecreme und Crackers und erklärte es nach drei Wochen für unauffindbar, demnach geheilt. Aber dann mußte er erleben, daß sein Kunde so nicht abzuspeisen war. Er kam wieder, apportierte einen Verdacht, den der Professor in seiner Not früher selbst geäußert hatte, um dann mit Hilfe des Magengeschwürs davon abzukommen – Albisser kam darauf zurück, er schenkte dem alten Mann nichts. Waren die Symptome einmal versuchsweise als Affektation des Darms in der Ileozökalgegend gedeutet worden, so waren sie jetzt nach Albissers leidgeprüfter Meinung nur noch so zu deuten. Er brachte bald das richtige Bauchweh mit, und die Wörter dazu, denn seine rechte Bauchseite zog, zerrte, brannte und höhlte sich, daß es zum Fürchten war.

Ungeheuer war viel, aber am ungeheuersten hat Albisser

doch von diesem ganz neuen, einfallsreichen Organgefühl gelebt; daran ist er am ausgiebigsten gestorben. Der Alte verschrieb, als sein Kunde, ein Akademiker immerhin, im Leiden nicht locker ließ, erst einmal eine Blinddarm-Operation, genauer: Appendektomie; der eigentliche Blinddarm kam erst später dran, als Albisser überzeugt war, es sei nicht richtig NACHGESEHEN worden. Die Narbe, der Stolz des Chirurgen, hatte ja nur Knopflochgröße, das war ärztliche Kosmetik, nichts weiter!
Mit dieser Geschichte hat Albisser nebenbei seine Ehe fertiggemacht, also mußte sie auch ausgeschlachtet werden, raubmäßig, zur Strafe. Zweimal hat sich der wahnsinnige Mensch aufschneiden lassen –
Herr Zerutt, sagt Dr. Wirz. – Ich weiß, was Sie gesehen haben, als Albisser sich auszog. Wir haben ihn nämlich auch nackt gesehen. Sein Schwanz hat Sie nicht interessiert, Sie sind nämlich nicht schwul. Aber die Narbe haben Sie gesehen, nicht wahr?
Dr. Wirz weiß Bescheid: das war das weibliche Symbol, die tannenzweigförmige Erinnerung an den erschlichenen Kaiserschnitt, an die zweimalige Totgeburt. Zweimal der Versuch, von sich selbst entbunden zu werden bei lebendigem Leib. Und zweimal war, wie so oft vorher, dasselbe dabei herausgekommen: Nichts. Er.
Das war es, was Albisser hatte zeigen wollen, und Zerutt verlor kein Wort darüber. So mußte Albisser seinen teuren Spaß noch eine Weile forttreiben. Er hatte sich, in Zerutts Person, ja wieder einen Teilnahmslosen ausgesucht. Den mußte er sich erobern. Es durfte doch nicht wieder nichts sein.
Das war das Gesunde an Albissers Krankheit, meint Dr. Wirz, daß er sich mit dieser negativen Diagnose nicht zufrieden gab.
Aber dieser Unwille gegenüber seiner Schwäche, sagt Dr. Wirz, war noch keine Stärke. Albisser war eingeschlossen

in sein falsches System wie das Eichhörnchen in seine Trommel. Er half sie treiben, bis zum Schwindel, zum heillosen Dauerschwindel. Seine Krankheiten waren schon real. Nur er selber kam sich nicht so vor. Und so konnte er seine Todesangst bald nicht mehr vom Wunsch unterscheiden, es oder er möchte bald ein Ende nehmen.
Er hat Glück gehabt, daß er auf Zerutt geschossen hat, meint Dr. Wirz. Daß er es endlich fertiggebracht hat, auf jemand anders zu schießen.
Z. tut A. demnach Unrecht, wenn er sich über seine Schußwunden nicht recht freut.

Das nächste Mal weist Dr. Wirz Zerutt einen weiteren Kunstfehler nach:
Sie haben Albissers Ehe zu leicht genommen.
War er denn verheiratet?
Das sind immer die großen Augenblicke zwischen Zerutt und Dr. Wirz. Dr. Wirz schluckt dann und erschrickt dabei. Da Schlucken ansteckend ist wie Gähnen, schluckt Zerutt mit – und so ad libitum. Zwischendurch faßt sich Dr. Wirz wieder. Er sagt:
Seien Sie nicht billig.
Daß Zerutt Schlucken auch wehtut, will Dr. Wirz nicht wissen.
Er war geschieden, soviel ich weiß, sagt Zerutt.
Haben Sie seine Frau gekannt?
Er hat sie mir nicht vorgestellt. Sicher war sie damals schon wieder in Dänemark.
Sicher. Und ebenso sicher ist er deswegen zu Ihnen gekommen.
So etwas habe ich mir auch gedacht. Aber dann habe ich gedacht: nicht dran rühren. Es war ja seine Privatsache.

In der Tat. – Dr. Wirz lacht jetzt wieder, jemand, der so komisch ist, kann ihm doch nicht den Tod aus der Hand lesen. – Wissen Sie, der Haken bei richtigen Analytikern ist: wir haben es fast immer mit Privatsachen zu tun. Es ist geradezu ein Berufsrisiko. Deswegen werden wir öfters aufgesucht.
Aha, sagt Zerutt ehrfurchtsvoll. – Das werde ich mir merken, wenn ich wieder in den Fall komme.
Keine Angst, Sie kommen nicht mehr in den Fall. Sie haben den miesesten Charakter, der mir je vorgekommen ist. Wenn ich so fahrlässig urteilen würde wie Sie, wäre ich versucht zu sagen: Sie haben *keinen* Charakter.
Warm, Herr Doktor, sagt Zerutt. – Warm.

Im Rahmen der Revanche (für Todesangst), die Dr. Wirz dem mutmaßlichen Vaganten Zerutt schuldig ist, wird im Kranken- oder Verhörzimmer ein Tonband abgespielt, auf dem, sagt Dr. Wirz, Albisser ein Bild seines Schmierenpsychiaters zeichnet, das Dr. Wirz, sagt er, zwar eine klare Projektion, anderseits schlicht gelungen findet.
Typisch: Albisser behandelt Zerutt wieder in der Ich-Form, als wünschte er, sie wären Ein Fleisch.
Aber was für ein Fleisch!:

Ich bin ein unappetitlicher alter Mann. Am liebsten ginge ich immer im Schlafrock herum, den die Kordel vorn nie ganz zusammenhält. In Abständen greife ich da hinein und kratze mich mit gedehnten Bewegungen am Bauch und zwischen den Beinen. Dazu blicke ich in die Höhe und mahle mit dem Mund. Nachher betrachte ich meine Hand und rieche schnell daran. Mein Gesicht ist immer in Bewegung, hauptsächlich die Augenbrauen, die sich alle Augen-

blicke zu fragenden Bögen erheben, und die Maultaschen, mit denen ich Kaubewegungen mache, obwohl ich nichts im Mund habe. Dafür bohre ich mit dem kleinen Finger um so ausführlicher in meinen Wangensäcken herum. Auch wenn ich nichts zutage gefördert habe, muß ich danach meinen Finger von allen Seiten betrachten. Ich rieche häufig an mir, besonders unter den Armen. Wenn ich rede, mache ich immer allerhand Geräusche dazu, die meine Worte wieder verdecken, ein leises Grunzen, Schnurren, Räuspern, Schnüffeln, Schnalzen, Grimmen etc. Vor allem das Schnalzen kann ich nicht lassen. Mein gewöhnliches Schnalzen, mit dem ich mir Speisereste aus dem Gebiß sauge, dient mir dazu, alltägliche Sätze, leichte Konversation etc. so unansehnlich wie möglich zu machen. Indem ich es mitten im Satz erklingen lasse, zwinge ich den Partner zu Rückfragen, die ihn beschämen; denn erstens war mein Satz schon beim ersten Mal belanglos, und zweitens wird er in der Wiederholung nicht viel vernehmlicher. Nur um das Schnalzen nicht hören zu müssen, schützen meine Partner gewöhnlich schon beim ersten Mal Verständnis vor und nicken mich an, unsicher und schrecklich angewidert.

Ich habe aber noch ein anderes Schnalzen, das zehnmal so laut und ebenso unnachahmlich wie schamlos ist. Ich lasse dabei den hintersten Teil meiner Zunge gegen meinen Gaumen schnellen und bringe damit einen klatschenden Laut in sehr rascher Folge hervor. Damit erschrecke ich den stärksten Mann. Mir tut es wohl, denn mein Gaumen beißt mich häufig. Es gehört zu meiner Rachenpflege. Lächeln kann ich nicht, aber manche halten es für Lächeln, wenn ich den Mund bei geschlossenen Lippen auseinanderreiße. Meine Zähne zeige ich nie.

Auch wenn mein Mund ruhig ist, scheinen meine Backen ständig zu arbeiten. Ich sitze faul herum oder bewege mich hektisch, etwas Drittes kenne ich nicht. Was ich angreife, umfasse ich möglichst mit der ganzen Hand, die lang ist

und am Gelenk fast rundum beweglich. Auch meinen Kopf kann ich fast ganz in den Nacken drehen. Meine Augen sitzen tief und blicken gleichbleibend trübe, auch wenn die Brauen hochschnellen. Ich blicke die Leute nie richtig und nie lange an. Mein Blick schweift immer nur vorbei, scheint die Bilder fliegend aufzuhaschen und eine leere, meist hochgelegene Stelle dafür zu suchen, um sie dort, mit prüfenden Bewegungen der Maultasche, innerlich zu zerpflücken und den Nachgeschmack zu verzehren.
Ich habe eine langsame, auf die Folter spannende Art, mit den Sachen umzugehen und behandle sogar einen Stein oder ein Taschentuch wie etwas Zerbrechliches. Was ich sage, verschmiere ich gleich durch die Art, wie ich es sage, als zöge einer seinen langen Ärmel über frisch Geschriebenes. Oft gehen meine Sätze in ein Wispern über, das ich mit heftig wegwerfenden Kopfbewegungen begleite.

Wie abgeschnitten, prustet Dr. Wirz, wie abgeschnitten. Sagen Sie, können Sie wirklich so laut schnalzen? Schnalzen Sie doch einmal.
Abwarten, Herr Doktor, sagt Zerutt scharf und undeutlich. – Alles zu seiner Zeit.

Über Albissers Ehe unterhält sich Zerutt lieber mit Schwester Claudia als mit Dr. Wirz. Bei Schwester Claudia redet er so, daß sie jedes Wort versteht.

A.s Frau muß sehr freundlich gewesen sein, geduldig bis zur scheinbaren Stumpfheit. Nur in einem Punkt war sie unerreichbar: sie wollte A. nicht pflegen. Sie belohnte ihn für keine seiner Krankheiten. Sie bekam täglich zu spüren, er wollte keinen Frieden mit sich selbst. Und da sie als Mittel dazu nicht recht war, wußte sie kein Mittel, wollte schließlich auch keins mehr wissen. Sie fühlte sich von seinen Symptomen verdrängt. Ein paar Jahre stellte sie sich taub, da sie nicht böse oder nachträgerisch sein wollte. Dann ging sie und überließ ihn seinen Ärzten.

Schon auf der Hochzeitsreise – nach Japan – hatte sie erfahren, daß sie nicht die einzige war, die Krankheit war zuerst da. Ein wenig Tuberkulose hatte er schon gehabt, als sie sich kennenlernten, bei einem Uni-Ball – das gab es damals noch, sogar mit großen Toiletten. Sie waren beide mit einem andern Partner gekommen, tanzten nur zwischendurch einmal, und trafen sich wieder. Sie studierte noch, Deutsch, sie war Dänin; er hatte schon eine Stelle am Gymnasium. Sie heirateten im Hinblick auf seine Japan-Reise, nachdem die Tuberkeln nicht mehr feststellbar waren. Er beanspruchte schon damals viel von ihrer Geduld. Aber sie versuchte noch mitzuhalten. Nicht wegen Japan; sie wäre viel lieber nach Amerika gegangen. Sie mißtraute dem Exotischen; vielmehr, seinem Hang dazu. Japan sollte alles verändern, und davon versprach sie sich nichts. Die Katsura-Villa im Südwesten Kyotos ist das schönste Gebäude der Welt, aber sie verstand die Erwartungen nicht, die er daran knüpfte.

Auf dem Schiff, einem polnischen Frachter, nahm sie die Pille noch nicht.
Aber hinter Penang lernte sie seine Krankheit kennen. Ein akuter Bauchkrampf, mitten aus dem Schlaf heraus, mit Vernichtungsgefühlen. Eine Untersuchung in Singapur ergab keine Klarheit, außer: der Blinddarm konnte es nicht sein. Das Schiff plante keinen Aufenthalt bis Yokohama mehr. Es fragte sich, ob A. in Singapur liegen bleiben wollte, eine Klärung abwarten, das nächste Schiff. Aber die Koffer waren weit unten im Laderaum. Und wohin damit in Singapur? Sie berieten. Seine Frau war für Dableiben. Aber er traute Singapur nicht. Er kannte da niemanden. Die Eingeborenen wirkten unzuverlässig. Er wollte nicht in Singapur sterben. Seiner Frau tat es leid, daß sie von der ganzen fremden Stadt nur die Notfallstation kennenlernte. Das durfte sie nicht laut sagen, aber er spürte es, er war ja nicht unempfindlich. Sie kauften Schonkost ein und gingen auf den Frachter zurück. Er hatte bereits etwas Gebeugtes, wagte den Bauch nicht mehr zu beanspruchen. Auf dem Schiff verkroch er sich. Er beschloß, die fünf Tage bis Tokyo stillzuliegen und alles zu beobachten: Urin, Fieber, Stuhl. Vielleicht Blut im Stuhl. Jedenfalls viel Schleim. Der Schmerz war nicht mehr akut, aber ziemlich gleichmäßig vorhanden. Seine Frau wagte nicht mehr, sich lange an Deck zu sonnen. Sie kam sich herzlos vor, wenn sie Delphine spielen sah. Dem Kapitän fiel auf, daß A. nicht mehr in der Offiziersmesse erschien, um Hirsegerichte und rote Grütze zu essen. Er besuchte A. in seiner Kabine. Danach wurde er sehr besorgt. Er war sonst ein kleiner behaglicher Mann mit einem Walroßgesicht und gerade noch verständlichem Deutsch. Aber jetzt ließ er A.s Symptome nach Gdansk funken, um die halbe Erde. Er verlangte eine Ferndiagnose vom Vertrauensarzt seiner Linie und Weisung, ob er mit dem Notfall Manila oder Hongkong anlaufen solle. Die Weisung lautete beruhigend. Es könne sich

bei dem Passagier nur um etwas Langfristiges handeln. Krebs? fragte A. den Kapitän. Der Kapitän nickte. Er war froh, nichts Akutes zu führen. Dann verabreichte er A. die stärksten Antibiotika aus der Schiffsapotheke. Die Packungen wirkten schäbiger als bei Medikamenten von Roche oder Bayer –

Antibiotika gegen Krebs?! fragt Schwester Claudia.

Es war ja auch kein Krebs. A.s Frau brachte den Rest ihrer Hochzeitsreise damit zu, den Schwerkranken umzustimmen. Aber er wollte Blut im Stuhl gesehen haben, endgültig. Er ging nicht einmal ans Bullauge, als seine Frau sagte: Ich glaube, dort ist der Fujiyama. Vielleicht täuschte sie sich, es war dunstig, Regenzeit. Aber das Meeresleuchten in der Bucht von Tokio war unbestreitbar. A. wollte es nicht sehen. Er rührte sich nicht von der Pritsche, bis mit dem Zoll zusammen ein Arzt an Bord kam –

Und was fehlte ihm dann wirklich?

Nichts, was ein japanischer Arzt finden konnte, darum suchte er einen amerikanischen auf. Der tippte auf Niere und nahm viel Geld dafür. Er gab erst nach Monaten auf, er war ein gründlicher Diagnostiker. Aber A. hatte inzwischen die Symptome gewechselt. – Später brachte er es dann doch so weit, daß seine Niere angegriffen war. Wenn einer zwanzig Pfeifen raucht am Tag, und keine mit Genuß. Es war trotzdem eine Art Genugtuung für ihn. Seine Frau aber sorgte jetzt dafür, daß sie kein Kind bekam.

Das hätte ich auch nicht ausgehalten. Was wollte er eigentlich?

Zuhause sein.

Hatte er Heimweh?

Sie können es so nennen.

Aber warum fährt so einer denn nach Japan? Wo er nichts davon hat?

Und nachher nach Amerika. Aber schon ohne seine Frau. Die war schon nach Hause geflogen, Dänemark. – Er

mußte sich beweisen, daß er fort konnte. Und dann bewies er den andern: da seht ihr, was ich davon habe. Warum habt ihr mich überhaupt gehen lassen? Warum schaut ihr nicht besser zu mir? Ich bin doch noch ganz klein.
Muß der verwöhnt worden sein. Und jetzt sitzt er im Gefängnis.
Dort ist er glücklich.
Glauben Sie?
Ja.
Weil sie ihm sagen, was er tun soll?
Fast wie im Spital.
Aber das ist doch kein Leben! sagt sie empört.
Er will doch nicht leben, Schwester Claudia, das hat er nicht gelernt. Er will versorgt sein.

Ein anderes Mal sagt sie: Ich finde es komisch, daß es solche Männer gibt. Die getröstet sein müssen, weil sie sich die Mühe machen, zu leben.
Leben ist aber auch schwierig.
Finden Sie?
Sehen Sie *mich* an. Überall Pflaster.
Sie lacht auch. – Der wußte schon, daß Sie nicht umzubringen sind.
Sie täuschen sich. Ich bin ganz leicht umzubringen. *Eine* Luftblase in ihrer Spritze und Schluß.
Sie lacht nicht mehr, wie sie Zerutt die Spritze einlaufen läßt. Sie paßt auf, als wäre an Zerutt noch etwas zu verderben. Während sie ihm den Wattebausch auf die Ader drückt, fragt sie, und ihre Finger zittern dabei.
War die Scheidung dann schwierig?
Es wurde eine Sache der Vernunft. Zuerst eine einseitige Sache, denn er hatte sie ja selbst dazu aufgefordert, ihn zu verlassen, mehrmals, auch in der Schweiz wieder. Sie versuchten nämlich, als er aus Amerika zurückkam, nochmals

zusammen zu leben. Geh doch, sagte er, du siehst ja selbst, daß du mit mir nicht leben kannst. Oder, um sie noch mehr zu reizen: Ich bin doch nicht gut genug für dich – danke Schwester Claudia, ich glaube, es blutet nicht mehr –
In Wirklichkeit drückt sie zu stark, und Zerutt fühlt: diese Sätze fallen in jedem Haushalt, auch gleich hinter der Kantonsgrenze. Es ist nicht viel Ehe nötig, sie fallen zu lassen, ein übermüdeter Photograph genügt schon, der seine Bilder nicht verkauft.
Beim zehnten Mal widersprach A.s Frau nicht mehr, wie gehofft, sondern ging weg. Er spielte verrückt, bedrohte sie durchs Telefon, das heißt: drohte mit sich selbst, bis sie aufhängte – sie sah nicht ein, warum er für ihr langes Schweigen so viel Fernsprechgebühr bezahlen sollte. Also reiste er selbst nach Dänemark, ins Häuschen ihrer Mutter, die nicht deutsch sprach (wie er nicht dänisch). Die ersten Male reiste er mit dem Zug, in der hartnäckigen Annahme, mittels Ortsveränderung ein Anderer zu werden. Er bereitete sich eine schlaflose Nacht im Schlafwagen, um richtig auftreten zu können. So kam er erschöpft an, brauchte seine Erschöpfung nicht erst in Krankheit zu übersetzen, es war schon eine, mit Symptomen, Herz war wohl das Richtige für diese Gelegenheiten, er hatte in seine Schlaflosigkeit hinein ja auch geraucht. Dabei hätte er nur keine Kraft brauchen müssen, um nochmals in Betracht zu kommen, aber eben dies ging über seine Kraft. Seine Frau hatte ja nichts gegen ihn, sie weigerte sich nur, seine Ansprüche auf Leben und Tod zu erfüllen. Die Ruhe zu Hause hatte sie wieder hartnäckig gemacht, die Gegenstände ihrer Kindheit hatten die Sehnsucht nach etwas Selbstverständlichem verstärkt. Sie schlief zwar noch mit ihm, aber sie nahm ihm nichts mehr ab, was gegen ihre Natur war. Ihre Familie scheint vorwiegend aus Frauen bestanden zu haben, undramatischen Leuten, die eine zartbunte Hafenstadt am Rand langer Buchenstrände bevölkerten. Die Spezialisten, nach denen sein Herz

verlangte, gab es dort nicht, nur ein paar Kur- und Allgemeinärzte, die wohl deutsch sprachen, aber ungern. Auf die Zustände des zugereisten Schweizer Akademikers wußten sie keine rechte Antwort, wiesen ihn auf ihre stille Art dahin, woher er gekommen war. A. scheint dann die Nerven verloren zu haben, er war von seiner Mutter her keine Zurückhaltung gewohnt, wenn er krank war. Krank sein war damals so gut wie aufgehoben sein. Vielleicht hatte er sich nur als Kranker einigermaßen geliebt gefühlt, denn mit Gesunden, Kräftigen, Lebenslustigen wußte seine Mutter ja nichts anzufangen. Ein Gott oder Heiliger sollte ihr Sohn werden, aber doch kein Mann.

•

Ein paarmal fing er sich dann wohl wieder, ging mit seiner Frau ein paar Buchenstrände auf und ab, griff wohl gelegentlich, wenn das Gespräch stockte, und es tat ja nicht viel anderes, nach Herz oder Nieren. Mit solchen Gesprächen war natürlich keine Situation zu bereinigen, und es scheint, daß A.s Frau seine Krankheiten inzwischen so herzhaft haßte, wie es ihr gegeben war, also nicht heftig oder laut, aber störrisch und unbezwingbar. Plötzlich kehrte A. dann wohl wieder *heim*, mit dem Flugzeug, da die gesundheitlichen Alarmsignale auf Sturm standen, den sofortigen Eingriff *schweizerischer* Fachärzte unaufschiebbar machten. Die Termine dazu bestellte er sich telegraphisch, für so etwas hatte sich der Abstecher gelohnt. Seine Frau muß ihn mit Erleichterung gehen gesehen haben. Zwar weinte sie oft, aber aus Hilflosigkeit und Überforderung. Gutebesserungswünsche hatte sie sich abgewöhnt, es führte an kein Ende, sein Appetit auf Zusammenbruch war unstillbar. Eine angenehm leise Frau, Sie hätten sie gemocht. A. mochte sie auch, er war nur ihrer undramatischen Art nicht gewachsen.

Wenn er in der Schweiz gelandet und im Wartezimmer von Professor XYZ angekommen war, so zeigte sich meist, daß der Termin sich eigentlich schon erledigt hatte. A. erschien dem Spezialisten gefaßt und vernünftig, sprach über seine verlorenen Symptome wie über etwas weit Entferntes. Sein Leiden war wieder akademisch geworden. Dann wünschte sich A. seine Frau zurück, um ihr seine Gefaßtheit vorzuzeigen. Aber die Entfernung zwischen Zürich und dem dänischen Städtchen blieb sprachlos und war auch durch stürmische Telefonate nicht zu erschüttern. Und das genügte wiederum, daß sich das kurze Wohlbefinden verlief. Kinderangst und Verlassenheit traten wieder hervor, das Herzweh, der unheilbare Oberschenkelmuskel, der enge Hals mit seinem grundlosen Verdacht. Die Lage sah binnen kurzem wieder so schrecklich aus, daß neue Ärzte, bezahlte Helfer, Zauberer angerufen werden mußten. Die nächste Reise nach Dänemark mußte einem neuen Wartezimmertermin zulieb verschoben werden. Mehr und mehr erübrigte sie sich, die Frau blieb, wo sie war, nicht fröhlich, aber sicher vor A.

Man war nun lange genug auseinander, fand sie, um sich auch trennen zu dürfen. Die Scheidung wurde eingeleitet, auch von A.s Seite in merkwürdiger Ruhe. Es gab schon noch dies und das zu schreien, aber etwas beizufügen gab es nicht mehr. Zur Aussprache vor dem Anwalt reiste seine Frau nochmals aus Dänemark in das fremdartige Bergland, man liebte sich noch einige Male, es war beinahe familiär. A. hatte damals noch schnell eine Freundin, eine Teppichweberin, aber im Grund wußte er, daß ihm dieser Einfall nur über den Prozeß weghelfen mußte, eine Droge, die ihren Dienst getan hatte, als man im Flughafen Abschied nahm.

Den letzten Kaffee ihrer Ehe haben sie unter Düsengeheul ohne Bitterkeit getrunken, es war wieder wie beim ersten Ball, nur daß es zu Ende war. Er bemerkte, wie sie ihre angenehme Fremde von damals zurückgewonnen hatte, und daß sie ihm die verlorenen Jahre nicht nachzutragen schien. Sie sah kein Verbrechen darin, wenn man seine Bedürfnisse falsch eingeschätzt hatte – sind Sie eigentlich noch da, Schwester Claudia?

Und Sie haben ihm auch nicht geholfen, sagt Claudia.
Er war aufrichtig: er sagte mir gleich, daß ich es nicht könne. ›Kein Psychiater kann mir etwas sagen, was ich nicht schon weiß‹, sagte er. Ich sagte ›Stimmt.‹ – ›Und?‹ – ›Und nichts.‹ – ›Wie wollen Sie mich da kurieren?‹ – ›Ich will sie nicht kurieren.‹ – ›Und wozu denken Sie, daß ich Sie bezahle?‹ – ›Keine Ahnung, das müssen Sie wissen.‹
Und Sie haben 120 Franken in der Stunde genommen? fragt Claudia schüchtern.
Bedenken Sie, was eine Reise nach Japan kostet. Da konnte ihm auch nichts teuer genug sein.
Damals hatte er noch eine gute Stelle, sagt Claudia zu Z.s Entschuldigung.
Ich nahm die 120 auch, als er seine Stelle verloren hatte.

Bald ist Urlaubszeit, darum hat Dr. Egli ein Büchlein mitgebracht, das, wenn er Zerutt danach verhört hat, eine Akte werden will; die abschließende Akte über den Fall Albisser, der zum Fall Zerutt geworden ist.
Mit Hilfe dieses Büchleins rekapituliert Dr. Egli Albissers Leben, so weit es in Zerutts Zuständigkeit fällt, also gute drei Jahre. Wenn es überhaupt eine Analyse gewesen wäre,

wäre es eine kurze Analyse gewesen, unter günstigen Verhältnissen und ohne Schikanen. Albissers Vorleben, betont Dr. Egli, ist weiterhin Sache von Dr. Wirz.
Ich halte mich an justiziable Tatbestände, sagt er, und es klingt wie ein Schwur.
Beginn Ihrer Analyse: 15. Februar 1969. Besuche unregelmäßig. Anfangs wöchentlich einmal, dann in größeren Abständen, 1971 nur noch sporadisch.
Weil er damals im Gefängnis war.
Darauf kommen wir noch. Mich interessiert: gab es während der Analyse besondere Vorkommnisse? Hat er Sie zum Beispiel tätlich angegriffen? Mit der Waffe bedroht?
Zerutt lacht, er darf wieder lachen, sagt Dr. Vögeli. – Wie stellt man sich unter Juristen eigentlich eine Analyse vor? So lebhaft geht es selten zu. Aus Dr. Eglis Anfrage spricht das Mißtrauen ehrlicher Ämter, welche mit branchenfremden Einflüssen zu kämpfen haben, mit Scharlatanen, die ihnen ihre Täter ausspannen, Jahre von einer wohlverdienten Strafe heruntermarkten oder sie dem Gericht überhaupt vergällen, wenn sie können.
Albisser, fährt Dr. Egli fort, beginnt im Verlauf Ihrer Behandlung politisch zu werden, und zwar mit System. Bereits im Herbst 1970 beginnt er in seiner Schule zu agitieren, Kollektivierungstendenzen zu fördern. Zunächst benützt er die Tarnung des sogenannten Gruppenunterrichts –
Dr. Egli trinkt, offenbar aus Versehen, aus dem Wasserglas an Zerutts Nachttisch; dann entschuldigt er sich dafür. Der sogenannte Gruppenunterricht hört sich allerdings fast so gefährlich an wie damals noch die DDR.
Es gelingt ihm später, fährt Dr. Egli fort, mehrere seiner Kollegen, darunter den Rektor, in sein Experiment zu verwickeln. Als es scheitert und er zurückgepfiffen wird, macht er zum ersten Mal in Widerstand. Er weigert sich, die Klasse zu benoten. Hat er mit Ihnen darüber gesprochen?

Flüchtig, ich habe mich nie sehr für seine Schule interessiert. Gruppenunterricht, was ist das?
Er nahm die Schüler zusammen und stiftete sie zur Politisierung des Unterrichts an. Dazu benützte er auch seine eigene Wohnung. Am 16. März 1971 verteidigte er einen Dienstverweigerer vor Divisionsgericht 8. Haben Sie gewußt, daß es sich um den älteren Bruder eines Jungen handelte, der ihm anvertraut war?
Zerutt weiß es nicht, und das ist wohl besser so, denn es hört sich schrecklich an, halb wie etwas aus der Bibel, halb wie Unzucht mit Abhängigen.
Wurde der Bruder des Anvertrauten wenigstens freigesprochen? fragt Zerutt.
Dr. Egli gibt keine Antwort, offenbar gibt es da keine Freisprüche, schon die Erkundigung danach ist Frevel. – Am 4. August meldet Albisser seinem Kommandanten in einem formlosen Brief, daß er, ohne Angabe von Gründen, im September seinen Dienst nicht leisten werde, und stellt ihm den Marschbefehl wieder zu. Er erscheint am 25. September vor Divisionsgericht. Er war Offizier, fügt Dr. Egli bitter bei, als läge Albisser schon auf dem Heldenfriedhof.
Da war alles zu Ende?
Behaupten Sie immer noch, von diesen Vorgängen nichts bemerkt zu haben?
Ich wußte nur, daß A. im Gefängnis war.
Und das nahmen Sie so hin? Sie fragten nicht einmal nach dem Grund?
Eine Bagatelle, sagte er. Er habe silberne Löffel gestohlen. Natürlich nahm ich an, er spreche bildlich. Aber er wirkte so entschlossen glücklich dabei, und ich dachte: er will etwas Schönes erleben, rühren wir nicht dran.
Sie lügen. Sie waren vom Anfang an im Bilde. Wir haben die Aussage von Albissers Kompagniekommandanten, daß er Sie besucht hat, um Albissers Verweigerung mit Ihnen zu diskutieren.

Aber ich konnte ihm als Flüchtling doch nicht raten, wo käme die Schweiz da hin. Außerdem war nie von Gefängnis die Rede.
Bei uns wird Militärdienstverweigerung mit Gefängnis bestraft.
Sie scherzen.
Dr. Egli schweigt. Dann sagt er: Zerutt, wenn Sie glauben, daß wir Ihnen nicht auf die Schliche kommen. Glauben Sie doch das nicht.
Darauf weiß Zerutt keine Antwort.
Mit leiser Stimme fährt Dr. Egli fort: Albisser öffnet bei seiner Verhandlung kaum den Mund. Er überläßt es dem Amtsverteidiger, auf seine gute militärische und zivile Führung hinzuweisen und von einem Kurzschluß zu sprechen. Er nahm an, daß die Scheidung Albissers immer noch eine Rolle spielte. Auch wurde bekannt, daß seine Gesundheit angegriffen war. Das kaufte ihm das Gericht dann ab, wie Sie dem Strafmaß entnehmen können. Fünf Monate sind billig für einen Offizier, sehr billig. Dazu Ausschluß aus der Armee. Der Richter sagte: wir stehen vor einem Rätsel. Damals wußten wir nämlich noch nichts von Ihnen.
Ich hatte nichts damit zu tun. Ich mische mich nicht in Ihre Angelegenheiten, am wenigsten solche der Wehrmacht.
Bei uns heißt das immer noch: Armee.
Er hätte Berufung einlegen sollen! Das Gericht muß den Verstand verloren haben!
Es steht Ihnen, so zu reden. Berufung gibt es da nicht. Er legte nicht einmal Kassationsbeschwerde ein. Er wollte gleich sitzen, um so bald wie möglich an seine Schule zurückzukommen. Haben Sie eine Erklärung dafür?
Damals gab er wieder gern Schule.
Er fürchtete wohl, daß sich seine Schäfchen verliefen, wenn die ideologische Berieselung zu lange ausblieb. – Sagen Sie: von seinem Leben im Gefängnis hat er Ihnen wohl auch nichts erzählt?

Er erzählte mir nur seine unglücklichen Erlebnisse. Daraus schließe ich, daß er sich in Ihrem Gefängnis wohlgefühlt hat. Er wirkte reifer und erholt, als er sich wieder blicken ließ.
Dr. Egli klopft mit seinem Stift ins Büchlein: Und er hat Sie die ganze Zeit bezahlt?
Für jede Stunde. Ich habe sogar in jenem Winter, als er nicht da war, etwas bekommen.
Und, fragt Dr. Egli langsam, was haben Sie *ihm* bezahlt?
Zerutt darf ja wieder lachen: Woher nehmen und nicht stehlen?
Bekommen? Aus einem gut versteckten Fonds vielleicht?
Herr Doktor, der muß aber gut versteckt gewesen sein. Ich habe ihn die ganze Zeit übersehen.
Nach einem Schweigen Dr. Eglis fügt Zerutt bei: Ich fand es gut, daß die Schule A. nicht entlassen hat. Er war jetzt doch vorbestraft.
So dumm wäre man in Ihrer Heimat nicht gewesen, wie?
In welcher Heimat? fragt Zerutt.
Nennen wir es Ihre *geistige* Heimat.
Ich verstehe Sie momentan nicht gut.
Wir werden dem Verständnis näherkommen, verlassen Sie sich drauf. Albisser *wurde* gefeuert, vor den Sommerferien, und das wissen Sie genau.
Weil er sich politisch betätigt hatte.
Das wissen Sie also.
Er sagte mir, er habe in einer Wahlversammlung starke Worte gebraucht.
Das war unvorsichtig, wie?
Schweizer dürfen das, soviel ich weiß.
Soviel Sie wissen. Und was wissen Sie sonst noch alles?
Zerutt schüttelt den Kopf.
Zerutt, sagt Dr. Egli. Sie sind kein Analytiker, soviel wissen *wir*. Wollen Sie mir jetzt nicht in schlichten Worten erklären, was Sie sind? Wer hinter Ihnen steht? Was Sie sich

von Albisser versprochen haben? Und warum er am Schluß auf Sie geschossen hat?
Ich muß seinen Ehrgeiz gekränkt haben. Ich hatte mir eingebildet, ihn schon ein wenig gebrochen zu haben –
Albisser?
Nur seinen Ehrgeiz. Aber Sie glauben gar nicht, was in seiner Jugend an Ehrgeiz zusammengekommen ist. Er wollte ja sogar Dichter werden.
Schon gut, sagt Dr. Egli scharf, es ist jetzt ein Verhör. – Er hat zu früh geschossen, wie? Er hätte in einer ganz andern Richtung schießen sollen? Es war eine Panne, wie?
Ein Befreiungsversuch am falschen Objekt vielleicht.
Und wo wäre denn nach Ihrer Vermutung, oder sagen wir ruhig: nach Ihren Instruktionen, das richtige Objekt zu finden gewesen?
Ja, wo?
Hier frage ich. Und bevor Sie mir nochmals ausweichen, hören Sie mir gut zu. Albisser war zu der Zeit, als er sich entschloß, seinen Militärdienst zu verweigern, in diesem internationalen Anarchistenlager. Wissen Sie, was da getrieben wurde?
Unzucht?
Dr. Egli schweigt. Dann sagt er: In diesem Lager wurde nicht gevögelt und nicht gehascht. Es wurde geübt. Keine Marschlieder, sondern Nahkampf, wie er im Büchlein steht. Sie wissen schon, in welchem. Mit Messern und Spaten. Und seit wir den Herren auf die Bude gestiegen sind, wissen wir: sie haben auch Schußwaffen.
Die haben doch alle Schweizer.
Zerutt, ich lasse Sie jetzt mit diesen Neuigkeiten allein. Vielleicht überlegen Sie sich sehr gut, ob es für Sie Neuigkeiten sind. Und vielleicht fällt Ihnen sogar, wenn Sie klug sind, der Schlüssel zu Albissers Verhalten ein.
Warum fragen Sie ihn nicht selbst?
Keine Sorge. Wir wissen das meiste, was wir wissen wollen.

Es gibt nur noch einen blinden Fleck in seinem Dossier, und das sind Sie.
Bitte bestellen Sie ihm einen Gruß.
Das wird ihn freuen, sagt Dr. Egli, und einen Augenblick scheint wieder ein netter Mensch durch. – Vielleicht schaut er dann sogar von seinem Buch auf.
Mao?
Sie haben kein Glück. Die Bibel.
Soviel Tarnung.
Wir kommen Ihnen dahinter, sagt Dr. Egli und klappt sein Buch zusammen. – Deswegen können Sie ruhig schlafen. Ich wünsche Ihnen ein besseres Gewissen dazu.
Herr Doktor Egli, sagt Zerutt, als sein Gast schon beinahe gegangen ist – heute hat er ihm die Hand nicht gegeben –: Sie dürfen hier wirklich rauchen. Dr. Vögeli hat es erlaubt.

Der Patient denkt nach. Er sucht aus seinem Umgang mit A. das möglicherweise Politische hervor:

Ich habe einen Befund, sagte A.
Er war im Krankenhaus gewesen, bei seinem Bündner Gastro-Enterologen; in Bündner Ärzte setzte er mehr Vertrauen als in andere. Er hatte seinen Becher Barium ausgetrunken, zum vierten Mal in drei Jahren. Viermal hatte er im rötlichen Dunkel gestanden, den Bauch gegen die kühle Röntgenplatte gepreßt. Erst nur einen kleinen Schluck, dann bis zur Neige. Dazu hatte er sich hin- und hergedreht, folgsam und fast heiter, denn im Röntgenraum empfand er keine Todesangst mehr, nur die summende Erregung, mit der man eine Studio-Aufnahme begleitet, wenn man weiß, daß sie live ist. Dankbar empfand er auch

die Hände des Radiologen, die ihn, selbstvergessen vor Sachlichkeit, fast zärtlich, bei den Hüften führten. Die Wohltat des sicheren Ausgangs – denn plötzlich war wieder klar, daß da nichts zu finden war, daß er sich der Prozedur nur aus Kollegialität mit der Wissenschaft unterzog – ja, der Ablauf als solcher tröstete ihn, zergliederte seine Sorge in kleine, reizvolle Episoden. Er genoß es, nur noch ein Körper zu sein, ein präzis geführtes Objekt, auf das man gezielt schoß. Natürlich kam es auch auf den Radiologen an. Einmal hatte er sich geweigert, sein Barium zu trinken, als der Richtige, ein Deutscher, im Urlaub war.
Z. sagte: Sie werden an einer Röntgen-Überdosis sterben, Sie laden sich ja den Krebs ins Haus. – A. lachte, daran glaubte er nicht, oder hob es sich für eine spätere Angst auf.
Nachdem er seinen Pappkelch geleert hatte, durfte er wieder unter den Partikelbeschuß, der sein Fleisch verklärte, um allfällige Unregelmäßigkeiten hervortreten zu lassen. Der Arzt kippte ihn hoch und zurück auf der kalten Liege, exponierte mit tastenden Fingerbeeren das Unsichtbare, preßte da eine ausweichende Darmschleife mit Leuchtstoff voll, »demonstrierte« dort den toten Winkel einer Klappe. Dazwischen durfte A. stillhalten, GAAANZ stillhalten. Sie dürfen sich bewegen. Die gepreßten Eingeweide schmunzelten.
Haben Sie die Bilder angesehen? fragte Z.
Natürlich, Dr. Schmoller zeigte sie ihm ausführlich am Leuchtkasten, das war ein Mann, der grundsätzlich *keine* Untersuchung lächerlich oder überflüssig fand, ein Fachmann nach A.s Herzen. Dr. Schmoller demonstrierte, wo überall *kein* Verdacht bestand, *nichts* zu sehen war, keinerlei Verdickung. A. nickte, er nickte schon, bevor der Arzt einen Satz beendet hatte. In solchen Augenblicken wollte er Vertrauen haben, sonst nichts.
Bringen Sie doch nächstes Mal die Bilder mit, bat Z.

A.s Blick wurde wachsam. – *Sehen* Sie denn etwas darauf?
Ich sehe sie nur für mein Leben gern.
Für Z. sind es Tuschzeichnungen, auf Wasser gemalt. Er sieht das Skelett als absurden Grundeinfall, um den sich, wie Nachgedanken oder Zweifel, die Halbschatten der Organe wölken. Mit Barium läßt sich dann das eine oder andere ausmalen und tritt wie eine Erscheinung aus dem grauen Mondgarten des Todes hervor.

Z. nickte. Sie standen mit dem Bild am Fenster.
Was haben Sie gesehen?
Z. spürte, wie A. von der Seite jeden Zug von Z.s Gesicht zu röntgen begann.
Haben Sie Radiologie getrieben?
Ich liebe Kunst.
Da wußte A. wieder: er brauchte Z. nicht ernst zu nehmen. Er hob seinen Finger zum Fenster und zitterte nicht einmal.
Da, sagte er und betupfte einen Wolkenrand.
Der Befund?
A. nickte, er nickte mehrmals, fast heiter. Es hatte ihn getroffen, jetzt durfte er sich zeigen. Zur Sicherheit hatte er zwei Librium genommen. Sein sicherer Finger hielt das Bild jetzt selbst. Z. legte seine Hände auf den Rücken und kniff ein Auge zu. Das linke, das ihm heute fehlt.
Draußen brach die Sonne durch, A.s Eingeweide schimmerten wie Reiherfedern.
Das ist die Ileozökalgegend. Hier das Zökum. Die Klappe. Und da sehen Sie es.
Den Befund? frage Z.
Das Lipom. Entschuldigen Sie: die Fettgeschwulst. Sie ist an dieser Stelle sehr selten.
Er blickte Z. an, dann sofort wieder auf sein Bild. – Man

kann sogar sagen – die ältere Schulmedizin behauptet es noch –, sie komme im Darm gar nicht vor. Dr. Schmoller ist anderer Ansicht. Dr. Mosca auch. Einmal unter tausenden tritt es an dieser Stelle auf.

Und Sie sind einer unter tausenden.

Nein, sagte A. und sah Z. wieder an. Dann nahm er das Bild vom Fenster und steckte es in den gelben Umschlag.

Nein?

Nein. Für mich ist das ein Tumor, nichts weiter. Dr. Mosca kann aufgrund einer Röntgenuntersuchung gar nicht feststellen, ob es ein Lipom ist. Alle Wahrscheinlichkeit spricht dagegen.

Und wenn es ein Tumor ist?

Dann ist er bösartig, sagte A. ruhig. – Gutartige Tumoren kommen an dieser Stelle nicht vor.

Richtig.

Was soll das heißen?

Trinken wir jetzt Tee?

Gern, sagte A. Er lief Z. wie träumend in die Kochnische nach. Z. konnte sehen, daß A. glücklich war. Das Teekochen bei Sonnenlicht hatte eine seltsame Atmosphäre, die eines Studentengesprächs vielleicht, auf einer Bude, an der nichts schön ist als die Helle im Raum, eine feiertägliche, lockere Helligkeit. Es war eine Atmosphäre, wie sie einem Liebesgeständnis vorausgeht, ohne Hoffnung, aber das macht nichts: alles voll bewegter, unbeklommener Leere. Z. stand am Herd, in A.s Glück getaucht, brühte den Tee an und ließ ihn ziehen.

Beim Trinken sagte A. lange nichts. Dann sagte er: Die Fahrt zu Ihnen. Diese Silhouetten. Der Himmel, so ruhig. Bei jedem Baum dachte ich: so sieht ein Baum aus. Wie geformt ist das alles. Wie schön. Wie schön, daß es dich überlebt.

Zwischen zwei Schlucken ging er langsam, als wollte er den Boden nicht stören, in Z.s zwei Räumen herum, zog hie und da ein Buch heraus; A. war bei Z. zu Besuch. Er hatte Zeit. Es kam nicht mehr darauf an.

Ich danke Ihnen, sagte er, als Z. ihm nachschenkte. Im Dampf über der Tasse duftete der Rauch einer fernen Teeernte. Das Gedörrte blühte. Hirtenfeuer. Herbstzeitlosen. Er bekam die Augen voll Wasser. Endlich war es gelungen.

Ich sehe drei Möglichkeiten für Sie, sagte Z. – Was wie ein Tumor aussieht, ist eine alte Sache und der Untersuchung bisher entgangen. Dann ist es auch jetzt nicht bösartig. Dann kann es meinetwegen ein Lipom sein. Aufgrund ihrer Krankengeschichte würde ich das für das Wahrscheinlichste halten. So tot, wie Sie bei Ihren Schmerzen sein müßten, wenn Sie tatsächlich Krebs hätten, wirken Sie nicht auf mich.
Das ist wahr.
Oder es ist ein ganz neues Wachstum. Dann hat es zwar mit Ihren Schmerzen nichts zu tun. Ein Karzinom dieser Größe wäre noch nicht schmerzhaft. Aber es wäre ein Karzinom, das ist klar.
Auch das stimmt, sagte A. – Er prüfte einen Schluck Tee auf der Zunge. Konnte er geheilt sein? Er war nur zu jung verliebt in seinen Befund. Z. gab ihm zehn Sekunden Zeit. Dann fragte A.: Und die dritte Möglichkeit?
Die dritte Möglichkeit ist, daß sich Ihr Darm ungenügend gefüllt hat.
Bei Dr. Schmoller?
Das kann dem besten Röntgenarzt passieren. Eine Röntgenuntersuchung ist nie schlüssig, das haben Sie selbst gesagt.

Aber ich habe mich doch schon zweimal aufschneiden lassen!
Dann können Sie doch ruhig sein. Bei keinem Menschen ist die Wahrscheinlichkeit einer bösartigen Darmgeschwulst geringer als bei Ihnen.

Er ging, ohne seinen Tee fertigzutrinken. Z. hatte ihn wieder nicht ernst genommen. Nicht einmal seine Todesangst, die heute echt gewesen war, echt bis zur Heiterkeit.

Danach zeigte er Z. nie mehr ein Bild. Er erzählte ihm auch nichts von dem »Holzknecht«, den er Dr. Mosca schon am nächsten Tag abgetrotzt hatte. Nochmals Barium, aber nicht mehr durch den Mund, sondern durch den After, wo es sehr unangenehm ist. Dafür stellt es den Dickdarm mit der nötigen Deutlichkeit dar.
Wieder NICHTS.
Aber zuvor durfte A. das gipsartige Zeug im Unterleib festhalten wie einen Schatz. Er durfte wieder zeigen, wie brav er war, wenn man ihn ließ. Sein Geschäft NICHT machen. Hier sagen die Leute wirklich: Sein Geschäft machen, wenn sie meinen: sich entleeren. Wie A. dem Geschäftemachen widerstand, bis sein Dickdarm restlos, unter dauerndem Pressen Dr. Schmollers, gefüllt war! Als ginge es um sein Leben; es ging ja auch um sein Leben. Endlich. Sie dürfen, Herr Doktor.

Er spritzte eine ganze Toilettenschüssel voll rosa Kalk.
Rosa? Doch etwas Blut dabei? Okkultes Blut? Wie schlüssig war menschliches Ermessen?
Eben.
A. brauchte noch lange nicht aufzugeben.

Dr. Egli hält einen »Holzknecht« für nichts Politisches. Hat Albisser ein bestimmtes Buch gelesen? Neue Leute kennengelernt?

Dr. Egli denkt sich offenbar: eines Tages wird man ein Revolutionär, wie man ein Zeuge Jehovas wird. Man hat ein Bekehrungserlebnis, wird einer zwar schiefen, aber offenbar unwiderstehlichen »Dialektik« unterworfen – jemand streift einem von hinten den Draht über, zieht daran, und von da an benimmt man sich subversiv. Es ist kurios, daß selbst kluge Leute wie Herr Dr. Egli bereit sind, sich langwierige Prozesse wie das Hochschnappen eines Schachtelteufelchens vorzustellen.

Sind sind doch nicht von gestern, Herr Dr. Egli. Was A. radikal machte, das waren doch keine neuen bösen Leute; es waren die alten netten, die er neu sehen lernte. Es waren die neuen Väter, die er, das vaterlose Kind, bekam, wenn er brav genug war. Hören Sie zu, Dr. Egli, vielleicht kennen Sie die Leute auch:

Tüchtige Gesichter, auf denen das Fett so verteilt war, daß sie immer noch als markant gelten konnten. Braune, menschliche Augen waren die Regel, gelichtetes Haar, das noch vorhandene brünett. Sie steckten in guten Anzügen, an denen nichts auffällig war als das Fehlen jeder Abnützung.

Dabei gab ihnen ihr angespanntes Leben das Recht, sich aufzureiben, meist mit Erfolg. Sie konnten nicht nur ernst werden, sondern auch betrübt. Dann rutschte ihnen, wie sie es nannten, einmal die Hand aus. Es tat ihnen dann selber weh. A. wurde dann geschlagen. Wenn er nicht vergaß, daß es zu seinem Besten war, konnten sie auch wieder freundlich werden. Beides kam unverhofft und war schwer zu berechnen, die Ohrfeigen und die Freundlichkeit. Aber die Vorbilder hatten eben noch anderes zu tun, als immer um ihn herum zu sein. Wenn sie ihn irgendwohin allein gehen ließen, baten sie ihn ausdrücklich, sie nicht zu enttäuschen. Es gab diese Vorbilder auf verschiedener Höhe des Einkommens und des Verhaltens. Es gab sie als Pfadfinderführer, als Lehrer, als Onkel an Vaters Stelle, als Stipendienverwalter, als militärische Vorgesetzte, als ältere Kollegen. So lange A.s Mutter noch lebte, suchte sie ihm selber die richtigen Vorbilder aus. Sie hielt es mit diesem brünetten, nach dem Urlaub (aber er gönnte sich ja kaum Urlaub) auch angenehm gebräunten Typ. Er deckte auch ihren eigenen Bedarf an Sicherheit. Sie hatte ja selbst keine rechte Jugend gehabt. So wurde A. desto nachdrücklicher an Typen verwiesen, die dem guten Zahnarzt Holzherr glichen. Die Mutter dressierte ihren Sohn nach Kräften auf starke Männer, deren Verfinsterung er respektieren lernen sollte. Danach waren sie doch nur um so freundlicher. Ihr zuliebe sollte A. solchen begrenzten, ernst blickenden Heldencharakteren nachleben, deren Ränder im Dunkel blieben und die es zu etwas gebracht hatten. Sie entsprachen der Realität. Man mußte sich nach ihnen strecken. Sie versprachen Rettung vor der Schande und der Armut. Man mußte sich an ihr Wohlwollen klammern, um nicht unterzugehen.

Und von ihnen hatte man auch sein eigenes Lebensziel abzuleiten. Das fing mit dem Berufsbild an. Man durfte keinen Aufwand sparen, um sich selbst einmal in der Position des Wohlwollens, der Strenge und der Aufreibung zu befinden, als Lehrer, Offizier oder Doktor gar. Daß er Arzt werden sollte, war der Herzenswunsch seiner Mutter, als sie noch lebte. Als Arzt hätte er ihre Jungfräulichkeit wieder hergestellt. Er wäre so gut wie nicht mehr dagewesen. Diesen Hang hinterließ sie ihm, als sie starb, an Gebärmutterkrebs. Sie schämte sich noch beim Sterben, daß es ausgerechnet etwas Gynäkologisches sein mußte. Aber sie hielt ihre Schuld für groß. Scham war ja auch die Form ihres Lebens gewesen. Sie büße gern, sagte sie ihrem Sohn. Auf dem Sterbebett bat sie ihn, »den Höchsten« nicht zu vergessen. Sie preßte ihm noch allerhand Versicherungen ab: er solle an seinen Konfirmationsspruch denken. Bei Kälte den Mantel nicht vergessen. Nicht im Durchzug sitzen. Nichts Kaltes herunterstürzen. Rat suchen, wenn er Rat brauche. Er brauche immer Rat. Überhaupt nicht trinken, ohne dazu etwas zu essen. Aber auch umgekehrt. Auf die richtigen Leute hören. Sie gab ihm eine lange Liste richtiger Leute. Ihre Schwester Anna war nicht darunter, aber die führte auch nur eine Sauna. Jeden Tag einmal ganz still sein. Sich vor schlechten Einflüssen hüten. Vor unehrlichen Kameraden. Die Haare aus der Stirn streichen. Öfter einen Schlips tragen. Damit er wie ein Mann aussehe, nicht wie ein Bub. Etwas auf sich halten. Sich ästimieren. Sich beherrschen. (»Sich besitzen«, sagen sie hier.) Und so weiter. Da es das letzte Mal war, versprach A. alles. Er fühlte sich schuldig, weil er glaubte, nicht viele seiner Versprechen halten zu können. Das war ein Irrtum. Er hielt sie alle, auf seine Weise, und das Schuldgefühl war ein guter Anfang. Er weinte, als seine Mutter zum letzten Mal sagte: Behüt dich Gott! Wahrscheinlich wußte er schon, daß er das Hüten selbst besorgen müsse und nicht darauf vorbereitet war. Fast hätte er sich zu Tode gehütet.

Aber eine Weile konnte er noch von seinen Hütern, Vorbildern und Gönnern zehren. Sie ermunterten ihn, wenn sie Zeit hatten. Zum Studium. Zum Sparen. Zum Sauberbleiben. In dem Erbe, das er als achtzehnjährige Vollwaise antrat, fanden sich ja auch Feinde. »Schlechte Vorbilder« nannte sie seine Mutter. Nietzsche war so eines. Der hatte nichts geglaubt und war dafür an einer Geschlechtskrankheit jämmerlich gestorben. Es gab aber auch näherliegende schlimme Einflüsse. Gewisse Kameraden »hatten Ideen«. Das Mindeste, was von ihnen gesagt werden mußte: sie kannten keine Demut. Und das war aller Laster Anfang. Die sahen auch gleich ganz anders aus, wischten das Haar nicht aus der Stirn, hatten keine sauberen Nägel und keine saubere Sprache. Wenn sie nett schienen, war das eine gemeine Täuschung. Sie wirkten aber selten nett, eher finster und gequält. Man sah ihnen gleich das schlechte Gewissen an. Ob sie wirklich schlecht waren, konnte man ganz einfach feststellen. Fingen sie von den Frauen an, dann waren sie es ganz gewiß.

Diese Ansicht teilten übrigens auch die Vorbilder, wenigstens zu den normalen Arbeitszeiten. Diese Vorbilder waren eine sichere Richtschnur. Sahen sie einen bestimmten Umgang nicht gern, so war das bestimmt ein schlechter Umgang. Er war schlecht einfach dadurch, daß man sich das Wohlwollen der richtigen Leute verscherzte, wenn man sich mit den unrichtigen abgab. Das Vorbild verlangte (auf seiner gewöhnlichen Stufe) oder erwartete (auf seiner kultivierten), daß man es nicht enttäusche. Tat man es dennoch, so konnte man noch von Glück reden, wenn es sich nicht einfach wegwandte, sondern von Kummer übermannen ließ und furchtbar wurde.

Als sich A. ein bißchen in der Welt umsah, lernte er die Angst seiner Mutter verstehen und machte sie zu seiner eigenen. Die Tatsachen sprachen ja für diese Vorbilder. Alle leitenden Stellen wurden von Leuten bekleidet, die Pflicht und Schnaps zu unterscheiden wußten. Dabei durfte einen der Gedanke nicht stören, daß es für die weniger leitenden eigentlich *nur* die Pflicht gab. Sie schienen ja auch darauf stolz zu sein, sie waren auch Vorbilder in ihrer Art, nur verkleinerte. Die *wahren* Vorbilder aber hatten alle Mittel in der Hand, einen für Enttäuschungen zu bestrafen und bei endgültiger Nichterfüllung fallen zu lassen – was für ein grauenhafter Gedanke – ins bodenlos Unversorgte. Um dem vorzubeugen, mußte man immer ein wenig zappeln; oft, in Prüfungslagen, zappeln bis zur Erschöpfung, um in den Augen der Vorbilder, wenn sie forschend zu werden drohten, Gnade zu finden. Menschen zappeln zu lassen, schien zu ihren Lebenspflichten zu gehören, weil man nur durch Zappeln etwas wird.

Dafür entschädigten sie einen aber auch durch ihren Humor, wenn er am Platz war, und er war nicht immer am Platz. Aber am Feierabend hatten sie ihn plötzlich, und er konnte, auch wenn er golden war, sehr laut werden. In diesem Humor hatten plötzlich auch die Frauen Platz (vorausgesetzt, es waren keine Damen dabei), oder mindestens manche Teile von Frauen. Frauen waren die gedankenlosen, gepflegten und immer etwas schlüpfrigen Kinder der besseren Gesellschaft. A. hatte sich schon als Kind vor diesem Feierabend-Humor stärker gefürchtet als vor Strafen; vor dem Knie- und Schulterschlagen und den Witzen, die es locker machte. Wenn er sie fürchtete, diese zu liebenden, nacheifernswerten Männer, dann hatte das ja seine Richtigkeit, durch ihre Leistung hatten sie diese Furcht verdient. Aber wenn sie dann über die Körperteile von Frauen lachten, so fürchtete er sich anders, bodenlos vor ihnen. Sie kaman ihm dann bald wie Schlächter, bald so kindisch vor, daß es nicht wahr sein durfte. Sie deuteten an, daß man sich auch diesen Witz durch Leistungen anderer Art verdiene, die sie aber in Gegenwart ihrer Damen nicht zu nennen wagten.

A.s Mutter hatte, scheint es, dieses Lachen nicht zur Kenntnis genommen oder jener dunklen und schwachen Seite der Männer gutgeschrieben, die Gott den Frauen zu dulden aufgegeben hatte. Manchmal deutete sie an, daß die Frauen auch diesmal selber schuld waren. Sie setzten ja alles daran, die Männer zu erwischen und zu Fall zu bringen. A.s Mutter haßte die Frauen so tief, daß sie den Männern ihren Hohn über Frauen nicht verargen konnte. Wenn ihr der Hohn zu schmutzig wurde, diente er ihr als Erinnerung daran, wie sehr auch noch die Vorbilder der Nachsicht eines Super-Vorbildes bedurften, das über jede Vernunft war und bei dem jedenfalls die Sauereien aufhörten. Gott war ein Mann, das gewiß, aber ein Mann endlich ohne Geschlecht. Der Totale Holzherr. Es war die Hauptsache, daß die Schwäche auch der besten Männer dem Prinzip zufloß, wonach jeder bei einem noch Höheren in der Schuld war und sich immer zappelnd bemühte.

Wenn A. seine Vorbilder auch beim Schweinigeln zappeln sah, erwartete er immer, es müsse ein Blitz vom Himmel fahren, oder wenigstens ein Riß sich öffnen im Antlitz der Verehrten. Aber gerade das blieb aus. Ihre Gesichter verloren, wenn sie sich ausschütten wollten, kein Gran ihres gut verteilten Fettes. Sie blieben auf eine so unheimliche Weise mit sich selbst identisch, daß A. an Masken erinnert wurde. Nur, diese Masken fielen nie. Es waren tatsächlich Gesichter, das Pflicht- und das Schnapsgesicht waren dasselbe, ein für allemal angeklebt mit dieser haltbaren Mischung aus Prinzip und Zote. Offenbar standen diese Gesichter für das Leben, das ihn erwartete und das er nicht warten lassen durfte. Er zappelte von Hürde zu Hürde, Gymnasium, Universität, Militär bis und mit Offiziersschule. Solange sie nur seinen Eifer sahen, waren sie auch bereit, ihm hin und wieder etwas nachzusehen. Ein Kind, und vor seinen Vorbildern blieb er ja immer ein Kind, braucht genau so viel Nachsicht, wie es Schuldgefühle hat Und da die Augenblicke der Anfechtung seine Schuldgefühle vermehrten, war es kaum auszudenken, wieviel Nachsicht.

Sie waren nett zu ihm. Sie zogen ihn in ihre Kreise, gaben ihm jede Chance, reif zu werden, wie sie reif waren in den Stunden ihrer kompetenten Strenge. Auch wenn er Dichter werden wollte, gehörte diese Strenge dazu; er wünschte sich auch da gute Leistung, seinen kompetenten Vorbildern zuliebe. Denn Liebe brauchte er, die hatte er in seinem Mutter- und Apothekernest nur als Medikament oder, ängstlich dosiert, als Sorge kennengelernt, er hatte einen riesigen Bedarf danach. Und da rechte Männer Liebe nicht so zeigen können, mußte eben ihr prüfendes Wohlwollen dafür aufkommen. Mann unter solchen Männern zu sein, mindestens: versorgt, durch eine Lebensstelle vor Verlust geschützt sein: das wurde dann also ein Ziel.

A. meinte zu Z.:
Ich mußte dreißig Jahre alt werden, um mir wenigstens den Verdacht zu erlauben, daß das nicht meine Leute waren. Ich mußte erst etwas geworden sein, bis ich sicher war: es hatte sich nicht gelohnt. Ich hatte mich von kleinen Strebern um mein Leben betrügen lassen. Sie wucherten mit meiner Angst vor ihnen. Und können nicht einmal etwas dafür. Die sind ja selbst aus lauter Angst geworden, was sie sind. Angst, scheel angesehen zu werden, Angst zu versagen, Angst, daß das Präservativ nicht dichtgehalten hat, Angst vor dem Vorgesetzten. Sie können Kinder machen, aber kein Leben schenken. Darum wird ihnen alles, was mit der Zeugung zusammenhängt, zur Schweinerei. Sie gönnen sich die Erinnerung daran nur am Biertisch. Und

diese Lachsalven, die obszöner sind, als sie wissen. Es gibt nichts Beschisseneres, als wenn Sie sich sagen müssen: ich habe mich an den falschen Widerständen festgescheuert ... weißgeblutet ... hochgerappelt, aber wohin, wozu? Was du kannst, nützt dir nichts, was du bist, hat sich nicht gelohnt, was du möchtest, dazu hast du jetzt keine Kraft mehr ... Du bringst den Rest deines einzigen Lebens damit zu, diese sogenannte Entwicklung rückgängig zu machen. Und wie, bitte? Mit den Mitteln des Strebers! Den einzigen, die dir zur Verfügung stehen. Also mit garantiert untauglichen Mitteln ... Warum sitze ich vor Ihnen? Weil ich nicht aus meinen Stiefeln herauskann. Weil ich mich immer noch bewähren will. Weil ich *Ihnen* zuliebe was werden möchte, Sie untaugliches Vorbild ... nur ganz was anderes. Ich bin immer noch fremdgesteuert. Ich habe nur meinen Leithammel gewechselt. Der Beamtentyp von damals zieht nicht mehr. Ich brauche einen andern Anreiz, etwas Pikantes wie Sie. Einen verlumpten Aristokraten, einen handlesenden Vaganten, einen versoffenen Freud-Schüler, was immer Sie sein mögen. Ich brauche Sie ... mißbrauche Sie zu einer Demonstration gegen mich selbst ... meinen Versorgungswahn ... meine Unfähigkeit zu schaffen ... ich erwarte ja nur, daß Sie mir aus der Haut helfen ... für 120 Franken die Stunde ... das muß Ihnen ein Wunder wert sein ...

Sie könnten erst noch für mich etwas tun, sagt Z. – Mir ist da eben etwas ins Auge gekommen. Haben Sie zufällig ein sauberes Taschentuch bei sich?
Damals konnte er immer noch ein seidenes Schnupftuch aus der Brust ziehen. Er schüttelte es auseinander. – Zeigen Sie her. – So prüfend hat er Z. noch gar nie angeschaut.
Am Fenster bitte, und gegen die Nase, sagt Z.
Z. sperrt sein Auge mit zwei Fingern auf, A. bohrt seine

beiden Augen hinein. Es wird eine lange unerbittliche Musterung. A.s Griff hat eine angenehme Selbstverständlichkeit.
Ich sehe einfach nichts.
Da *muß* aber etwas sein, zischt Z. unter dem Ziertuch hervor.
A. zieht Z.s Lid hoch, wie in den Büchern für Erste Hilfe, das Geäder kann kein schöner Anblick sein.
Beim besten Willen nichts.
Nun denn.
Manchmal kratzt ein Fremdkörper noch, *nachdem* er sich schon herausgearbeitet hat.
Wenn Sie meinen.
Sicher, sagt A. dicht an Z.s Gesicht, er sucht immer noch, er will Z. ja keinen leeren Trost spenden. Dann läßt er los.
Ich glaube, Sie sollten dem Auge einfach ein bißchen Ruhe lassen, sagt er.

Das war schon eher politisch.

Eindeutig politisch war natürlich, wenn A. vom Militär erzählte, aber das sah Z. damals noch nicht so, sonst hätte er sichs verbeten, aus Selbstschutz, als Flüchtling.

Als Offizier schwärmte A. für kleine Städtchen in der Westschweiz. – Garnisonstädtchen, da die meiste Westschweiz Untertanenland gewesen war, und die bleiben reizvoll, weil sie später keinem Bedürfnis mehr dienen, außer dem nach Heimatschutz. Als Gymnasiast will A. sich überlegt haben, welchen Beruf man ergreifen müßte, um in

Murten am Murtensee wohnen zu können. Murten – daß das ein Klang ist wie Leoben oder Przemysl, kein Schweizer faßt es, es klingt ihm wie Lästerung.

A.s Pferde-Geschichte, die er Z. zweimal erzählte, weil er sie für wichtig hielt, war in einem dieser putzig vermauerten Städtchen angesiedelt, wo man, anders als in Murten, wirklich französisch sprach, wenn auch nicht für das Ohr eines Parisers. A., noch Rekrut damals, wurde mit seiner »Einheit« in dieses Städtchen »verlegt«; es scheint reich gewesen zu sein an atmosphärischem Entgegenkommen. Auch die Beutel der Serviertöchter lebten vom Militär, die Offiziere, A.s derzeitige Vorbilder, benützten ihre Nachtfreiheit und standen am Morgen mit hohlen Augen vor der Truppe, denen sie doppelten Glanz zu geben suchten, und der Truppe doppelten Schneid. Das Land und die hier schon beachtlichen Berge erwachten spätvormittags zu einem feinen, vom Herbst verdünnten Sonnenschein. Es war, wie A. beschrieb, ein Stück Naturtheater mit dem Städtchen wie einer Erinnerung im Hintergrund: Schloß, Zugbrücke, Rathaus, Weinkeller, Goldener Sternen, karierte Mägdebetten, Kruzifixe und schon etwas Schnee auf den Höhen. In ihren Ausgangszeiten durften die Soldaten auch mal. Der Drill der ersten Wochen taute hier ab, verlor sich im Braungelb der Alleen, um dann, wie für einen Film, doch einmal nachgestellt zu werden, ein Ballett mit Kommandi ohne Echo und mit Schuhen, die sich in der Tauwiese schwarz näßten. Das hatte die furchtbare Kasernenschwere nicht mehr, es hatte auch schon die Qualität der Erinnerung, und A. schrieb einer Freundin, die sich in einer entfernten Stadt von ihm löste, sehnsüchtige Briefe deswegen.
In jenen Alleebäumen spann A.s militärische »Einheit« ihre Telefondrähte, um dann am Ende mit einem Witz hin und

her auszuprobieren, ob sie auch leiteten. Schon dazu durfte man sich in die Sonne, oder zur besseren Tarnung in den halb entlaubten Hintergarten einer »Clef« oder eines »Cygne« legen und den halben Nachmittag liegen bleiben, ohne daß die vorgesetzte Kontrolle einen erreichte. Die fuhr zwar den Verbindungen nach, war aber ganz froh, wenn sie sie verlor und den Abend selbst in einem – teureren – Garten abwarten konnte.

Nachts war dann, berichtete A., eine telefonische Zentrale zu betreiben, in der Veranda eines Landhotels, dessen Saison vorbei war. Hinter einigen Stapeln Gartenmobiliar hatte die Truppe ihre Zentralenkästchen aufgebaut, so viele, wie es Leitungen gab zu den über die Gegend verteilten Kompagnien. Nachdem diese Drähte gezogen waren, hatte die Gruppe, der A. zugeteilt war, eigentlich nichts mehr zu tun, als diese Kästchen zu bedienen. Und um ein wenig Ernstfall vorzutäuschen und nicht so faul zu wirken, bediente man sie auch bei Nacht. Von sieben Uhr abends bis sieben Uhr morgens lösten sich sechs Mann bei der Wache über diese Kästchen ab. Fast nie fiel eine gelbe Klappe und wollte eine Verbindung hergestellt sein. Einmal, weil die Außenposten den 24-Stunden-Betrieb nicht mitmachten; zweitens, weil sich die zur Benutzung berechtigten Offiziere, die ja nicht in der Wildnis, sondern in Gasthäusern lagen, lieber des zivilen Netzes bedienten, das ihre Bewegungen besser verbarg als allenfalls mithörende Untergebene.

Die Zentrale war, sagte A., ein Spielzeug, das man sich auch nachts warmhalten mußte, um bei Tag, wegen nachgewiesener Kriegswichtigkeit, davor sitzen bleiben zu dürfen.

Oft leistete der Mann, der abgelöst werden sollte, seinem Nachfolger noch eine Stunde Gesellschaft. Man redete über

Dinge, die einem unter dem dunklen Himmel des Militärs klarer aufgehen als anderswo, Schwierigkeiten, landschaftliche Schönheiten, Sorgen mit einer Frau. Man redete leise, denn nicht weit, im Tanzsaal desselben Landgasthofs, war das »Kantonnement« genannte Massenlager auf Strohsäkken aufgeschlagen. Auf der andern Seite, von der »Zentrale« durch einen Fußweg getrennt, schloß sich ein Pferdestall an. Zweierlei Nachtgeräusch war zu hören: ein tierisches, Pferdeträume, die sich in einem unvermittelten Schnauben oder Trappeln Luft machten; und ein schwächeres, aber regelmäßiges Schlafgemunkel aus dem Massenquartier. Und über sich, wenn man sich etwas vorbeugte, hatte man den Himmel, der die nahen Berggipfel nicht erhellen konnte, aber ahnen ließ.
In einer dieser schon kühlen Nächte, zwischen ein und drei Uhr, hatte auch A. »Zentralendienst«. Es war eine unbeliebte Stunde, denn sie lohnte weder den Schlaf vorher noch danach. Die Rekruten hatten eine Nachtübung gehabt, man war müde, die Wache bei den Kästchen noch weniger beliebt als sonst.

Am Morgen nach A.s Dienstnacht lag eins der Pferde, eine zehnjährige Stute, tot im Stall. Die tierärztliche Untersuchung ergab eine Verletzung der inneren Genitalien, an der sie sich verblutet hatte. Das Tatwerkzeug: ein Spaten, dessen Stiel mit Blut und Eiweiß besudelt war. Der Bauer klagte gegen die Truppe auf Schadenersatz.

Schon um elf Uhr vormittags traf aus Lausanne der »Violette« im Städtchen ein, ein militärischer Untersuchungsrichter mit einem blassen Aristokratengesicht, dessen von Natur degoutierter Ausdruck um Mund- und Nasenwinkel zu diesem Fall von Pferdeschändung paßte; wahrscheinlich besaß der Mann ein eigenes Gestüt. Über die Mittagszeit wurden die möglichen Täter vernommen. In Frage kamen die Wache und die Zentralenmannschaft. Die Wache hatte, wie es ihre Pflicht war, regelmäßig in der Umgebung des »Kantonnements«, der Material- und Waffenmagazine patrouilliert. Ihre Bewegungen ließen sich anhand des »Wachtjournals« rekonstruieren. Der Pferdestall lag zwar innerhalb ihres »Wachrayons«, aber außerhalb ihrer Aufmerksamkeit. Die Tat mußte Zeit in Anspruch genommen und Geräusch gemacht haben; das hätte den Leuten an der Zentrale auffallen müssen, und die wollten nichts gehört haben.

Damit zogen sie den Verdacht auf sich. Der Violette überzeugte sich durch einen Lokaltermin, daß die Telefonisten als einzige unauffälligen Zutritt zum Stall gehabt hatten. Der Bauer hatte seine Tiere um halb zehn Uhr zum letzten Mal fressen sehen. Der Tierarzt legte den Tod der Stute zwischen Mitternacht und vier Uhr fest. Der Mannschaft war um halb elf Nachtruhe befohlen. Dann hatten bei den Kästchen drei Leute gewacht: ein gewisser Gosteli von elf bis ein Uhr, von eins bis drei A. und zuletzt ein Gelegenheitsarbeiter namens Manz. Dieser Manz hatte seine eigene Ablösung nicht geweckt und der Wache gesagt, sie solle den Nachfolger schlafen lassen, er übernehme den Rest der Nacht bis zur »Tagwacht«. Bei der Vernehmung ergab sich, daß Manz beim Zirkus als Zeltbauer gedient hatte und einige Erfahrung mit Pferden hatte (Gosteli war Elektriker, A. Student), außerdem verstand Manz kein Französisch und zwang den Untersuchungsrichter zum Gebrauch seines gebrochenen Berndeutsch. Da Manz laut und aufgeregt war und sich nicht genug über die »Sauerei« – er meinte das tote Pferd *und* die Vernehmung – beschweren konnte, sprach schon allerhand gegen diesen Manz.

Aber davon wußte A. nichts, als er über die Mittagszeit zum Violetten zitiert wurde, ins Schloß. Er war noch eine

Spur blasser als die andern – Leute wie Manz können ja gar nicht blaß werden. Er hatte nach drei Uhr lange keine Ruhe gefunden und dann abscheulich geträumt. Man kann es glauben oder nicht: er hatte die Tat im Traum *begangen*, aber mit einem Besenstiel. Damit hatte er an dem mächtigen Hintern gefeilt, die Stute am Stiel tanzen und ausschlagen lassen, bis es heraus war, eine hemmungslose Ergießung aus dem Pferdeleib, die ihn mit nasser Hose aufschrecken ließ. Er mußte sich verstohlen waschen, und das erste, was er von der zurückkehrenden Wache erfuhr, ließ ihn erstarren: das Geträumte war geschehen, die Stute nebenan tot. Erst beschlich ihn der Verdacht, er sei behext oder wandle im Schlaf. Es war nichts mehr auszuschließen; er starrte in einen Abgrund von Vernichtung. Eine Wahrheit schnürte ihm das Herz zu, die ihn zur Gymnasiumszeit als ewiger Verdacht umschlichen hatte: Einmal kommt es heraus, wer ich eigentlich bin. Einmal wird alles entdeckt. Diese Seelenlage gab ihm eine nicht minder unheimliche Ruhe ein. Sie war eigentlich schon bekannt, diese Katastrophe. Er trat im Gefühl, seine Existenz in den Händen zu halten, vor den Untersuchungsrichter, bleich, entschlossen, den falschen Schritt nicht zu tun.
Der Richter präsentierte ihm, nach ein paar einleitenden Floskeln: Erkundigung nach Herkunft, Familienverhältnis, Studiengang, Freundin, – einen dicken Stengel Bärenklau, den man in der Ecke des Stalles gefunden hatte. Was haben Sie mit diesem Stengel gemacht?
A. konnte nicht mehr blasser werden. Er sagte, nach einem unbefangen wirkenden Nachdenken: Ich habe damit die Pferde gestreichelt, gestern nach dem Einrücken (dabei war er also gesehen worden). Ich wollte es von Hand tun, aber ich getraute mich dann nicht. Ich habe keine Übung mit Pferden, auch – hier zierte sich A., so gebildet er konnte – auch ein wenig Angst vor ihnen.
So, sagte der Violette und suchte in A.s Augen zu lesen, die

mit der Ruhe des Automaten auf ihn gerichtet blieben. – Sie haben keine Übung mit Pferden, darum haben Sie die Pferde mit diesem Stengel gestreichelt. Würden Sie mir sagen, wo sie die Pferde gestreichelt haben?
Wo? Wo ich sie erreichen konnte! Ich kam von einem Linienbau übers Feld zurück, da gab es Bärenklau; ich nahm etwas davon mit; ich habe diese Größe in der deutschen Schweiz nie angetroffen. Dann ging ich durch den Stall zum Kantonnement und schlug im Vorbeigehen den Pferden auf den Rücken. Eins war besonders unruhig und tänzelte, ich konnte feststellen, daß es rössig war.
Das konnten Sie also, trotz Ihrer Unkenntnis, sagte der Violette und blickte so degoutiert wie nie zuvor. – Können Sie mir sagen, woran?
Aber ich bitte Sie, lachte A. denkbar ungezwungen. – Das sieht doch ein Laie, wollen Sie, daß ich deutlicher werde!
Der Violette schlug die Augen nieder, dann sagte er: Sie hatten von ein bis drei Uhr Wache an der Feldtelefonzentrale, stimmt das?
Ja.
Ist Ihnen in dieser Zeit etwas Besonderes aufgefallen?
A. räumte ein, daß er nicht auf die Umgebung geachtet habe, er habe zwei Briefe geschrieben. – Zwei Briefe? – Einen privaten und einen akademischen – und A. nannte einen berühmten Professor, für den er ein sprachgeographisches Projekt ausarbeitete. A. redete gezielt. Er löste seine Person aus niederen Zusammenhängen und verknüpfte sie, ganz seiner Mutter Sohn, mit respektgebietenden.
Das war richtig. Der Richter wurde milder. Er geruhte jetzt sogar ein wenig Konversation zu machen. A. merkte: um nachzufühlen, ob A. sonst labil war. Er blieb auf der Hut und wußte nur Biederes zu melden. Er geriet in einen Rausch von Bravheit hinein, der prickelnd war, und leistete sich noch einen Flirt mit dem Abgrund, als er, nach

seiner Lektüre befragt, das Buch »Reitvorschrift für eine Geliebte« nannte, wovon er nur den Titel kannte. Die Verlegenheit, die er dem Violetten damit bereitete, war zunächst sprachlich, denn der feine Welsche brach sich fast den Bleistift beim Protokollieren. Übersetzbar sei das nicht, behauptete A. aber es handle von Pferden, von der Liebe zum Pferd, die eine hohe Schule des Lebens überhaupt sei. Das Buch sei vom Erben einer berühmten Bierbrauerfamilie geschrieben, einem beachtlichen Lyriker, heute etwas vergessen leider. – Nach einem letzten Aufblick patrizischen Mißtrauens beruhigte sich der Violette offenbar endgültig bei dieser Auskunft. Nicht wahr, ein Mensch, der ein höheres literarisches Interesse am Pferd so gelassen eingestehen darf, vergreift sich dann nicht mit einem Spatenstiel an ihm.

Jenen Tag, der nicht aufhörte, sonnig zu sein, beschreibt A. als den schauerlichsten seines Lebens.

Gosteli hatte das Alibi mehrerer empfangener und durchgegebener Zentralengespräche – blieb denn also nur noch Manz übrig mit seiner ungelenken Zunge. Er wehrte sich damit, so gut er konnte. Er habe es nicht nötig, mit Pferden Sauereien anzustellen, und dann gleich solche! Er, der die Pferde gern hatte, weil er etwas von ihnen verstand!
Aber gerade seine Entrüstung, je heftiger sie wurde, verstrickte ihn um so tiefer in den Augen des violetten Edelmanns. Einem gewesenen Zeltbauer und Zirkusmann gesteht man keine reinliche Liebe zum Tier zu, besonders, wenn er nicht französisch kann. Manz blieb einige Tage in Untersuchungshaft, und A. ging herum wie in einem Traum, dessen dünne Decke jederzeit reißen konnte. Ganz merkwürdig beflügelte ihn der Witz, dessen Schatten auf ihn fiel: daß er, der Kopfweh-Akademiker, eine Stute zu Tode begattet haben könnte; mit einem Besen-, einem Spatenstiel?

Aber die dünne Decke riß nicht, die Zeit lief einfach weiter. Der Violette verschwand, und Manz blieb verschollen. Man habe ihm, wie verlautete, nichts nachweisen können und ihn trotzdem heimgeschickt, mangels Diensttauglichkeit. Ein Zuhause hatte er nicht, nur ein Heim, und in dessen Dach hatte er sich, wie A. später vernahm, in der ersten Nacht aufgehängt.

A. erzählte, daß dieser Manz ein freundlicher und hilfsbereiter Kamerad gewesen sei; im Militärdienst hatte er zum ersten Mal gern gelebt.

Was denken Sie? fragte er Z.

Daß Sie etwas mit der Stute gemacht haben.

Woher wissen Sie das?

Von Ihnen.

Seine Augen waren feucht, als er sie niederschlug. – Ich habe sie rössig gemacht, mit dem Bärenklau, sagte er leise. – Ich habe gesehen, wie es ausfloß. Da bin ich zu Tode erschrocken. Aber der Stengel war ganz kurz, Ehrenwort. Nicht länger als so. Sie schlug mit den Hufen nach mir, und ich ließ sie nicht weg. Aber ich hätte es niemals mit dem Spatenstiel getan, niemals, sagte er erregt. – Das wissen Sie.

Das Wahrscheinliche sei gerüchtweise durchgesickert, lange nach Manzens Tod. Es sei der Bauer selbst gewesen. Die Stute sei krank gewesen, und er soll die Nachbarschaft der Truppe benützt haben, um ein paar Tausender für ein neues Pferd herauszuschlagen.

Nachtschwestern sind keine Hexen, im Gegenteil.

»Italiener singen durch die Nacht«, steht in einem der Gedichte, welche die neue Nachtschwester, eine nette alte Dame, Zerutt vorliest. Er sieht sie nicht, aber er spürt ihr Flair, das ihm verbietet, sie einfach Schwester Hildegard zu nennen. Sie ist ein wohlerhaltenes älteres Mädchen, das in seiner Jugend soziale Interessen gepflegt hat; die durften dann nicht ganz zu Bedürfnissen ausreifen. Immerhin: Krankenschwester wurde sie, das gab in der Familie zu reden, gegen die sie allerhand einzuwenden hatte, ohne ihre Gewohnheiten – die Lebenserwartung einer höheren Tochter – gründlicher loszuwerden. Von den Kranken hatte sie viel zu leiden und brachte es doch nicht über sich, sie zu verlassen. In dieser Lage kam ihr ein älterer Chefarzt, selbst Witwer, zu Hilfe, und heiratete sie vom Krankenhaus weg, ohne die Bedürfnisfrage ein für allemal zu lösen. Es kamen keine Kinder, es kam die Witwenschaft in einem zu großen Haus, das sie, für einen solchen Schritt noch lange jung genug, mit einem netten Appartement vertauschte. Das Leben war unauffällig vorbei, ein paar schönere Interessen blieben, darunter war dasjenige für Kunst. Sie hielt mit ihrem Geld ein paar figürliche Maler aus, keine wilden oder ganz jungen, sondern gestandene, etwas verbitterte Leute, die sich über den haltlos gewordenen Kunstmarkt beschwerten. Das war auch kein Leben für die Dame, auf die Dauer, und so ging sie, ohne zu müssen, wieder etwas pflegen, um sich nicht ganz unnütz zu fühlen. Sie nahm aus diesem Grunde auch Geld dafür, gab es aber an die Bedürftigen weiter, wenn auch nicht gleich; etwas reell wollte sie am Geldumlauf ja auch beteiligt sein.

Schwester Hildegard, für Zerutt: Frau Hasler (den »Professor« ihres verstorbenen Mannes verbat sie sich gleich) pflegt jetzt also nachts den Untersuchungspatienten. Zudringlich ist ihre Aufmerksamkeit durchaus nicht, eher ein wenig gräflich-marottenhaft, mit einem unsachlichen, aber gutartigen Parfum versetzt, etwa Richtung Maiglöckchen.

Frau (Prof.) Hasler dient inkognito, behandelt Zerutt stellvertretend für die Armen dieser Welt, was ihn selbst feierlich stimmt. Sie dient, obwohl sie nicht an Gott glaubt, sondern an *echte* Reformen, um einen Gotteslohn. Dazu gehört auch, daß sie einen Band Gedichte auf die Station mitnimmt und solchen Kranken, die es zu würdigen wissen, das eine oder andere Stück mitteilt. Sie hat eine melodische, aber ergreifend unerfahrene Stimme, wie ein lebenslängliches Schulmädchen oder eine Prinzessin, die aus dynastischem Pech statt an den Mann in ein Stift geraten ist. Jedoch außer ein wenig Hebungs- und Veredlungsbedürfnis, das auch *echte* Revolutionen einschließt (solche ohne Blut), hegt sie dem Leben gegenüber keine Rachegefühle, leistet sich sogar, in Anlehnung an ihre »Malerfreunde«, diese oder jene kleine Expedition ins Halb-Zeitgenössische, informations- und diskussionsweise. Sie hält sich sogar einen Fernsehapparat und besteht darauf, sich seiner nicht zu schämen. Das sind noch kleine, geblümte Reste von Opposition gegen ihre Herkunft aus guten Häusern.

»Italiener singen durch die Nacht«, sagt sie und läßt ihr Buch sinken. – Denken Sie, da muß ich Ihnen etwas erzählen. Am Fernsehen gibt es so eine Sendung, »Wünsch dir was«, kennen Sie die? –

Leider nein, muß Zerutt antworten, und erfreut fährt sie fort: Es ist nicht GANZ das Übliche, wissen Sie. Da veranstaltet ein junger Mensch aus Österreich mit ausgewählten Familien aus drei Ländern Spiele, die eigentlich psychologische Tests sind, und es ist dann interessant, die Reaktion der Familienmitglieder untereinander zu beobachten. Als Psychologe müßte Sie das eigentlich interessieren. Er hat auch eine Frau, eine Dänin, die kein s-c-h sagen kann, aber die ist weniger mein Fall, ich habe das Direkte nie geschätzt, wenn es nicht *echt* ist.

Zerutt verspricht, die Sendung anzusehen, sobald er wieder sehen kann.

Entschuldigen Sie, haucht sie, ich wollte Ihnen nicht wehtun.
Über diesen Satz muß Zerutt eine Weile nachdenken, dann sagt er: Verehrte Frau Hasler, Sie gehören zu den Menschen, die mir nie wehtun.
Das hört sie gern, Zerutt spürt es an ihren gepflegten Pausen. Von solchen Pausen lebt ihre Beziehung »zu anderen Menschen«.
Und jetzt denken Sie, da hatte dieser junge Mann, Schönherr heißt er, die Idee, Fremdarbeiterkinder in eine schweizerische (natürlich auch in eine deutsche und österreichische) Familie zu geben, als Ferienkind, wissen Sie, einige Wochen nur. Und dann sollte das Gastarbeiterkind mit seiner Gastgeberfamilie zusammen in der Sendung auftreten und über seine Eindrücke berichten. Und die Familie hätte auch berichten sollen, jedes Familienglied einzeln, so macht das dieser Schönherr nämlich immer, da kommen dann die erstaunlichsten Differenzen heraus. Wie finden Sie das?
Und wie hat das Kind seine Schweizer Familie gefunden?
Frau (Prof.) Hasler tut einen kleinen engagierten Schrei, der sie hörbar glücklich macht, obwohl es ein Schrei der Entrüstung ist.
Gar nicht! schreit sie melodisch. – Es durfte gar nicht dazu *kommen*! Und wissen Sie, wer dagegen war? Unser eigenes Fernsehen! Unser *Schweizer* Fernsehen! Weil – und Frau (Prof.) Haslers Kinderstimme senkt sich, als lebten wir in einem Polizeistaat, – weil die Gastarbeiterfrage bei uns zu politisch sei!
Zerutt schweigt auf der Stelle.
Sie sind ja kein Schweizer, da braucht sie alles nichts anzugehen. Aber ich sage Ihnen, ich *schäme* mich bis auf die Knochen.
Starke Wörter gebraucht die Nachtgräfin. Zerutt sagt:
Ja, ja. Italiener singen durch die Nacht.

Darum singen sie nicht mehr, sagt Frau (Prof.) erschüttert.
Genau da haben Sie es.
Frau Professor, sagt Zerutt, er vergißt immer wieder, nach ihrem Wunsch den Titel beiseitezulassen, aber sie läßt es ihm durchgehen, wenn die Pause so feierlich ist. – Frau Professor, das ist eben der ZEITGEIST.
Das sage ich auch immer. Er läßt das Warme, das Echte nicht mehr gedeihen.
Häkeln Sie etwas Schönes?
Ach Gott. – Sie erläutert, daß sie nur zum Spaß häkelt. Ein Muster aus dem französischen 14. Jahrhundert. Sie läßt sich das Garn dazu aus der Auvergne kommen. Dann schämt sie sich wieder, weil ihr Patient die echten Farben ja nicht sehen kann.
Ja, sagt Zerutt. Ein Problem.
Aber warum? fragt sie laut anklagend, froh, ihre Gefühle ableiten zu können. – Herr Zerutt! Sie sind doch herumgekommen. Und Sie haben viel gelitten. Bitte erklären Sie mir, wie es dazu kommen mußte!
Zu den Italienern?
Zu unserem Haß! Es sind doch von Natur zufriedene, heitere Menschen! Sie wissen aus so wenig so viel zu machen! Warum können wir Schweizer nicht *brüderlicher* zu ihnen sein?
Der Patient will gerade eine nette Vermutung äußern, da unterbricht ihn Frau (Prof.) Hasler. Er spürt ihren heißen Atem an seinem Ohr. Sie sagt:
Würden Sie es bitte *marxistisch* tun?
Der Patient erschrickt. Das ist also, außer Schwanz und 120 Honorar, das dritte Gerücht über Zerutt.
Wollen Sie? flüstert Zerutt zurück, und noch leiser kommt es: JA!

Sehen Sie, Frau Professor – und Zerutt spürt, wie sie sofort, herzig erleichtert, in Schulmädchenstellung fällt, die lebenslängliche Übung der Dame, die sich gern was sagen läßt, wenn es romantisch, ernsthaft und verwickelt genug ist. – Also, Frau Professor. Sie – ich meine die Schweiz, verzeihen Sie, wenn ich in Abkürzungen rede – sie waren doch selbst einmal ein armes Land, und in Ihren Festreden und Lesebüchern sind Sie es ja noch. Ein Land, das seinen bescheidenen Wohlstand nur seiner Hände Fleiß verdankt, keiner Gunst der Natur. Marxistisch betrachtet waren Sie, wenn Ihre Lesebücher stimmen, ein Volk von Landproletariern. Aus dieser Schande haben Sie sich dann, Einigkeit macht stark, durch ihrer gemeinsamen Hände Arbeit hochgearbeitet. Sie haben sich, höre ich, dabei vielleicht ein wenig helfen lassen, von deutschen Experten in Ihrer großen republikanischen Zeit, von südlichen Facharbeitern auch, in bestimmten Gebieten, beim Mauern zum Beispiel. Aber im ganzen war so eine Gotthardbahn oder ein Polytechnikum dann doch Ihr Werk, ein Monument Ihrer Tüchtigkeit, die Sie nicht als entfremdete empfanden, sonst wären Sie ja immer noch Proleten gewesen. Die paar fremden Federn steckten Sie sich noch getrost ans eidgenössische Feierkleid, damals wurden die deutschen Denker und die arbeitsamen Südländer noch in großem Stil eingebürgert, höre ich, und von denen kamen dann, Frau Professor, auch Ihre singenden Italiener her. So gut wurde Ihre Arbeit, diese Qualitätsarbeit, daß die Arbeit sozusagen hinter der Qualität verschwand, die dann eben ein patriotischer, ein menschlicher Wert wurde. Die Marxisten würden da einfach von Wert sprechen. Und so überhand nahm dieser Wert, daß Sie mit der Arbeit, die einen Wert ja stützen muß, allein gar nicht mehr nachkamen. Vor allem die gewöhnliche, entschuldigen Sie, die schmutzige Arbeit kam zu kurz, weil Sie vielleicht etwas ausschließlich mit der Wertschöpfung als solcher beschäftigt waren. Und da schmutzige Arbeit leider auch sein muß, oft hängt ja gerade an solchen Details die Qualität, mußten eben Kräfte her, Arbeitskräfte, welche den gewaltig gewordenen Unterbau unter all Ihrem Wert unterhielten, *untermauerten*, sozusagen. Und es wurden, Ihrem Wertzuwachs entsprechend, immer mehr von diesen Kräften nötig, bei Licht besehen: eine beängstigende Zahl. Aber Sie halfen sich so, daß Sie diese Italiener, dunkel waren die ja schon, so lange wie möglich *nicht* bei Licht betrachteten. Die Arbeit, mit der Sie selbst nicht mehr nachkamen, mußte ja trotzdem die Ihrige bleiben, da Sie vor der Weltgeschichte die Arbeit, den Fleiß und die Tüchtigkeit verkörperten. Sie durfte mit dem Wort FREMD nichts zu tun haben, diese Arbeit, sie durfte Ihnen, dem arbeitsamen Volk, nicht fremd sein, darum war es ein heimliches Ärgernis, daß man Fremde hatte holen müssen, um sie zu verrichten. Man ließ das Ärgernis gedeihen, da es Wert, Ihre Werte produzierte, aber so recht wahrhaben wollte man es denn doch nicht. So schloß man seinen eidgenössischen Kompromiß zwischen dem legitimen Bedürfnis nach eigenen Werten und der Wahrheit, die einen etwas bange machte. Man gab den Fremdarbeitern einen Status, der ihrer Arbeit nichts in den Weg legte, ihnen selbst aber nur eine teilweise Existenz erlaubte, keine vollwertige, welche die eigene, hochqualifizierte Existenz in Frage gestellt hätte. Und die reife Frucht Ihrer Kompromißbereitschaft mit sich selbst ist eben, Frau Hasler, Ihre Fremdengesetzgebung, welche diese fremde Arbeit zwar zur stillschweigenden Voraussetzung hat, in der die fremden Arbeiter aber nicht recht vorkommen. Es ist Ihnen klar, daß sich anständige Leute wie Sie diese unheimliche Trennung von fremder Arbeit und eigenem Wert nur als nahezu illegales Provisorium leisten können, darum lassen Sie die Demonstranten dieser Trennung auch in der annähernden Illegalität. Sie dürfen sozusagen anwesend, aber nicht eigentlich sichtbar sein; in den Baugruben und Straßengräben, in Gottes

Namen; in den Restaurants und Straßenbahnen sind sie schon Grenzfälle. Daß man mit dieser Regelung vielleicht die Rechnung mit dem Wirt, aber nicht mit dem Kellner gemacht hat, daß es für einen einfachen Kalabresen nicht ganz einfach ist, nach der erlaubten Arbeit als fast nicht mehr erlaubtes Gespenst umzugehen, kurz, daß diese Menschen nicht froh sind, obwohl sie froh sein müßten, ist Ihnen nicht entgangen und macht Sie bange. Darum ist auch an Assimilation nicht zu denken, es sind ihrer nämlich zu viele dafür, wenn auch, von Ihrem unstillbaren Hunger nach Werten her gesehen, noch immer nicht genug, die hier Arbeit leisten, Ihre Arbeit. Gerade einfache Leute müssen bei Ihnen den Eindruck gewinnen, diese Fremden nähmen ihnen die Arbeit weg, die sie zwar nicht selber tun, sich aber auch nicht entfremden lassen wollen; das grenzt schon an Übergriff, das darf eigentlich nicht wahr sein. Und wenn sich die einmal ein bißchen mehr Realität leistet, als ihnen das Gesetz zubilligt, wenn sie laut werden, wenn sie gar singen sollten, man weiß ja, welche Lieder sie singen, wenn sie laut werden, dann sehen Sie, Frau Professor Hasler, sich zum Durchgreifen gezwungen. Noch haben Sie ja die Waffen, die Polizei, die Ordnung, die Politik auf Ihrer Seite, wer so viel Werte schafft wie Sie, muß dafür auch ein wenig Schutz verlangen, wenn nötig: Schutz gegen den arbeitenden Unterbau. Die arbeiten ja nicht nur, die minieren auch noch. Darum darf auch der Unterbau nicht organisiert sein, es sei denn zur Verbesserung seiner Arbeit. Aber sich selbst darf er auf dem Wege der Organisation nicht verbessern, sonst bliebe er auf die Dauer nicht so unsichtbar, wie Sie seiner für das Provisorium Ihres Wohlstands bedürfen, er muß immer unter der Drohung arbeiten, von oben fallen gelassen zu werden, auch wenn die Drohung streng genommen nicht wahrgemacht werden könnte. Kein Tisch kann seine Beine fallen lassen, ohne selbst mitzufallen, aber etwas zuhäkeln lassen, Frau Professor, kann er sie schon.

Sehen Sie, Frau Professor, so sind Sie nun leider, leider an Ihren Schatten gebunden, der Ihre Arbeit ist und doch nicht mehr Ihre, sondern ein Schatten mit fremden, ein bißchen untermenschlichen Zügen. Psychologisch, wenn Sie mich fragen, ist das eine schizophrene Situation, marxistisch bedeutet sie, daß Ihnen der Sprung in einen beinahe klassenlosen, jedenfalls beneidenswerten Wohlstand nur um den Preis gelungen ist, daß Ihnen hintenherum wieder ein riesiges Proletariat nachwuchs, eine treibende Kraft, die je nach Beleuchtung wiederum bloß ein Geschwür ist, das man nur eben nicht schneiden kann, ohne sich ins eigene Fleisch zu schneiden. So wird es mit Schweigen behandelt, dieses Schweigen haben Sie mitbezahlt, als sie diese Leute einkauften, es ist gesetzlich statuiert, und wehe demjenigen, der es bricht. Am einfachsten ist es, wenn man nicht daran rührt. Sie rühren da unten ja schon lange nichts mehr an, keine Harke, aber auch keinen Italiener, Sie behandeln Ihre Arbeit als etwas Exterritoriales, also als reine Polizeisache, und das wird schon noch eine Weile so gehen, bis es dann plötzlich nicht mehr geht –

Und dann? fragt Frau (Prof.) Hasler fasziniert, sie will weiterhören, das Prickeln der Katastrophe in ihren Kniekehlen zu Ende genießen; ihr Atem ist wieder in der Nähe, ein Hauch alter Zeiten streift Zerutts Wange, als Frau (Prof.) Hasler das Trotzköpfchen ihrer Klasse war und noch eine Hoffnung vor sich hatte statt ein paar kulturelle Interessen. – Dann singen sie wieder durch die Nacht, nicht wahr?

Zerutt pfeift etwas durch sein Gebiß mit gedämpftem, dabei schrillem Ton, deutet Pauken und Trompeten an, eine Welt in Bewegung zwischen Zahnleiste und Halszäpfchen.

War das die Internationale? fragt Frau (Prof.) Hasler, und Zerutt hört, daß in ihren Morgenträumen Frauen vorkommen wie die Pasionaria und Rosa Luxemburg.

Das war, sagt Zerutt, pfeift aber zuerst zu Ende, eine Volksweise aus der Bukowina.

Sie lehnt sich zurück und häkelt.
Jedenfalls ist es eine Schande für unser Fernsehen, sagt sie. Eine Affenschande.

Dr. Wirz ist wie immer dienstlich gekommen; da er Psychologe ist, soll man das nicht so merken. GANZ Psychologe ist er aber da, wo er die Hauptsache anbringt: nebenbei. Er hat keinen Magen, sein Magen ist in Ordnung. Dr. Mosca und Dr. Schmoller haben es selbst gesagt. Zerutt hört die vertrauten Namen wieder; auch Dr. Wirz ist jemand, der gleich auf der Höhe der Kapazitäten und Privathonorare einsteigt, wenn es um seine Gesundheit geht. Schließlich: Was hat man sonst.
Was sagten Sie? fragt Dr. Wirz.
Zerutt hat kein Wort gesagt.

Zum Geschäft. Dr. Wirz hat ein Tonbandgerät mitgebracht. Das Band aus Amerika. Kennen Sie es? Nein? Dann werden Sie was hören. Dr. Wirz hat es übrigens vorausgesagt, nur: *seine* Voraussagen treffen eben ein. Der fällige Kennedy-Mord, hier ist er.

Albisser hat im Frühjahr 1968 Japan verlassen und sich noch einige Monate in den US aufgehalten. Einer seiner alten Schulfreunde, jetzt Deutschprofessor in einem kleinen College unweit Clevelands, hatte ihn eingeladen, während eines Urlaubs seine Stelle zu vertreten. Albissers Frau war ihm schon in Japan davongereist. Dabei wäre sie zuerst lieber nach Amerika gegangen. Aber er hatte verfügt, daß er allein sein müsse (allein wie ein Mann).

Er wollte also verlassen sein. Die Folgen waren abzusehen: Bauchweh in neuer, gefährlicher Form. Er benützte sein Glück im Unglück, daß er sich im privatmedizinisch fortgeschrittensten Land der Erde befand, und erzwang Mitte August im Robert Packer Hospital, Sayre, Penna., seine erste Laparotomie. Messerführend war dabei ein gewisser Dr. Schauffele, elsässischer Abstammung und bewandert in weiblichen Brustkrebsen; Albisser hatte ihn privat kennengelernt und sich von ihm zum Abendessen einladen lassen. Es gab einen Braten, bei dessen Tranchierung Albisser dem Gastgeber prüfend zusah: ja, dem Mann würde er auch seinen Bauch anvertrauen können. Die Probe-Operation verlief technisch erfolgreich, medizinisch ohne Ergebnis, aber sie verschaffte Albisser Gelegenheit, in ganz neuem Rahmen versorgt zu sein und heilen zu dürfen.

Amerika exklusiv: das Krankenzimmer in Gelblich, eine Farbe des schlechten Gewissens, dazu geschaffen, Unsauberkeiten sichtbar zu machen, damit sie weggewischt werden konnten. Die Farbe von Vorsälen, zu denen keine Hauptsäle gehören, nur eine wohnliche Leichenkammer. Die Türen immer offen, auch nachts; dann herrscht Kandiszuckerlicht in den Gängen, von Fernsehblau versetzt. Hie und da schleichen Schatten durch diesen falschen Mondschein, werden von einer Schwester angehalten: Oh Mrs. Bretholz, but you're not *supposed* to walk! Die Mühlen des Leidens mahlen langsam und hygienisch, ohne Trennung der Geschlechter, es werden bunte Hefte dazu gereicht. Einmal gibt es mitten in der Nacht ein Sterben; Leute, die wie Angehörige aussehen, laufen in Gruppen durch die Türspälte, sie fallen auf, weil sie angezogen sind, sonst kennt man hier keinen Kostümzwang mehr. Die Leidenden zeigen sich tagsüber lax verhüllt in den Gängen, die Frauen rosa und hellblau zu ihren gelben Gesichtern, die Männer in geblümten Mänteln. Die Stimmen von Männern und Frauen gleichen sich, ihre Schritte, langsam, langsam, haben etwas Einstudiertes. Sie wissen kein Ziel als das Ende des Ganges, dann kommen sie wieder durch den Türspalt. Immer noch wird Nachbarschaft gespielt, man hört sie von ihren Tulpen sprechen, einem Motormäher, der eine Gelegenheit war, von der neuen Medizin, die teuer ist, aber geholfen hat. Sie sagen jeden Tag: How are *you* today, als verstände sich ihr eigenes Wohlbefinden von selbst, als hätten sie Kraft, sich um etwas anderes zu kümmern als ihre Verdauung. Halbe Stunden lang sitzt A. verquer mit seinem operierten Bauch auf der Bettkante und versucht in die Flasche zu pissen. Wenn er heute nicht pissen kann, kriegt er morgen den Katheter, also muß er pissen, also schafft er es nicht. Er läßt, im toten Winkel der offenen Tür, den Wasserhahn dazu laufen, aber sein Unterleib läßt sich von keinem fremden Hahn beschwatzen, er bleibt erstarrt, zuckt vor Anstrengung, sein Wasser freiwillig zu lassen. A. dreht den Hahn stärker, versucht zu vergessen, was er tut, erschrickt beim Nahen von Schlurfeschritten im Gang, er hätte es fast gehabt, nun ist es wieder weg. Er hört zu, wie sie draußen die Sprache der Medizin nachahmen, wenn sie von ihren Tests erzählen, sie verwenden die Abkürzungen der Ärzte, als wären sie auch vom Bau. Sie spielen krank, so fair sie können, und die Sterbenden spielen heiter. Nur beim Blick in den Fernseher, der immer an ist, bei den Schwerkranken fast ohne Ton, dürfen ihre Augen nachgeben: Joey Bishop, den man seit sechs Jahren immer um diese Zeit gesehen hat, braucht man nichts vorzumachen, er erinnert einen an Abende ohne Schmerzen, vielleicht kann man dann weinen. Und vielleicht gelingt es dem mutwillig Aufgeschnittenen auf seiner Bettkante doch noch, sein Wasser zu überlisten, dem Katheter zuvorzukommen. Dann darf er sich in sein Kissen zurücklegen und fürchten, daß er zu lange gesessen hat, viel zu lange, denkt man an seine frische sinnlose Wunde, deren Zusammenwachsen ihn mit Scham und Dank erfüllt. Wenn es Tag wird, erscheint wieder das ihm zugemessene Stück Land im Fenster, eine Hügelwelle mit verwildertem gelbem Gras. Am Horizont steht ein geschindelter Wasserturm auf drei Stelzen, weiter rechts ist eine Wegschneise in den Horizont geschnitten, dieser Weg muß vielen Patienten für alle Wege da sein, die sie nicht mehr gehen werden. Wahrscheinlich führt er zu der Form am äußersten rechten Fensterrand, einem mürben Holzkörper, halb Villa, halb Baracke; man spürt vom Bett aus die Kühnheit, ein solches Haus in den nackten Raum hinauszubauen, auf der leeren Giebelwand wirbt eine abgewitterte Phantasieschrift für Kautabak.

Eigentlich beneidenswert, findet Dr. Wirz, wo dieser Albisser mit seinem Bauchweh überall gewesen ist. Und dann kam ihm, wie früher auf seiner japanischen Insel, wieder ein Kennedy in die Quere und brachte ihm seine Grenzsituation durcheinander. Durch einen wirklichen Tod, der drei Fernsehtage lang in die blaustichigen Zimmer des Robert-Packer-Hospitals flimmerte und die langsamer Sterbenden in Atem hielt, und in ihren Betten: wer hätte gedacht, daß sie das noch erleben durften. So ein junger Toter.

Am Tag, da Robert Kennedys Trauerzug von New York nach Washington rollte, einige Statisten überfuhr, nicht ankommen wollte, wurde Albisser aus dem Krankenhaus entlassen und hatte mit seiner geschenkten Zeit selbst fertigzuwerden. Wohlig verpackt in einen eindeutigen Wundschmerz sah er sich die auf dem Arlington-Friedhof sehr verspätete, fackelerleuchtete Landestrauer zu Ende an und sprach in der gleichen Nacht auf Band, was ihm Robert Kennedy bedeutete.

Wir wissen nicht, ob Bobby etwas anderes geworden wäre; aber er war ein bißchen anders. Er war nicht schön, er war nicht klug, längst nicht so klug wie sein großer Bruder; er war ja schon der dritte einer offenbar abnehmenden Reihe von Brüdern. Seine Stärke bestand darin, daß er bis hierher überlebt hatte. Er war überhaupt kein richtiger Intellektueller, mußte sich, hört man, durch Harvard schummeln, durch sportliche Ersatzhandlungen. Er konnte schnippisch sein, unfair, er hatte sogar unter McCarthy gedient, nicht dem guten bösen Onkel von heute, dem andern, der Fratze von Gestern, die vielleicht wieder die Fratze von morgen sein wird. Er hatte der Fratze mit sogenanntem Material gedient, das er eifrig zusammengeschnüffelt hatte: ein Kennedy, wurde ihm beigebracht, tut nichts Halbes. Es war von ihm bekannt, daß er die Geduld verlor, man sah die Unsicherheit in seinem windschief gebauten Gesicht: ein Auge tat schläfrig, abgebrüht, während das andere in Unschuld funkelte. Seine Sprache wirkte hastig und abgehackt, der eine Mundwinkel war nie frei, am wenigsten, wenn er lächelte. Dann zeigte er die Zähne eines Nagetiers, das auch Fleisch frißt, einer Silberratte vielleicht, wenn es Silberratten gibt. Sein Gesicht wurde immer magerer, je länger man ihm auf dem Bildschirm zusah, immer anfälliger für die Arbeit der schiefen Augen, angegriffener von seinem Lächeln. Es war alles in diesem Gesicht, woraus amerikanische Präsidenten nicht gemacht sein dürfen: Nervosität, Unberechenbarkeit, ein Vibrieren, das mit dem Explosionspunkt kämpft. Es war eigentlich nicht viel an diesem Gesicht, was einem angenehm war.
Es fiel erst auf, als er tot war: daß wir ihn geliebt hatten. Ich habe ihn einmal gesehen, zwanzig Schritt entfernt, bei einem Fußballspiel in Ithaca, New York. Er stand unter einigen Frauen, die Damen waren (eine war wohl seine Frau), amerikanischen Müttern von der Park Avenue, an denen nichts mütterlich und alles Linie ist, das Gesicht

unter einem braunen Henna zur Maske ewiger Jugend versteift. Er überragte sie wohl, aber wirkte kleiner als sie, unwahrscheinlich schmal. Die Kerben, die seine Handvoll Gesicht durchliefen, machten es zwanzig Jahre jünger als die entschlossen jungen Damenmüttergesichter neben ihm, die beim Lachen, dem gespannten Lachen derer, die wissen, daß sie gesehen werden, um die Augenwinkel alterten. Robert Kennedy war nur Bobby, noch nicht ganz er selbst, der Senator von New York, der erst nach Erreichung gewisser Ziele er selbst sein würde, ein Schuljunge, der rechnen konnte, schon ein Fabrikherr der Volksmeinung, ein Schnellrechner von Familie, der es den andern zeigen würde – wie konnte man den mögen? Man sah seinen Willen, aber man sah auch, was über seinen Willen spottete, die Kinderlocke, die er im Wind trug. Kein Zweifel, er trug sie mit Absicht, die Locke war ein paar Millionen Stimmen wert, aber sie spottete immer noch. Sie verriet, daß alles, was er von sich dachte, was er scharf kalkulierte, das irisch graue Feuerwasser in seinen Augen, mit dem er die Indianer der besseren Kreise verrückt machte –, daß er das alles noch nicht selber war. Er war, unter bedecktem Himmel in Ithaca, noch nicht da; was man sah, wenn man sich nach ihm umdrehte, war noch faltig, noch nicht geboren. Was ihn mit unseren Blicken traf, war viel weniger als Liebe und etwas mehr, es war Verwandtschaft und mißtrauische Hoffnung. Wir warteten darauf, diesen Streber doch noch zu mögen.

Als er es dann werden wollte, endlich, viel zu spät, als er Präsident werden wollte, da waren wir bereits gegen ihn verschworen. Wir waren sicher, ihn jetzt nicht mehr zu mögen. Er hatte Sicherheit abgewartet, bevor er Mut zeigte. Er hatte erst gelauert, ob unser fürchterlicher Leichenbitter von Vater mit den Initialen LBJ, *die wir nur noch brüllen und auf Tod reimen konnten, ob dieser Un-Tote angeschlagen genug sei, um Bobbys kostbaren Biß zu verdienen.*

Jetzt konnten wir Bobby nur noch als Ratte sehen. Wir taten so, als hätte der böse gute Onkel McCarthy, der da plötzlich an den Bildschirm getreten war und einen Witz gemacht hatte – den ungeheuren Witz, er werde es mit LBJ, *mit dem ganzen verdammten Krieg aufnehmen –, als ob dieser Landedelmann aus Minnesota, ein College-Professor auch noch, unser Herz gewonnen habe, um so mehr, je weniger er dafür tat, es zu gewinnen. Herz war der Artikel nicht, auf dem er reiste. Er war ein wunderbar miserabler Verkäufer; wir konnten unsere ganze Wut gegen den herrschenden Konsum in sein Ungeschick hineinlesen. Er schien nur von Mut und Laune zu leben, einem unkäuflichen, vertrackten Mut, der selbst wie eine Laune wirkte. Er fand sein Vergnügen darin, die Zustimmung auf noch härtere Proben zu stellen als die Feindschaft. Sein Gesicht mit den leicht aufgeblasenen Backen (ein irischer Nager auch er) war so schwer zu entziffern, daß er nicht einmal recht Feinde fand. Aber wir entschlossen uns, seine Kinder zu sein. Wir geheimnisten unsere verwilderten Paradiese in seine altrömische Gutsherrlichkeit, wir waren sogar bereit, seine Verse (er schrieb Verse) zeitgenössisch zu finden und unsere Haare zu schneiden, wenn wir von Tür zu Tür seinen Anti-Kriegsartikel feilboten, ohne ihn durch unser Opfer viel verkäuflicher zu machen. Wir wiegten unsere Hoffnung zur Ruhe, die sich zu ihrem Erben einen Sohn gewünscht hatte, nicht einen Onkel, aber der Sohn hatte uns im Stich gelassen. Wir sahen darüber hinweg, daß McCarthy womöglich Gründe hatte, den Streich nach unserem falschen Vater zu führen, die nicht unsere Gründe waren.*

Als Bobby dann kam, sich zwischen seinen Tiffany-Müttern hervortraute und mit gesenkter Locke das Mikrofon in der Senatshalle ergriff, um mit dem Kennedy-Dialekt zu locken, da konnte er uns nicht mehr reizen. Mochte er sehen, wie weit er kam mit seinem Geld, seiner Expertenmaschine, die schon ihre Brillengläser funkeln ließ, mit all sei-

nen Leserinnen von Harper's Bazaar und ihren gleichaltrigen Töchtern, die Jackie meinten und Bobby wählten. Es hieß ja, er könne nicht anders als gewinnen, also konnte er es auch ohne uns. Wir blieben bei unserer feinen verlorenen Sache, dem Don Quixote aus Minnesota.

Kalifornien wählte, machte McCarthy endgültig zur verlorenen Sache. Bobby, der Sieger, bedankte sich charmant stockend und verschwand durch die Küche. Das Letzte, was wir von ihm sahen, war ein Puppenbild: ein völlig flaches, weißes, nie gesehenes Gesicht mit bestürzten Schlafaugen; das verschwommene Gesicht eines ertrunkenen Kindes. Das war nicht mehr er. Und da erst begannen wir uns zu fragen, nicht, wer er gewesen sei, sondern wer er hätte sein können. Und in vielen von uns schlug der Blitz der Hoffnung gleichzeitig mit dem Donner ein, der sie begrub. Es war etwas vorbei; und jetzt wußten wir: es war etwas von uns vorbei. Eine Zukunft war mit zwei Schüssen vergangen, ohne je gewesen zu sein.

Das Fernsehen überbrückte respektvoll die Stunden zwischen Sterben und Tod, dann die Tage bis zum Begräbnis, dann den Tag des Begräbnisses. Ein Rausch von Hoffnungslosigkeit, durch den immer dieselben Bilder zogen, eben gesehen, wieder gesehen, immer wieder gesehen –: Bobby im offenen Wagen, der langsam fährt, fuhr, langsam genug, damit Bobby Hände halten konnte; es waren die Hände von mexikanischen Fruchtpflückern, Chicanos. Sie durften diese einzelne weiße Hand nicht pflücken, sie war eine öffentliche Reliquie, ihr Druck ein Versprechen der Zukunft. Sie hielten sich nur kurz daran, ließen sie wieder los, aber danach blieben ihre Hände einen Augenblick in der Schwebe, gehorchten nicht gleich der Schwerkraft, deuteten ein Winken an, das dem davonfahrenden Wagen folgte; diesen Augenblick lang hatte die Hoffnung ihr Gewicht aufgehoben. Bobby war weiß, mit aufgekrempelten Ärmeln, man wußte ja, daß er sein Hemd täglich

wechselte, in Kalifornien vielleicht jeden halben Tag. Weiße Splitter flackerten durch den Film wie auf uralten Wochenschauen, aber dieses war erst eine Woche her, hatte kein Alter als dasjenige des Nimmerwiedersehens –
Die Kamera folgte Bobby von einer Händetraube zur andern. Seine Locke hatte die Helle des Sonnenstaubes, der über das Zelluloid rieselte, oder der Wüste, deren Konturen hinten durchs Bild liefen; dann standen sie wieder, während Bobbys Kopf fuhr, dieser endlosen flimmernden Linie entlang fuhr, ohne daß sie nachgab. Sein Haar war nicht mehr die existentielle Schilfrispe, die sich apart vom graublauen Fußballhimmel abhob, sie war ein Büschel Staub, das mit gewöhnlichem Staub durch die Arena Kaliforniens wehte, zum tiefsten Punkt Amerikas, wohin ihm Bobbys Mütter mit ihrem Make-up nicht folgten. Bobby hatte sie abgeschüttelt, um hier geboren zu werden, ein paar Tage vor seinem Tod, um seine Ahnen zu berühren, die armen Leute; um sein Händchen in ihre Hände zu legen und es zu weiß zu finden; um zugleich geboren und ausgesetzt zu sein, endlich der Wahrheit ausgesetzt. Er trieb kein Schindluder mit ihr, setzte sich keinen Sombrero auf und winkte nicht im Poncho zurück, wie die falschen Väter es taten. Sein Lächeln reichte nicht weiter als bis zur Grimasse. Er stand im vollen Licht seiner Scham, daß er der Feine blieb, The Nice Kid from Boston. Aber er machte Miene, mit seiner Scham so lange zu leben, bis sie das Leben dieser Leute menschlicher gemacht hatte. Man sah nochmals, zu spät, auf dem Bildschirm, wie sie, die Analphabethen, die Zeichen dieser Miene lasen und das Gelübde dieser Scham pflückten. Sie hielten ihre Hände so, als wären sie danach weniger leer. Bobby schämte sich, um so geringen Preis ihr Held zu sein. Man sah, wie er die Hände wegschob, indem er sie faßte.
Während seine Leute auf dem Wagen, schwitzende Fachleute von Wahlsiegen, Software für den Computer zube-

reiteten, Sombreros und Händedrucke auf kleinen Blöcken abstrichen, während seine Leibwächter dafür sorgten, daß die lebenden Sombreros nicht näher kamen als bis zu Bobbys ausgestreckter Hand, wenn ihn die vielen Hände hinausziehen wollten in die Wüste, für die er zu fein und zu schade war; während er sich in den Armen seiner Wärter wand, um eine neue Hand zu fassen, eine schüchterne nicht zu verfehlen, erschien in seinem Gesicht etwas, was sich nicht mehr zu schade war.

Wer den Film vor einer Woche gesehen hatte, brauchte es nicht zu bemerken. Er wußte nur, daß Bobby die Stimmen der Chicanos haben würde, daß er seine Wüste am Abend wieder mit der Air Condition eines Hotels vertauscht hatte, eines der weißen Häuser am Weg zum endgültig Weißen Haus. Niemand wußte, daß er dort ermordet werden würde, im Augenblick sprach nichts gegen einen kühlen Drink am Swimmig Pool, während der Computer die Sombreros auswertete, nichts sprach gegen das System, für das sie programmiert wurden, um Bobbys Erfolg zu gewährleisten, damit Bobbys Erfolg am Ende wieder das System gewährleiste, während die Chicanos weiterpflückten wie immer.

Jetzt, nach seinem Tod, glaubt man zu sehen, daß etwas in diesem Gesicht angefangen hatte, dagegen zu sprechen: eine Versuchung in der Wüste zur Tapferkeit, ein lebenslänglicher Blick auf die Seite der wirklichen Sombreros, ein Zug von Scham um den Mund, die bereit war, Amerika zu verändern. Robert Kennedy, so sah es aus, dachte daran, nicht mehr der Mann seiner Kreise zu sein. Er rüstete sich für die große Unreife sozialer Gerechtigkeit. Er war jünger geworden von Bild zu Bild; jetzt drohte er so jung zu werden, daß die Unempfindlichen um ihre profitable Reife zitterten. Als er den Händen der Chicanos davonfuhr, versprach er wiederzukommen. Er mußte nur erst über das Weiße Haus fahren. Er mußte nur erst das System benützt haben, um es zu verändern. Er mußte nur noch einmal das Hemd wechseln.

Auf diesem Umweg, fort von den Chicanos, in der vieldeutigen, ungeduldig gespielten Rolle des Siegers, traf ihn die Kugel. Der Mörder war einer der Armen, er hatte nicht aufgepaßt. Er sah nur, daß Bobby sich fein gemacht hatte; im frisch gewechselten Hemd sah er nur den Glanz des Systems, das tausendmal die Kugel verdiente. Er wußte nicht, daß das Blut, das er vergoß, vielleicht bereit geworden war, ihm entgegenzukommen.

Sirhan Sirhan hat dem System, das er treffen wollte, viel erspart. Es wäre schwieriger, umständlicher, teurer gewesen, einen Präsidenten umzubringen. Beim zweiten Kennedy wäre es vielleicht aufgefallen.

Jetzt haben sie Bobby schön verpackt. Die Amerikaner können das. Sie haben ein Sternenbanner-Bonbon aus ihm gemacht und es in der St. Patrick-Kathedrale ausgestellt: eine gute Geschäftslage. Die Augen der Nation lutschen daran. Der Kardinal Cushing fragt sein frommes Warum. Tausende gehen an dem vorbei, was sie für Robert Kennedys Reste halten. Die Reste sind aufgegangen. Die Hände, die sich nach ihnen ausstrecken, berühren nur noch das Sternenbanner. Es ist erreicht.

Und was jetzt weitergeht, wenn die Trauer zu Ende demonstriert ist, das geht nicht mehr recht weiter, es tut nur so, und bald funktioniert es nicht einmal mehr. Er hatte Launen, und seine jüngste war vielleicht die Gerechtigkeit; vielleicht hätte es seine Jugend gebraucht, sie auszuleben. Wir sahen damals nicht so recht, daß es unsere eigene Jugend war, wir haben nur ein Gefühl, daß sie jetzt vorbei ist. Man schießt nicht ungestraft auf seine eigene Jugend. Wird man weiter auf sie schießen, bis die Väter, die Großväter, die Ahnen, die es immer gut mit uns gemeint haben, bis diese ewigen Sieger, diese ewigen trauernden Hinterbliebenen endlich den Frieden haben, der für alle Zukunft gilt, weil er aller Zukunft ein Ende macht? Das hätte seine Gerechtigkeit, aber Robert Kennedy hatte eine andere gemeint, eine gewöhnliche, und die war Amerika schon als Hoffnung zu viel.

Dr. Wirz hilft Zerutt dieses Feuilleton verstehen. Wann hat Albisser nach eigenem Geständnis Robert Kennedy zu lieben begonnen? Als er schon tot war. Unter Psychologen formulieren wir das so: er mußte ihn töten, um ihn lieben zu dürfen. Anders gesagt: Robert Kennedy steht für jenes strafweise verdrängte Ich, dem das zensierende Ich den Umgang mit jungen Männern verbietet. Noch anders gesagt: Albisser ist ein Fall uneingestandener Homophilie. Er bestraft sich für das infantile Triebziel, dessen gleichgeschlechtliche Richtung er von Fall zu Fall abbiegen muß. Hier in Heldenverehrung, die nichts anderes ist als sublimierter Sadismus: im Grab büßt das Lustobjekt für seine unbewältigte Anziehungskraft. Und der heimliche Mörder malt sich selbst in der Pose des Beraubten daneben. Sie ist subjektiv legitim, denn selbstverständlich tritt kein Sadismus ohne seinen komplementären Masochismus auf. Indem Albisser Robert Kennedy umbringt, symbolisch, bringt er sich ja zugleich um seine eigene Wunscherfüllung. Was er tötet, ist ein verbotenes Stück von ihm. Damit haben wir auch den Schlüssel seiner Hypochondrie. Sie ist sozusagen eine fehlgesteuerte Katharsis. Albisser versucht sich über den erlittenen Verlust zu trösten: daher seine monumentale Selbstverhätschelung, sein penetranter Narzißmus. Aber er sucht den Trost mit untauglichen Mitteln, nämlich denjenigen des schlechten Triebgewissens, dem er entgehen möchte. Daher reproduziert er an sich selbst fort und fort den Konfliktmechanismus von Schuld und Sühne, statt durch

Anerkennung des verbotenen Triebs aus ihm auszubrechen. Es ist doch klar, was wir von seinen »Operationen« halten müssen: es sind Sühneleistungen für eine verborgene Triebschuld. Albisser bietet seine Kastration an, nicht wahr. Die scheinbar heilsame Wirkung hält genau so lange an, als Albisser hoffen kann, daß sein Sühnegebot angenommen wird. Verheilt die Wunde, so kehrt mit den Lebensgeistern auch deren unbewältigte Schattenseite zurück, und das Angebot muß, in leicht veränderter Form, wiederholt werden. Daher Albissers häufige Symptomverschiebung. Als Psychologen haben wir leider eine offenbar nicht mehr umkehrbare Deformierung der Libido zum Selbstbeschädigungswunsch, um nicht zu sagen: Todestrieb festzustellen. In letzter Konsequenz kann sich dieses Triebziel nur noch dadurch verwirklichen, daß es seinen Träger zerstört. Interessant an unserem Text ist zweierlei: die Glorifizierung des Opfers – nachdem es als Opfer angenommen wurde –, im Rahmen des Todestriebs könnte man da geradezu von Penisneid sprechen. Beachten Sie auch, wie sehnsüchtig der Sozialgewinn betrachtet wird, den sich der Ermordete erwirbt. Der Schreiber dürstet selbst nach dem Opfer, da ist es klar, daß er das Opfer Robert Kennedy als Vielgeliebten zeigt und seine eigenen unerfüllten Wünsche unter die Chicanos schmuggelt. Das wäre die masochistische Komponente. Und nun die sadistische: bemerken Sie die Entlastung, ja Exkulpierung des Mörders? Er ist ein Armer, wie, auf andere Weise, der Schreiber. Er kann nichts dafür, wenn er schießt. Albisser spricht in dieser Figur seinen eigenen Tötungswunsch frei. Bei seiner Triebstruktur und seinem – gestatten Sie den Ausdruck – Verbildungsniveau steht Albisser das Ventil des reinen Täters nicht mehr zur Verfügung. Er hat es, wie Sie selbst am besten wissen, versucht. Er ist aus der Krankheit im medizinischen Sinn, die ihm nur Scheinerfolge brachte, in das soziale und politische Engagement geflüchtet. Beachten Sie das seltsame »Wir«,

in dem sein Text abgefaßt ist: das fingierte Kollektiv. Er hat sozusagen nochmals eine Generalverlegung aller Symptome vollzogen. Aber auch dieses Opfer wurde nicht angenommen. Der neurotische Zirkel war nicht aufzubrechen. Wenn Sie es wissen wollen: nach Dr. Wirzens Ansicht waren Sie das letzte Objekt, das er zwischen sich und seinen aktiven und passiven Tötungswunsch zu schieben vermochte. Er hat den Prozeß der Selbstzerstörung nochmals aufzuhalten vermocht. Aber umzukehren ist er nach meiner Prognose nicht mehr.
Was meinen Sie?

Zerutt kannte in Wien einen Psychiater, Herr Dr. Wirz, der war ein Mann wie ein Bär und impotent. Ein Mann auf der Flucht nach vorn. Er behandelte nur Damen, und er fackelte nicht. Nach zwei Stunden lagen sie auf der Couch, und er obendrauf. Es ging nicht, er war nicht gemacht dafür. Er versuchte sein Glück einfach wieder, und erlaubte ihm nicht, zum Unglück zu werden. Und er hatte etwas, was seine Damen, auch die hoffnungslosen, tiefer berührte als eine Analyse. Er war liebenswürdig. Er gab ihnen eine Aufgabe. Sie zitterten mit ihm. Sie kamen nicht mehr dazu, Angst zu haben oder Vorurteile. Sie ließen sich etwas einfallen, um ihm auf den Sprung zu helfen. Sie wurden raffiniert wie Hetären, um seine Geliebten zu werden, aber sie wurden es nie. Es war etwas kaputt bei ihm, nichts zu wollen. Aber sie hatten nun etwas Besseres als ihre Neurose: einen Menschen. Sie übten bei ihren Ehemännern. Ihre Ehen wurden, im fremden Dienst sozusagen, unterhaltsam. Dieser märchenhafte Teddybär lockte sie über die Probleme hinaus, deretwegen sie ihn aufgesucht hatten, mit nichts als einem hilflosen Kinderschwanz. Sie wurden aktiv, in Frauenvereinen, politischen Versammlungen, sie hatten richtige Geliebte, ohne ihrem Psychiater die Treue brechen zu können. Der hatte sich früher schon zweimal zu erschießen versucht, aber ohne Erfolg. Nicht mal das. Aber die dritte Kugel traf ihn dann tödlich. Er hatte einem eifersüchtigen Ehemann Genugtuung geben müssen. Sowas gab es in Zerutts Jugend noch. Der Kavalier wußte zwar mit seiner Frau nichts anzufangen, aber die Ehe war ihm heilig, und eine Wildente traf er im Flug, was hatte er sonst zu tun. Zerutts Psychiater wurde abgeschossen. Er zahlte für eine Schuld, zu der ihm die Natur keine Chance gegeben hatte. Dafür hatte sie ihn, durch sein Unvermögen, zum Bruder seiner Patientinnen gemacht. Er starb wie ein Mann, der er, in einem eingeschränkten Sinn, nie gewesen war. Er nahm keine Rache. Er ließ sich anfassen. Der Mann war zum Lachen berührbar, oder zum Heulen, je nachdem. Wenn leben heißt, daß man Leben gibt, wahrhaftig, der Mann hatte gelebt. Es müßte ihn gegeben haben.

Eines Nachmittags machte A. ein merkwürdiges Gesicht, halb angestrengt, halb abwesend; als habe er ein bestimmtes, gewöhnliches Wort vergessen, oder seine Bedeutung.
Was fehlt Ihnen?
Nichts, sagte A.

Er war so gut wie frei von Symptomen. Das Wühlen oder Brennen im Bauch schwieg, kein Herz zerrte ihn am Brustbein oder kleinen Finger, der Magen wirkte höhnisch (warum höhnisch?) frei von Druck. Gebläht wie immer, etwas Kopfweh wie fast immer, ein Sausen vor den Augen, so

daß er zwar sehen, aber nichts *ansehen* konnte. Er zählte die Schrecken so her, als kennte man das schon. Dahinter verbarg sich schon eine Leistung, wenn man seine Ärzte jahrelang mit Symptomen gemartert hat. Das lag hinter ihm, es kam nicht mehr darauf an, ob Z. ihm die Schmerzen seiner letzten zehn Jahre abnehme. Er wollte Z. mit seinem Elend einmal nicht langweilen, sondern unterhalten.
Ob Z. sehe, daß nur sein eines Auge noch glänze, das andere kaum das Lid noch halten könne, schon halb eingeschlafen sei? Er habe Untertemperatur, seit er das Rauchen aufgegeben habe (zum zwanzigsten Mal). Er kühle aus, sein Puls ticke kaum noch, wenn er erwache; er erwache am Stillstand. Er müsse sich darüber schon sehr aufregen, um sein Herz wieder auf 57 Schläge zu beschleunigen.
Auf 57? Messen Sie eine volle Minute?
Er hat gern seinen Puls in der Hand, seine Finger an einer zarten Stelle. Vielleicht streichelt er sich die Ellbeugen zum Trost für das verlorene Nikotin.
Er gibt Z. zu verstehen, daß er die gewöhnliche Scham hinter sich hat. Masturbiert wieder und sagt auch, daß er es tut. Kitzelt seine Fußsohlen. Züchtet Pilze zwischen den Zehen, damit er sich schöner kratzen kann.
Und heute fehlt Ihnen also nichts.
Es ist kein Witz. Die Symptomleere macht Platzangst. Kein Aufhänger mehr da. Keine malerische Klippe verstellt ihm den Blick in das Totale Loch.
Haben Sie probiert, sich nicht aufzuregen, bei Untertemperatur, bei 57 Puls? Lassen Sie einschlafen, was da will. Werden Sie ruhig kalt.
Etwas Feindseliges erscheint in A.s Augen: hält ihn Z. auch für kostbar genug? Denkt er auch an A.s Wert?
Was tut A. zu Hause, in seinem neuen Junggesellen-Appartement? Er sitzt herum, frißt. Kuchen. Trinkt Grenadine-Sirup, die Literflasche zu Fr. 2.15. Fürchtet sich so vor dem Einschlafen, daß er bis drei Uhr bei einer alten Zei-

tung wacht. Wird dafür schon um sechs Uhr früh wieder von der Sonne gestört. Erschrickt, als wäre das Erwachen ein Schlag. Sein Herz murmelt. Flüche. Kein Gedanke daran, daß er wieder einschlafen kann. Muß auch zur Schule, im Sommer oft schon um sieben Uhr. Erschrickt, daß er in seinem Zustand offenbar so gut oder so schlecht wie in einem andern Schule geben kann. Läßt sich vor Schülern Geständnisse entschlüpfen, die niemand verlangt hat.

Es ist, stellt er fest, möglich, am Ende zu sein, ohne aufzufallen.

Endlich kann er Träume erzählen. Früher behielt er sie einfach nicht. Sie zogen durch das Ventil seiner Krankheiten augenblicklich ab.

Er sieht ein tiefgefrorenes Huhn mit angezogenen Stummelchen auf Z.s Küchentisch liegen. Er sagt: das ist meine Mutter.

Er weint häufig im Schlaf.

Dicht vor dem Erwachen rinnt das in *Sätze* zusammen, die er dann nachspricht, mit leeren Augen am Frühstückstisch: ALLER ABENDE TAG. – DIE WEIHE NICHT ZU STÖREN DIESER NACHT / DIE DIR EIN MORGEN IST FÜR VIELE TAGE. – IN DER VERLORENEN KINDHEIT EINES JUDAS WURDE CHRISTUS VERRATEN. – NOW MORE THAN EVER SEEMS IT RICH TO DIE.

Dieses RICH hatte es ihm angetan.

Er weint auch über Unverhofftes: MENSCH GOTT LASS DOCH DEN KOMMUNISMUS SIEGEN.

Ich vertrottle, sagt A.

Sie haben die Tageszeiten wieder entdeckt. Stehen Sie früh auf?

So früh wie immer, aber ich rauche nicht mehr.

Sie können dann wieder das Gras riechen.

Ich kann wieder warten.

Haben Sie all die Zeit nicht mehr geweint?

Nein. Einmal. Als Robert Kennedy starb. Sonst nie mehr. Es war wie eine Strafe.

Und jetzt: »Aller Abende Tag«, sagte Z. – Dazu weinen Sie.
Er hat wirklich Wasser in den Augen. – Verzeihen Sie, sagt er, ich möchte es genießen.
Wenn Sie mir nur Ihre Stelle nicht verlieren.
Das Augenwasser trocknet unter seinem erschrockenen Blick. – Wie kommen Sie darauf?
Ich brauche Ihr Honorar.
Er senkt die Augen, hebt sie wieder, seine Finger suchen etwas in der Rocktasche, die Pfeife; dann kommen sie leer heraus.
Ohne Bezahlung würden Sie es auch jetzt nicht tun, sagt er und knetet seine leeren Hände.
Das täte ein richtiger Psychiater auch nicht, sagt Z. und fügt bei:
Außer als Freundschaftsdienst.

Von allen Leuten, die Zerutt noch besuchen, verändert sich Dr. Egli am meisten. Er möchte heute wissen, ob Zerutt dieses Land denn auch lieben könne. Das würde vieles erleichtern.
Er fragt es wie ein Freund, also nicht rechthaberisch, sondern etwas verzweifelt. Er möchte von Zerutts Fall weg zu Zerutt. – Nein, Herr Dr. Egli, Sie fragen Zerutt doch etwas ganz anderes. Sie fragen doch, warum sich bei Ihnen, wenn Sie über dieses Land blicken, das Herz nicht mehr rührt wie früher; warum Sie es nicht lieben können, wie Sie möchten.
Sie sehen also in Ihren freien Stunden über dieses Land hin. Wenigstens in Ihrer Freizeit wünschen Sie, der Wirtschaftskriminalist, diesem Land ein Gesicht, das nichts weiß von den Geschäften seiner Besitzer. Sie kennen noch, aus

Ihrem Vaterhaus, den einen oder andern Ausdruck aus der Weinbauernkunst, den man nicht mehr gebrauchen kann, weil das zugehörige Gerät überholt ist. Sie hören im Traum noch die Tropfen – Regen, nicht Vitriol –, auf die breiten Blätter fallen. Der bescheidene Berg, an dessen Fuß Sie zu Hause waren, färbt sich nochmals gelb dem starken herbstlichen Himmel zu und spiegelt sich im Blau einer Tiefe, die See bedeutet oder Erinnerung. Das möchten Sie wiederhaben, darum verlangen Sie Ihre Liebe dazu von einem Vaganten.

Man kann ein Land nicht schmerzlos lieben, Herr Doktor, denn diese Länder sind von Galizien bis Kansas vergleichbar und treulos in ihrer stillen Schönheit. Sie ziehen ihre Morgendämmerungen und Abendsterne, ihre Brandungen und Holunderdüfte gleichmütig auf, ob sie von fremden Armeen besetzt sind oder Termiten, frommen oder hungernden Bauern. Daß man Ihnen alles nehmen könnte, nur das Finsteraarhorn nicht, ist das ein Trost für Sie? Glauben Sie, die Weinberge des Lavaux wären weniger schön, wenn sie von Chinesen bestellt würden? Daß Ihnen Ihr sehr schönes Land etwas hüten kann, was die Untröstlichkeit überdauert und gegen die Fremde hilft? Etwas, was Sie hervorziehen können, wenn der böse Traum vorbei ist, wie ein Plüschtier aus der Ecke des Kinderbettes? Der böse Traum, Herr Doktor, ist Ihre erwachsene Einsicht, Ihre erbitterte Vernunft, und die haben Sie nötig; die geht, wenn Sie ein Mensch bleiben wollen, nur mit Ihrem Leben vorüber.
Sie verlangen das Unmögliche von Zerutt: Liebe zu einem Land. Sie denken, daß Sie maßvoll gewesen sind, weil Sie nicht das Absurde verlangt haben: Liebe zu Ihren Leuten. Sie kennen Ihre Leute zu gut, Sie fürchten, daß an denen nicht genug zu lieben ist, darum halten Sie sich lieber an das

Land, Ihr herrliches, verlorenes Rückzugsgebiet. Sie möchten, daß Zerutt verstummt, wenn Sie sagen: sehen Sie diesen Baum an. Den müssen Sie doch stehen lassen.

Ihr Land liebt der Vagant nicht, Herr Doktor Egli, aber was ihn nicht ganz gleichgültig läßt, ist Ihre Schwäche für dieses Land. Sie hat mit dem Finsteraarhorn nichts zu tun, sondern mit Ihnen allein, Ihrer Schwäche – der Vagant meint: mit der Kraft, Ihr Herz nicht zu schonen.

Bei A. fing das, was Sie zu untersuchen haben, auch nicht damit an, daß er an einem See irrewurde, oder an einem Ihrer Gebirge. Seine Symptome sahen plötzlich wie Leute aus. Er entdeckte, daß es Schweizer gab, die ihn krank machten.

Eines Tages brachte er Z. einen Haß in die Wohnung, mit dem er an kein Ende kam. Es war der Haß gegen einen Mann, der für ein bekanntes schweizerisches Blatt über den französischen Landesteil schrieb und den A. nur als Initialen kannte. Mehr als seine Artikel, fand A., brauchte er auch nicht zu kennen. Eine persönliche Bekanntschaft würde seinen Haß nur stören, denn persönlich war dieser Welschland-Korrespondent vermutlich, nein: ganz sicher, ein Biedermann, sozial, zugänglich, um Zusammenhänge ernsthaft bekümmert. Vermutlich, nein ganz sicher, wäre er konstitutionell unfähig, A. wieder zu hassen.
Darauf eben, scheint es, stützt sich A.s Haß. Diese Initialen und der Mann dahinter verkörpern ihm das Unüberwindliche seines Landes. Z. ist zu beschäftigt, seinen Flüchtlings-

vorschriften nachzukommen; er hat die Ruhe nicht, A. diesen Haß nachzufühlen. Bei aller Beschränkung seiner Freiheiten bleibt Z. dennoch frei vom Drang, der A. leiden macht: sich mit der Schweiz zu identifizieren. Er darf finden, daß dieser Drang, bis in seine Enttäuschungen hinein, auf Selbstüberschätzung beruht. Aber A. braucht nur einen Artikel dieser Initialfigur gelesen zu haben, dann zittert er. Er kommt buchstäblich bleich in Z.s Praxis und will nicht reden, bis es aus ihm herausbrechen darf. Ein gewisser B. R. oder R. B. scheint ebenso fulminant auf ihn zu wirken wie eine Todeskrankheit, er kann jederzeit ihren Platz annehmen.

Dieser Mann schreibt, hört Z., eher unauffällig, aber das gehört zu seiner bewußtlosen Infamie. Er ist das Schlimmste, was sich A. vorstellen kann, ein Abwäger von Profession – beinahe hätte A. von Passion gesprochen, wenn das Wort in diesem Zusammenhang nicht so komisch wäre –, ein Abwäger, der aus der Tiefe seiner Mittelmäßigkeit zu jeder Sache, die A. exklusiv beschäftigt, eine andere Seite erfindet, und wenn er noch irgendwo Raum für einen Gemeinplatz hat, kommt es ihm auch auf eine dritte oder vierte Seite nicht an. Seine Optik ist zu verschwommen, um ihm ein Problem scharf zu zeigen, und diese Unschärfe gibt er dann als Toleranz aus. Diese Toleranz nimmt ihm A. so übel, weil nie zu entscheiden ist, ob sie der äußersten Ahnungslosigkeit oder der perfidesten Berechnung entspringt. So oder so wird jedenfalls erreicht, daß die Schwierigkeiten, die der welsche Landesteil haben mag, sich im Sprachgebrauch dieses Menschen schließlich aufheben, gegen Null konvergieren, und in diesem Sinn seien seine Artikel beinahe eine staatsmännische Leistung. Da er zwar abwägen, aber nicht denken könne, operiere er überall mit einem Ersatzinstrument, Bedenken genannt. Mit diesem stumpfen Ding gehe er an alles heran, was sich seinem Verständnis entziehe, kratze da ein bißchen an der Oberfläche, habe dort etwas zu erinnern, bekreuzige sich (denn eigentlich eigne sich jenes Bedenken nur zu rituellen Bewegungen) an einem dritten Ort und nähere sich so, immer mit dem Air eines kultivierten Mannes, der Stelle, wo alles nicht so schlimm, stark übertrieben und keineswegs neu sei.

So ingrimmig ist das Interesse A.s für diesen ihm unbekannten Welschlandschreiber, daß er sich die Mühe gemacht hat, seinen Ausweich- und Verwedelungskünsten nachzugehen und sie auf exakte Formeln zu bringen. Wenn dieser R. W. oder W. L. auf ein Problem stoße, wozu ihn zwar sein Beruf verpflichte, was ihm aber von Natur unbequem sei, so helfe er sich auf dreierlei Art.

Zunächst durch die Behauptung, die störende Theorie oder Praxis sei NICHT NEU. Das lasse sich etwa der Armut oder Ausbeutung in der Tat immer nachsagen. V. L. ersparte sich die sachliche Diskussion des Unerträglichen oder Schweren durch den schlichten Hinweis auf seine Lange-Vorhandenheit, auf seinen ausdauernden Charakter. Der Eindruck, daß der Fall schon gestern unlösbar gewesen sei, läßt sein Wiederauftreten einfach als Zwängerei erscheinen, über die man in guter Gesellschaft wohl hinweggehen darf. Durch diesen sanften Trick wird das Unerträgliche für Leute von Geschmack mit der Zeit auch ein bißchen unerheblich. Es langweilt ein bißchen. Kommen dann doch welche, die fortfahren, diese Langeweile mit starken Worten zu verbreiten, Sozialisten zum Beispiel, so zieht R. L. das zweite Register seines Harmoniums: STARK ÜBERTRIEBEN. Ein Problem wird gebeten, gleich mit seiner Lösung zusammen aufzutreten, wenn es sich nicht der *Tendenz* schuldig machen will; und wenn schon das Problem diese Lebensart nicht aufbringt, so muß man sie um so mehr von seinen Vertretern erwarten. Die Liste der Übertreibungen ist lang: dazu gehören Proteste, Arbeitskonflikte, besonders, wenn sich Ausländer daran beteiligen, Lärm in jeder Form, etwa, daß sich Leute nicht einfach drein schicken, aufgrund einer anonymen Denunziation entlassen zu werden. Die Entlassung läßt sich zwar nicht leugnen, aber: Folgerungen aus ihr zu ziehen, ja schon: über sie zu informieren, kommt einer starken Übertreibung gleich. Entlassene, Verschupfte, Ausgebeutete etc. zeigen eine unliebenswürdige Neigung, jenes Maß zu verlieren, das W. L. heilig ist, deshalb müssen sie sich dann auch von ihm einen zivilen Verweis gefallen lassen.

Will sich aber ein Problem mit aller Liebenswürdigkeit nicht unter den Tisch wedeln lassen, hält es an seiner taktlosen Realität fest, so kann ihm R. B. immer noch seine dritte Zauberformel entgegenhalten: daß es NOCH NICHT SPRUCHREIF sei. Nicht spruchreif ist eigentlich alles, was durch guteidgenössischen Kuhhandel nicht bereits verbrieft und gesiegelt wurde. Nicht spruchreif sind Alternativen, so lange sie sich noch als solche stellen oder von den falschen Leuten gestellt werden. Spruchreife erwirbt man sich in B. R.s oder R. B.s Feder nur durch Leisesein. Spruchreif ist ein Problem, wenn es die Magistraten untereinander schon ausgekartet haben; nicht spruchreif ist alles, was danach noch ein Maul auftut, nur weil es gar nicht gefragt wurde. Roma locuta! Spruchreif ist, kurz und gut, was das Reden nicht mehr lohnt: da erst beginnt die Feder des V. R. lebendig zu werden. Wenn sie dem Nicht-Spruchreifen gewogen ist, verweist sie es an weiteres Studium; der Mann bildet sozusagen Tag und Nacht Kommissionen mit sich selbst. Aber er studiert die Probleme, sagt er. Er will doch nicht etwa einseitig werden! die Dinge schrecklich vereinfachen!

Gemeinsam, sagt A., sei allen Winkelzügen dieses Meinungsbeamten, daß er materiell zu nichts, worüber er berichte, etwas zu sagen brauche, diesen Mangel aber als Souveränität des gereiften Beobachters auszugeben wisse und die Analyse, zu der er von Haus aus unfähig sei, zum vornherein als Minderheitensache abqualifiziere. In seinen Augen genüge es offenbar, ein paar Leerformeln des Unbeha-

gens dagegenzusetzen, um schon als kleiner Staatsmann dazustehen, nach dem Motto: liebe Leute, was schon ich nicht verstehe, das lohnt das Verstehen gar nicht erst. So trete die Problemschlamperei und das perspektivenlose Geschwätz mit der Miene der Objektivität auf. Keinen entschiedenen Standort zu haben, gelte als Kriterium der Überparteilichkeit. So gemütlich mache sich dieser L. F. seine Sache und glaube übrigens allen Ernstes, damit auch noch die gefälligere und humanere Lebensart seines Landesteils zu treffen. Daß er mit seiner Gemütlichkeit des Patrons aller Größenordnungen zudiene, denen an so viel Unschärfe wie möglich gelegen sei, wo es sich um ihre Macht handle, würde dem schreibenden Bonvivant nicht auffallen, weil er ja die Macht selbst als Gemütlichkeit erlebe. In der Tat sei es ja ein anderer Klang, wenn man mit einem 69er St. Saphorin anstoße, als wenn man es mit einer eigenen Meinung tue ... Und W. R. halte es lieber mit den Feinen, er halte es mit den Gereiften, die im Namen der Lebensart immer wieder gezwungen würden, Verantwortung auf sich zu nehmen, da man diese logischerweise nicht den Unverantwortlichen überlassen kann.
So rinnen Sonnenwärme, Heiterkeit und Verantwortung zu einem Gemisch zusammen, in dem dieser W. V. niemals die Formel der Macht erkennen würde, zumal ja die Mächtigen selbst auch nichts Besonderes daran sehen; und mit dem zarten Kulturrausch, in den die Mischung ihn versetzt, liefert er dann seine Hofberichte für das gehobene Bürgertum ab, das in ihnen einfach Information sieht, korrekte, abwägende, untendenziöse Berichterstattung. Über revoltierende Studenten, über den unruhigen Jura berichte er, dem Verständnis seiner Leser kongenial, wie über etwas Exotisches, weil sie seinem Verantwortungsgefühl vollkommen exterritorial seien. Was neu sei und auch noch laut, verstoße gegen seinen Takt, der auf den natürlichen Charme des Bestehenden eingespielt sei. Die Übereinstim-

mung solcher Leute mit sich selbst sei es, was sie so grausig mache. Niemand wäre ja so ehrlich erstaunt wie R. B. oder B. R., wenn man ihm erklärte, er verdiene sein Brot als Söldner und Handlanger. In seinen Augen verdient er es gerade als freier Mensch, den sein Temperament und eine gütige Zeitung hoch über die Parteien gestellt hat. Daß es eben diese Einbildung ist, was seine Berichte für die herrschende Partei so nützlich macht, würde er als stark übertrieben betrachten, oder als schrecklich vereinfacht. Er wüßte dagegen auch gleich zu erinnern, daß diese Art der Kritik nicht neu ist.

Die Schweizer Presse, so weit sie *verantwortlich* sei, lebe von solchen Biedermännern, darum *lebe* die Schweiz so wenig.

Es ist wieder heiß. Auch Zerutts Untersuchung scheint zu schlummern. Dr. Egli und Dr. Wirz sind im Urlaub, aber Dr. Vögeli harrt bei Zerutt aus. Er tut es wirklich seinetwegen, hat seine Ferien verlegt, weil er Zerutts Auge für nicht aufschiebbar hält. Er kleidet es jedesmal mit zärtlichen Bewegungen zu. In einer Woche soll Zerutt, wenn alles gut geht, ein Wunder erleben. Dr. Vögeli will das Auge bis dahin unter Verschluß lassen. Zerutt soll nicht nur wieder sehen, Dr. Vögeli will auch eine Binde fallen lassen, ein medizinisches Denkmal enthüllen. Er ist klein und hat sonst nicht viel vom Leben.

Claudia ignoriert Zerutt ein bißchen, so gut eine Schwester ihren Patienten ignorieren kann. Es ist offensichtlich, daß sie über ihn nachgedacht hat. Dann legen die meisten Leute, auch die netten, erst einmal eine Pause ein.

Bevor Dr. Wirz gegangen ist, hat er seinen, wie er selbst sagt: letzten Bestechungsversuch unternommen. Er hat Zerutt in sein Vertrauen gezogen.
Reden wir ernst, sagte er, als hätte ihn Zerutt bisher nicht im Ernst unsympathisch gefunden. – Reden wir Klartext. – Komisch, daß er dazu flüstern muß. – Es wäre doch witzlos, wenn sich unsereins in einen Strafprozeß einschaltete, ginge es nur darum, das Persönlichkeitsbild eines Angeklagten für das Vorurteil der Justiz zu präparieren. Den Biedermännern auch noch ein bißchen Psychologie in ihren Eintopf zu rühren, pardon, dafür bin ich mir zu gut. Der Psychiater hat einen edleren Zweck, wenn er ihn auch nicht laut nennen darf: den Straftrieb auf dem Gutachtenweg zu entkräften. Frömmer gesagt: einen Sünder zu retten. Ihn dem Rachebedürfnis des Kollektivs zu entziehen. Denn nicht wahr – (seine Stimme klingt, als wäre Zerutt schon gewonnen) – der Tic eines Albisser ist uns doch immer noch ein Stück näher als die Methoden, mit denen sich das System ins Recht zu setzen sucht. Wir sind die APO der Justiz, oder wir sind zum Kotzen. Wir leisten ihr denselben Dienst wie heute die Kirche der Gesellschaft: wir segnen ihr mit unserem guten Namen eine Bescherung von Problemen, die sie sonst nicht schlucken würde. Wir müssen Ihren A. aus der Patsche hinausfinassieren. Sie sollten mir endlich etwas helfen.
Das kann ich nur, indem ich mich selbst belaste, Herr Dr. Wirz. Dabei kann ich Ihnen nicht helfen.

Soviel steht bereits fest, daß Zerutt rechts kein Glasauge bekommt. Dr. Vögeli hat die Wunde so flott vernäht, daß sie kein Kind mehr schrecken wird. Sie wird sogar wie ein neuer Gesichtszug wirken, ein pfiffiger, meint Dr. Vögeli.

Zerutt wird aussehen wie einer, der vor den Menschen ein Auge zudrückt. Vielleicht gab es aber auch kein passendes Glasauge. Zerutts Augenfarbe: grün-lila-orange ist schwer zu treffen, und eine Extra-Anfertigung wird sich für ihn nicht gelohnt haben. Ja, wenn seine Papiere in Ordnung wären.

Sind Sie in den Ferien gewesen, Herr Dr. Egli?
Richtig. Im Bündnerland. Er spricht nur geniert davon. Weil ein Mann wie er sich Ferien gönnt? Nein, weil es besondere Ferien waren. Eigentlich gar keine. Zerutts Untersuchungsrichter ist nicht in den Bergen gewesen, um sich bräunen zu lassen – das lief nur so mit, schade, daß Zerutt es nicht würdigen kann –, sondern um sich an Ort und Stelle zu informieren. Über die »Spengler«, die »Keßler«, über die Leute wie Zerutt, vorausgesetzt, das sind seine Leute. Es war schwierig, etwas herauszubekommen. Die Personen, an die man ihn verwies, wollten von der Sache nichts wissen. Vielleicht fürchteten sie, er sei von der Pro Juventute, einem verdienstlichen Hilfswerk, dem es nur mit den Fahrenden und ihren Kindern nie recht geraten wollte. Die wollten nie so verwahrlost sein, wie sie daherkamen.

Dr. Egli stieß immer nur auf Gemunkel. Das schärfte seinen kriminalistischen Appetit. Es wurde so etwas wie menschliches Interesse daraus. Er fand niemanden, der es ihm recht belohnte. Dennoch, Dr. Egli möchte die Erfahrung nicht missen.
Erfahrung?

Es scheint, Herr Dr. Egli hat weit hinten im Rhätikongebiet eine Begegnung gehabt. Eigentlich hatte er sich nur ablenken wollen. Die schönsten Sonnentage hatte er in der Kantonsbibliothek Chur versessen und alles nachgelesen, was er über die Bündner Fahrenden auftreiben konnte. Dann überwältigte den sitzenden Mann selbst die Bewegungslust, und er wollte zwischenhinein rasch zu Berge wie früher. Auf die Schesaplana; die traute er sich noch zu. Hinten auf der Alp, in einem verlotterten Gasthäuschen, verlangte er nach einem Glas Milch. Als er die Hauswirtin aus der Nähe besah, sollte es dann doch lieber Tee sein. Es war eine überraschend schöne Frau, ein arabischer Typ, dachte Dr. Egli. Vier kleine, verschmierte Kinder bekrochen den Vorplatz und wischten ihn. Nein, nicht sauber. Da war in Zeit und Ewigkeit nichts sauber zu kriegen. Die Kinder standen nur nicht mehr auf, weil es sich nicht lohnte. Man fiel doch gleich über den nächsten Kuhdreck in den übernächsten. Oder über ein Huhn in die Pfütze. Oder über ein lottriges Tischbein auf ein quiekendes Ferkel und von da auf den nächsten Säugling oder die Katze. Das schrie dann oder kratzte. Das blutete auch immer gleich. Da blieb man am besten gleich unten. Die schöne wilde Mutter wusch die Fetzen ja wieder in ihrem Kübel aus. Das Wasser in diesem Kübel verbot Dr. Egli, an Milch zu denken. Tee, dachte er, würde abgekocht.

Während er wartete und sich entschlossen der Kinder freute, freuten sich die Kinder an ihm. Sie entschlüpften dem Morast und begannen, was er aus seinem Rucksack kramte, mit ihm zu teilen. Hie und da fiel ein schmutziges Stück Käse oder Schokolade für ihn ab, aber er machte keinen Gebrauch davon. Er konnte sich nicht ärgern, obwohl er Hunger gehabt hätte. Die Kinder waren zu nett. Sie stahlen ihm eigentlich nichts. Sie bettelten fast nur mit den Augen und konnten nichts dafür, wenn das Erbettelte ihnen dann in der Hand blieb. Dr. Eglis Proviant entwickelte ge-

gen diese Kinder nicht die geringste Abwehrkraft. Es war eine Art Speisungswunder. Die Kinder sagten auch immer schön danke, wenn ihnen die Mutter vom Herd her zubrüllte, sie sollten schön danke sagen. Die Mutter hatte eine rauhe nachtdunkle Stimme, und sie konnte fluchen, daß einem das Herz hüpfte.
Als sie mit dem Teewasser kam, brachte sie auch für sich einen Teller Suppe an den Wackeltisch in der Sonne. So schlürften sie nebeneinander. Die Frau wirkte auf ihre scheue Art sehr zudringlich auf ihn.
Im Schmutz der Kindergesichter arbeitete Blitzendes: Zähne, Augen. Sie hatten den Inhalt von Dr. Eglis Rucksack zu sich heruntergezogen und waren noch eine Weile beschäftigt. Untereinander teilten sie ohne jeden Lärm, nur die Tiere brüllten sie an.
Dr. Egli fragte vorsichtig an, ob die Frau neben ihm eine Romanischbündnerin sei. Sie nicht, sagte sie, aber ihr Mann komme von dort. Sie sei Thurgauerin, aus einem Dorf bei Frauenfeld.
Das hätte Dr. Egli nun überhaupt nicht gedacht.
Er rühmte ihren Bündner Dialekt.
Ja, da staunten ihre Ostschweizer Verwandten auch immer. Selber würde sie an keinem andern Ort mehr leben wollen. Nur noch hier oben.
Dr. Egli war ganz andächtig. Frauenwunder waren ihm auch schon begegnet, aber so ein schmutziges noch nie. Diese Frau hätte gleich als Mannequin gehen können. Wenn man nur ihre Beine betrachtete. Das tat Dr. Egli.
Einmal stahl sich ihr Mann herbei. Er stand in der Hüttentür und suchte mit seinem Feldstecher den nahen Grat ab. Er war ein gutgewachsener Mann mit einem Vollbart, aber er benahm sich nicht so, als hätte er hier etwas zu bedeuten. Der Mann sei, sagte die Frau, als stände er gar nicht da, Hirt der Talgemeinde, zu der diese entlegene Alp gehöre. Sie zeigte mit dem Finger weit weg auf ein Grüppchen Kü-

he, die klein wie Flöhe waren. Dort unten hüteten die anderen Kinder. Sie hatte außer den vier anwesenden noch vier größere.
Der Mann, der die Kinder gemacht haben mußte, kam näher. Er hatte den Feldstecher abgesetzt und kleine zugekniffene Augen. Als er sich einmal entfernte, sah Dr. Egli, daß er nicht den Gang der Bergler hatte, sondern einen trippelnden. Der Mann sagte hie und da einen Satz, der deutsch klang und es eigentlich doch nicht war. Eigentlich mischte er sich nicht in die Gesellschaft seiner Frau und Dr. Eglis.
Dr. Egli bestellte sich nochmals Teewasser. Er fürchtete sich nicht mehr vor Bakterien. Er hatte das Gefühl, nach zwanzig Minuten hier schon Hausherr zu sein. Die Schesaplana war ihm ganz aus dem Sinn gekommen.
Ob die Kinder denn nicht zur Schule müßten? Die Frau benahm sich in ihrem eigenen Haus so, als wäre sie nicht gewohnt, angesprochen zu werden. Aber sie reagierte nie grob mit ihrer dunklen Stimme, sondern zutraulich. Sie gab freilich auch nie eine genaue Auskunft. Dr. Egli konnte Zerutt nicht sagen, ob die Kinder nun wirklich zur Schule gingen, und wo.
Die Kinder faßten ihn längst an, aber es störte ihn nicht. Obwohl sie im Grunde weiterbettelten, fühlten sich ihre Händchen wie zufällig abgestellte Tierpfoten an. Ihre Mutter schrie die Kinder manchmal an, aber sie schien selbst keine Wirkung zu erwarten. Das gab der Situation etwas Schwebendes, den Reiz des Hoffnungslosen.
Dr. Egli hätte die Familie adoptieren mögen. Nein, nur ernähren. Denn Schutz schien da nicht erwünscht, auch wenn alles erbärmlich schutzbedürftig aussah. Aber auch gleichgültig. Jenseits von Gut und Böse gleichgültig und strafbar liebenswürdig. Füttern und streicheln hätte er diese Leute mögen. Nur nicken, wenn sie halt einmal kratzten. Sich von ihnen hinters Licht führen lassen. Das wäre zum Ent-

zücken gewesen. Wie wenn man einer diebischen Elster zusieht. Zugleich wich das aus wie Wasser, wenn man danach griff. Das spürte er auch.

Er begann Zärtlichkeit zu empfinden für so viel hoffnungslosen Schmutz, den man nicht wegschicken konnte. Er hätte sich irgendwo dazulegen mögen, unauffällig. Hier konnte man gar nicht stören. Er war glücklich, daß sein eigener Körper roch. Von der Anstrengung.

Aber die Anstrengung war ja längst gewichen. Als er spürte, wie die Zärtlichkeit unheimlich stark geworden war, erhob er sich. Dafür waren seine Kniekehlen schwach. Ein Murmeltier pfiff. Es war hier Schutzgebiet, erklärte die Frau. Der Mann stand immer noch in der Nähe. Dr. Egli bedankte sich für den Tee und bezahlte ihn. Er ließ zwanzig Franken als Trinkgeld da. Niemand hatte darum gebeten, aber die Note wollte einfach nicht in seiner Hand bleiben. Sie dankten, Mann und Frau, aber nicht laut oder sehr. Nachgiebig, dachte Dr. Egli. Als ließen sie sich auch zu viel Geld bloß gefallen. Er ging durch ein großes Felstrümmerfeld und hatte das Gefühl, keine Spur zu hinterlassen. Er war ganz leicht, die Luft glitzerte so. Er dachte nicht mehr an die Schesaplana, sondern ging auf dem kürzesten Weg ins Tal.

Und dort haben Sie dann erfahren, daß es »Spengler« gewesen sind.

Er nickte. – Die Frau auch, nur nicht aus einer Bündner Vaganten-, sondern einer Thurgauer Korbflechtersippe. – Das Seltsame war: oben auf der Alp habe ich es die ganze Zeit – nichtgewußt. Das ist etwas anderes als »nicht gewußt«. Vielleicht näher zum: nicht wissen Wollen. Als hätte ich etwas verdorben, wenn ich es mir gesagt hätte.

Dr. Egli später: Es sei wie bei Parzival gewesen: den Gral suchen habe nichts genützt. Aber dem Pferd die Zügel lassen, das sei so gut wie: den Gral schon gefunden haben.

Er erzählt Zerutt noch dies und das von den Vaganten. Vom Wahrsagen: daß sie es nie untereinander tun, sondern daß es ein Mittel ist, die Wohnlichkeit eines Landstrichs zu erkunden, indem man den geheimen Antrieben, Sorgen und Wünschen der Ansässigen auf den Zahn fühlt. Vom Kinderbettel und seiner einstudierten Zudringlichkeit, mit der man sich Gruppenfremde vom Leib hält. Vom Zinken einer Information, mit dem man einen Eindringling – einen interessierten Sprachforscher etwa – »zeichnen« kann, so daß die Stammesbrüder, wenn er bei ihnen auftaucht und die vergiftete Formel anbringt, gleich Bescheid wissen und dicht halten. Von den zahllosen Synonymen für »Geld«, denen kein einziges Wort für »Eigentum« entgegensteht. Von ihrem mangelnden Zeitsinn. Daß sie keine Geschichte haben, nur Geschichten.

Er erzählt Zerutt die Geschichte von einem Moser, für dessen Delikte kein bürgerliches Kerbholz lang genug war, aber es war kein einziges menschenfeindliches Delikt darunter, nur solche an Hab und Gut: Hühner, Opferstöcke, Bauernstrümpfe.
Herr Dr. Egli, darf ich Sie darauf hinweisen, daß Sie im Begriff sind, sich das Leben schwer zu machen?
Wieso? fragt Dr. Egli unwillig über die Unterbrecheung.
Als Wirtschaftskriminalist muß Ihnen der Eigentumsbegriff teuer bleiben.

Ach so, lacht er, und lacht schon über die Pointe der Geschichte, die ja erst noch kommt. Vagabundierte also der Moser – Zerutt kenne doch die Moser! – im Italienischen herum wie immer, wenn ihm der eidgenössische Boden zu heiß war. Betritt das Geschäft eines ehrbaren Devotionalienhändlers in Bergamo oder Brescia, Zerutt wisse doch: Wachsbeinchen, Andachtsbilder, geschnitzte Madönnchen, der ganze heiligmäßige Schund. Da liegt natürlich Geld im Geschäft, das wittert unser Moser, der wieder einmal keinen Heller in der Tasche hat. Also trägt er dem Besitzer in fein gesetzten Worten sein Begehren vor: ein sehr teures, reich besticktes Meßgewand. Dem Krämer lacht natürlich das Herz im Leib, er hat da gerade eine Gelegenheit, geschenkt, wenn man sich besieht, was an Spitzen-, Klöppel- und Posamentierkunst daran verarbeitet ist. Genau richtig, sagt unser Moser, das habe er sich vorgestellt, aber damit er es sich noch besser vorstellen könne: ob der gute Meister ihm das Gewand einmal vortragen würde? jawohl: hineinschlüpfen, damit man sich das Stück mitsamt Stola und Schikanen in Ruhe betrachten könne? Der Händler, nicht wenig geschmeichelt, steigt in den knisternden Brokat, läßt sich vom Moser beim Knöpfen helfen, denn es gibt da fast so viel zu heften, knöpfen und schnüren wie an einer Zwangsjacke. Dann tritt der Kunde mehrere Schritt weg, Richtung Ladentisch, und kneift beide Augen zu. Schließlich fällt dem geistlich aufgemöbelten Händler doch ein leises Läuten in die Ohren, das nicht nach Meßglocke klingt. Was machen Sie? ruft er. Ich räume Ihre Kasse aus, sagt der Moser und ist auch schon fertig damit. Haltet den Dieb! schreit der Verschnürte, rennt dem Moser nach zur Tür hinaus und die Gasse hinauf, was in seinem Zeug gar nicht leicht ist. Der Moser hat schon einen guten Vorsprung, aber der Geschäftsmann schreit aus Leibeskräften, die Bürger hören es bis zum Markt, den der Moser inzwischen erreicht hat, seinen Diebsgewinn sorgfältig unterm

Rock verborgen. Aber auf dem Markt sieht es bös aus für den Moser, die Bürger haben über dem Hilfio alle Gassen dicht gemacht. Da fällt der Moser in einen gemessenen Schritt, sein geübtes Auge hat einen Stadtvater ausgemacht, einen Senator oder gar Bürgermeister, auf den tritt er zu und bittet ihn in ruhigen Worten um Schutz gegen einen Verrückten, der im Wahn lebe, der Papst zu sein und ihn wegen angeblichen Kirchenraubs verfolge. Und zur Bekräftigung dieser Worte stürzt nun in der Tat eine abenteuerliche Erscheinung in keineswegs würdiger Eile auf die Piazza hinaus, hat einen heiligen Ornat übergezogen, wo es doch nur der allbekannte Rollo von hinterm Dom ist, und führt sich auf, als hätte man ihm sein Geld geraubt. Die ehrlichen Stadtbürger lachen sich erst eins, dann legen sie sich ins Mittel, müssen den Berserker festhalten, der dem bedauernswerten Fremden offensichtlich ans Leben will, es entsteht ein Knäuel auf der Piazza, in dessen Mitte der verzweifelte falsche Priester seine Klage an den Mann zu bringen versucht, und als er sich endlich Glauben verschafft hat, ist seine Ladenkasse, versteht sich, über alle Berge und der Moser damit –

Zerutts Untersuchungsrichter ist nicht wiederzuerkennen. Sein Gesicht ist gefleckt von fröhlicher Überanstrengung. Einmal unterbricht ihn Zerutt und fragt: Haben Sie heute einen dienstfreien Tag, Herr Doktor?

Ja, und überhaupt das Verhältnis der Fahrenden zur Kirche, lacht Dr. Egli, das ist ein hübsches Kapitel, wie sich da die kleinen Plünderer an den großen schadlos gehalten haben, hören Sie nur: –

Und so hört Zerutt auch noch Wissenswertes über die Taufbräuche des fahrenden Volks: daß sie jedes ihrer Neugeborenen ringsum zu den feinen Leuten trugen und dutzende von Malen das Taufgeld einzogen, mit dem sich die Ehrenmänner von der christlichen Pflicht, einem Lumpenkind Pate zu stehen, loskauften –

Nach diesem unheimlich heiteren Vormittag hat Zerutt Herrn Doktor Egli nicht wiedergesehen.

Weitergehen, zirkulieren, meine Damen und Herren, wenn ihr keine Damen und Herren seid. Man wußte sich gegen euch immer zu helfen. Ihr mußtet gehen, und dazu habt ihr auch noch musiziert; es konnte euch also nicht allzu schwer gefallen sein. Geschichten habt ihr schon gemacht, aber zu einer Geschichte hat es euch nie gereicht, sagt Dr. Egli, und der weiß es jetzt. Ihr habt nicht einmal die Jahrhunderte mitgezählt. Es war ja auch immer dasselbe. Angesiedelt. Schon fast fortgejagt. Selber gegangen. Das ist dann euer Wandertrieb, der liegt euch dann im Blut. Triebhafte sind einzufangen. Ein bißchen reduziert, ein bißchen kurz und klein geschlagen. Als kläglicher Rest liegengeblieben irgendwo. Wegen Kläglichkeit verzeigt. Wieder heiße Füße, wieder gehen.
Im Winter geht ihr nicht so gern, dann übt ihr lieber einen eurer unehrlichen Berufe aus. Man wirft euch einen Knochen hin, und ihr siedet Seife daraus. Und wascht euch selber nie. Wird dem Bauern sein Pferd alt, so macht ihr dem Pferd nochmals Beine und malt ihm feurige Augen an. Will es der Bauer dann zurückhaben, so hält es noch drei Tage, und wehe euch, wenn ihr dann nicht drei Tagereisen weiter seid. Wenn euch die Bäuerin ein Loch zum Flicken bringt, so braucht ihr nur den Rücken zu kehren, und das Loch ist wieder da, dann wehe eurem Rücken. Es nützt euch nichts, wenn die Messer nicht schneiden, die ihr den Leuten ge-

schliffen habt. Stumpfe Messer sind noch lange gut genug für euch. Ihr seid berühmt für eure Todesangst.
Der Zauber, den ihr verbreitet, vermag die Leute eine Weile darüber zu täuschen, daß ihr nicht zaubern könnt; manchmal reicht das für einen Winter. Und im Frühling denkt ihr selber, daß es weitergeht. Da ihr mit euren Füßen denkt, macht ihr euch auf den Weg, und das ist euer Fehler. Die Seßhaften sind schneller, denn wo ihr hinkommt, da sind sie immer schon da. Sie wissen, wie man den Boden fest macht, und euch bleiben nur ein paar Tänze. Ihr seid ja Lustige, sagen sie euch, und das ist erst der Anfang. Wenn sie euch erfassen, dann gleich richtig.
Seit sie menschlich geworden sind, haben sie ganz neue Probleme mit euch. Sie haben sich Gesetze gegeben, nach denen sie euch nicht gleich töten dürfen, oder höchstens alle Jahrhunderte einmal im großen Stil. Es rächt sich dann, daß ihr zu ihren Hunden nicht freundlich gewesen seid. Hunde sind euer schwacher Punkt. Die sind immer gleich so laut, wenn euch die Not zwingt, leise zu sein. Und dann hättet ihr ja auch gern einmal etwas frisches Fleisch. Immer nur Igel, das ist auch nicht umweltfreundlich, wo es immer weniger Igel gibt. Ihr wollt satt werden, aber das hättet ihr euch bei der Schöpfungsgeschichte überlegen müssen, als es hieß: Machet Euch die Erde Untertan! und ihr nicht aufgepaßt habt. Ihr denkt immer noch, was da wächst, habe Gott wachsen lassen. Das ist ein Mißverständnis, das habt ihr schon auf manchem Kartoffelacker zu fühlen bekommen. Also fühlen habt ihr gelernt, das hört man an eurer Musik. Aber schon beim Fühlen vergeßt ihr euch wieder. Kein Respekt vor Grenzen, keine Erinnerung als an die Vergänglichkeit, kein Leben außer von der Hand in den Mund. Das wäre ein Leben für Herren, aber nicht für euch. Für euch ist es zu wenig, und den Leuten ist es schon zu stark.
Gott träumt euch nicht mehr. Fortgesetztes Schlafwandeln

verfällt heute der Meldepflicht, man ruft euch beim Namen, bis ihr abstürzt. Ungestraft entzieht sich niemand der Erfindung der Zeit. Wenn ihr glaubt, daß sie spurlos an euch vorübergeht, so seht euch einmal diese Blutspur an. Das seid ihr. Gewesen. Und wißt es schon wieder nicht mehr.

A. war damals, als er seine Symptome zwar noch hatte, aber nicht mehr ernst nehmen konnte, in ein Stadium der Schwerelosigkeit getreten. Sein alter Körper hatte Gewicht verloren, ein neuer war noch nicht in Sicht. Er war sogar seine Todesangst sterbensmüde geworden. Schon banale Müdigkeit kann euphorisch wirken, das weiß jeder nach einer durchwachten Nacht; seine Existenzmüdigkeit versetzte A. in einen sanften Dauerrausch des Blödelns. Er fand zwar keineswegs Gefallen, aber Spaß an sich selbst; einen Spaß, der von Hohn nicht zu unterscheiden war.

Sie sind in einer österreichischen Verfassung, A., sagte ihm Z. beim Tee.
Habe ich Ihnen schon was von Hauptmann Vogel erzählt? Der war nämlich ein österreichischer Hauptmann.
Beritten?
Nur vom Zivilschutz. Aber in Uniform. Kein Ulan für Sie. Er besuchte schweizerische Truppenteile und sah aus wie eine nette Leiche. Der vertrat mich in einer Liebesgeschichte, aber er wußte nichts davon. Er vertrat mich nur mit seinem Namen.
Sie heißen nicht Vogel, und ich hoffe, es ist nicht wieder eine Tierquälergeschichte.
Ich heiße noch eher Vogel als Sie Zerutt, und das einzige Tier, das darin gequält wird, bin ich.

Dann bin ich ja verpflichtet, die Geschichte anzuhören.
Es ist keine Hundertzwanzig-Franken-Geschichte.
Wenn sie gut genug ist, kriegen Sie Rabatt.

Es war wieder ein welsches Städtchen, A. kann nichts dafür, aber Wiederholungen stören Z. nicht. Diesmal im Protestantischen. A., jetzt schon in Offiziersuniform, saß in einem der mindern Gasthäuser – in den bessern wäre er nicht so ungestört gewesen – und schrieb. Halb wars ein Brief, halb ein Gedicht, wie immer, und eine arme ferne Freundin sollte das bekommen, auch wie immer, es war sogar noch die Freundin aus der Pferdegeschichte, die sich immer noch, oder schon wieder, von A. löste.

Das welsche Serviermädchen fragte A., was er denn so schreibe. Er hatte, seinen Stift an den Lippen, mehrmals starr durch sie hindurchgeblickt, um irgendwo jenseits eine passende Wendung zu suchen. Der Leutnant schrak auf, stotterte etwas, um dann einzuräumen, es sei nur halbwegs dienstlich, was er schreibe. Er war auf eine schalkhafte Antwort gefaßt, aber dafür, sagt A., habe er das Mädchen wohl nicht genug interessiert. Jedoch sprang sein durch Wortsuche im Jenseits haltlos gewordenes Gefühl auf dieses (A.s Wort) Frauenspersönchen über, das sich hier dazwischenstellte, und begann es zu besetzen. Ich dachte, sagte A., gleich an das Letzte, oder das, was ich damals für das Letzte hielt. Ich hatte nämlich noch niemals nebenbei mit einem Mädchen geschlafen. – Nebenbei? – Das hieß: immer nur mit derselben, mit der es nun nicht mehr ging und, wer weiß, nie recht gegangen war. Sie hatten ja beide keine Erfahrung, nur einige Jahre den gemeinsamen Verdacht, sie seien eigentlich kein Liebespaar. Und in diesen Verdacht hinein streute A. die Papierblüten seiner Durchhalte-Poesie. – Wäre es im Bett eindeutig gewesen, ein einziges Mal, ich hätte ihr nicht von überallher diese langen Briefe geschrieben. – Hier hatte er sich, der Invalide, eine Pflegeunwillige ausgesucht, die er mit Pflege überschwemmte – zur Strafe, daß er selbst nicht die richtige erfuhr. – Aber das war noch nicht Ihre Frau? – Nein, nur derselbe Typ. Ich suche mir immer Frauen aus, mit denen es nicht gehen kann.

Also saß er nun an seinem Tisch und war kurzgeschlossen. Das Papier vor ihm nahm keinen Buchstaben mehr an. Aber auch die Welsche schien keineswegs für die Blicke da sein zu wollen, die sie aufgestört hatte. Nun, so gewinnend bin ich nicht, dachte der Leutnant. Er war damals voll schöner und trüber Selbsterkenntnis. Allzu weit treiben mochte er sie aber nicht. Er hätte gern einmal etwas probiert. Das Mädchen besaß, wie anzunehmen war, Erfahrung. Das Nest hier und seine Nächte steckten ja immer voll Militär, sonst spräche einen so ein Mädchen auch nicht über den Tisch an. Aber weiß Gott, was ein Mädchen, das wählen konnte, für Maßstäbe und also für berechtigte Ansprüche hatte. Ganz handfeste Ansprüche, während er sie über sein Papier weg mit seinen kümmerhaften belud. Er fand ihren Blick nicht mehr und war ganz froh; was hätte er mit einem Blick angefangen? – Auf Z.s Frage, wie sie ausgesehen habe, wußte A. keine Antwort. – Zum Ansehen, das genügte mir. Leidlich hübsch, denke ich. Aschblond, keck. Kann ich mir denken. – A. lachte. – Um das herzugeben, was ich mir von ihr versprach, hätte sie ja gleich die große Liebe sein müssen. Nur da hätte ich mich vor Versagen sicher gefühlt. Zugleich richtete sich mein Ehrgeiz auf das Beiläufige. Nur mal ein Mädchen so drannehmen, das hätte ich mir gewünscht. –

Er habe zwei-, dreimal versucht, erzählte A., die Aschblonde in ein unbefangenes Gespräch zu ziehen, dann wieder, sie zu reizen durch Vertiefung in seine Papiere. Aber das zog nicht mehr, obwohl das Café Croix-Blanche so gut wie leer war, nur einige Würdenträger am runden

Tisch unter den Turnpokalen und Schützenbechern jaßten eine ihrer Dorfintrigen aus. Der Herr Leutnant blieb Luft.
Und da dies für einen Menschen seines Anspruchs ein ungenügender Zustand ist, begann er wieder zu schreiben, im Ernst (vorher hatte er nur simuliert). Er schrieb, während das Mädchen servierte, in seinem pfiffigsten Französisch ein Billett an sie; nun war er wieder in seinem Element und durfte gewissermaßen von der Adressatin absehen. Er lud sie zu einem Rendez-vous nach Dienstschluß ein, nach seinem und ihrem, zu einer gemeinsamen Nacht also, wenn man sich seine Poesie zusammenreimte, die er, aus Schiß, ein wenig vage hielt. Und unterfertigte entsprechend: votre oiseau étrange, Ihr komischer Vogel. Schob ihr das gefaltete Papier mit dem Trinkgeld zu und ging, ohne sie an- oder sich umzublicken.
Nachmittags demonstrierte er, anders als sonst, energisch militärische Tätigkeit, verlangte »seinen« Soldaten Extraleistungen im Telefonnetzbau ab, bezog die entlegensten Dörfer in seine Verbindungen ein; als er das Schema auf dem Papier betrachtete, hatte es die Farbenpracht eines Pfauenrades. A. imponierte! Dann erfuhr er, daß die Honoratioren des Städtchens die Truppe zu einem Verbrüderungsfest eingeladen hatten. Es waren einige sogenannte Produktionen vorzubereiten, humorige Sketches und dergleichen. Halb erwartungsvoll, halb bange sah A. für den Abend eine allgemeine Lockerung der Städtchensitten voraus, eine Dämmerung, in der gut fischen sein würde für Leute, denen das Fischen gegeben war.
Der »bunte Abend«, ein Abend, den erst der Wein in trübe Fahrt brachte, fand im Kasino des Städtchens statt. Auch die Gemeinen waren zugelassen und erhielten, solange sie im Saal blieben, ihren »Ausgang« verlängert. A. durfte oben bei den Chargierten sitzen, wenn auch unten am Tisch. Seine stille Erregung gab ihm manchmal einen

lauten Spruch ein, der die Lustigkeit nicht störte. »Weltuntergangsstimmung« nannte A. das. Er sah sich am Ende des Abends einem furchtbaren Paradies entgegengehen. Plötzlich konnte er sich vorstellen, daß es glückte.

Dann aber, in die angestrengte Pause hinein, die einem zu laut gewesenen Gelächter folgte, meldete eine Ordonnanz am Offizierstisch einen Telefonanruf, dessen Adressat rätselhaft war. »Oiseau étranger«, hörte A. unten am Tisch und erstarrte, entschlossen, unter so preisgebenden Umständen seine Pläne zu verleugnen. Da Ratlosigkeit bei vorgerückter Stimmung zu Heiterkeit werden mußte, rief der Herr Oberst persönlich den Anruf aus. »Ein Oiseau étranger wird am Telefon verlangt, von einer Dame«, schrie der Betreßte fröhlich; das »Kompagniekalb«, das seine Narrenfreiheit zu genießen vorgab, forderte die Offiziere über sieben Tische weg auf, sich zu ihrem Schatz zu bekennen. Zu A.s Glück hatte der Oberst statt einem Komischen Vogel einen Fremden Vogel ausgerufen. Man kam bald auf die Idee, daß nur der anwesende österreichische Gastoffizier gemeint sein könne, der trotz der gebotenen Fröhlichkeit sein Aschenträgergesicht behalten hatte. Noch eine Spur grauer stieg er mit einem Kopfschütteln, das die Heiterkeit im Saal steigerte, aus seinem Stuhl, um, eher geschoben als freiwillig, den kompromittierenden Anruf entgegenzunehmen. Er gab sich Mühe, einen elastischen Schritt und ein dünnes Lächeln zu markieren, als er die Woge schadenfroher Begeisterung bis zur Telefonkabine mit seinen armen Ruderbewegungen teilte.

Der »Bunte Abend« mußte pausenlos weitergehen. Niemand achtete auf A., der sich in seine Verlegenheit verkrochen hatte und sich jede Vorstellung dessen verbot, was sich jetzt am Telefon abspielen mochte. In wenigen Augenblicken würde der irregeführte Hauptmann wieder da stehen, mit keinem Gedanken in seinem Gänsegeierkopf, als A.s leicht kenntlichen Steckbrief über all diese Köpfe hin-

zuschwenken, den Schwarzen Peter diesem kleinen Leutnant zuzuschieben: A. war schon ein toter Mann.
Glücklicherweise war der Dorfredner so laut, daß die Rückkehr des mehr denn je kopfschüttelnden Hauptmanns einfach unterging. Der graue Vogel setzte sich, er hatte wieder etwas Farbe, zu den anderen Chargierten und meldete, von allen Seiten befragt, es habe sich offenbar um ein Mißverständnis gehandelt, auf das er sich, des Französischen kaum mächtig, keinen Vers habe machen können. Nach einem pausenreichen Herumstottern mit einer jungen Damenstimme habe er sich schließlich nicht anders zu helfen gewußt, als aufzuhängen.
Schande! Ein österreichischer Offizier, der kein Französisch versteht! sagte Z.
Wenigstens war A. jetzt aus der gröbsten Schande heraus, um in eine feinere zu sinken: das Abenteuer, sah er voraus, war durch diese Panne unwegsam geworden. Und zu seiner allerfeinsten Schande stellte er fest, daß er mit dieser Aussicht ganz gut leben konnte –
Und dann?
Ruck-zuck, echt militärisch. Als das Fest die höchste Lachwelle geworfen hatte, gegen elf Uhr, und die Instinkte nach Ausbruch in das mollig vor ihnen liegende Städtchen dürsteten, habe sich der Herr Oberst erhoben und verkündet: So, meine Herren. Jetzt dislozieren wir.
Was tun wir? fragte Z.
Das hätten sie sich auch gefragt, aber die Meinung des Obersten sei klipp und klar gewesen. Heute nacht, stehenden Fußes, aus dem Fest heraus, »verlädt« die Truppe und »verschiebt sich« noch vor dem Morgengrauen in eine Kaserne am Jurarand. – Man muß gehen, wenn es am schönsten ist! sagte der Herr Oberst mit dem Schneid seiner beginnenden Korpulenz.
A. mußte sofort mit Verladen beginnen lassen. Er hatte nicht mehr Zeit, in die »Croix Blanche« hinüberzuwischen,

Erklärungen abzugeben und Schritte zu verabreden, zu denen er plötzlich den Mut hatte. An diesem Abend brauchte er sich ja nicht mehr zu bewähren. Um halb ein Uhr war der ganze Verband »aufgesessen«, so heißt das hier. Und als A. seinen Lastwagen ins Gäßchen hinausdirigierte, sah er das Mädchen mit einer Freundin an der nächsten Hauswand stehen. Der letzte Augenblick zu einer Avance. Neben einem Camion voll behelmter Köpfe, die in seine Richtung starrten? A. verleugnete abermals, was ihn bewegte, fand nicht einmal die Kraft zu einem scherzhaften Achselzucken Richtung Hauswand. Er führte sich auf, als wäre die Hauswand unbevölkert, gab dem Chauffeur ein paar sinnlose Befehle in die Kabine hinauf und »saß auf«. Tief unter ihm sah er die beiden Mädchen lachen und langsam weitergehen. Der Chauffeur, ein kurz gewachsener Gewaltmensch aus dem St. Galler Oberland, brachte das Fahrzeug vor den beiden zum Stehen und rief etwas hinaus, was im Dröhnen des Motors unterging, für A. jedenfalls; die beiden Mädchen lachten stärker, die Aschblonde konnte ja lieb lachen, und der Chauffeur ließ, ohne A. anzublicken, das Gas gewaltige Arbeit leisten, kurbelte das Lenkrad durch die Enge bei der »Croix Blanche« und dann zum Tor hinaus.

Da saß A. wieder, auf dem besten Platz des Lastwagens, in Offiziersuniform, und beides nützte ihm gar nichts. Er wagte während der ganzen Fahrt durch die Nacht den Mund nicht mehr aufzutun, und vielleicht war es Einbildung, daß die Ellbogen des Fahrers, wenn sie an dem riesigen Steuerrad drehten, nach seiner Seite Hohn sprühten.

Rabatt? fragte A. am Schluß.

Wenn Sie mir sagen können, wo der österreichische Hauptmann in jener Nacht war. Auch disloziert?

Ich weiß doch nicht – ich glaube, nein.

Dann hat Ihre Geschichte vielleicht doch noch ein Happy-End.

Z. drückte A. stumm die Hand, dann öffnete er sie wieder, und A. legte die 120 hinein.

Dr. Wirz ist heute blaß. Z. kann es riechen, sein Psychiater schwitzt wieder. Vaganten spüren es auch, wenn einer fällig ist. Das gehört zu den Instinkten, die sie sich bewahren mußten. Denn wo gestorben wird, da entsteht, auch in bäuerlichen Gegenden, ein kleiner Wirbel von Unordnung, in dem außer den Tipplern niemand mehr stehen mag. Ihre Füße sind Bewegung gewohnt, werden nicht gleich weggespült, brauchen auch wenig Boden zum Stehen. Hinter einer Leiche breitet sich etwas Verödung aus; eine Scheune steht leer, ein Schuppen, der bisher gewartet wurde; eine Weile rührt niemand mehr die Geräte an; oft steht sogar das Untergeschoß eines Hauses leer. Da bleiben dann Flaschen, Büchsen, eingesunkene Dachpappe, atmende Eidechsen in der Sonne liegen, und oft auch etwas Eßbares, oder was für Vaganten immer noch eßbar ist. Mit den Brennesseln und im Schutz des Spinnwebs ziehen sie ein und wohnen eine Weile hinter dem Siegel, das die Ämter auf die Tür heften; aber gleich neben der Tür sind die Wände morsch. Vaganten brauchen selten Gewalt, sie kennen sie zu gut, es lohnt sich nicht, mit ihr Kirschen zu essen, auch nicht gestohlene.
In diesen Zwischenräumen hängen sie dann, bis sie wieder zerstreut werden, ihre Rauchfahnen aus und melden dem Himmel: du bist groß, aber wir sind immer noch da. Auf den Spuren des Todes leben sie am längsten gut, oft zwei, drei Tage hintereinander. Darum haben sie nicht den gleichen bösen Blick für ihn wie die Ansässigen und haben ihr Schluchzen verlernt. Der Tod ist der Quartiermacher der Fahrenden. Sie wittern ihn aus vielen Leuten heraus und

grüßen ihn mit einem Zeichen, das jeder versteht und keiner verstanden haben will.
Sie wissen es schon? fragt Z.
Woher wissen Sie es? fragt Dr. Wirz.
Ihr Magen war schon länger nicht gut.
Mein Magen? fragt er fast ohne Stimme und räuspert sich sofort durch. – Sie meinen nicht Dr. Egli?
Dr. Egli?
Er ist tot.
Ja.
Aber das meinten Sie nicht, als Sie mich fragten? sagt Dr. Wirz und räuspert sich sofort wieder.
Ich habe Sie nur verwechselt.
Wie kommen Sie drauf, daß er tot ist? Haben die Schwestern geredet?
Es war ein schöner Tod, oder nicht?
Schön? fragte Dr. Wirz mit seiner rutschigen Stimme. – Wie mans nimmt. Er hat eine Freundin besucht, zwischen zwei Terminen, und dann ist er zum zweiten Prozeß nicht wiedergekommen. Wir wußten es, aber wir haben es nie tragisch genommen, und er auch nicht, dachten wir –
Was?
Daß es diese Freundin gab, und jetzt –
Zwischen zwei Terminen, sagt Zerutt. – Diese Zwischenstunden. Die haben es in sich. Das habe ich auch bei A. bemerkt, als er noch unterrichtete. Er trank den Kaffee in einem Restaurant in der Nähe, und da mußte nur wenig passieren –. Es stand ein Spielautomat in diesem Restaurant, und er spielte dann gegen sich selbst, um ein Freispiel, das nicht kam. Das veränderte ihn oft so sehr, daß er sich glaubte verloren zu haben. Wahrscheinlich spielte er um seine Selbstachtung. Er kriegte nie ein Spiel geschenkt. Und dann sah er nicht mehr, wie er die nächste Stunde halten sollte. Oft ließ er dann einen Stundenaufsatz schreiben. Aber auch dazu konnte er nicht stillhalten und am Pult et-

was Eigenes arbeiten. Er wußte nicht mehr, was das war: etwas Eigenes. Er hatte das Gefühl, zusammengeschnurrt zu sein, dürr und leicht, als könnte ihn der nächste Windstoß mitnehmen. Er konnte niemandem mehr gerade in die Augen sehen, am wenigsten seinen Schülern. Alles wegen dieser Zwischenstunde. Es dauerte oft einen ganzen Tag, bis er sich wieder fand. Ist Dr. Egli in den Armen des Mädchens gestorben?

Das ist kein Witz, sagt Dr. Wirz.

Aber ein schöner Tod.

Dr. Wirz versucht zu lachen, aber durch die Nase wird es ein ganz abscheulicher Laut. – Ziemlich unmöglich, das Ganze. Es gibt jetzt zwei Witwen ... was das für seine Frau bedeutet ... Sie ist so sensibel, sagt Dr. Wirz. – Er schwitzt vor menschlichem Bedauern, aber das ist hauchdünn; darunter ist Angst, eitel Angst um die eigene Haut.

Haben Sie auch eine Freundin, Herr Dr. Wirz.

Das könnte Ihnen so passen. – Er war noch in den Bergen. Er hat sich zu viel zugemutet.

Waren Sie mit ihm befreundet?

Nur bekannt. – Aber die Freundin war auch eine Freundin seiner Frau. Er hat sie durch seine Frau kennengelernt. Dann fällt es nicht auf, wenn beide zum Begräbnis gehen. Sie haben jetzt allen Grund, Freundinnen zu bleiben.

Alles ziemlich peinlich.

Und?

Sagen Sie, haben Sie ihm auch Ihre Flöhe ins Ohr gesetzt? – Dr. Wirz lacht und schwitzt, daß Gott erbarm.

Flöhe?

Was Sie bei mir ausprobieren.

Ich melde nur, was ich sehe.

Sie haben meine Frage nicht beantwortet.

Ich habe seinen Tod vorausgesehen, wenn Sie das meinen. Ich sehe jeden Tod voraus. Das ist doch keine Kunst.

Den Teufel sehen Sie. Mein Magen ist in Ordnung.

Sie haben ihn zum zweiten Mal untersuchen lassen?
Damit Sie Ihre Freude haben: ja. – Ich habe mich letzthin ein wenig mit der Psychologie der Zigeuner beschäftigt. Es ist mir klar, wozu denen ihre Quacksalberkünste dienen. Sie haben doch nur *eine* Chance, unter Ansässigen zu überleben. Sie müssen ihre Phantasie beschäftigen. Damit man sie nicht ausräumt, müssen sie Berührungsfurcht verbreiten. ›Wer uns anrührt, stirbt‹, nicht wahr? Das ist der ganze Zauber.
Ja, Dr. Wirz, das ist der ganze Zauber. Das dürften Sie ohne Zigeuner wissen.
Sie arbeiten ganz schön mit Suggestion, was? – Hüten Sie sich. Ihre Mittel sind Ihnen auf die Dauer nicht gut bekommen. Die Leute lassen sich allerhand gefallen, wenn man sie gut einseift und einschüchtert. Aber plötzlich schlägt das um, und das heißt dann: Sie werden geschlagen. Die gestaute Angst befreit sich in der Aggression. Auf die Dauer verrechnen Sie sich schwer.
Darum bin ich gespannt auf Ihr Gutachten.
Soll das eine Drohung sein?
Wie es Ihnen am bequemsten ist.

Viel Körper hat Zerutt nicht mehr, aber er weiß, was dazu gehört. Er würde, außer seinen Zähnen, nichts Falsches tragen. Zähne hat er nötig, er tut denen, die sie ihm herausgeschlagen haben, den Gefallen nicht, zahnlos herumzulaufen. Er hätte seine Zähne noch, wenn es mit rechten Dingen zugegangen wäre; in seiner Familie ist man immer mit den eigenen Zähnen gestorben. Darauf ist Zerutt übrigens nicht stolz: man starb ja immer etwas jung. Zerutt erlaubten die Zustände in Europa nicht, den Beweis zu erbringen, daß ein Zerutt mit dem eigenen Gebiß sechzig Jahre alt werden kann. Lieber die Zähne als das Leben. Zumal ihm ein Schweizer Zahnarzt im Jahre 46 ohne Ansehen der Person – darüber ist Zerutt, wenn er an sein Flüchtlingsphoto denkt, heute noch gerührt – ein Gebiß einpaßte, das Zerutt bei sich selbst nie eine Prothese genannt hat, so vorteilhaft veränderte sie seinen Mund, und so sichtbar bekräftigte sie seine Überlebenschance: wer einem solchen Zähne gab, und das auf Kosten des Staates, der würde einem auch etwas zu beißen geben. Zerutt hat einem alten Militär-Zahnarzt aus dem Prätigau, dessen Kunst nicht weiter gediehen war als bis zur Zweckdienlichkeit, für seine Zähne zu danken. Es sind die seinen geworden, auch wenn er sie, wie A. richtig gesehen hat, nicht zeigt, auch beim Lächeln nicht. Er trennt sich ungern und eigentlich nur in der Narkose von ihnen, wenn es ihm sehr streng befohlen wird; zu seiner täglichen Bewußtlosigkeit aber gehören sie wie Haut oder Haar, und er reinigt sie mit der Bürste wie gewachsene.

Zerutt weiß, was zu ihm gehört. Tausendmal hat er versucht, sich ein- und ausatmend mit der schwachen Undeutlichkeit in seiner Lunge zu befreunden oder wenigstens zu vertragen. Da ist ein Punkt, den sein Atem nicht ausfüllt, es ist keine Wunde mehr, das ist den Ärzten zuzugeben, kaum ein Widerstand, die Luft kommt schmerz- und geräuschlos daran vorbei. Und doch: da ist das Gespenst einer Stelle, wo etwas da ist und er nicht da, oder nicht selbstverständlich und gleichmäßig da; eine Leerstelle, von ihm aus empfunden, die anderseits, von ihm nicht recht zu empfinden, ein Körper ist, eine eigene Existenz, also etwas Fremdes gerade in seiner Unauffälligkeit und darin boshafter als ein Schmerz. Daß er so gut wie nichts davon empfindet, ist gerade das Untröstliche. Es ist also möglich, eine Stelle in seinem Körper zu besetzen und nicht dazu zu gehören, ohne daß dieser Körper sich dagegen wehrt oder wehren kann; hier liegt eine Gnade oder Toleranz vor, die Zerutt nicht annehmen kann, mag sie auch in seiner Physiologie liegen. In seiner Lebenserfahrung liegt sie nicht, er ist immer darauf angewiesen zu spüren, was zu ihm gehört und was nicht; er ist immer auf einen ehrlichen Schmerz angewiesen gewesen. Es ist Gift für ihn, atmen zu können und nicht restlos zu empfinden, womit oder an was vorbei. Und es ist Gift, tödliches Gift für ihn, sich nicht mehr seinem Atem überlassen zu können, ohne daß er dabei anstößt, schwach, schmerzlos und nicht der Rede wert, aber gerade deswegen stößt er an; stößt gegen etwas, was in ihm ist und nicht er, gegen das Tasten eines selbstvergessenen Todes. Aber Zerutt will nicht vergessen, wie das im ersten Moment zuschlug, und aus welcher Hand das kam. Von einem Menschen, der nicht weiß, was er tut, nimmt Zerutt den Tod nicht an.

Am selben Abend kann Zerutt noch einen Menschen glücklich machen. Dr. Vögeli blickt ihm mit aufrichtigem Entzücken ins rechte Auge, das er, sorgsam wie ein Juwel, aus der Watte gepackt hat. Für Zerutt ist es ein merkwürdiges Gefühl, wenn ihm jemand entzückt ins Auge blickt, ohne ihn selbst zum Entzücken zu finden.
Zehn Tage noch, sagt Dr. Vögeli. Zuhause hätten Sie wohl doch nicht die rechte Ruhe?
Ruhe schon.
Also: keine Pflege.
Aber hier koste ich.
Das lassen Sie nur unsere Sache sein. Wenn der Staat schon etwas von Ihnen will, so soll er dafür auch zahlen. – Morgen sollen Sie scheinbar eine Frau kriegen –
Zerutt staunt über sein ganzes Gesicht, das grade wieder verbunden wird.

Für Dr. Egli, sagt Dr. Vögeli. Die will Ihren Fall abschließen. Aber passen Sie auf. Die ist berühmt. Dr. Leumann heißt sie und sieht auch so aus.
Darf ich Sie sehen?
Wenn Sie noch eine Nacht brav sind.
Wie soll Zerutt denn sonst sein.

Ganz ruhig atmen, sagt Dr. Vögeli, sagt sogar Dr. Kündig, der auch wieder nötig wurde. So ernst war das. Frau Dr. Leumann, die sich von Zerutt schon sehen lassen wollte, mußte wieder abziehen, sagt Schwester Claudia. Die weiß, daß er nicht brav gewesen ist, die andern reden bloß vom Blutverlust:

Mußte schon halb gedämmert haben, sah, obwohl er nichts sehen konnte, honigbraune Fensterladen-Lamellen an der Wand. Von irgendher zieht es leicht an seine Brust. Der Abend muß gegen elf Uhr fortgerückt sein: das Kirchweih-Läuten der Stadt hat etwas Weites, Inselhaftes, als ständen die Horizonte offen und als wäre schon viel Überflüssiges abgelaufen. Wieder ein echter Windhauch: da will sich offenbar eine Tür so leise schließen, wie sie sich geöffnet hat.
Schwester? fragt Zerutt.
Die Tritte kommen, die ihn nicht haben täuschen können.
Sie riechen nach nichts.
Schlafen Sie nur, Herr Doktor, sagt eine kurzatmige Stimme.
Ich bin kein Herr Doktor, sagt Zerutt, sind Sie die Nachtschwester?
Nur heute. Ich bin keine richtige Schwester. Nur für Notfälle.

Sind denn viele Notfälle heute nacht?
Ach wo. Wenn ich da bin, passiert doch nie etwas.
Das dürfen Sie nicht so traurig sagen, das ist doch tröstlich.
Sind Sie angeschossen worden?
Ein bißchen. Es macht nichts mehr.
Stilliegen müssen Sie noch? fragt sie; was ist das für eine Frage.
Und Sie, arbeiten Sie tagsüber?
Nur nachmittags. Auf einer Bibliothek. Aber nicht vorne. Bücher ausgeben könnte ich nicht. Nur Kärtchen schreiben.
Das machen Sie gern.
Nein. Aber da darf ich den Hund mitnehmen. Erst gab es Krach. Aber sie haben zu wenig Leute. Wer mich nehmen will, nimmt auch den Hund, basta.
Hier müssen Sie ohne ihn sein.
Kannst denken. Der. Der ohne mich. Nie. Unten bei der Heizung. Da bist, da bleibst. Auf dem Teppich. Immer seinem Teppich. Und der guckt mich an und weiß ganz genau. Bißchen elend guckt er. Aber der weiß: da gibts nix. Und da bleibt er, bis ich komme. Muß ihm nämlich zeigen: pardon, Hund, aber ich bin immer noch der Boß. Immer noch ich.
Wie heißt er?
Hund. Wozu braucht der einen Namen. Ist ein ganz gewöhnlicher. Nicht einmal. Nur ein Bastard.
Aber für Sie hätte er doch sicher gern einen richtigen Namen.
Der soll sich vorsehen. Das geht nicht immer nach seinem Kopf. Er probierts, weißt du, er probierts immer wieder. Wieviel läßt die Alte durchgehen? An der Leine zum Beispiel. Beim Fußgängerstreifen. Er weiß ganz genau: man geht auf dem Streifen. Also geht er fünf Zentimeter neben dem Streifen. Oder zehn. Schaut zurück. Merkts die Alte? Wenn ich dann nicht reagiere, wenn der seinen Kopf durch-

setzt, dann ist den ganzen Tag nichts mehr mit ihm anzufangen. Er ist ein Leithund. Eine Führernatur. Ich muß mich jeden Tag gegen den durchsetzen.

Aber er wäre unglücklich, wenn Sie sich nicht durchsetztten.

Ich muß der Härtere sein. Dafür hört er mir dann zu. Ich kann ihm stundenlang erzählen. Ich erzähle ihm jeden Tag, was ich erlebt habe. Dem Hund. Viel ists ja nicht. Aber er schnappt jedes Wort auf. So, gang jetzt, muß ich sagen. Genug für heute. Schlafen gehen, Hund. Sie wissen nicht, wie der dann traurig ist.

Zerutt streckt die Hand aus: Zeigen Sie mir Ihr Gesicht.

Was wollen Sie denn mit dem?

Seine Hand bleibt in der Luft stehen, er krabbelt mit den Fingern, als suche er Fell. – Ich sehe nämlich erst morgen, sagt Zerutt.

So? – fragte es, schon dicht bei seinen Fingern. Seine Finger nehmen Platz: das Haar ist steif und kurz, wahrscheinlich noch braun; bei Gedörrten hält sich die Haarfarbe lange. Gedörrt ist zu grob, aber hinter den Ohren, die spitz und heiß sind, herrscht eine trockene Spannung. Zerutt läßt gleich los, will nichts entdecken, was Schrecken bereitet. Haar ist unverfänglich. Er streichelt es von vorn nach hinten bis zum Ende, läßt den kleinen Finger etwas vortasten. Der Nacken war eingezogen, jetzt beugte er sich, ist länger als vermutet. Flaum hier, Kindliches noch nach Jahren, hier stirbt die Kindheit am langsamsten, oder der Tod läßt schon wieder Zartes gedeihen. Nein, ein Buckel ist das nicht gerade, nur eine geknickte Gewohnheit, versteckt unter einem Kragenkleid aus Gabardine; wie gut, daß Zerutt das nicht zu sehen braucht. Der Rücken zittert.

Zerutt fährt ihr über die Augen, sorgsam, hat zuerst die Nase erwischt, spitz; aber dann die Lider, mit dem Finger gegen die Nasenwurzel, mehrmals. Nein, sie weint gar nicht, zieht nur ein wenig Rotz hoch. Tiefe Kerben über der

Nasenwurzel, eine frische Stelle; sie hat offenbar die Brille abgehakt, das hielt Zerutt für Zittern, aber ein wenig Zittern war es auch. Er denkt an Gräser, eine Wiese, die Natur ist selten glatt, oder nur fürs Auge (Gerstenfelder); junge Katzen können noch glatt sein, aber das Zärtliche kommt überall erst mit der Rissigkeit, im Kummer, da, wo man Zartheit benötigt. Nur das Harte kann weich werden, weil es so gerne möchte.

Zerutt faßt das fremde Kinn und schüttelt es in der schwach geballten Hand, nicht sehr, sonst schmerzt die Schulter mit der Lungenspitze. Hier sind wieder Schrunden; hier um die Lippen, die hängen, als hätte sie ein kleiner Schlag getroffen, zittert es deutlicher.

Entschuldigen Sie, daß ich mich so wenig rühren kann, ich komme mir vor wie ein General mit der Landkarte, aber ich meins nicht so.

Es ist schön, sagt der Mund an Zerutts Faust und zieht sich nochmals zusammen ohne Laut. – Das muß ich dem Hund erzählen. – Und schluckt.

Zerutt fährt ihr mit dem Handrücken über die Seite des Halses, sie soll nicht glauben, er spioniere nach Falten. Dabei hätte er Freude dran, Falten sind, in welcher Haut immer, alte Bekannte.

Sie schluckt immer noch, er nimmt vorn das Schlucken in die Handfläche, spürt ihm nach, wohin es über seinen Handballen abrollt, sich gern verdrücken möchte und gleich wieder nachwächst. Folgt einem armen Schlucker langsam bis zur Brust, über kleine pingelige Hindernisse, versteckte Schnällchen und Härten. Seine Hand muß aufpassen, wie sie das hinter sich bringt, unterwegs niemanden beleidigt, dann nicht zu offen und nicht zu geschlossen weiterfährt, sondern gerade recht für ein schmales Häufchen Puls. Die Hand bleibt liegen, hofft, der Puls beruhige sich dann, aber das tut er nicht.

Zerutts Ruhe grenzt an Tierquälerei; so wechselt er und

nimmt – sein verdrehter Arm beißt ihn dazu in die Schulter – das andere Häufchen in die Hand, das stellt sich nicht so an.
Bitte grinsen Sie nicht. Ach Gott.
Es ist ein Gebet. Plötzlich spürt Zerutt Kühle an Bauch und Beinen. Seine Hand rutscht von der Brust wieder zur Schulter hoch und bekommt ein Gelenk zu fassen, Pfanne und Gelenkkörper, beides schwach und rührend vorhanden. Und in Tätigkeit, fast rutscht das weg, und Zerutts Nabel, eben noch kühl, liegt plötzlich unter einem kleinen Wüstenhimmel, in dem sich die Spur eines heißen Hauches erhebt. Und bei alledem soll das auch noch atmen, wo es kaum mehr weiß, wie.
Darf ich? fragt es aus dem kleinen Wüstenhauch. Zerutt knetet ein wenig das entfernte Schultergelenk. – Da war mal etwas, sagt Zerutt und zuckt selbst mit den Schultern. – Die Ruinen sind gratis zu besichtigen, auf eigene Gefahr.
Ich habs noch nie gesehen, sagt die kleine gehetzte Stimme.
Nicht viel zu sehen, sagt Zerutt.
Sie dürfen sich aber nicht anstrengen, sagt sie und sortiert mit der Fingerspitze sein Zeug auseinander, botanisiert Grenzen entlang, die er längst für verschollen hielt. Zeichnet, wo es eigentlich nichts mehr zu zeichnen gibt, einen Umriß in die Luft, der plötzlich die Luft verdrängt und sich anfühlt wie etwas Zugehöriges. Auf einmal ist Gefühl da, und das Gefühl fühlt sich und wundert sich noch viel mehr.
Tut es weh? fragt das Häuchlein.
Kurios. Aber weh – nein. Dafür ist es zu vorübergehend, wissen Sie.
Ich bin zweiundfünfzig, sagt sie und hat den Hauch fast an der Stelle, die nicht aufhört, sich zu wundern; gleich nach der Operation hätten die Ärzte so etwas nicht gern gesehen. Vielleicht ist es besser, Zerutt rührt sich nicht. Sie fä-

delt an seinen Eiern was auseinander, mit den zartesten Fingern, die jemand machen kann, und dazwischen netzt sie den Faden auch, legt dem harten Fleisch etwas Lippenartiges auf, wovon das Fleisch nicht weicher wird. Die ganze komische Zusammenstellung tickt verschollene Signale des Wiedererkennens durch Zerutts System; er legt seine Hände hinter den Kopf zurück und hört zu.
Ich bin ungefähr zweiundsechzig, sagt er.
Ich habe noch nie, sagt sie, und ihre Zunge netzt den Faden, der offenbar ein Strang geworden ist, so wenig gehört er zu Zerutt, entfernt sich fühlbar von seinem Körper: so also stirbt man da. Und dran und drum herum immer diese Katzenzunge, dieser kleine arme Sommer, der Einlaß suchend um Versteinerungen hüpft.
Bitte zeigen Sie es mir.
Zerutt faßt ihre Schulter wieder, knetet Trost ins Gelenk. Sie zappelt, der Himmel weiß, wovon sie sich freirappelt, da stellt sich vermutlich eine Öse quer, eine Hafte dumm, da mischt sich Verzweiflung in die Eile und Not, vor allem die Not, den Patienten bei dem Gezerr und Gerappel nicht zu drücken. Dabei fällt wieder Luft über Zerutts Bauch her, eine Art prangende Einsamkeit; ja, das steht. Die goldnen Sternlein prangen, wer hätte gedacht, daß sie das in einem so sterneneinfachen Gedicht tun, das ist schon eine Kühnheit des Erfinders. Und dann muß das bißchen Kühle sofort weg, wird zugedrückt von einer harten, knochigen, ungeschickten Wärme, die etwas zu melden hat und es in der eigenen Ungeduld nicht los werden kann. Zerutt nimmt seine andere Hand hinter dem Kopf hervor und hält dieser Not sein starres Erbarmen hin. Die Wärme nimmt wieder Abstand, als zielte sie, die Knie, deren Spitzen Zerutts Oberschenkel gefaßt haben, wackeln nahe am Abrutschen, doch Abrutschen täte weh, Zerutt auch. Die Schulter kriecht weg, rafft sich, Zerutt hat den Eindruck, da binde sich jemand noch ein Schürzchen um; dann hält alles den Atem

an, und Zerutt erhält Anzeige, daß er angebissen wird, weit weg, beruhigend, belustigend weit weg. Weitere Nachrichten treffen ohne harte Schnitte ein: eine zartborstige, dann eine eher verwirrte, dann eine feste, milde, die ihn in den Griff kriegt und den Griff immer wieder löst, um der Sache, die zwar schon brühwarm, aber noch nicht heiß genug ist, näherzukommen. Die letzte Nachricht klemmt, dehnt sich, aber dann wird eine kleine Schwelle übersprungen, und was an Zerutt dran ist, wird von einer sich überstürzenden Erzählung verschlungen, sinkt unwiderstehlich in satten Samt, fühlt sich fließend verpackt in einen Griff aus tausend Händchen ohne Finger; je starrer das Ding sich aufführt, desto eifriger wird es von allen Seiten beschwatzt; er kann die Unterhaltung bis hierher hören. Sie müßte doch reichlich einseitig sein, aber offenbar gefällt sie als solche; das bißchen Ende, das längst erreicht sein müßte, verkriecht sich immer noch ein paar Millimeter; endlich rastet was ein. So weit das Prinzip. Der Rest wäre Bewegung, den können Sie sich denken. Oder nicht?
So still brauchen Sie deswegen nicht zu sein.
Da war aber auch schon wer, sagt Zerutt. Sein Schmerz in der Schulter verfärbt sich. Wo er saß, hat der Patient jetzt eine Blüte angesteckt oder Rosette, wie sie ältliche Funktionäre hierzulande bei Dorffesten tragen. Er versucht seine Hand zwischen zwei Bäuchen wegzuziehen, wo sie inzwischen festgeklemmt ist, als würde sie noch gebraucht. Aber keine Rede. Sie haben längst überhand genommen, Schwester. Brav haben Sie's gemacht. Zerutt verschränkt wieder seine Hände unterm Kissen hinter seinem Kopf. Denkt an Sommerwiese. Muß über die Rosette lachen, aber es zittert, wenn er lacht, das Beben seines Zwerchfells richtet in einem andern Innern große Unruhe an.
Nicht bewegen bitte, sagt die Stimme, die jetzt hoch und klein geworden ist.
Da tropft es auf die Wiese.

Mein Onkel hat mich versaut, als ich dreizehn war. Er sagte, mir fehle was, und er müsse das in Ordnung bringen. Es gehe ganz leicht. Das Vieh. Seither war nie mehr was, ich konnte nicht, und es wollte auch keiner mehr.
Schnell eine Rechnung: hier hat jemand vierzig Jahre neben seinem Körper hergelebt. Vierzig Jahre Hörensagen, und hat immer noch eine weiche Stelle an diesem Körper. Dazu denkt Zerutt ein Wort: Schwesternmangel. Meint aber ein anderes: Mangelschwester. Das pflegt bei Nacht, im Notfall, einmal die Woche, um die Bibliothekskärtchen abzurunden und einen Hund zu ernähren, der Hund heißt. Jetzt schläft er im Keller auf seinem Teppich, sie ist sein Boß und hat einen Onkel im Grab, der sie vor vierzig Jahren versaut hat. Vierzig Jahre lebt sie im Notfall, der keinem Menschen auffällt; zufällig weckt sie dann einen, der zur Zeit blind ist, den stört es nicht, und sie weint dazu.
Bitte nicht anfassen, sagt sie.
Es tropft auf Zerutts Bauch, sie weint ohne Erschütterung. Sie stützt sich auf ihre dünnen Arme links und rechts von Zerutt und hat den Kopf so gebeugt, daß ihre Tränen nicht rinnen können, sondern fallen müssen. Und irgendwo die warme Stelle, die Handvoll Hitze, die schweigt, als wäre dort etwas erstarrt; als hätten vierzig vergangene Jahre diese Stelle eingeholt und überfallen. Wie ein Mann. Und Zerutt ist der Mann, zufällig. Es ist das wenigste, daß er zu diesem Augenblick stillhält. Wo sie verbunden sind, reicht keine Hand hin. Da könnte alles verbittert sein. Und doch liegen die beiden nicht viel anders als Hand in Hand.
Zerutt bekommt den Zipfel seiner Decke zu fassen und legt sie über die Stelle, wo er einen kleinen Hintern vermutet. Diese Spitaldecken sind schmiegsame Flaumvögel, Träume von Teddybären. Er spürt die schwache Doppelform hindurch und drückt einen Trost fest, den er nicht hat. Dabei

spürt er die Kugel in seiner Lunge: zum ersten Mal deutlich.

Bitte? fragt Zerutt.
Genug, sagt sie. Ich habe genug gehabt.
Sie sind noch dran.
Ich muß mir etwas übrig lassen. Für lange. Danke, daß Sie so gut waren.
Langsam, sorgfältig steigt sie aus, als könnte sie den Patienten jetzt erst verletzen. Er fährt zusammen: was schlägt ihm da gegen den Bauch? Tatsächlich.
Und meine Bedürfnisse, sagt Zerutt, sie wird schon hören, daß es nicht ernst ist.
Ich wasch Sie noch, wenn ich darf.
Es raschelt paarmal neben dem Bett. Sie ist so schnell angezogen, als hätte sie gestohlen. Dann spürt er Atem zwischen den Beinen. Sonst nichts. Fast nichts. Immer noch fast nichts, aber warm und winzig. So also fühlt man eine Zungenspitze, wenn man sonst fast nichts mehr fühlt.
Sie leckt den Patienten, du heiliges Affenhaus. Nach allen Regeln der Kunst. Das lernt man aus keinem dieser Bücher. Es ist viel zu ordentlich dafür. So leckt man ein Junges. Streng und schon ein bißchen abwesend. Nach so viel Zeugung muß auch ein Junges sein. Die Mangelschwester überhüpft nichts. Ja, auch mit den Zähnen, Anfassen, ein Stück fortschleppen. Es beginnt Zerutt was aufzugehen. Unbeherrschtheiten schleichen sich ein. Pochen wie bei einem leichten Abszeß. Wenn das so weitergeht, kann das noch gut werden. Plötzlich ist die Kinderstube mit dem hellen Lädenmuster wieder da. Das Licht erstarkt gewaltig, die Lamellenschatten brennen vor Schwärze und beginnen zu hüpfen wie Messer, die Kugel im Leib explodiert –
Um Gottes willen, hört Zerutt ganz in seiner Nähe.

Ja, er näßt, aber nicht wo sie wollte. Wo du willst, Herr. Zerutt läuft aus, muß schon länger kaputtgeritten sein. Jetzt schlägt der Saft durch alle Verbände und läuft der Notfallschwester entgegen. Zerutt taucht rasch ein, drückt sich mit heftigen Schwimmzügen in eine ungemessene Unterwelt.

Heute nicht, hört der Patient Dr. Vögeli sagen. – Er hat eine Blutung gehabt in der Nacht.

Abzotteln, Frau Richterin. Ihre Stunde ist noch nicht da. Zerutt ist gerade so gut wie ein Sterbender gewesen. Hoffentlich hat die Mangelschwester keine Scherereien gehabt. Nicht zu viele Patienten überhört. Hoffentlich muß sie dem Hund nichts Trauriges erzählen.

Zerutt hat Leute um sein Leben kämpfen gehört, aber das war schon weit weg. Zerrten immer an seinen Füßen. Später liegt er dort fest wie Gulliver. Wird nachgefüllt. Sie haben seinen Armadern nicht mehr getraut. Verholzt.
Muß so viel Blut teuer gewesen sein.

Und wo war Zerutt unterdessen: bei lauter kleinen Schweinigelchen. Die Ewigkeit: ein Jugendgedenken voll Doktorspiele. Zerutt weiß es jetzt. Wenn sich das herumspricht! Ganz schlecht für die fromme Firma. Der nahezu Verewigte bekommt einen Grashalm in die Hand gedrückt. Und damit lockt er, an einer kleinen Wunde zwischen zarten Prallheiten naschend, gedehnte Katzenklagen hervor. Die Katze fehlt (vgl. Lewis Caroll). Man hat nur ihr Hinterstück. Freischwebend. Den gekrümmten Rücken und den

zuckenden Schwanz muß man sich dazudenken. Den verscheuchten Blick zurück, aber ohne daß sich das Tierchen verscheuchen läßt.
Dafür kriegt Zerutt wieder ein paar Stiche in den Arm, dann vergeht er wieder –

Erwacht am Starrsinn. Das Dings hat sich unabhängig gemacht. Liegt ihm an, gänzlich unbeschwichtigt. Kein Witz mehr. Galgenholz. Jemand hat ihm schon die Schlinge umgelegt. Hang me by the neck until I die. Erstickende erigieren, tropfen ab, Zerutt nicht. Und das Ejakulat läßt Galgenmännlein sprießen, eine menschlich gezwirbelte Wurzel, Alraune genannt und wundertätig. Zum Glück ist Zerutt selber das Galgenmännlein. Zum Glück atmet er noch, atmet ruhig gegen den frischen Panzer an, den sie ihm umgelegt haben. Die Kugel ist wieder still. In seinem Alter kann man nicht mehr ruhig atmen, ohne einzuschlafen, selbst in Lebensgefahr –

Beim nächsten Erwachen, das schon seine weitere Person umfaßt, erwacht das Dings wieder nicht mit. Die lassen ihn unten vollaufen und verpacken ihn oben, und in der Mitte lassen sie ihn in diesem Zustand? Halten die das im Ernst für ein Lebenszeichen? Wenn einer nicht schlapp macht vor dem Feind, dem Tod?
Dabei hätte man das früher noch großartig gefunden. Als einem die Aufregung noch alles Gefühl verschlug. Wie hätte man sich da einen solchen Hammer gewünscht. Als man sich nicht rühren durfte vor Ladung. Auf Kontakt explodierte. Am Hauptbahnhof beschämt wurde. Alle Koffer verschüttete. Den Zug abfahren sah, ohne drin zu sitzen, den Zug nach heim.
Meine Scham ist so groß, sagte die erste, bei der es Ze-

rutt versuchte, die war ziemlich maniriert, eine Bürgerliche.
Dann lassen wir's, sagte er großzügig. Hatte es auch schon in der Hose. Einem richtigen Zigeuner wäre das nicht passiert.

Einige Ewigkeiten später sagt Schwester Claudia: Waschen wir uns jetzt?
Eine Zeitlang bemerkt Zerutt seine Chance nicht, dämmert noch. Dann sagt er mit gar nicht leiser Stimme: Ich möchte Sie nicht erschrecken.
Er wird ausgepackt.
Keine Ursache, sagt Claudia und gibt ihm einen kleinen Schlag auf den Schwanz.
Und Respekt vor dem Alter, wo?
Sie nimmt kaltes Wasser, ohne zu reiben. Endlich jemand Vernünftiges. Sie weiß, daß es kein Vergnügen ist.
Schränken Sie sich ein bißchen ein, sagt Schwester Claudia.
Endlich kommt wieder frische Luft dazu. Der Patient kann wieder Luft fühlen.
So kalt ist Ihr Wasser, sagt er und zeigt mit seiner linken Hand eine Spanne von fünf Zentimetern.
Sie unterschätzen sich noch, sagt Schwester Claudia. – Aber es wird langsam.
Es wird. Schwester Claudia legt ihm schon die Flasche zwischen die Beine. Er muß lange warten. Daß diese Flaschenhälse immer etwas kleben müssen. Dazu dreht sie den Wasserhahn auf und läßt den Patienten allein. Das viele schöne Wasser reut sie nicht. Da muß Zerutt aber auch seine Pflicht tun. Das Geschäftchen. Der Patient denkt an A. und seine Sorgen. Und dann kommt es ihm. Endlich, die Entlastung, die seinen Jahren angemessen ist. Erlösend über Verdienst. Herzlich, klein, ausgenüchtert bleibt er liegen.

Jetzt kann er nicht mehr, jetzt braucht er nicht mehr. Jetzt wird es nie, nie wieder passieren.

Das war also wieder einmal ein bißchen Lebenslauf für Zerutt.

Hier steht sie, von Dr. Vögelis Hand nicht wegzuwischen, Frau Dr. Meret Leumann.
Etwas unscharf sind Sie noch, Frau Doktor, aber das ist nicht Ihre Schuld. Sie haben beschlossen, daß der Patient heute wieder vernehmungsfähig ist. Frau Dr. Leumann, Sie und Zerutt erleben hiermit ein Stück Schöpfungsgeschichte zusammen. Eva mit der Waage. Jetzt wird nachgerechnet. Das also wäre Ihr Gesicht: erhoben zur Höhe des Augenblicks. Sie will ihn gelten lassen. Da geht einem Menschen das Auge auf, und die Dame kann sagen, sie ist dabei gewesen. Da stellen wir einstweilen das Gerichtliche zurück.
Zerutt liest mühsam in ihrem arbeitsteiligen Gesicht und denkt: o weh.
Ein rosiges, etwas verwackeltes Kindergesicht, mit einigen Fettpolstern von Routine – kann in Schalk übergehen, aber jetzt nicht –, rotbraune, neckische Löckchen um das Ganze und harte Augen mit eingebauter Schmelzautomatik für besondere Gelegenheiten. Wie diese. Zerutt darf den Augenblick noch etwas weilen lassen, aber beeil dich, Zigeuner, und danach: wehe dir.

Der erste Augenblick verrät es: Eva und Zerutt mögen sich nicht. Schlechte Aussichten für die Schöpfungsgeschichte. Realistische Aussichten. Keine Blindheit vorschützen, Alter, marsch zum Jüngsten Gericht. Zerutt hat, denkt sie, Dr. Albisser fertiggemacht. Mich nicht, steht in ihren doppelt verstärkten Grübchen geschrieben.
Ist was anderes, nicht wahr, sagt sie.
Sie meint: daß Zerutt sieht.
Ja, sagt er. Es ist ein Geschenk.
Ein Blinzeln harter Verachtung schleicht in ihre Augen. Der da spricht von Geschenk und hat selbst 120 Franken genommen. Der braucht ein Wort wie Geschenk, das steht

ihm zu Gesicht. Genieß dein Auge noch einmal, bevor ich es dir auskratze.
Bist du fertig? fragen die Augen von Dr. Leumann.
Noch nicht mal angefangen, sagt Zerutts Auge. Möchte doch erst zu Schwester Claudia.
Das ist die Todsünde. Lilith, Adams erste Frau. Was soll da Eva von ihm denken. Eva steht in der Tür, und der Erdenkloß streckt seine Hand nach der andern Seite, wie der von Michelangelo. Dort schwebt kein Gott der Herr, dort steht ein Mensch, der einem noch blind Freude macht, bis hin zum Spaß. Eva weiß, daß sie keinen Spaß macht, und das wird sie dem Patienten nie verzeihen.
Noch steht Dr. Vögeli vor Zerutts Auge Wache, ein weiß beschäftiger Vordergrund. – Machen Sie noch keine Sprünge, sagt er und beugt sich wieder herein: so riesig verzerrt wird man einmal Vater und Mutter gesehen haben. – Lassen Sie es öfter zu als auf.
Das wäre jetzt Zerutts Zustand, seine Sicht fürs Leben. Er hat gelernt, daß nur zwei Augen zusammen Tiefe erzeugen, einen Raum machen, aber er sieht ein Spitalzimmer, kein flach gemaltes Bild. Die alte Illusion läßt sich offenbar auch mit einem Auge nähren. Sie ist nur schwächer geworden, angestrengter. Die Umrisse tauchen augenblicksweise in Dämmerung, wie bei Schwindel, bekommen wieder Bühnenlicht – da wird auch der gezogene Vorhang mitspielen. Eine grüne Vorhangwand zwischen Zerutt und der Welt. Er ist erst im Vorzimmer zugelassen. Schon das ist viel, preßt ihm Wasser der Anstrengung aus. Dr. Vögeli hat recht, Zerutts Vorrat an Blick ist sparsam geworden, er muß ihn schonen, an große Aussichten ist nicht mehr zu denken.
Der Patient vergeudet seinen Blick auf Schwester Claudia. Sie arbeitet noch; wenn ein Arzt anwesend ist, machen sich diese Schwestern immer an etwas zu schaffen. Zerutt hat nie in einem Haushalt gewohnt, aber so muß es darin zu-

gehen: der Mann über etwas Wichtiges gebeugt, und die Frau klappert im Hintergrund, ein weicher Fleck. Wie ein Krankenhaus täuschen kann. Schwester Claudia wäre keine Frau für Dr. Vögeli. Sie hätte, sobald sie aus dem weißen Zeug kriecht, keine Verwendung mehr für seine nette Schwammigkeit; für das Leben wäre Dr. Vögeli nichts. Nur am Arbeitsplatz läßt sie sich von ihm etwas sagen, gehorcht so sachlich, daß es ihn beleidigen könnte, als Mann, wenn er sich nicht abgewöhnt hätte, über sein Pech beleidigt zu sein, ein guter Mann, dem sein Beruf das Übelnehmen abgewöhnt hat: er braucht nicht in Frage zu kommen, dafür ist zu viel Dringenderes zu tun. Da sitzt er nun mit sicherer Hand und umtastet Zerutts Augenlicht, und im Hintergrund raschelt ebenso sicher das Mädchen, das er nie bekommen würde, wenn er es versuchte. Und sie achten einander auch für das, was nicht möglich ist, und verrichten das Mögliche höflich. In Zerutts Pflege sind sie ein bißchen verheiratet.

Die fremde Dame steht da und stört. Es dauert noch Minuten, bis der Patient fertig abgeleuchtet, bespiegelt, gepflegt, erholt, ermahnt ist. Und am Ende hat Zerutt Schwester Claudia immer noch nicht fertig angeschaut.

Er muß etwas lesen, sagt Frau Dr. Leumann. Darf er das schon?

Das soll nicht heißen: will er, das könnte sie Zerutt ja selbst fragen. Kann er? heißt das. Er muß nämlich können.

Nochmals öffnen, bitte, sagt Dr. Vögeli hinter seinem blendenden Spiegel und scheint Zerutts Auge zu befragen, ob es lesen kann. Zerutt schließt es eilig. Aber Dr. Vögeli versteht keinen Wink, sicher hat er Angst vor der gewaltigen Frau.

Wenn er es nicht übertreibt, sagt Dr. Vögeli. Er wischt Zerutt das überflüssige Wasser vom Auge.

Schwester Claudia, sagt Zerutt, als sie geht; sie braucht sich nicht danach umzudrehen, es bedeutet, außer der Hauptsache, nichts Wichtiges.

Die fremde Dame sagt: Ich möchte mich vorstellen, damit Sie im Bilde sind. Ich heiße Leumann. Ich habe eine rechtsphilosophische Dissertation geschrieben, das ist eine Weile her. Dann habe ich praktisch gearbeitet, mit Heimzöglingen. Das hätte ich am liebsten getan. Aber dann hat mich die Partei für den Bezirksanwalt nominiert. Ich fand, da könne ich mich nicht drücken. Ich bin jetzt ein Jahr im Amt.
›Die Partei‹, das will sagen: es gibt doch unter Menschen nur eine, die in Betracht kommt.
War Herr Dr. Egli auch in der Partei?
Er war in *einer* Partei, bei den Freisinnigen.
Es tut mir leid, daß er gestorben ist. Er hat sich große Mühe gegeben.
Mühe, ja. Aber damit ist Ihnen ja nicht beizukommen.

Albisser vor Gericht: sein erster Nachweis von Rückgrat. Zwar hat er das Rückgrat erst stellvertretend. Er verteidigt einen jungen Architekten, der den Militärdienst aus Vernunftgründen verweigert. Zerutt lernt: nach der Praxis seines Gastlandes wird dem Vernunftbegriff nichts Ethisches, also keine Straferleichterung zugebilligt; und auch dem Ethischen nur, wenn es sich auf Kant und den gestirnten Himmel über ihm berufen kann. Ein bißchen Ehrfurcht vor Oben muß schon sein. A. brachte das etwas diplomatischer vor, er wollte ja seinem Mandanten nicht schaden. Für die Urteilsfindung machte es keinen Unterschied. Der junge Architekt kam ein halbes Jahr ins Gefängnis.

Und doch war es nicht der Prozeß seines Studenten, der A. berührte und ihm einen Hauch zuwehte, in dem Frau Dr. Leumann Damaskus wittert. A. blieb sitzen und sah sich noch einen zweiten Fall an, der nicht so schön verteidigt war. Er versuchte sich, sagt Dr. Leumann, die Erfahrung auf Armlänge zu halten; er beschreibt sie noch als Sprachkundiger und nicht als Erschütterter (eine schweizerische Unterscheidung, wie es Zerutt scheint, dessen rumänischer Dichtervater am Tag seiner Exekution ein spielerisches Gedicht geschrieben hat – aber an diesen Dichtervater glaubt Frau Dr. Leumann auch nicht). A. wollte mit dieser Prozeßerfahrung nicht allein sein, er teilte sie seinen Schülern mit. Nicht direkt, noch nicht, sondern als englisches Übungsstück. Etwas vereinfacht, denn das deutsche Original, wie gesagt, ist noch um Feinheit bemüht.

Für Frau Dr. Leumann ist es ein Übungsstück auch in weiterer Hinsicht. Albisser, sagt sie, beschreibt zum ersten Mal jemand, der nicht er selber ist, sondern sozial sehr weit von ihm entfernt. Er verwendet Mühe auf diese Entfernung, nur stilistische, aber es ist ein Anfang. Er beschreibt, sagt die Dame, einen Vorgang, der nicht in seiner Psyche abläuft, sondern in einem Gerichtssaal, einem öffentlichen, nachprüfbaren Raum. Albisser entdeckt, daß es Menschen gibt außer ihm, Menschen, die wirklich Pech haben.

Und so liest Zerutt mit seinem einen Auge, was einmal, anders mühsam und am Ende hoffentlich für ihren Lehrer eingenommen, A.s Englischklassen für ihn entziffert haben. A. entdeckt ganz neue Möglichkeiten, geliebt zu werden, und wieviel ihm (politisch) zur Liebenswürdigkeit noch fehlte. A. hatte den Tod nicht gefunden, jetzt fand er Arbeit. Und sie führte – weil damit bei den Starken, den Vätern, keine Liebe zu gewinnen war, zu A.s Entlasssung; für Dr. Leumann: ins Martyrium, ins Gefängnis.

– – – Der neue Fall kommt in den Saal, mit ungeschickten Schritten, läßt sich von seinem uniformierten Pflichtverteidiger überholen und blickt sich um, als hätte er vielleicht das falsche Lokal betreten. Dann grinst er, so blöd er kann, und flegelt sich langsam auf das Stühlchen vorn in der Mitte. Das erste ist, daß er die Beine weit von sich streckt. Ein junger Mann mit einem Gesicht voller Leerstellen. Er weiß noch nicht, wie frech es sein darf und probiert allerhand Grimassen, verschiedene Knautschbewegungen mit dem Mund. Zieht Rotz durch die Nase, den er nicht hat. Augen und Stirn bleiben unbeweglich, arglos; er kann suchen wie er will, mehr Gesicht pro Quadratzentimeter kommt nicht zusammen. Dafür haben die Signalempfänger am Richtertisch ihre Gesichter schon scharf eingestellt. Einige senken sich vor lauter Gewißheit. Alles klar, das ist einer von denen.
Er trägt ein offenes, zu kurzes Jäckchen aus falschem Leder. Wie er jetzt im Stuhl liegt, präsentiert er, außer seinen langen Jeans-Beinen, den biegsamen Unterleib. Auf Wiedersehen, Niveau. Der Großrichter wirkt jäh abgekühlt. Er sieht öfter auf sein Papier als vorher, seltener ins Gesicht des Angeklagten, und dann lassen seine Augen diesen Unterleib jedesmal weg, machen einen kleinen starren Sprung. Der Angeklagte lehnt jetzt nur mit den Spitzen seiner Schulterblätter an der Stuhllehne, Gegenhaltung. Aber der Herr Großrichter läßt sich nicht darauf ein. Er sucht die schwache Stelle dieses Burschen anderswo. Er gebraucht wohlgesetzte Wörter.
Was den Angeklagten gehindert habe, sich in Uniform hier vorzustellen? (Warum ›vorstellen‹? Ist das ein Personalbüro?)
Davon habe niemand etwas gesagt.
Es habe nicht zufällig im Aufgebot gestanden?
Nein.
Ach.

Einen Augenblick denkt der Großrichter, man sieht's, das Undenkbare: daß er auf seiner Ironie sitzen bleibt, weil irgendein Amt tätsächlich versagt hat. Daß er den ersten Schlagabtausch wegen einer subalternen Panne verloren haben könnte. Er dreht sich um. Ein Amtsdiener liefert von hinten das benötigte Papier an, geflissentlichst, es bebt vor beleidigter Rechtmäßigkeit. Der Richter überfliegt es. Dann hält er es hoch.
Kennen Sie das?
Keine Antwort.
Da steht – und der Großrichter verliest es rasch, wie wegwerfend. Es steht alles Notwendige da, natürlich, wie könnte es anders sein. Er hält das Papier immer noch hoch, mustert den Angeklagten kaum dazu; eine Reaktion verlangt er nicht. Wozu, sagt seine Miene. Wozu auf Lügen eingehen, wenn sie so dumm sind. Es lohnt sich nicht einmal, so einen fertigzumachen.
Der Angeklagte benimmt sich nicht so, als fühle er sich auf einem Widerspruch ertappt. Widersprüche sind etwas für bessere Leute, nichts für ihn. Was er versucht, ist dumm, das weiß er schon.
Der Richter stellt fest: Personalien. Unbestritten. Nur bei der Zahl der Geschwister meldet sich der Bursche heftig zum Wort. Er hat noch ein Geschwister mehr, als auf dem Papier steht.
Heiterkeit ringsum, nicht einmal bösartige. Alles klar, so einer hat immer noch ein Geschwister mehr.
Hat Mechaniker gelernt; die Meister waren mit ihm zufrieden. So weit. ›Ich komme mit allen Leuten gut aus, die mich nicht bös anmeckern‹, liest der Großrichter aus dem eigenhändigen Lebenslauf vor. Die Wörter nach dem Komma liest er mit etwas gehobener Stimme und setzt eine Pause zwischen ›bös‹ und ›anmeckern‹. Wahrscheinlich gibt es da so viele orthographische Fehler, daß sie der Richter nur andeuten kann. Vielleicht steht da nicht einmal ein Komma.

Schwache, schon fast gerührte Heiterkeit. Der Angeklagte geht nicht darauf ein. Auf Befragen erklärt er nur, daß der Satz stimmt. – Er habe mit der See geliebäugelt? – Das steht sicher nicht so da, aber der Großrichter tut, als läse er es vor. Vielleicht steht da: Ich wäre gern zur See gegangen. Wenn einer schon so viel weiß, daß er Matrose werden will, weiß er auch, daß man nicht schreiben darf ›aufs Meer‹. Aber ›liebäugeln‹ ist ein Wort, das er niemals geschrieben hätte.

Der Großrichter fragt im Ton des Privatmannes: Und jetzt sind Sie stellenlos? – Er fragt mit Blick auf die Akten, man weiß nicht, schämt er sich ein wenig, daß er jetzt diesen todsichern Schlag landen muß, oder will er seinen Augen trauen. Im Saal ist bekannt, daß man heutzutage nicht aus Not stellenlos ist. Was tut er denn, der Stellenlose? Irgend etwas muß ja selbst der tun?

Der Richter liest es mit ausdrücklicher Mundartfärbung: ›Ich sitze in den Beizen herum, schaue die Leute an und rede.‹ So steht es da, eigenhändig, und das ungebildete c-h des Angeklagten darf man sich dazu denken, ohne ihm nahezutreten, nicht wahr. Das ist also im Moment seine Ganztagsbeschäftigung. Irgendein Vorgesetztenwechsel hat ihn verschnupft, ohne daß es eigentlich zum Krach kam. Es stank ihm nur auf einmal, und da ging er hin und tat, was seinesgleichen dann tut: nichts.

Wie er das mache? will der Großrichter hier wissen. Er verhört den Angeklagten ausführlich über seine finanzielle Intimsphäre, in Franken und Rappen. Bei meinem Dienstverweigerer hätte er das nie getan, obwohl der auch ohne Uniform ankam, dafür stammte er aus geregelten, wenn auch gepreßten Verhältnissen, war Stipendienstudent; da genügen unter guten Leuten ein paar diskrete Hinweise zur Teilnahme. Bei dem da aber darf man das, für den darf Geld nicht schmutzig sein.

Einmal, man verhandelt Stundenlöhne, ruft der Auditor

dazwischen: Lauter reden. Er ist gar nicht an der Reihe, aber das macht nichts, bei diesem Fall.
Nun also zur Sache. Der Bursche hat den Dienst erst in einem Wiederholungskurs verweigert. Die viel strengere Rekrutenschule hat er bestanden, unauffällig, sogar mit freundlichen »Qualifikationen«. Warum ist er überhaupt in die RS *gegangen? Der Großrichter fragt es biedermännisch, fast wie ein Komplize.*
Der Angeklagte nimmt seine Beine zurück und sagt: Es war ein Irrtum.
Der Irrtum bestand, wie der Richter aus ihm herausholt, in der Annahme, wenn der Angeklagte die RS *nicht ableiste, könne er nicht Schweizer werden. Seine Eltern waren erst kürzlich eingebürgert worden, aus Italien. Italiener also. Der Großrichter betont es keineswegs, er wiederholt es nur noch einmal. Und weist dem Angeklagten nach, daß er also selbst seit 1962 Schweizer geworden war. Daß seine Furcht,* RS *oder nicht* RS *vermöchten etwas daran zu ändern, unbegründet gewesen sei, absurd. Starke Wörter braucht er gegen einen Menschen, der dem Frieden nicht trauen will, nachdem er einmal bei uns eingebürgert ist; wir sind doch in der Schweiz und nicht in Italien.*
Der Bursche schüttelt den Kopf, das alles weiß er jetzt auch. Aber vor der Rekrutenschule wußte er es eben noch nicht, da war er im falschen Glauben gewesen. Er hatte doch schon gesagt: Es war ein Irrtum.
Wer ihm das eingeblasen habe, daß man ihm den Schweizer wieder nehmen könne, wollte der Richter genau wissen; das konnte der Bursche nicht so genau sagen. Er hatte es gehört. So sahen die Informationen aus, an die der Bursche in seinem Milieu herankam. Hatte nicht daran gedacht, sich um bessere zu bemühen. Lieber die RS *bestanden, auf Verdacht, nicht einmal schlecht, und all das aus Dummheit.*
Der Richter, die zum Beisitz kommandierten Wehrmänner

haben aufgehört, sich zu amüsieren. Ein Feldweibel wirkt erschüttert und mustert den Angeklagten mit offener Feindschaft. Die Type da hatte ja einen Schwamm an der Stelle, wo anständige Leute einen Willen sitzen haben. Wußte nicht einmal, warum er Dienst getan hatte, und ausgerechnet so einer wollte jetzt wissen, warum er ihn verweigerte. Und man mußte ihm auch noch den Gefallen tun, ihn zu fragen. Also: warum?
Der Bursche streckte wieder Bauch und Beine. Er sagte: ›Ich kann die Verantwortung nicht tragen, jemand zu töten.‹ Oder: ›Meine Moral läßt nicht zu, daß ich töte.‹
Der Großrichter unterbricht ihn nicht, gibt ihm höchstens einmal Gelegenheit, einen Satz näher zu erläutern: ›Ich möchte mir nur darüber klar werden, wie Sie diesen Satz verstanden wissen wollen.‹ – Oder: ›Ich versuche nur, Ihren Gedankengängen zu folgen.‹
Die Sätze des Burschen lauten dagegen: ›Besser ein lebendiger Feigling als ein toter Held.‹ – ›Ich glaube, von Natur ist jeder Mensch träge.‹ – Und einmal: ›Ich kenne mich nicht so genau, daß ich etwas über mein Gewissen weiß, das kann ja auch schon manipuliert sein.‹ – Auf die Feststellung des Majors, daß der Stellenlose also nach eigener Aussage nicht wirklich gewissensfähig ist: ›Ich bin nicht bereit, darüber zu diskutieren.‹
Gelegentlich kommt ein Schachzug, den der Großrichter von besseren Angeklagten her gewohnt sein mag: der Angeklagte antwortet mit einer Gegenfrage. Ob der Herr Großrichter selbst wisse, warum er Dienst tue? Der Großrichter bemerkt, daß ihm der Angeklagte dauernd Fragen stelle. Der Angeklagte erwidert, der Großrichter stelle ihm ja auch Fragen. Müdes Lächeln auf der Richterbank, an dem nur der Feldweibel nicht teilnimmt. Der Großrichter ist über subalterne Reaktionen hinaus. Er fragt: Neigen Sie einem andern Wirtschaftssystem zu? Er wartet höflich, es kommt nichts auf diese Frage, also muß man deutlicher

werden: Wie hält es der Stellenlose mit der Politik? – Gar nichts hält er davon. Der gleiche Beschiß wie das Militär. – Haben ihm nicht irgendwelche guten Freunde beigebracht, daß er verweigern soll? – Der Angeklagte ist aufgebracht. Er wehrt sich für seine Einsamkeit. Er hat keine politischen Freunde nötig, überhaupt keine Freunde! Er sagt: Ich fresse meine Sache selbst aus! – Sein Bauch ist wieder ganz vorn.

Sie glauben also, wenn Sie uns das erzählen, seien Sie nicht manipuliert, sagt der Richter mit feinem Schalk.

Spital oder so etwas würde er leisten, sagt der Stellenlose. Nur gerade Töten nicht. ›Ich gehe sogar in die Entwicklungshilfe, wenn es sein muß.‹

›Sogar, wenn es sein muß‹, wiederholt der Großrichter. ›Sie haben das Wort, Herr Auditor.‹

Ein uninteressanter Prozeß. Der Ankläger sagt es mit seufzendem Unterton; der Pflichtverteidiger wird sein Plädoyer ähnlich einleiten. Zur Sache sagt er: Ich möchte Ihnen ersparen, sich näher mit dem unausgegorenen Zeug zu befassen, das der Angeklagte von sich gegeben hat. – Die Folgerung gleich dazu: Die schwere Gewissensnot hat eindeutig gefehlt. – Hier geht es schon um Strafhöhe und Strafart. Der Angeklagte hat keine Ahnung, sonst würde er jetzt nicht dazwischenquatschen. Der Auditor sehr scharf: Ich bitte Sie, mich nicht zu unterbrechen. Ich habe Ihnen auch nicht dreingeredet. – Der Anklagevertreter in seiner gut sitzenden Uniform und mit den deutlichen Endsilben darf vor Gericht die gleichen Rechte verlangen wie der Angeklagte, auch wenn der jetzt sein dummes Maul zieht. Alle haben längst gesehen, daß ihm vorn in der Mitte ein Zahn fehlt.

Der Angeklagte habe nicht einmal gewußt, daß er eingebürgert worden sei, geschweige denn, wann. Über seine Wertbegriffe, wenn man das überhaupt so nennen wolle, habe er sich bereits selbst das Urteil gesprochen. Das

Schweizer Bürgerrecht sei ihm letzten Endes höher gestanden als seine Aversion gegen das Töten. Der Anklagevertreter würde hier von einer doppelten Bequemlichkeit reden.
Das Wort von der Bequemlichkeit kommt immer wieder; daß der Bursche aus Bequemlichkeit Gefängnis auf sich nimmt, also etwas für die Begriffe der Anwesenden Unbequemes, darf kein Widerspruch sein. Leute aus diesen Kreisen spüren Gefängnisschaden naturgemäß nicht so. Fröschen tut das Schenkelabschneiden auch viel weniger weh, als uns Tierschützer gerne einreden möchten.
Außerdem: der Stellenlose hat hier doch zum ersten Mal großes Publikum, befriedigt aus lauter Bequemlichkeit auch noch gleich seine Eitelkeit mit. Zwingt eine Gesellschaft, die sich ihm unter normalen Umständen nie geöffnet hätte, ihn anzuhören und anzuschauen, und steckt sich hinterher die Trophäe des Gewissenstäters ans Jäckchen. Dabei möchte die Gesellschaft längst zum Mittagessen.
Fair ist dieser Prozeß lange genug gewesen, machen wir ihn jetzt etwas kürzer. Verlangen wir eine Strafe, die den Burschen an der einzigen Stelle trifft, wo er es spürt. Also: der Auditor hält Ausschluß aus der Armee in diesem Fall für nicht gegeben. Es scheint, einer, der seine eigenen Motive nicht kennt, sei noch lange gut genug zum Waffendienst, ausreichend würdig des feldgrauen Ehrenkleids. Anders gesagt (aber nicht laut): nach dem Gefängnis wird er dem Kasernenpersonal überwiesen, zur Nachbehandlung, alle Jahre wieder. Dort wird man die Sprache mit ihm sprechen, die er versteht und verdient und die das Gericht um seiner Würde willen (der Würde des Gerichts) nicht in den Mund nehmen darf.
Bitte, Herr Verteidiger.
Der Verteidiger, ein (ich sprach in der Pause mit ihm) auch menschlich adretter Offizier, beginnt damit, daß er sich von

seinem Mandanten unbefriedigt erklärt. Er rechtet ein wenig mit seinem Schicksal (dem Schicksal des Verteidigers): im Vergleich zu diesem Fall seien die vorausgegangenen einfühlbar, ja dankbar gewesen. Viel mehr weiß er zu dem Stellenlosen nicht zu sagen. Er weist auf seine Führungszeugnisse hin, die gedämpft freundlich waren, wie gesagt; auf den persönlichen Notstand, in dem sich dieser Mensch doch irgendwie befunden haben müsse, und der vielleicht, großzügig besehen, doch irgendwie den Milderungsgrund beschränkter Zurechnungsfähigkeit erfülle. Beispiel: seine Interpretation der Aufgabe unserer Armee, die er schlicht glaube als »Töten« abqualifizieren zu können; da stimme doch etwas nicht ganz. Und hier verteidigt der Verteidiger eine ganze Weile nicht seinen Mandanten, sondern sein eigenes gutes Gewissen, mit dem er der Armee diene. Schließlich konnte er es auch nicht als normal ansehen, daß ein gradgewachsener Bursche tagelang in den Wirtschaften herumlungere. Hinter diesem ungenügenden Leistungswunsch verberge sich vielleicht doch etwas Tieferes, eine Beschädigung irgendwie. Der Verteidiger sehe, wenn er diese Symptome zusammenrechne, doch Gründe, die Strafmomente für den Angeklagten zu vermindern –
Bei alldem gab er seinem Mandanten keinen Blick.
Ich hatte die beiden eine Stunde zuvor auf der Treppe betrachtet, eine genierte Gruppe. Offenbar trafen sie zum ersten Mal zusammen, der Pflichtverteidiger kam noch schnell seiner Pflicht nach, bevor die Verhandlung anfing. Man sah, daß den beiden nichts zueinander einfiel. Der Militär redete und wischte dabei mit seiner Schuhspitze unaufhörlich etwas weg. Der Stellenlose hatte einen Punkt in Giebelhöhe im Auge, den er festhielt; er dachte nicht daran, den Zuspruch seines Verteidigers wenigstens in Abständen zu benicken. Er machte sein flaches gelbes Gesicht, das wie ausgeliehen wirkte. – Und ebenso austauschbar waren jetzt die Gründe, die der Verteidiger, zu diesem Ge-

sicht passend, vor Gericht vorbrachte. Am häufigsten verwendete er das Wort »irgendwie«, das diesen Gründen von ihrem möglichen Gewicht wieder etwas wegnahm. Er versuchte es allen recht zu machen, der Lebenserfahrung, dem gesunden Menschenverstand, der Barmherzigkeit, dem Richter, dem Angeklagten. In seiner Not wies er zum Schluß auf die Ehrbarkeit der Eltern dieses Burschen hin. Irgendwie ehrliche Eltern hat ja fast jeder gehabt; irgendwie müssen die ja auch Schweizer geworden sein.

Danke dem Herrn Verteidiger. Ob der Angeklagte noch etwas zu sagen habe.

Der Angeklagte hatte. Er sagte – und da ihm der rechte Speichel dazu fehlte, mußte er offenbar doch einen trockenen Mund haben – sagte also laut und undeutlich:

Das Ganzi isch en Seich.

Er wolle, sagte der Großrichter mit seinem ruhigen, etwas zu hohen Plapperton, dem man anhörte, daß er glänzend einen Witz erzählen konnte, nämlich ohne selbst mitzulachen, er wolle das nicht gehört haben, weil er sonst gezwungen wäre, den Angeklagten auch noch zu büßen.

Der Angeklagte sagte nochmals etwas, aber man hörte es wieder nicht, weil er sich dazu von seinem Stuhl hochrappelte.

Kein Nachsehen für den Angeklagten, als er sich umdrehte und mit seinem verwackelten Gang, offenbar beflügelt von irgendeiner unklugen Selbsttäuschung, dem Ausgang zu stolzierte, unter Hinterlassung seines Verteidigers, des Gerichts, des Publikums. Unter der Tür zeigte er nochmals seinen Bauch.

Nach einer Viertelstunde durfte er wieder kommen. Das Urteil lautete wie der Antrag des Anklägers: sechs Monate, kein Ausschluß aus der Armee. Gleichviel Gefängnis wie für meinen Mandanten, aber als Zulage für Unbemittelte die Chance, nochmals seinen Mann zu stellen.

Das hatte er doch gewollt, nicht wahr, als er dem Gericht, statt eines Gewissens, bloß immer seinen Bauch hinhielt.

Und jetzt durfte das Gericht endlich zum Mittagessen.

Ein Schlüsselerlebnis, eine Augenöffnung, ein menschlich sympathischer Schock. Daraus mußte, Frau Dr. Leumann kennt das von ihren Heimzöglingen her, Politik werden. Es wäre ein Wunder gewesen, wenn A. seine Nerven behalten hätte, geradezu schäbig wäre es gewesen, sagt Frau Dr. Leumann. Es wäre freilich auch ein Wunder gewesen, wenn er, der soziale Analphabet, gleich den Weg gefunden hätte, Wut und Erbarmen nutzbringend einzubauen in eine zu verändernde Gesellschaft.

Es wundert mich nicht, sagt Frau Dr. Leumann, daß er Sie nach diesem Prozeß geschnitten hat.

Geschnitten, nun ja. Er kam seltener. Aber er fuhr fort, Zerutt zu bezahlen. Und am Schluß kam er eben wieder, um zu schießen. Wären diese Schüsse nicht, Frau Dr. Leumann brauchte ihre Zeit nicht an einen Zerutt zu verschwenden.

Als Zigeuner –, fängt Zerutt an.
Sie sind überhaupt kein Zigeuner. Das können Sie Dr. Egli verkaufen, mir nicht. Ich habe Ihre Papiere überprüfen lassen und bin persönlich einer Reihe von Spuren nachgegangen. Sie waren, reden wir einmal ehrlich, ein ziemlich dreckiger Großgrundbesitzer in der nördlichen Wa-

lachei, der nach dem Einmarsch der Roten Armee gehen mußte.
Wie sie der Roten Armee gegen Zerutt Beine macht, fast dreißig Jahre danach!
Zerutt macht ein Gesicht, das beschützt sein will und sagt: Verfolgt ist verfolgt, würde ich meinen.
Würden Sie meinen. Es ist ein Unterschied, Herr von Krausenegk, ob man gehen muß, weil man nie ein Stücklein eigener Erde besessen hat, oder ob man gehen muß, weil einem der Boden zu heiß wird.

Zerutt öffnet sein Auge; eigentlich sollte er auch sein zweites wiederhaben, um wie ein trauriger Bluthund zu blikken. Er wird ja auch Bluthunde gehabt haben.
Wenn Sie wüßten, wie einem diese Dienstboten, diese Leibeigenen zugesetzt haben, klagt Zerutt.
Frau Dr. Leumann würdigt ihn keiner Antwort. Das gibt es: heiligen Ekel.

Frau Dr. Leumann stellt sich die Straße, die Zerutt ihren Albisser geführt haben soll, etwas zu baum- und menschenlos vor. Frau Dr. Leumann, auch wenn es Ihr Bild (ein Wüstenstück) beeinträchtigen sollte: es gab da immer auch ein paar grüne Stellen.

Er hat, erzählt A. zum Beispiel, einen Schüler, der sterben muß; der Junge ist gerade sechzehn gewesen. Vor einer Woche ist die Diagnose gestellt worden: unrettbar, es wird sehr schnell gehen und sehr schmerzhaft sein. Ein Leberfleck auf der linken Schulter hat zu wuchern begonnen, aber im verborgenen, nach innen. Die tödlichen Zellen sind längst in alle Organe ausgeschwärmt. Jeder Versuch, sie zu treffen, würde nur noch das Kind treffen.

Kind, sagt A.; Z. scheint es, er kenne das Kind. Aber A.s Blick verbietet jede Erleichterung des Wiedererkennens. Nein, es ist ein Junge seiner Klasse. Und zum Beweis beschreibt er ihn mit der peinlichsten Genauigkeit. Er hat hingesehen, A. Er fügt sogar hinzu, daß er den Jungen nicht besonders gemocht hat, seiner verbissenen Unauffälligkeit wegen. Das Kind hat, wie Z. wissen soll, auf A.s Unterricht nie besonders angesprochen, es hat ihn als Lehrer sehr wenig zu belohnen gewußt. A. empfindet einen interesselosen Schmerz für dieses Kind, und der ist tief und fremd. Dieser Tod tut A. als solcher weh.
Z. sagt A. die Wahrheit: er weiß keinen Rat.
Für A. hängt alles daran, wie Z. diese Prüfung besteht: es geht nämlich nicht um A., es geht um ein Menschenleben. Er kann Z. diesen nahen Tod beweisen, und seine Sinnlosigkeit übersteigt alle Vernunft. Antwort!
Z. weiß keine.
A. will ein letztes Wort von Z.
Ich kann Ihnen immer nur ein vorletztes sagen, A., auch wenn es zufällig das letzte wäre. Schon dadurch, daß ich es gesagt habe, wird es ein vorletztes, das wissen Sie doch. Letzte Worte sind gratis, sie liegen auf dem Kehricht herum, bücken Sie sich nur. Sie können auch sitzen bleiben. – Z. reicht A. ein Zeitungsblatt über den Tisch, in dem er unterstrichen hat: MAN MUSS ZUGLEICH UNÜBERWINDLICHE FURCHT UND LEIDEN MIT LETZTER SELBSTÜBERWINDUNG HINNEHMEN ALS GOTTES WILLEN, UND MIT LETZTER NACHDRÜCKLICHKEIT BEKÄMPFEN ALS TEUFELS WILLEN. Wahr oder nicht?
So klug ist das Kind nicht, sagt A. verbissen, es liest auch nicht mehr, es stirbt nur noch.
Warum sind Sie nicht bei ihm?
Weil die Mutter fast Tag und Nacht bei ihm ist und heult, sagt A., das kann ich nicht mitansehen. – Der Junge scheint merkwürdige Eltern zu haben, die seit Jahren nur

zusammenbleiben, weil der Mann von seinen eigenen Eltern, reichen Leuten, enterbt wird, wenn er seine Familie verläßt. Er hält sich mit einer Freundin schadlos und sich selbst für eine Art Genie, bastelt Akte in Lehm und Segelboote, während die Mutter zu einem verinnerlichten Zierpüppchen eingeschnurrt ist und das Versäumte auf dieses einzige Kind häuft. Hoffnungslose Verzärtelung bergweise, getarnte Eisberge von Lebensrache, die sie jetzt an diesem Sterbebett schmelzen läßt, damit das Kind auch recht spürt, daß es ihr genommen werden soll, wie alles.
Sie hat ihn von Anfang an getötet, sagt A. – Man redet nicht umsonst von einem »Muttermal«. Es ist klar, daß es einmal bösartig werden mußte. Es ist immer bösartig gewesen.
Ja, ja, A. Z. weiß, was dir eine weiße Nasenspitze macht, da gibt es wieder eine Mutter beiseite zu räumen.
Helfen Sie ausnahmsweise, sagt A. scharf.
Kennen Sie den »Kampf um Rom« von Felix Dahn?
Die Schwarte?
Die Schwarte ist tausend Seiten stark, und es stehen ungeheure Sachen drin. Es gibt Helden aller Art, byzantinische, gotische, römische. Einige sind blond und strahlend und sterben früh, andere dunkel und zäh und fallen ganz am Schluß. Man kann sich die Helden aussuchen. Es gibt aber auch erklärte Bösewichter in dem Buch, die erleichtern einem vieles, auch wenn sie einen beim Lesen erbittern. Es ist ein älteres Buch, und ich wette, Ihr Junge hat es noch nicht gelesen.
Es ist germanischer Kitsch, sagt A. Ein Professorenroman.
Aber nicht für einen Sechzehnjährigen.
Den Quatsch soll er lesen?
Er sollte jetzt das Spannendste lesen, was es für einen Sechzehnjährigen gibt, dann spürt er seine Schmerzen nicht so.
Aber er weiß, daß er stirbt! schreit A. Z. an.
Und da finden Sie, er sollte Angelus Silesius lesen?
Sie schweigen.
Ein Kind wird doch mit dem Tod nicht fertig, sagt Z. Dann

geben Sie ihm etwas, womit er noch weniger fertig wird. Ein dickes Buch, in dem alle Schlachten stehen, die er nicht mehr schlagen wird. Das ihn Schmerzen ertragen läßt, wie sie die letzten Römer oder die letzten Goten ertragen haben. Das ihn erhaben macht über Weibertränen. Geben Sie ihm ein paar stolze Träume zu seinen Schmerzen hinzu.
Aber es sind unehrliche Träume, sagt. A.
Er hat nicht Ihre Sorgen, sagt Z.

Er hat ihm den »Kampf um Rom« gebracht. Bis zu Totilas Krönung zum Gotenkönig konnte er noch selber lesen. Dann las ihm A. vor, und die Mutter saß dabei, nach Büroschluß auch der Vater. Der Junge erlaubte nicht, daß ihm jemand beim Vorlesen die Hand hielt. Ist das Buch noch lange, fragte der Junge nach jeder Vorlesung. A. las ihm immer nur ein paar Seiten aufs Mal und ließ sich, allen Bitten zum Trotz, nicht beschleunigen. Im Grunde wollte das der Kranke auch nicht: er hatte dann noch unabsehbar viele Seiten Leben vor sich. In den Morphiumträumen organisierte er die Vereinigung der Goten und der Römer. Wenn die Schmerzen heftig wurden, biß er die Zähne zusammen, bald wie ein Gote, bald wie ein Römer, aber nie wie ein Byzantiner; die waren feige und konnten das nicht. Die Episoden am Hof zu Byzanz empfand er als Zeitverlust. Den Untergang am Vesuv hat er nicht mehr erlebt. Er trennte sich von der Geschichte, als noch alles drin war.

A. erzählte, er habe danach das Buch selbst zu Ende gelesen.

Wäre der Blutverlust nicht gewesen, man hätte Zerutt bereits »auf die Füße gestellt«. Dr. Vögeli ist mit dem Auge

seines Patienten zufrieden. Er drückt das so aus: eigentlich gehören Sie schon fast nicht mehr zu uns.
Er hat nun auch den großen grünen Vorhang vor Zerutts Auge weggezogen. Der sympathische Effekt ist abgeklungen. Man muß die Welt wieder vertragen können, wie sie ist.

Also sieht Zerutt an seinen langen Tagen durch eine klimatisierte Glaswand über eine Wiese auf eine Reihe von Einfamilienhäusern, das ist sein Horizont. Es sind Hinterseiten, Hintergärtchen, alle durch Hecken eingemauert. In einem arbeitet zu jeder Tageszeit ein älterer Mann. Sein Gartenkostüm ist reinlich, ausgediente Wertstücke von gestern, die man im Hinblick auf eine kleine Ewigkeit gekauft hat, deren Schnitt nun etwas veraltet ist. Für den Garten sind sie noch mehr als gut genug, zu gut eigentlich, und Zerutt hat den Eindruck, daß der Mann sie auch im Garten noch schont. Natürlich schont er auch sich selbst, indem er im Garten arbeitet. Ein Sechziger mit vermutlich immer noch gepflegten sportlichen Hobbies, Segeln oder Tennis; dürfte leitender Angestellter gewesen sein, bei einer Bank, einer Gemeinde. Er hat etwa sechs Aren Gartenland um sein vermutlich abbezahltes Haus herum, ein Haus aus den zwanziger Jahren, das nicht so häßlich wäre, wenn es etwas hätte leiden dürfen, aber es steht wie neu: Emulsionsfarbe. Ums Haus herum kein Fußbreit Zerfall, überall Gärtchenkunst und Gärtchenpflege; der Mann häckelt unaufhörlich seine drei sorgsam abgestochenen Rosenbeete, er übertritt die Granitplatten, die er durch den Rasen gelegt hat, nur im äußersten Notfall, lieber beugt er sich gefährlich weit hinüber. Seine Beete sehen wie kleine Äcker aus, durch ein umgekehrtes Fernglas betrachtet, wie der Mann überhaupt die sorgfältige Karikatur eines Bauern ist, dessen Reflexe ins Zwergenhafte abgebogen wurden. Er bestellt sein Land, das nur noch das Müsterchen eines Landes ist, mit einer

Gewissenhaftigkeit, die den Verdacht nährt: die Arbeit bedeutet etwas ganz anderes, etwas, das zum Fürchten wäre, wenn man es in Lebensgröße sehen müßte.

Später merkt Zerutt, warum er vor dem Mann Angst hat: immer wenn er ihm zusieht, spürt er die Kugel im Leib.

Mögen Sie Django Reinhart? fragt der Patient Frau Dr. Leumann.
Sie haben kein Recht, so zu fragen.
Über diesen Satz schämt sie sich gleich, schüttelt ihr traurig gewordenes Kinderfett am Kinn. – Entschuldigen Sie, sagt sie. Natürlich dürfen Sie das fragen. Ich bin nur allergisch, wenn Sie mit Ihrer Zigeunerei kokettieren. Sie erwischen mich nicht, und ich möchte, sie merkten sich das einmal.
Womit könnte ich Sie denn erwischen, Frau Doktor? fragt Zerutt traurig.
Sie girrt etwas, geniert. Komplimente von Krausenegk-Vacarescu findet sie »schleimig« – ein böses Wort, Frau Doktor, man sollte es nicht einmal gebrauchen, wenn man sich in einem so feinen Konflikt befindet wie Sie.
Ich mag Django besser als Schnuckenack, sagt Zerutt. – Schnuckenack macht mir zu viele Konzessionen.
Sie sind für konzessionslose Härte, was?
Oh, nie, sagt Zerutt erschrocken. – Nur in der Zigeunermusik mag ich Konzessionen ans Echte nicht, da lobe ich mir den faulen Swing.
Kurz, sagt sie, lassen wir die Zigeunermusik. Stellen wir klar, wer Sie wirklich sind.
Zerutt schließt sein Auge und erfährt:

Alter transsylvanischer Grenzadel, Herkunft in tiefe geschichtliche Nacht getaucht, aus der Vacarescus Ahnen hervorragen, belegbar durch Gemeuchel, die Finsternis vermehrend, als überall sonst schon die Sonne der Vernunft aufgegangen war. Aus teils ererbtem, teils vergossenem Blut der Skythen, Berserker, Hunnen, Magyaren, Lombarden, Avaren, Bulgaren und Türken spannen sie mitten im Wald Nester und Netze, in denen ganze verirrte Völker ausgesogen wurden. In diesen Nestern wuchsen sie dick und prall und kannten nur eine Arbeit: das Wetzen ihrer Zähne und Stacheln. Im offenen Feld gebrauchten sie – denn alles Offene lag ihnen fern – ihre Waffen ungern, aber aus dem Hinterhalt waren sie stark, und auf die Flagge kam es ihnen nicht an. Sie dienten bald unter der ungarischen, bald unter der polnischen und walachischen, unter dem Halbmond wie unter dem frommen Doppeladler; das war ihnen alles eins, denn eigentlich dienten sie doch immer sich selbst, ihrer Raubgier, ihren Gelüsten. Sie waren eine Dynastie im Untergrund der Geschichte, ohne andere Idee, als immer neue Wälder zu ihrer Finsternis zu schlagen, den notwendigsten Menschenhandel zu treiben und das, was sie an Seelen erübrigen konnten, auf ihre Stachelhecken zu spießen. Ein Neuntöter-Gelichter, ein asketischer Schwert- und Lumpenadel, dessen einziger Brief die Grausamkeit war, der mächtig war bloß durch den Schrecken, den er verbreitete, dies allerdings bis zum Abergläubischen. Unfähig, einen höheren Stoff zu verdauen als rohes Blut, vermauert gegen Zeit und Welt in einer Landschaft von allerdings pittoresker Unzugänglichkeit, trieben sie es, bis die Rote Armee, Frau Dr. Leumanns unüberwindliche Rote Armee, dem Spuk ein Ende bereitete.

Als Ersatz für die Rote Armee dient Frau Dr. Leumanns starken Gefühlen zur Zeit die unruhige Jugend. Sie unterhält ein kompliziertes Verhältnis zu Demonstranten. Amtlich macht sie ihnen das Leben so sauer wie möglich, sagt sie. Heimlich schneidet sie sich ein großes Stück von ihnen ab, wenn sie historischen Trost braucht. Es ist ihr Schicksal, die Jugendlichen zu verfolgen, mit ihrer Sehnsucht, und mit ihrer Polizei. Und sie verhört Zerutt ganz anders als Dr. Egli, nämlich eifersüchtig. Es soll bei diesen Verhören herauskommen, daß er nichts mit den Lehrlingen, den Gammlern etc. zu tun gehabt hat. Dafür will sie Albisser exklusiv strafen, auf ihre Art.

Bald nach dem Dienstverweigererprozeß bekam A. seinen »Ruf«. Eine radikale Lehrlingsgruppe hatte ihn schon mehrmals telefonisch zur Solidarität aufgefordert; diesmal lud sie ihn zu einer Aussprache ein. In ihre Wohngemeinschaft. A. fürchtete sich ein wenig. Es klang wie eine Vorladung. Es gebe aber nur weiße Bohnen aus der Büchse. Die möge er, lachte A., keineswegs erleichtert, in den Hörer. Er wollte auf keinen Fall ein Herr sein.

Kürzlich unterzeichnet hatte er 1. ein Protesttelegramm an den österreichischen Bundeskanzler, der seinem Heeresminister eine nur als faschistisch zu bezeichnende Rede hatte durchgehen lassen, und 2. an den Polizeidirektor eines andern Kantons, der einen politischen Jungarbeiter, wie es im Telegramm hieß, kriminalisiert hatte. Diese Botschaften waren auf höchster Alarmstufe, um nicht zu sagen: als Drohungen abgefaßt. Es war jedesmal ziemlich undurchsichtig, aber für eine gute Sache, die ein bißchen blinden Einsatz verlangte. Später wünschte A. hie und da mehr Information, um eine Unterschrift, wo nicht verweigern, so doch verzögern zu können; diese Blindbuchungen waren ihm vorübergehend etwas unheimlich. Anfangs fühlte er sich geehrt, als Genosse in Betracht zu kommen, und am Ende blieb er dabei, weil er nicht gern ein Lump war. Aber zuerst war er nur hingegangen, weil er sich für die weißen Bohnen nicht zu gut sein wollte.

Das Haus, in dem die Lehrlinge ihre Wohngemeinschaft hielten, lag in einem dieser Vororte, die nicht Fisch und nicht Fleisch sind. Die Lehrlinge wohnten in der schlechteren Hälfte eines zusammengebauten Einfamilienhauses. Offenbar konnte sich der Erbauer noch nicht leisten, darin zu wohnen; er mußte erst noch Miete daraus ziehen. Die Lehrlinge konnte er, da ihnen das Wohnen nirgends leicht fiel, etwas teurer wohnen lassen, darum hatten sie dieses Haus gefunden.

Es sah schlechter aus als sein Zwilling. Der Rasen war nicht nur nicht gemäht, sondern einfach eine Wiese, und die für Blumen vorgeschriebenen Ecken wucherten unbestellt. Diese Nichtgestaltung der Umgebung wirkte keineswegs erfrischend, erzählte A. – von seinen ersten Lehrlingstreffen erzählte er Z. noch –, sondern als eine Art Unnatur. Finster umlagerten sie die zwar nicht besseren, aber besser gepflegten Grundstücke, die ihrer ungern spotten ließen. Sicher waren die Lehrlinge längst überwacht, wo nicht durch die Bundespolizei, so doch durch die Nachbarn. Die grünen Witwen überzeugten sich hinter sachte verschobenen Gardinen mehrmals täglich, daß sie das geordnete Grün, an dem sie litten, dort drüben vermißten. Man konnte sich in dieser Umgebung, sagte A., durch nichts verdächtiger machen als durch das Stummbleiben des Rasenmähers. Allnächtliche Beat-Platten und ein Häufchen Motorräder vor dem Haus waren kein Ersatz für die fehlenden Rabatten. Es war, sagte A., nur eine Frage der Zeit, bis die besseren

Anstößer dem Halbhausbesitzer, wenn nötig mit Hilfe der Polizei, beigebracht hatten, daß sich solche Mieter für ihn nicht lohnten.

A. war direkt von der Schule im Wagen hergefahren, also etwas overdressed. Er korrigierte das, indem er die Jacke möglichst achtlos auf die Treppe warf und den Bügel abwehrte, den ihm ein pummeliges Mädchen hinhielt. Das war nicht ganz richtig, fand A. bald heraus, denn Lehrlinge tragen Sorge zu ihrem besseren Zeug. Seine Saloppheit machte ihn als Herrn kenntlich, zumal ja auch sein Hemd darunter zu fein war, auch wenn er es leicht hochkrempelte. Wofür wollte er die Arme freihaben? Im Hemd also und im Gefühl sozialer Blöße betrat er den ersten Gemeinschaftsraum. Der Grundriß des Hauses hatte ein Eßzimmer (klein) und einen »Salon« (groß) vorgesehen. Hier war der Salon einfach eine große Leere, mit Sitzkissen ausgelegt, auf denen sich etwa fünfzehn junge Leute ziemlich eng drängten und, als er eintrat, wie auf ein Zeichen zu schweigen begannen. A. machte nochmals einen Fehler, als er den Poster an der Wand für Fidel hielt, dabei war es Ché, ohne Mütze, mit Zigarre; die Zigarre hatte ihn irregeführt, er hatte doch an Chés Asthma gedacht, eine solche Verwechslung wäre ihm anderswo nicht vorgekommen, er konnte Ché wahrhaftig von Fidel unterscheiden, auch theoretisch. Verlegen stakte er zwischen den Beinen der Lehrlinge herum, die wie für einen Vortrag versammelt waren, dabei war er nicht etwa gekommen um zu reden, sondern um zu hören, das hatte er dem Anrufer am Telefon ausdrücklich gesagt. Schließlich fand er ein Eckplätzchen, in das er seine Beine falten konnte. Ein Herauskommen war hier nicht mehr, dabei hatte er ein dringendes Bedürfnis. Aber er war jetzt so deutlich und sogar lächelnd *gekommen*, daß er nicht sofort wieder gehen konnte, nicht einmal aufs Klo.

Die Lehrlinge schwiegen immer noch, wenn auch nicht vollständig; sie waren auch verlegen, rechneten wohl damit, daß er das Schweigen mit einer zusammenhängenden Erklärung, wo nicht gar einer Analyse zur Lage, breche. Hier war ein Lehrer, sogar von einer höheren Schule, die hier nur wenige hatten besuchen können; bei Lehrern ist man gewohnt, daß sie den Mund auftun. Er brachte es fertig, eine Weile mitzuschweigen. Dann mischte er sich in eins der halblauten Gespräche, gab sich alle Mühe, nicht zu sehr zu formulieren, und erschrak, als er augenblicklich das Wort hatte. Also erzählte er, der Lehrer, von einem eigenen Versuch zur Hausgemeinschaft, und wie er gescheitert sei. Dabei schwitzte er Beiläufigkeit aus allen Poren, es hatte entschieden etwas von Audienz, wie er sich nach den Erfahrungen der Gruppe erkundigte. Dabei blieb er so hübsch bescheiden, brachte sein Versagen nicht einmal mit seiner Klassenlage in Verbindung, das wollte er seinen Gastgebern überlassen; er benahm sich wie einer, der eben noch nicht klar sieht. Der Hauptgastgeber, ein gewisser Schnewlin, erlöste ihn hin und wieder durch eigene Gesprächsbeiträge, bestätigte A.s Vermutung, daß das kollektive Leben hier in der Grünzone bald am längsten gedauert habe; außerdem sei man um die Miete verlegen. A. entspannte sich vorsichtig, so weit es seine gepreßte Beinstellung und der Druck auf die Blase zuließen. Er gab Schnewlin zu verstehen, daß es an der Miete nicht scheitern solle, schließlich habe A. »vorübergehend« eine gutbezahlte Staatsstelle. Er brauchte wirklich ein solches Wort; entsprechend tief wurde das Lehrlingsschweigen danach. Die waren nicht gewohnt, daß man mit Geld so wegwerfend umging.

Es war alles sehr gut gemeint und entsetzlich verlogen. A. plagte sich mit dem Eindruck, den er bei diesen Jungarbeitern nicht verfehlen wollte, ohne ihn eigentlich zu machen, und flocht, da es die andern nicht taten, hie und da selbst ein starkes Wort über seine kleinbürgerlichen Reflexe ein, das die Lehrlinge wiederum verstummen ließ. Bei den Bohnen, die nun mit richtig billigem Geschirr zusammen – aber A. erhielt doch einen besseren Löffel, nachdem er zuerst, zur höflichen Erheiterung der Gruppe, gar keinen erhalten hatte – auf den Tisch kamen, einen nur kniehohen Rauchtisch, wurde es allmählich gemütlicher; A. entspannte sich vorsichtig.

Während sie mit den Bohnen klapperten und den Wein herumschenkten, den A., zwei Flaschen billigen, aber reellen Chianti, mitgebracht hatte – er ließ sich des längeren über die Zusammensetzung der handelsüblichen Ware aus und bekam hie und da eine kleine Entgegnung darauf –, ermunterte Schnewlin die Anwesenden, sich kurz vorzustellen. A. versuchte sich darüber zu täuschen, daß die Vorstellung, da sie natürlich ihm, dem Gast zugedacht war, seine Fremdheit, um nicht zu sagen: Sozialdistanz bestätigte, und hörte nicht krampfhaft höflich, sondern eben beiläufig höflich zu. Da gab es ein paar Bauzeichner, einige Velo- und Mofa-Mechaniker, auch Kaufmännische, alles Lehrlinge natürlich. Schnewlin selbst war ein entsprungener Medizinstudent, und A. ahnte gleich, daß dieser Schnewlin ebenfalls Schwierigkeiten haben müsse, sich als Proletarier zu definieren. Er tat es darum besonders scharf. Als einziger bestand er ab und zu auf der Erklärung eines Fremdworts, das A. unterlief. Das war natürlich richtig, wenn es auch im Grunde demonstrativ, deutsch gesagt: ekelhaft und besserwisserisch war. A. schämte sich, daß er sich trotzdem, oder eben deshalb nach diesem Schnewlin orientierte, der den Akademiker zwar weit von sich geworfen hatte, aber eben doch einer war; ein Mensch, mit dem man notfalls reden konnte.

Als die Vorstellung an A. kam, gab er sich Mühe, die richtigen, nicht kränkend schlichten, Worte zu finden, und fiel eben dadurch aus dem Rahmen. Er sagte nicht, daß er Gymnasiallehrer sei, sondern nur, daß er »Schule gebe«,

»Englisch unterrichte«; wie sich zeigte, gab es unter den Schweigsamen auch noch ein paar andere Lehrer. A. kam mit denen ins Gespräch, um den Dialog mit Schnewlin etwas aufzubrechen, und rutschte auch gleich ins Bekennen hinein. Sobald das Gespräch nicht ums Wetter oder um die Bohnen (»vorzüglich!«) gegangen sei, sei er, erzählte A., ins Bekennen hineingerutscht.

Beim Kaffee, und durch die Wirkung des Chianti, habe sich dann das Besuchsklima verändert. A. habe endlich Muße gehabt zu bemerken, was für prächtige Typen da beieinander saßen, wenn auch nach Geschlechtern etwas ungleich verteilt, drei Mädchen auf ein Dutzend Burschen. Aber von den Burschen wußte A. teilweise Phantastisches zu berichten, besonders von einem strohblonden Mechaniker, dem der sozialistische Ernst in sein, sagte A., wahrhaft adeliges Gesicht hineingeschrieben gewesen sei. A. habe Zärtlichkeit empfunden für so viel guten Willen, der nicht zu sich selbst kommen wollte, ohne dabei gleich die ganze Gesellschaft mitzunehmen und zu verändern, der da in täglicher Schwerarbeit ein Bewußtsein bildete, von dem A. lebenslänglich getrennt gewesen war. Hier gab es ja endlich, in der gewinnendsten Ausführung, nämlich der jugendlichen, den gesuchten Arbeiter.

Über diese Gesichter, mit denen er, ohne eins auszulassen (gerade bei den weniger attraktiven strengte A. sich an), ins Gespräch gekommen sei, habe allmählich dasjenige Schnewlins an Faszination verloren. Er habe sich zunehmend zwar nicht unter seinesgleichen, aber unter netten Leuten gefühlt und wirklich angefangen, von ihnen zu lernen. Das »Hören«, das er versprochen hatte, sei Tatsache geworden statt eine höfliche Farce. Sie hätten ihm, nein nicht ihm, sondern einfach so, von ihren Aktionen berichtet, die immer konkret gewesen seien. Am Arbeitsplatz, in der Bude galt es schließlich den Sozialismus aufzubauen, nicht in der Theorie. Dagegen hätte A. einiges zu erinnern gehabt, aber er ließ es heute gelten, es ging ihm ja endlich selbst um Praxis.

A. hörte von seinem Jungarbeiter mit dem adeligen Gesicht, wie sie es seinem Lehrmeister gegeben hatten, als er ihnen die vertraglichen Ausbildungschancen vorenthalten und sie nach Semmeln und zur Post geschickt hatte. Bei seiner eigenen Zunft hatten sie ihn madig gemacht und recht behalten. Sie scheuten sich nie, mit ihrem Recht auch bis vor die Gerichte zu gehen und die bürgerlichen Gesetze beim Wort zu nehmen. Das kostete natürlich, es kostete auch Nerven und Schikanen, aber vor allem Geld, und A. kribbelte bei diesen Geschichten schon wieder das Portemonnaie in der Tasche.

Die Gruppe hatte die Öffentlichkeit bis nach Dänemark und Italien über die Machenschaften dieses Fahrradpatrons in Zürich 3 aufgeklärt. Sie hatten damit entsprechende Bewegungen in diesen Ländern ausgelöst, die es jetzt zu pflegen und auszubauen galt. Sie hatten es diesem Vogel gezeigt, und die würden es noch ganz andern Vögeln zeigen. Das alles war erst ein Anfang.

A. ließ sich schon über diesen Anfang mit leuchtenden Augen berichten. Er war sogleich geniert über jede Tat, die er nicht mitgetan hatte, und heimlich in Angst, es würde sich nach diesem Bohnenmahl nur allzusehr Gelegenheit dazu finden. Er hatte einen Raum der Entscheidung betreten, aus dem es, wenn er streng mit sich war – und das wollte er doch – kein Zurück mehr gab, nicht einmal aufs Klo. Außerdem war er hier gleich wieder an eine seiner Bruderfiguren geraten, die ihn zum Männlichkeitsvergleich, oder, wenn sie nicht zu schlagen war – und er wollte diesen jungen Arbeiter ja nicht schlagen, nur ihm folgen – zu Liebe, politisch: zur Solidarität herausforderte.

Leider, erzählte A., kam dann, als das Gespräch mit seinem Jungen Bruder echt geworden war, Schnewlin dazwischen und beanspruchte die allgemeine Aufmerksamkeit. Er be-

gann seine Leute versuchsweise auf mehrere Länder zu verteilen. Es fielen Namen, die jedermann aus den Nachrichten kannte, und dagegen die Namen von Genossen, die unbekannt, aber zum Einsatz bereit waren, Vornamen nur, denen schon ein kleiner Decknamengeruch anhaftete; solche Chiffren haben, richtig placiert, schon Kriege und Revolutionen entschieden. A. hörte respektvoll und doch heimlich enttäuscht zu. Schnewlins Marschbefehle hatten deutlich den Sinn, von ihm, dem Gast, nicht völlig durchschaut zu werden. Sie waren als Inside-Informationen abgefaßt und bezeichneten nicht nur den Beginn des europäischen Umsturzes, sondern auch Schnewlins Stellung in der Gruppe. Da gab es einen Karl, dem eine bestimmte Aufgabe zu überbinden war, von der A. nur erfuhr, daß ein anderer als Karl sie nicht würde lösen können. Leider war dieser Karl zur Zeit in Algerien unterwegs, aber Sammy konnte nicht für ihn einspringen, weil Sammy in Liverpool gebraucht wurde, es gab wirklich nichts, als auf Karl zu warten, alles konnte Schnewlin auch nicht selber tun, außerdem war Schnewlin an einem bestimmten Ort schon zu bekannt; es gab also nur Karl für diesen Job, Karl hinten und vorn, Karl sehr weit weg und doch überall: auch Schnewlin hatte seinen großen Bruder, gegen den nicht einmal Schnewlin, wie denn gar A., etwas zu bestellen hatte, der Profi war Karl, da gab es nichts zu wollen: Karl, die prächtige, abwesende Pfauenfeder an Schnewlins Hut.
So durchlief A., nach einem peinlichen Anfang, verschiedene Grade des Hörens, von denen der letzte wieder schwächer war. Ganz unwillkommen war ihm diese Wendung nicht. Sie nahm ihm etwas ab, was er Z. gegenüber eine »kurzschlüssige Entscheidung« oder einfach »Romantik« nannte. Er gönnte sich einen Langen Marsch. Er begann ihn mit einem kleinen Marschhalt, und entsprechend herzlich fiel sein Abschied von der Gruppe aus. Er nahm eine Lehrlingshand nach der andern in seine feinere Hand

und genoß den Druck, ohne sich zu schämen, er versprach ja, wiederzukommen, weiterzuhören, nachdem das heute Gehörte verarbeitet war.

Dann nahm er noch zwei Lehrlinge in seinem Auto an ihren Arbeitsplatz mit und fuhr einen beträchtlichen Umweg für sie.

Erleichtern konnte er sich erst zu Hause.

Zerutt hält seine Einschlafspaziergänge jetzt mit einem offenen Auge, also in milderem Dunkel ab.
Er beleuchtet:

Zwei Herren mit starkem Bart, wobei der festere von beiden etwas altmodischer gekleidet ist als der andere und eher wie ein Löwe aussieht (der andere eher wie Pasteur) – aber altmodisch sind sie beide –, lustwandeln Arm in Arm, wie es sich vor kurzem noch für Herren gehörte, durch eine wundersam belebte Straße. *Die untern Etagen bestehen aus Boutiquen und scheinen ganz von Glas zu sein; viele Tausende von Lichtern erleuchten da Silberläden, Kupferstichläden, Bücherläden, Uhren, Glas, Zinn, Gemälde, Frauenzimmer-Putz und Unputz, Gold, Edelgesteine, Stahl-Arbeit, Kaffeezimmer, und Lottery-Offices ohne Ende. Die Straße prangt, wie zu einem Jubelfeste illuminiert, die Apotheker und Materialisten stellen Gläser, worin sich ein Kammerhusar baden könnte, mit buntem Sprit aus und überziehen ganze Quadraturen mit purpur-*

rotem, gelbem, grünspangrünem und himmelblauem Licht. Die Zuckerbäcker blenden mit ihren Kronleuchtern die Augen und kitzeln mit ihren Aufsätzen die Nasen; da hängen Festons von spanischen Trauben, mit Ananas abwechselnd, um Pyramiden von Äpfeln und Orangen, dazwischen schlüpfen bewachende und oft nicht bewachte weißarmige Nymphen mit seidenen Hütchen und seidenen Schlenderchen. In der Mitte der Straße rollt Chaise hinter Chaise, Wagen hinter Wagen und Karren hinter Karren. Durch dieses Getöse und das Sumsen und Geräusch von Tausenden von Zungen und Füßen hören die beiden Herren Geläute von Kirchtürmen, die Glocken der Postbedienten, die Orgeln, Geigen, Leiern und Tamburinen englischer Savoyarden und das Heulen derer, die an den Ecken der Gasse unter freiem Himmel Kaltes und Warmes feilhaben.
Merkantilismus, der sich auf dem Weg über die Kolonien zum Frühkapitalismus befindet, sagt der Mann wie ein Löwe.
Ich vermute eher, Prosa von Lichtenberg, sagt der Mann wie Pasteur.
Der Mann wie ein Löwe bleibt stehen: Wenn wir zusammenspannten, Herr Doktor? – Und er schwenkt mit der Spitze seines Rohrstocks über die ganze Straße hin.
Eine Firma, Herr Doktor? fragt der Angesprochene.
Fifty-fifty, sagt der Mann wie ein Löwe.
Wir sollten einzeln gehen, sagt der Mann wie Pasteur. – Sonst werden wir zerstreut.
Ich bin nicht leicht zu zerstreuen, sagt der Mann wie ein Löwe und bleibt schon wieder stehen.
Ich rede nicht von einem Lesesaal im Britischen Museum, sagt der Mann wie Pasteur. – Ich rede von Auschwitz.
Der Mann wie Pasteur bleibt auch stehen. Mit großer Vorsicht zieht er dem Mann wie ein Löwe ein Haar aus dem schwarzen Bart. – Ihr Bart ist länger, sagt der Mann wie Pasteur.

Jetzt wird der Mann wie ein Löwe, nachdem er sich den Rohrstock über den Arm gehängt hat, seinerseits am Kinn seines Begleiters tätig, wenn auch ohne dessen natürliche – oder medizinische – Delikatesse. – Ihrer ist grauer, sagt der Mann wie ein Löwe.

Der Mann wie Pasteur verbeugt sich. – Sie sagen es. Was folgt daraus?

Nothing at all, sagt der Mann wie ein Löwe.

Das Lachen des Mannes wie ein Löwe ist das gefährlichere, das Lachen des Mannes wie Pasteur das abgründigere. Sie hören fast gleichzeitig auf, es will keiner von ihnen zuletzt gelacht haben.

Whumm! läuft ein Mädchen in Jeans gegen die beiden älteren Herren, die sich aneinander festhalten müssen: in dieser Schrecksekunde sehen sie aus wie zwei von Chagall gemalte Rabbiner von der Merton Avenue, Brooklyn, New York.

By your leave! ruft das Mädchen hinter ihnen her und macht die Verwirrung voll.

Das war vorzügliches Englisch, sagt der Mann wie Pasteur.

Aber die Gegend wird schlechter, sagt der Mann wie ein Löwe.

Vor ihnen rennt ein kleiner teuer angezogener Herr ohne sich umzusehen zwischen den Karren hindurch; Wagen und Chaisen gibt es schon keine mehr.

Der hat Kopfweh, sagt der Mann wie Pasteur. – Das ist Dr. Benn.

Fuck him, sagt der Mann wie ein Löwe.

Don't, sagt der Herr wie Pasteur. – Ihrer Sprache nach wären wir bereits in Amerika.

Es wird Frühling, Dr. Benn! brüllt der Herr wie ein Löwe über die Straße.

Der Angerufene will gerade ein Eßlokal betreten, das eigentlich nur ein abgehängter Eisenbahnwaggon ist: WOLFE'S. Die Leuchtschrift erlischt fortwährend und springt wieder an.

Quartäre Arschlöcher! schnarrt Dr. Benn über die Straße und verschwindet im Eisenbahnwagen.
Er wird als Lyriker bedeutender sein denn als Mensch, sagt der Herr wie Pasteur.
Ihr mit euren feinen Distinktionen, schnödet der Herr wie ein Löwe. – Das ist doch gehupft wie gesprungen.
Gehupft *ist* nicht gesprungen, sagt der Herr wie Pasteur.
Der Mann wie ein Löwe denkt nach. – Gehupft hat so was Sexuelles, sagt er.
Der Mann wie Pasteur betrachtet ironisch, wie der Mann wie ein Löwe auf die Leuchtschrift starrt. – Gesprungen etwa nicht? fragt der Mann wie Pasteur.
Seitensprung, Springreiter, Eisprung, Springbock, assoziiert der Mann wie ein Löwe. – Springboek. Der Burenkrieg war noch nicht? – Er bleibt wieder stehen, diesmal vor einem Gebrauchtwagen-Drive-in, dessen Wimpel im fahlen Schein der Ausfallstraßenbeleuchtung flattern.
Der kam noch, sagt der Mann wie Pasteur. – Sie kamen danach erst richtig, Herr Doktor.
Der Mann wie ein Löwe klaubt dem Herrn wie Pasteur vorsichtig die Brille vom Gesicht, um ihm bei falschen Mondschein der Kolbenlampen ins Auge zu blicken, erst in eins, dann ins andere.
Ich kam noch? fragt der Herr wie ein Löwe forschend. – Sie meinen es nicht sexuell, Herr Doktor.
Aber sicher, sagt der Mann wie Pasteur. – Sie sind zur Zeit das Potenteste auf dem Markt.
Serious?
Dead, sagt der Mann wie Pasteur. – Ich habe, geschichtlich betrachtet, gar nicht genug Penis zum Neid auf Sie.
Come on, sagt der Herr wie ein Löwe und faßt den Herrn wie Pasteur am Ellbogen. Der Herr wie Pasteur rührt sich nicht. – Dazu müßten Sie mir erst meine Brille wieder aufsetzen, sagt er. – Seit ich weiß, daß es ein Carcinom ist, kann ich sie nicht mehr entbehren.

Der Herr wie ein Löwe erschrickt; er hat in Gedanken die Brille an einem Stiel herumgewirbelt. Dann setzt er sie mit einer Zartheit, die der besten Sache wert ist, auf die Nase des Herrn wie Pasteur.
Sie hätten Chirurg werden können, sagt der Herr wie Pasteur.
Ich werde Chirurg sein, sagt der Herr wie ein Löwe, und Fischer, und Lokomotivführer, und Politiker, und Indianer.
Ich bin geworden, was ich nicht wollte, sagt der Herr wie Pasteur. – Ein ewiger Jude. – Er lächelt nicht ohne Schmerzen. Er sagt noch: Aufgrund eines Aufsatzes von Goethe über die Natur.
Das heißt: Sie überleben jeden Peiniger, sagt der Herr wie ein Löwe.
Aber wie, sagt der Mann wie Pasteur.
Und nach einer Weile: Sehen Sie sich doch um. Ist das ein Milieu für die Ewigkeit?
Die Straßenbeleuchtung ist längst ausgegangen, nur ein entfernter Schein liegt wie Schimmel über zahllosen Autodächern, die aber nicht mehr zum Verkauf stehen, sondern Ruinen sind, gelackte Trümmer. An einzelnen Stellen sammeln sie sich zu Klumpen, bäumen sich aneinander hoch zu einem obszönen Totentanz. Die Straße zieht sich ins Aschene weiter, der Horizont, der sich trotz der Dunkelheit abzeichnet, wird von stecknadelkopfgroßen Läusen gebildet; es wimmelt einem vor den Augen.
Was kommt da auf uns zu: eine ägyptische Plage? fragt der Herr wie ein Löwe.
Ich tippe auf Völkerwanderung, sagt der Herr wie Pasteur. – Wir befinden uns in einem geschichtlichen Raum.
Sieht mir nicht danach aus, sagt der Mann wie ein Löwe.
Am Horizont flimmert die Schwärze immer heftiger, schon nehmen die vordersten Ausläufer so etwas wie Menschengestalt an.

Wir sollten ein Automobil haben, sagt der Mann wie Pasteur besorgt.
Lohnt sich nicht, sagt der Herr wie ein Löwe. – Das private Fortbewegungsmittel ist nur eine Phase.
Hier wird sie augenscheinlich übersprungen, sagt der Herr wie Pasteur scharf durch seine Gläser spähend. – Übersprungen? überhüpft?
Analysieren Sie, sagt der Mann wie ein Löwe durchaus autoritär.
So schnell, wie die kommen, kann ich das gar nicht, sagt der Herr wie Pasteur gegen den immer näheren Horizont vorgebeugt. – Aber so viel ist unverkennbar, wir haben es mit Aggression zu tun.
Dann, sagt der Herr wie ein Löwe, hebt einen Finger und wendet sich feierlich an den Herrn wie Pasteur –, dann dürfte es wieder einmal so weit sein.
Ach Gott, sagt der Mann wie Pasteur.
To hell with it, sagt der Mann wie ein Löwe. Dann verbeugen sie sich voreinander, der Herr wie ein Löwe im älteren, der Mann wie Pasteur im jüngeren und kürzeren Bratenrock, entsprechend der Länge ihrer Emigration.
Wir reden beim Nachtmahl weiter, sagt der eine.
Bei der Vesper, korrigiert der andere und kann nicht einmal diesen kurzen Satz zu Ende sagen. Halbnackte Knaben haben ihn schon beim schwarzen Tuch, wie auch den Herrn wie ein Löwe, haben ihm schon das schwarze Tuch heruntergerissen, dann einiges in Weiß, dann etwas in Seide (beim Herrn wie ein Löwe; eine Schärpe?) und etwas in Spitzen (beim Herrn wie Pasteur?). Einen Sekundenbruchteil stehen sie da ohne was, könnten sich sehen lassen, wenn nicht im nächsten schon die Haut herunter wäre; sie gleichen jetzt anatomischen Modellen, und im übernächsten schon sind sie von den flinksten Händen und Fingern zugedeckt und sortieren sich wie von selbst auf zwei Häufchen; Blut hat gar keine Zeit zu fließen. Sind diese jungen Leute

geschickt! In no time sind die beiden doch stattlichen Männer nicht nur gehäutet, sondern auch zerlegt und werden – all das in keiner halben Minute – in zwei mitgebrachten Ölfässern (GULF ist gerade noch zu lesen) und im Triumph weggetragen.
29 Sekunden! jubelt eine Equipe beim Weglaufen. Ein Rekord! die andere. Nieder mit den Imperialisten!

Epilog beim Erwachen:
Es ist Abend, die Meute lagert um die noch knapp, also friedlich rauchenden Feuer. Zwei junge Männer in Bart und Lendenschurz liegen etwas, aber nicht sehr, getrennt von den andern und blicken in den grün werdenden Himmel, wie es ihn nur in Yosemite Park, am Yangtse oder im Val Onsernone gibt. Sie reden lange nicht, sie sind satt, und es könnte, wenn es nicht so friedlich wäre, feierlich sein.
Hats geschmeckt? fragt der eine.
Sehr, sagt der andere. – Ich auch?
Auch, sagt der eine. – Noch immer etwas zu zäh vielleicht, an einigen Stellen.
Das macht die Materie, sagt der andere. – Aber sie stärkt auch. – Er hat schon wieder eine Idee Bauch.
Seelen sind auch kein Zuckerschlecken, sagt der eine und ist jetzt auch ohne Brille zu erkennen.
Zeig mal her, sagt der andere, stützt sich auf seinen tätowierten Arm (IS THERE LIFE AFTER BIRTH?), reißt dem einen sorgfältig ein Haar aus dem Bart und hält es gegen den steigenden Mond.
Schwarz? fragt der eine.
Wieder schwarz, sagt der andere. – Na also.
Aber die Opfer, sagt der eine.
Du meinst: die Umstände, sagt der andere.
Ich meine: die Opfer, sagt der eine.

Ich auch, sagt der andere. – Darum suche ich ein sachlich hinreichendes Verständnis für ihr Zustandekommen.
Den Doktor lassen wir in dieser Runde weg, sagt der eine.
Sie blinzeln sich zu, aber es kann auch der Rauch sein, der Wind treibt ihn jetzt her.
Der Festere von beiden wischt sich eine Träne aus dem Gesicht. Feuer! Sagt er. – Es kommt mir vor wie gestern, daß wir uns noch roh verschlungen haben. War nicht dasselbe.
Machen wir nicht zuviel aus dem Unterschied, sagt der Feinere. Uns bleibt noch viel Arbeit, Traumarbeit.
Gesellschaftlicher Kampf, sagt der andere und hebt einen sorgsam abgenagten Knochen von großer Schönheit gegen den Himmel.

Dr. Vögeli und Dr. Kündig waren heute zusammen bei Zerutt, packten ihn aus oder bespiegelten ihn, jeder nach seiner Art, und berieten sich vor der Tür. Dann kam Dr. Vögeli allein herein und sagte: Noch eine Woche.
Und in einer Woche?
Freuen Sie sich doch erst einmal, sagt Dr. Vögeli beschwörend, fast schrill. – Freuen Sie sich doch erst einmal!

Heute ist Samstag, da schießen sie, eine ihrer obligatorischen Übungen, aber es hört sich an wie ein richtiges Scharmützel.
Als Zerutt in dieses Land kam, hatte er noch monatelang den dünnen, sprungbereiten Schlaf des Flüchtlings. Er mußte oft am Morgen nachholen, was ihn die Nacht nicht hatte finden lassen. Damals wohnte er am Stadtrand im

Dienstbotenzimmer eines Verhaltensforschers, der sein Haus, wegen vieler Reisen, oft leerstehen ließ; dieses Haus hütete Zerutt. Und über seine kaum betäubte Vergeßlichkeit hin peitschten dann diese Schüsse, und nachdem er erwacht war: mitten durch blühendes Land. Er hatte sich den Zusammenhang ja erklären lassen, aber sein Gedächtnis stellte einen anderen her, und er zitterte am schönsten Frühlingsmorgen.

Er lernte, daß es frohe Schüsse waren, bei denen sich niemand viel dachte und die sogar auf das Glockengeläute Rücksicht nahmen und auf die Ausschlafenden, wenn die es nicht zu lange trieben. Er lernte, daß diese Männer am Sonntagmorgen mit ihren automatischen Waffen am Rükken auf Fahrrädern oder Mofas nicht zu einem Freischarenzug unterwegs waren, sondern zu einer Gehorsamsübung, bei der man sich hinlegen mußte und scharf zielen, aber nur auf Scheiben. Für dieses Hinlegen zogen sie sich ähnlich derb an wie für ihre Gartenpflege.

Einmal ist ihnen Zerutt bis in den Schießstand gefolgt, um mit seiner Angst fertigzuwerden und noch mehr zu lernen. Er war erstaunt, daß er das durfte. Freilich mußte er einen jungen Mann um Watte bitten, damit er es aushielt.

Es war ein bedeckter Frühsommertag, feucht in der Luft, die Scheiben glänzten silbern, auf dem Kugelwall erhob sich eine strotzende Baumgruppe, über der einige aufgestörte Krähen kreisten. Aber niemand, so viel Zerutt sah, schoß auf die Krähen. Er hörte das Krachen im Stand weniger mit seinen verstopften Ohren als mit dem ganzen Körper, in dem jeder Schuß als trockenes, beinhartes Hämmern einschlug. Es war ein großes Kommen und Gehen, eine festlich gehobene Stimmung. Das Knallen störte zwar die Gespräche von Mann zu Mann, aber diese fanden trotzdem statt und waren oft von einem lauten Wiedersehen

durchbrochen. An einem Tisch saßen ein paar ernste Männer und gingen andern, offenbar weniger bewährten Männern beim Reinigen und Kontrollieren ihrer Waffen zur Hand. Mit großen, ruhigen Bewegungen wurde ein Stock mit einem Läppchen am Ende durch den Gewehrlauf gestoßen. Danach war das Läppchen entweder schwarz von Fett oder immer noch wie neu, und beides schien seinen Sinn zu haben. Es gab auch Stöcke mit kleinen Bürstchen, die von Fett troffen und sorgloser gehandhabt werden durften. Das schnalzte dann in den Läufen, daß es eine Art hatte. Wer sein Gewehr behandelt hatte, durfte sich damit auf einen freien Schießplatz, eine sehr harte Matratze legen und, nachdem er mehrmals über seine Schulter zurückgeblickt und gelacht hatte, eine ganze Reihe von Patronen in sein Gewehr hineindrücken. Auch dafür gab es die richtige Bewegung, und die Patronen konnte man an einem Schalter kaufen, in braune Papphüllen verpackt. Diese Hüllen waren so konstruiert, daß man beim Laden die steife Hand durchstoßen und die Patronen vollständig im Magazin verschwinden lassen konnte. Dann legte man die leere Hülle neben sich, blickte prüfend in das offene Magazin und schob den Verschluß eher nachdenklich als heftig nach vorn. Jetzt war geladen. Ein Grüppchen von Männern, die teilweise dafür auserlesen waren, teilweise selbst noch schießen wollten, stellten sich dann an der Schranke hinter dem Schützen auf. Einer setzte sich ans Pültchen, legte ein Papier zurecht und kniff die Augen zusammen, um in die Weite nach der Scheibe zu spähen.
Denn der Schütze auf seiner harten Unterlage schickte sich nun an zu schießen. Manche besaßen schwarze Waffen aus Metall, die man auf kleine Beinchen stützen konnte, andere nur solche aus Holz, aber die Vorbereitung zum Schuß verlief in beiden Fällen ähnlich, nur daß die Holzgewehrschützen eine Beige von Kissen unter ihren Lauf legen mußten. Einzelne verzichteten allerdings auch darauf, die

zitterten eben nicht, und denen lohnte es sich besonders zuzusehen. So lagen die Männer denn auf ihren Bäuchen, die ihnen manchmal zur Verschiebung dienten. Diese zarten und doch heftigen Bewegungen waren für den Betrachter kaum zu deuten, da sie bereits von der fernen Scheibe eingegeben waren. Was man von dieser Zielarbeit bemerkte, waren die sehr verschiedenen Arten, die es gab, die Backe an den Kolben zu pressen. Aber wie streng sie war, ließ schon dieser Backendruck vermuten, an dem sich das halbe Gesicht dieser Männer zu einer Art Welle staute. Es gab nun deutlich zwei Phasen zu unterscheiden: eine schwer und gewissenhaft atmende, und eine ganz ruhige. Aber auch die ruhige führte nicht immer zum Schuß. Oft senkte einer wieder das Gewehr, blickte zwinkernd vor sich ins Grüne oder gar über die Schulter zurück, als nähme er das Zielen leicht und hätte eigentlich noch an anderes zu denken. Aber das war eine Täuschung, sein Blick war ja voll Abbitte und Verlegenheit, weil sich ihm kein Schuß hatte lösen wollen, und umso gestrenger nahm gleich darauf seine Backe den Druck wieder auf, wobei sein Kopf von gespannter Schräghaltung zitterte. Dann gab es plötzlich einen Krach, und der Schütze ließ, als wäre er selbst getroffen, seinen Bauch durchsacken und riß an seinem Gewehr, so daß eine leere Hülse herausflog, zum Fürchten weit. Manche taten es auch bedächtiger, das waren wahrscheinlich die erfahrenen Schützen, dafür sprangen ihre Hülsen selten weiter als bis auf ihren eigenen Hintern. Manche zeichneten sich auch dadurch aus, daß sie nach diesem Rückziehen das Magazin einfach offen ließen, dann stieg ein zarter Rauch daraus hervor. Andere schoben ihre Gewehrverschlüsse sofort wieder nach vorn und fluchten ein wenig dazu. Die jüngeren Leute mit ihren modernen Metallgewehren brauchten nicht nachzuladen, die konnten einfach so weiterschießen. Nur selten kam es vor, daß sich einer nach dem Schuß wieder herumwälzte und seine Betrachter betrachtete. Viel eher starrte er, auch wenn er geflucht hatte, nach vorn, wo es offenbar etwas zu sehen gab. Und im Schießstand roch es nach scharfer Seife.

Zerutt stand hinten und folgte dem Blick des Schützen erst nur versuchsweise, bis ihn jemand darauf aufmerksam machte, daß über dem Schützen eine Nummer an der Wand stand, die man vorn bei den Scheiben wiederfinden mußte, wenn man wissen wollte, wohin der Mann geschossen hatte. Oft ging es quälend lange, bis die richtige Scheibe wechselte, als wüßte der Mann vorn nicht, daß auf seine Scheibe geschossen worden war. Woher sollte er das aber auch so schnell wissen?

Hier hat es einen Knopf, auf den drücken Sie, sagt der junge Mann, der Zerutt schon den Trick mit der Nummer verraten hatte. Er musterte Zerutt etwas finster. – Sind Sie fremd hier? fragte er.

Flüchtling, leider.

Ost?

West.

Wie bitte?

Ich dachte, Sie fragten nach der Richtung. Ich bin aus dem Osten geflohen und fliehe jetzt nach dem Westen weiter.

Aber jetzt sind Sie doch hier!

Zerutt blickt ihn verständnislos an.

Jetzt brauchen Sie doch nicht weiter zu fliehen!

Sind Sie sicher?

Er wird unsicher. – Sind Sie nicht gemeldet?

Mehrmals.

Und nicht vorbestraft?

In diesem Augenblick fällt eine ganze Salve, vier Schüsse gleichzeitig.

Sind die aus Schreck losgegangen? fragt Zerutt.

Kaum, sagt der junge Mann.

Sie starren auf die Scheiben. Wenn die Scheiben wechseln, hat Zerutt jedesmal die Vorstellung, jemand gehe reser-

viert ins Knie. Offenbar genügt es, daß die Scheiben nur teilweise und einen Sekundenbruchteil lang verschwinden, damit diese begabten Zeiger über den Schuß Bescheid wissen.
Sind wirklich Leute da vorn? fragt er den jungen Mann.
Wieso Leute? Meinen Sie die Zeiger?
Riskieren die nicht ihr Leben?
Ein Fünfer und ein Dreier, sagt der junge Mann. – Warum interessiert Sie das alles?
Es ist doch meine Heimat, sagt Zerutt.
Wieso, sind Sie Auslandschweizer?
Bündner.
Aber Sie waren noch nie in der Schweiz?
Wenig, sagt Zerutt. – Könnte man das Zeigen nicht automatisch machen?
Nie! sagt der junge Mann. Wie zur Bekräftigung fallen wieder ein paar Schüsse. Auch der Mann gerade vor ihnen hat geschossen. Vorne kommen die Kellen hintereinander herauf und wedeln in verschiedenen Farben. Beim Schützen Nr. 38 winkt die rote Kelle wütend ab.
Pech gehabt, sagt Zerutt. Sein junger Führer starrt ihn verblüfft an. – Das war eine Fünf, sagt er. – Der Schütze blickt sich um wie ein Mann, der zu viel zu tun hat; um seinen Mund spielt ein unterdrücktes Lächeln. Er schiebt seine Pulverkammer fast liebevoll wieder zu.
Ich hätte ihm eine Eins gewünscht, sagt Zerutt. – Der Schütze legt das Gewehr ab und blickt sich jetzt richtig um. Eine ganze Männergruppe dreht sich langsam gegen Zerutt.
Der Mann ist Auslandschweizer, er hat noch nie geschossen, sagt Zerutts Begleiter laut. Obwohl er etwas von Zerutt abgerückt ist, verteidigt er ihn.
Dann soll er vielleicht das Maul halten, sagt der Schütze.
Es knallt ringsum; langsam dreht sich der Schütze in seine Schußrichtung zurück. Er muß lange atmen, es scheint, der

Zwischenfall hat ihn aufgeregt. Dann schießt er. Zerutt starrt atemlos auf Scheibe Nr. 37.
Die Kelle mit dem Fähnchen erscheint, tanzt hin und her: ein Raunen des Behagens geht durch Zerutts Nebenleute.
Das war wieder eine Fünf, sagt der junge Führer, als wollte er sagen: Ihr Glück.
Warum winkten sie denn ab?
Mit der Fünferkelle. Die Nullerkelle ist weiß und rot. – Der Schütze knallt schon wieder.
Und siehe da: diesmal erscheint wirklich die Nullerkelle, weiß und rot, tastet erst am obern Rand herum und rutscht dann flüchtig nach innen.
Schade, sagt Zerutt. – Eine Null.
Der Schütze dreht sich wieder um. Er hat jetzt ein blutrotes Gesicht zu seinem semmelblonden Haar. – Wenn der Sauschwab jetzt nicht abfährt –! sagt er.
Kommen Sie, sagt Zerutts Führer und zieht ihn von Nr. 37 weg. Zerutt ist erschrocken, jetzt staunt er. Die Schweizer beginnen ihm rätselhaft zu werden.
Vielleicht denkt der junge Mann, der Zerutt nun aus dem Hintergrund des Standes die Farbe und Bedeutung der Kellen erläutert, an die humanitäre Tradition der Schweiz. Er läßt nicht locker, bis der Gast dem Schauspiel der Scheiben mit Verständnis zu folgen vermag. Dann sagt er:
Ich muß noch das B-Programm schießen. Mir dürfen Sie schon zuschauen.
Hier auf Nr. 17 sehen die Scheiben viel undeutlicher, verschlissener und schwerer getroffen aus, so wundert es Zerutt nicht, daß sein Führer nur Vierer schießt. Er scheint trotzdem mit sich zufrieden zu sein. Und dies, obwohl auf den Zeiger Nr. 17 überhaupt kein Verlaß ist. Einmal zeigt er gar nicht, wahrscheinlich, weil ihm der Schütze zu schnell schießt; dafür ein paarmal hintereinander, und Zerutt erschrickt jedesmal, weil es erst wie ein Nuller aussieht. Aber es wird dann doch immer eine Vier. Auch die gelbe Kelle

erscheint zweimal, Zerutt findet sie besonders hübsch vor dem satten Grün, aber sein Führer scheint nicht glücklich über sie.

Gegenüber dem Schießstand ist ein altes Restaurant. Dort trinken Zerutt und sein Führer noch ein Bier. Zerutts Gehör, von den Wattepfropfen entlastet, singt noch lange vor sich hin.
Sagen Sie, sagt der junge Mann, wie war das eigentlich so dort hinten? – Er meint: im Osten.
Sie können sich das gar nicht vorstellen.
Wie sind Sie überhaupt dahingekommen?
Mein Vater war Schäfer. Er trieb die Herden in ganz Europa herum. In den Osten ging er nur, weil dort alles so flach ist, das ist gut für die Schafe.
Und dann sind Sie nicht mehr herausgekommen?
Überschreiten Sie einmal mit einer Herde ein paar Grenzen, sagt Zerutt. – Da muß nur ein Krieg ausbrechen, und Sie sitzen fest.
Man hat Ihnen die Herde weggenommen?
Sehen Sie, und das hat mein Vater dann nicht überlebt. Er hing nämlich an seinen Tieren, so schwerfällig sie auch waren. Und sie dankten es ihm. Bei jedem Preishüten war er der erste, von Waraschtin bis Smolensk.
Preishüten? fragt der Schweizer. – Gibt es das?
Ja, aber es ist eine Kunst. Sie brauchen die richtigen Hunde dazu. Und mit denen treiben Sie dann Ihre Tiere in möglichst kurzer Zeit zu Figuren zusammen.
Was für Figuren?
Sterne, Rosetten, Schweizerkreuze, alles was Sie wollen. Aber das geht natürlich nur, wenn die Tiere wollen.
Und als Sie keine Tiere mehr hatten, ging das auch nicht mehr.
Eben. Und nun stellen Sie sich meine Lage vor. Der Vater

gestorben, ich in Rußland, und nichts gelernt als Preishüten.

Die Russen förderten das nicht?

Nur ihre Figuren, sagt Zerutt. – Und das wollte ich nicht.

Und so sind Sie ein Flüchtling geworden.

Ich sagte mir: lieber ein freier Mensch ohne Herde, als eine Herde ohne Freiheit.

Was treiben Sie denn jetzt?

Ich werde Graphologe.

Der junge Mann mustert Zerutt sehr erstaunt. – Kann das denn jeder?

Warum jeder?

Ich meine nur – wo es Ihnen schon schwer fällt, zu verstehen, was in einem Schützenhaus vor sich geht –

Sie meinen: ich bin zu dumm.

Das wollte ich nicht sagen, aber – was Sie bisher gelernt haben, nützt Ihnen da doch nicht viel. Schäfer.

Schäfer nicht, aber Preishüten, sagt Zerutt.

Wir in der Schweiz sind nämlich keine Herde! lacht der junge Mann.

Darauf wollen wir anstoßen, sagt Zerutt.

Einmal hat A. ein Mädchen nach Hause gefahren, die pummelige Achtzehnjährige, die vor kaputten Familienverhältnissen im Lehrlingskollektiv Schutz gesucht hatte. Sie war Buchdruckerlehrling. Ihre unverblümte Sprache scheint ihn entzückt zu haben. Sie hatte ihr Mofa demoliert, die Reparatur bedeutete ein paar Wochen Lohnausfall für sie. Also fuhr er erst rasch bei sich zu Hause vorbei – das Mädchen ließ er im Wagen sitzen, um es durch seine Wohnkultur nicht zu beschämen –, holte 200 Franken aus seinem Klein-

safe und drückte sie dem Mädchen, noch während er sich in den Sitz zurückschob, in die Hand; nur nichts Feierliches. Ihre Dankbarkeit hielt sich in Grenzen; er hatte es nicht anders erwartet, das war gut so. Mutter gestorben, ein offenbar von Umnachtung bedrohter Vater, zu viele Geschwister; die 200 waren da wenig Geld. Er bestand darauf, das Mädchen bis vor ihre Haustür zu fahren. Es war die Tür eines gepflegt aussehenden Einfamilienhauses. A. schluckte seine Enttäuschung herunter. Asozialität ist nicht an eine Abbruchwohnung gebunden. Nur keine saure Romantik.
Heimlich reuten ihn die 200 jetzt doch.

Anruf von Schnewlin. A. war schon so weit, Schnewlins Anrufe von Herzen zu hassen; kaum widerstand er der Versuchung, gleich wieder aufzuhängen oder die Gabel zu drücken, während er selbst am Reden war.
Schnewlin, ungerührt: Irgendwo im Elsaß ist ein Lohnstreik ausgebrochen, in einer Aluminiumfabrik. Aussperrung der sogenannten Rädelsführer, darauf Solidarisierungsbewegung unter den Arbeitern, darauf Beschluß der Konzernspitze, die in Holland sitzt, den Betrieb im Elsaß zu schließen. Schnewlins Gruppe suchte Namen, Geld und Unterschriften für alles Mögliche; es war das siebente Mal in diesem Jahr. A. fand die rechten Worte nicht gleich, als ihn Schnewlin kurzerhand ins Solidaritätskomitee zitierte, wo man Namen brauchte; als kantonaler Professor hatte er diesen Namen, war aber bitter, daß man ihn nur als »Namen« in Betracht zog und für Ernsthafteres (Gott behüte!) offenbar nicht mit ihm rechnete. A. gefiel sich nicht als nützlicher Idiot. Am meisten traf ihn, daß diese Einschätzung, aufgrund seines sporadischen Verhaltens, berechtigt war. Deshalb begann er nun um seinen Namen mit Schnewlin zu feilschen und zu nörgeln. Es fielen ihm leider

nur Halbherzigkeiten ein, er griff sogar auf seine Gesundheit zurück und hätte sich dafür ermorden können. Aber Schnewlin noch zuvor.
Es ist nicht gut, mich so unter Druck zu setzen, wenn euch an meiner Entwicklung gelegen ist. – Aber natürlich war Schnewlin nichts an A.s Entwicklung gelegen, dafür hielt er ihn ohnehin für zu alt; er brauchte einen bürgerlichen Namen und basta.
Ihr müßt euch überlegen, ob das Zweck hat, wenn ihr mich an den falschen Fronten verschleißt.
Schnewlin: Was heißt hier falsche Fronten? A. habe einen zu niederen Begriff von seiner Wirksamkeit. – Wieder ein Lob, das man nur an politisch Unmündige verschwendet, Leute, die man im Grund verachtet. – Schnewlin respektiere A.s akademische Reserve, aber das mindeste, was er geben könne, sei jetzt Feuerschutz für die Gruppen, die wirklich etwas unternähmen. Vergleiche Sartre und die Junge Linke in Frankreich.
Wir sind nicht Frankreich, Schnewlin. Dort ist der Linksradikalismus nicht historisch diskreditiert wie hier. Dort gibt es ein Klassenbewußtsein bis in die Literatur hinauf. Da kann man schon etwas machen.
An wem liegt es, wenn wir nicht Frankreich sind?
A. schweigt in seinen Apparat.
Schnewlin: Also jetzt konkret. Das elsässische Aluminium-Werk. Kommunalisierung gar nicht ausgeschlossen, Übernahme durch die Arbeiter möglich. Vergleiche Wallraffs Reportagen über das hessische Glasbläser-Unternehmen, das in Produzentenhand überführt worden ist. Chance auch im Elsaß gar nicht schlecht. Solidarisierung des Dorfes mit den Arbeitern. Alles vorhanden zur Bildung von Bewußtsein. Es galt jetzt nur durchzuhalten. Die Durststrekke. Die Arbeiter zu unterstützen, bis der politische Durchbruch erzielt war.
A. hatte schon 100 Franken gespendet. Das gab ihm das

Recht auf Hohn an dieser Stelle. Die UNR wird euch gerade so ein Gesetz verabschieden! Verstaatlichung eines Zweigwerks in Frankreich, dessen Mutterkonzern in Holland sitzt? Eine hirnrissige Idee! Das nennt ihr konkrete Arbeit?
Schnewlin, triumphierend geduldig: der Betrieb liegt französischerseits in einem Grenz-, also Entwicklungsgebiet, also wird er bereits staatlich subventioniert. Jetzt geht es nur noch darum, aus dieser Subvention einen Besitzanspruch des Staates abzuleiten. Und der Staat garantiert dann diese Arbeitsplätze, indem er die betriebliche Selbstverwaltung einrichtet.
Schnewlin mit seinen klassenkämpferischen Ausgrabungen im Elsaß.
Wir müssen um jeden Preis verhindern, daß der Betrieb wieder an ein privates Konsortium verschaukelt wird.
Ja, ja, Schnewlin. Ich zahle ja. Setzt meinen Namen meinetwegen auf eure Komiteeliste. Ich spiele Scheibe für euch. Wartet nur, bis ich abgeschossen werde, dann habt ihr ganz selber schuld.
Schnewlin: ob A. zufällig Experten, aber keine Fachidioten, im metallurgischen Sektor kenne? Damit die hinfahren und den elsässischen Arbeitern bei der Organisation des Betriebs helfen könnten?
Revolutionäre Fachleute aus dem Schweizer Metall-Establishment! Wollt ihr nicht gleich ein paar Marschbefehle zu BBC oder Georg Fischer loslassen?
Es können auch naturwissenschaftliche Kollegen von Ihnen sein.
Der Gedanke an revolutionäre Kollegen an seiner Schule belustigte A. ausdrücklich.
Jemand muß es tun. Wir können die Arbeiter jetzt nicht allein lassen.
A., schon hart am Aufhängen, konnte nicht mehr aufhängen. Allein lassen konnte er niemanden. – Warum die Gewerkschaften nichts täten?

Die Gewerkschaften! Zwar habe man mit einigen Kontakten bereits einen Solidaritätsbeitrag flüssig gemacht. Aber dann, wie immer: das Veto vom Schweizerischen Gewerkschaftsbund. Ausrede: man könne nichts machen, so lange der Streik im Elsaß wild, das heißt: mit dem französischen Gewerkschaftsbund nicht abgestimmt sei.
Also nicht mal das CGT zieht mit. Und da wollt ihr wieder mit eurem Aktionismus dazwischenfunken.
Auf die Gewerkschaften dürfen wir im entscheidenden Moment nie rechnen.
A. wollte gar nicht rechnen hier, er wollte aus dem Gespräch raus. Die Gewerkschaften sollten sich hintereinander verstecken dürfen, und er? Mit entblößter Brust vom Gymnasium weg in den Kugelregen!
Sagen durfte er nichts.
Also zu Fachleuten der Metallurgie habe er keine Beziehung, sagte er und hängte auf. – Alles was recht ist.

Eine Stunde später: Schnewlin wieder am Apparat. Jetzt hatte er ein Amt für A. Er brauchte nicht nur seinen Namen, sondern seinen Einsatz. Schnewlins Gruppe hatte wieder mit dem Elsaß telefoniert. Jetzt wollten sie eine Straßensammlung für die streikenden Arbeiter veranstalten und eine Dokumentation verkaufen. Ganz manierlich. Dennoch: keine Erlaubnis vom Stadtrat. Der Fall sei politisch, nicht caritativ, also mit Biafra nicht zu vergleichen. Mit eurer ungeheuren Pleite Biafra! sagte Schnewlin. Also: die Sammlung findet Samstag/Sonntag statt. Wir bitten Sie, dabei zu sein. Wären Sie und X und Y und Z (er nannte eine Reihe bekannter Protestunterzeichner) früher schon dabei gewesen, wäre es zu Verhaftungen gar nicht erst gekommen. Die haben sich auch nicht getraut, Sartre zu verhaften.
Ich bin nicht Sartre, Schnewlin. Und ich bin Samstag/

Sonntag nicht da. In Genf, log A., dabei hätte er nur sagen können: nicht da. Aber er hatte vor fünfzehn Jahren eine Freundin in Genf gehabt; vermutlich mußte schon damals viel gelogen werden, und so stellen sich dann Gedankenverbindungen her.
Dann also am Montag, sagte Schnewlin. – Auf einen Tag früher oder später kommt es nicht an. Aber es kommt darauf an, daß Sie dabei sind.
A. in der Klemme. Er hatte gehofft, Schnewlin würde schon seine Abreise nach Genf nicht gelten lassen. Dann hätte A. im Affekt aufhängen können. Außerdem hatte er so eine Straßenaktion für unaufschiebbar gehalten, wie eine Schulreise. War man dann krank, so brauchte man nicht mit. Und jetzt verschob Schnewlin seinetwegen die ganze Schulreise ... Schnewlin fing an, eine autoritäre Figur zu werden, einfach durch seinen Einsatz, seine Eingleisigkeit. Ein Lehrlingshäuptling als besserer Mann? Leider ja. A. blieb noch der Ausweg ins Komplexere, ins Reich der Skrupel, wo nur gebildete Leute zugelassen sind. Das Manöver war als Redlichkeit zu tarnen. Er log ja auch gar nicht, wenn er sich's überlegte.
Schnewlin, sagte A., jeder soll tun, was er kann. Was ihr von mir erwartet, das kann ich nicht. Es stimmt nicht, wenn ich mich mit meinen bald grauen Haaren zu euch auf den Paradeplatz neben die Kreditanstalt stelle, wo ich ein Konto habe, und mit einer Sammelbüchse in der Hand auf meine Verhaftung warte. Ich käme mir blöd vor.
Und? fragte Schnewlin. – Als Sozialist kommen Sie sich jeden Tag ein paarmal blöd vor.
So viel zu deiner Genfer Story, hörte A. unausgesprochen im Draht.

A. erzählte Z., hier habe er sich als der reiche Jüngling in der Bibel gefühlt. Alle linken Gebote halten, im Gespräch

– sicher. Aber mit der Opferbüchse auf den Paradeplatz – das war der Nachfolge zu viel. Stark übertrieben, nicht neu und gar nicht spruchreif.
Er hatte noch etwas zu verlieren, auch wenn es nur seine Angst war.
Und da bohrt ein Linker Franziskus im Gewissen: wirf es weg, vor die Hunde. *Weil* du es behalten willst, muß es weggetan werden. – Warum soll ich vor die Hunde gehen, Schnewlin? Weil die Hunde hungern? Ich weiß doch, ich habe es in der Zeitung gelesen und mir etwas Präzises und Subtiles dazu gedacht –
Schnewlin: Also wir können am Montag auf Sie zählen.
Nicht einmal NEIN wagte A. zu sagen. Oder: laßt mich aus. Er mußte doch ein vertretbarer Mensch bleiben. Nicht um Gnade betteln, sondern Gründe haben. Sicher gab es Gründe. Er sagte: Es ist doch naiv von euch zu glauben, daß der Stadtrat eine Aktion billigt, die ihn als Behörde in Frage stellt. Das ist doch naiv.
Schnewlins Schweigen war kaum auszuhalten. Es hieß: das ist mein letztes Schweigen dieser Art. Danach bist du abgeschrieben.
Wie hieß der Stadtrat, mit dem ihr telefoniert habt?
Wollen Sie auch noch mit ihm telefonieren?
Man soll nichts unversucht lassen.
Ein Stadtrat, so viel wußte A., ist telefonisch kaum zu erreichen, auch wenn A. seine Titel in den Draht füttern sollte. Er rechnete mit bedauernden Vorzimmerdamen, höflichen Vertröstungen zum Weiterreichen – dann hatte er seine Pflicht getan. Natürlich nicht, aber dann hatte er das ihm Mögliche getan.
(Nichts.)
Wenn Sie meinen, sagte Schnewlin. – Schwarz heißt er.
Schwarz, sagte A. – Ich werde ihn kontaktieren und euch sofort Bescheid geben.
Na.

Und da hängte A. wieder nicht auf, sondern sagte etwas sehr Komisches: wo kann ich euch (»Sie« und »Herr« sagte er nicht mehr) erreichen? Ihr habt doch eine neue Nummer?
Sie waren aus ihrem Halbhaus hinausgeworfen worden und hatten, durch die Referenz ›Professor‹ Albissers, eine bessere, geradezu elegante Adresse in der Stadt gefunden. Was war A. doch für ein Idiot! Er hätte nur die Nummer nicht zu wissen brauchen und sein eigenes Kabel herausziehen oder außer Haus bleiben müssen, und der Stadtrat wäre gestorben, das Abenteuer mit der Opferbüchse begraben gewesen. Konnte er sich einfach den Hinweis nicht verkneifen, daß er schon einmal Solidarität geübt hatte? Dann dankte ihm Schnewlin nicht dafür. Mit Recht, denn Solidarität übt man nicht auf Vorrat, damit man sie beim nächsten Mal erübrigen kann. Nein, es war ein dunklerer Zwang, der A. am Montag zu einem neuen Showdown mit seinem Problem verpflichtete. Er konnte ihn nicht gewinnen, darin bestand die Versuchung. Er suchte nicht den Kampf, sondern Prügel. Der Reiche Jüngling war nicht mehr willens, seinen Reichtum zu genießen, zur Strafe, weil er seine Armut wieder nicht geschafft hatte.
Z. fragte A.: Und haben Sie das Gespräch mit dem Stadtrat geführt?
Zweimal sei Herr Schwarz an einer Sitzung gewesen. Beim dritten Mal sehr kurz und höflich, wie man sich gegen einen Beamten von A.s Reichweite zu fassen hat; er wußte ja, daß er mit einem Abhängigen telefonierte. Im Ton also zivil, aber ohne Kollegialität, wie man mit Lehrern eben spricht; in der Sache so klar, wie sie dem Stadtrat selber vorkam. Demonstration: ja, wenn sie angemeldet war. Das fiel unter bürgerliche Freiheiten. Geldsammlung: nein. Das fiel unter das Verbot öffentlicher Bettelei. – A. klangen die Ohren: diese saubere Trennung hatte er auch schon erlebt: Gewissen ja, nach dem Gewissen handeln nein. Die

Zauberformel der Dienstverweigerungsprozesse. Freiheiten sind erlaubt, sie sollen nur nicht geradezu gebraucht werden.
Was die Lehrlinge betreffe, habe der Herr Stadtrat gesagt, so müßten sie eben um das Hausiererpatent einkommen, wenn sie ihre Zeitschrift öffentlich feilbieten wollten. Die Bewilligung eines entsprechenden Gesuchs könne zwar eine Weile dauern, werde etwas kosten und sei auch sehr fraglich, aber nicht zu umgehen. Selbst wenn der Herr Stadtrat der Sache »sympathisch gegenüberstände« – das tat er nicht und machte kein Hehl daraus –, so wäre er dem Gesetz gegenüber machtlos.

Sie kennen das, sagt Zerutt zu Frau Dr. Leumann, seinem Untersuchungsrichter. – Sie sind doch auch machtlos gegenüber dem Gesetz.
In ihren Augen liest er: du wirst dein Wunder erleben.
Albisser hat sich nicht gedrückt, sagt sie. – Er wurde am Samstag verhaftet. Nicht erst am Montag, er ist nicht mehr gekniffen.
Das überzeugt Sie?
Er war überzeugt. Er hat sich gestellt. Das Bild, das Sie von ihm malen, ist unfair.
Dafür haben Sie ihn dann verhaftet, sagt Zerutt.
Das mußte sein. Aber daß er auf die Straße ging, mußte auch sein. Er hatte den Mut zur Tat. Sie sollten sich zu gut sein, das mies zu machen.
Woher sollte ich mir denn zu gut sein. Aber Sie wissen doch, daß es eine Flucht war. Zufällig eine Flucht nach vorn.
Flucht – wenn Sie es so drehen, ist alles Flucht gewesen, was die Menschen weitergebracht hat. – Das war ein besinnlicher Satz, dafür ist der nächste wieder ganz hart: Er

hat getan, was andere unterlassen, das allein zählt. Und er hat seinen Preis dafür bezahlt.
Seien Sie nicht so streng mit sich, sagt Zerutt. – Sie tun doch auch etwas. Sie greifen das System von innen an. Solche muß es doch auch geben.
Später sagt Zerutt, es kommt jetzt nicht mehr darauf an:
Was hat er denn getan? Er stand neben einem Megaphon und hielt eine Büchse in der Hand. Er hatte sogar einen besseren Anzug an. In seinem üblichen Samt wäre der Nutzeffekt zu gering, fürchtete er. Er war gering so oder so. Ihre Leute, Frau Dr. Leumann, haben ihn verhaftet, ohne seine Krawatte zu beachten. Jetzt war er nur noch ein Spinner. Vorher am Telefon hatte er sich wenigstens Gedanken gemacht. Schäbige vielleicht, aber sachgemäße. Kurz: Gedanken. Jetzt nicht mehr. Jetzt war er von Kopf bis Fuß Engagement für streikende Arbeiter in einem elsässischen Dorf, von dem er nichts wußte. Also nichts Deutliches mehr. Er hat auch im Bezirksgefängnis Ihre Aufmerksamkeit kaum erregt, Frau Doktor. Sie haben ihn so klein wie möglich gemacht. Sie haben ihm vorgerechnet, was er mit seinem Auftritt am Paradeplatz zu gewinnen hatte: nichts. Nichts für sich selbst, meinten Sie, denn von der Revolution sprachen Sie damals noch nicht. Sie führten ihm vor Augen, was er zu verlieren hatte: eine gute Stelle, einen Pensionsanspruch. Sie fanden ihn, Frau Doktor, damals genau so lächerlich, wie er war. Als öffentliche Figur nahmen Sie ihn nicht zur Kenntnis. Das hat sich erst geändert, als er zur Privatrache schritt und auf mich schoß, einen Flüchtling. Und seit Sie auch noch glauben, daß ich ein Gutsbesitzer gewesen bin, können Sie seinen ehrlichen Sozialismus nicht mehr überhören.

Heute macht es Zerutt Spaß, sich die Dame zum Feind zu machen. Sie lebt auf, wird rosig, ihre Augen leuchten. Unter ihrer Kosmetik kommt ein maßlos entrüstetes junges Mädchen zum Vorschein. Ihre Blicke sagen: wie kann einer so ein Schwein sein wie du. Und Zerutts Einauge sagt: Nicht wahr, wenn es nur nicht wahr wäre?

Zerutt kann wieder lesen, also bringt ihm Claudia die Zeitung. Der Zeitung entnimmt er, wie wund die Stelle ist, an der er Frau Doktor gerade berührt hat. Ihr Amt verpflichtet sie in diesen Tagen wieder, auf junge Leute Jagd zu machen, mit denen sie so gern sympathisieren würde. Aber da sie sich das nicht leisten kann, ist die Jagd vermutlich das Nächstbeste zur Ableitung ihrer starken Gefühle.
Claudia erstaunt Zerutt: sie weiß sehr wenig von dieser Jugend, zu der Zerutt sie doch gerechnet hat. Ihr Photograph ist zwar bei mehreren Krawallen ganz vorn gewesen, aber um zu photographieren; seine Bilder erschienen dann in bürgerlichen Zeitungen. Sie paßten dorthin, weil sie die Jugend als etwas Fremdes zeigten. Das also ist die Optik eines 23jährigen, der Erfolg zu haben beginnt. Claudia ist gleich alt wie er, aber sie teilt (obwohl an Mao stark interessiert) die Vorurteile ihrer Eltern über alle, die »nicht arbeiten«. Die Ehe, die sie führt, ist in mancher Hinsicht so unbequem, daß sie sich anderswo ein wenig Bequemlichkeit leistet. Sie arbeitet eben. Und wer ist Zerutt, um diesen kleinen Friedensschluß zu stören? Er profitiert ja von Claudias Arbeit.
Er genießt freilich auch, daß er diese Jugend, die Frau Dr. Leumann schon wieder jagen muß, weder zu hassen noch zu lieben braucht. Sein Alter disqualifiziert ihn für beides. Im nassen Gras herumsitzen wie A., das verbietet sich für Zerutt; er kommt dann kaum wieder hoch, und nachher hat er Rheumatismus. Er ist auf Verschönerungsvereine und

ihre Bänklein angewiesen. Und wenn sich dann die gefährliche Jugend in seine Nähe setzt, um so besser. An den Ufern der Stadt, Fluß oder See, passiert es ja fast jedesmal. Sie setzen sich nicht mit auf die Bank. Sie haben ihre Boden- und Treppenplätze, wo sie schmusen, sich sonnen, ihr Zeug flicken oder mit einem Instrument spielen.
Zerutt weiß, das sie arbeiten, Claudia.
Man kann ihnen dabei zusehen, sie empfinden fremde Blikke nicht mehr als Zumutung. Sie nehmen es nur untereinander genau: wer kommt, wer geht, wie lange jeder bleibt, wen er zuerst begrüßt. Wer näher bei wem. Sie füttern einander, sie können einander berühren, ohne daß es das Übliche bedeutet; zur gegenseitigen Körperpflege, zum Beispiel. Sie können einander lange ansehen, auch wenn für andere da nichts zu sehen ist. Sie arbeiten dann, Claudia; sie lernen viel voneinander, und sie verlernen noch mehr. Es fällt Zerutt auf, daß sie das Schweigen nicht mehr fürchten, oder lange Pausen. In seiner Jugend hätte das große Anstrengung gekostet; vielleicht hätte es einen Rausch dazu gebraucht. Sie geben einander nicht sofort Antwort, und es muß nicht die richtige sein. Es darf bei einem Gespräch nichts herauskommen. Wer zu viel redet, wird gemieden, außer er gibt zu verstehen, daß er spielt, reden spielt. Ihre Sprache besteht fast nur aus Ausdrücken starker Ablehnung oder Zustimmung, aber Zerutt hat den Eindruck, daß diese Kraftwörter innerhalb der Gruppe genau und tolerant gebraucht werden. Sie tönen wegwerfend, weil sie sich nicht mehr um Anspruch bemühen.
Wenn Sie Zerutt fragen, was die denn arbeiten, Claudia: sie üben Gegenwart. Das ist schwer. Sie sind ja keine Blumen auf dem Felde, sondern Lehrlinge und Schüler, Leute, die auf Erwartungen dressiert werden, und Erwartungen nehmen immer der Gegenwart etwas weg. Das versuchen die sich nun zurückzuholen. Sie versuchen, weniger nötig zu haben als andere Leute (sonst müßten sie ja wirklich den

ganzen Tag arbeiten), aber das Wenige ganz. Sie haben kaum Geld, dafür tauschen sie: Krimse, Talismane, Amulette, Medizinbeutelchen, selbstgedrehte Zigaretten, Steine. Manchmal tauschen sie nur mit den Augen, ohne daß ein Gegenstand die Hand wechselt; das sind dann wohl ihre Erfahrungen. Sie versuchen wieder etwas zu sehen, zu hören oder zu empfinden. Die tauben Stellen in ihrem Bewußtsein sollen wieder grün werden. Da sie von den Zentren des Machens ausgeschlossen sind, machen sie etwas mit ihrem Körper. Oft reichen sie Zettel mit Meldungen herum, aber ich glaube, was sie einander wirklich sagen möchten, steht dort nicht drauf. Es beginnt mit ihrer Tracht. Damit bezeugt jemand sein Bedürfnis, zu ihnen zu gehören. Er setzt sich in die Nähe. Am nächsten Morgen findet ihn Zerutt schon in einer Gruppe. Er stellt fest, wie der Junge gehen lernt. Am Anfang hat er noch den ungeschickten Gang dessen, der viel herumgeschickt wurde und seinen Widerwillen mitnahm, diesen zielentfremdeten Gang der Unterklasse, den keiner nachahmen kann, wenn er nicht dazugehört. Der lernt auf einer Treppe am Fluß das Stehenbleiben, das Verweilen, ohne daß der Körper schon weitergeschoben wird; er lernt, die Fluchtkräfte beherrschen; da zu sein. Viele der Jungen kommen von weiter her, Amerika, Schweden, Holland; bei vielen hat man den Eindruck, sie können es schon länger, aber da läßt man sich vielleicht durch die andere Sprache täuschen. Vieles gibt es in diesen Gesellschaften am Wasserrand nicht mehr: ein dröhnendes Auflachen. Ein anhaltendes Zwitschern. Angestrengte Diskussion. »Echte Gespräche«. Verstohlene Berührungen.

Nicht schön malen: Schläge gibt es auch. Eine Berührung wird mißverstanden, heftig zurückgegeben. Man weiß dann, es hat wehgetan. Es gibt diese Einübung in die Gegenwart nicht ohne große Empfindlichkeit.

Sie sitzen am Wasser, um sich die Illusion offener Fläche

und reiner Elemente zu verschaffen. Denn ihre Freiheit reicht nicht weit. Kaum je über die Gruppe hinaus. Sonst ist niemand freundlich zu ihnen, darum müssen sie es selber sein; das ist schwer. Zerutt versteht, daß sie den Zorn und Neid der Geregelten ab und zu reizen müssen. Klug ist das nicht, aber man kann nicht allein liebenswürdig sein. Dazu würde mehr Gesellschaft gehören, die erwünschte, die sie im Munde führen. Die wirkliche fühlt sich davon bedroht, herausgefordert, zu verlassen vom Glück, um diesen da ihr Glück in Frieden zu lassen – oder was sie für ihr Glück hält.

Darauf sagt Claudia: die Schweiz hat eben keine Kultur.
A. hätte »mein Land« gesagt, selbst zur Zeit seiner Lehrlingskontakte.
Gibt es nichts, was Sie an der Schweizer Kultur mögen, Claudia?
Sie denkt nach. Doch, sagt sie. Was ich von Robert Walser kenne. Und die »Salamandre« von Alain Tanner. Und den Clown Dimitri.
Warum?
Weil das ganz leicht aussieht, und weil es nichts bringen muß.

Allein mit der Spitalnacht, faßt Zerutt zusammen: die solide Claudia mag das vollendet Künstliche. Sie hat den besten Geschmack, der in diesem Land möglich ist: den Geschmack an Grazie im Elend.
Sind Sie schon so verzweifelt, Claudia, daß Freiheit bei Ihnen nur noch als Diebstahl in Frage kommt, als vollendeten Diebstahl an Ihrer Verzweiflung? Eine Spur mehr Grazie als Elend, ist Ihnen das schon gut genug?
Sie haben recht: die paar Anfänge am Wasser sind ja noch sehr ungeschickt.

Darum wehrt ihnen Frau Dr. Leumann auch nach Kräften. Bei ihr muß die Veränderung gleich richtig sein. Lieber gar nichts als etwas Halbes.

Zerutt muß jetzt im Korridor auf und ab gehen oder darf, nach Wahl, einen Rollstuhl benützen.
Manchmal, denkt er, wenn er ein wenig ausfährt ins Grüne – der Bodenbelag im Krankenhaus ist sehr grün – mit Schadenfreude an Dr. Wirz. Sein Psychiater hat eine schwierige Hausaufgabe. Er ist sich von Berufs wegen ein Verhältnis zu Schwänzen und hohen Honoraren schuldig, und nun muß er Zerutt beides übelnehmen. Er will doch die Justiz ein wenig unterwandern, und nun muß er Gründe finden, ihr Zerutt ans Messer zu liefern; Gründe, bei denen sein Selbstverständnis (unkonventionell) nicht leidet und bei denen seine Karriere (akademisch) auf ihre Kosten kommt. Und alles in der Angst um seinen Magen, die er in kompetenten Formulierungen verstecken muß.
Er wird es schon schaffen, Dr. Wirz ist tüchtig.
Es kommt deshalb vor, daß Zerutt, Vagant oder Gutsbesitzer, Dr. Wirz, der ihn inzwischen auf dem Gutachtenweg erledigt haben dürfte, vermißt für seine eigenen Mutmaßungen.

Was würden Sie zu dieser Analyse vor dem Frühstück meinen, Herr Dr. Wirz:

Es scheint, daß A. in dieser Zeit seiner »vertieften« Lehrlingskontakte in eine zwar voraussehbare, von ihm aber tragisch genommene Not geriet. Er hatte sein altes Väter-Publikum verloren und das der neuen Brüder dadurch keineswegs gewonnen. Er fühlte sich nicht mehr geliebt von den Leuten, deren Gewohnheiten und Erwartungen er kannte, ohne sie mehr achten zu können. Und er fühlte sich nicht geliebt von der Lehrlingsgruppe, die zu solcher Liebe, wie er (theoretisch) wohl wußte, mangels Vorbildung, mangels Ruhe nicht sehr fähig war. Als Gehetzte beuteten sie ja eben sein (scheinbares) Angebot an Heimat aus. Er hatte ihre brüchige Solidarität genauso lange, als er ihnen Schutz versprach.

Es war ein elend schlechter Witz: sein Nutzwert für die Jugendlichen bestand – obwohl sie ihm, in Gestalt Schnewlins, seine bürgerlichen Instinkte so madig wie möglich machten – im Grunde doch darin, daß er ein Bürger blieb, eine Verbindung herstellte zur verachteten Ehrsamkeit. In dem Maße, als er dieses Häuschen preisgab, verminderte er seinen Wert; als richtiger Genosse kam er doch nicht in Betracht. Man zerrte ihn weg von seinen Gewohnheiten und wollte dann doch jederzeit auf diese Gewohnheiten zurückgreifen. Wie er sich aus dieser Klemme zog, war seine Sache, eine typische Sache für Linksintellektuelle. Schnewlin, der sie ihm hätte nachfühlen können, ließ ihn am schadenfreudigsten darin schmoren.

Wer schützte jetzt den Beschützer? Es gibt keinen lächerlicheren Tod als den zwischen zwei Stühlen. Er ist nur als Plumps zu denken, mit verrutschter Krawatte und einem verdrehten Blick aus alten Stummfilmen.

Es scheint ferner, daß einige aus A.s früherem Freundeskreis, zu Amt und Würden gelangte Studienkollegen, angefangen hatten, ihn als Opportunisten zu betrachten. Sie sagten es ihm nicht direkt, das wäre mit ihrem Niveau unvereinbar gewesen. Sie verklemmten die Nachrede zwischen ihren Lächelfalten, wenn sie ihm zufällig mit Hallo und Wasmachstduauchimmer begegneten. Aber so etwas

kommt doch aus, hintenherum; gute Freunde bleiben in dieser Hinsicht gute Freunde. Man hatte ihm seine Krankheiten nie abgenommen, er blieb ja erfolgreich damit, kam in der ganzen Welt herum. Und jetzt schien er sein Glücksrittertum einfach fortzusetzen, indem er auf der »linken Welle« mitritt, von der sie sich, durch ihre eigenen Söhne vielleicht, ausgeschlossen fühlten.
Jetzt vermißten sie natürlich etwas an A., oder fanden etwas zu viel an ihm. Sie fanden es einerseits undankbar, daß seine Verbindlichkeits-Gesten, der nette Augurenzauber zwischen Gebildeten, nachgelassen hatten. Da sie ihn zu kennen glaubten, nahmen sie ihm übel, daß er sich von ihnen nicht mehr kennen lassen wollte. Sie fanden es affektiert, künstlich, eine gezielte Brüskerie.
Andererseits störte es sie, daß er, wenn er die Gesellschaft – ihre Gesellschaft! – schon zum Auswachsen fand, keine genügenden Konsequenzen zog. Er war ja immer noch Lehrer, also Staatsbesoldeter. Er hatte noch nicht einmal seine Offiziersuniform zurückgegeben! A. geriet in den Reifeprozeß seiner früheren Freunde. Hier hatten sie einen, an dem sie ihre eigene Lage, die längst keinen Charakter mehr hatte, gewinnbringend profilieren konnten, indem sie von ihm Charakter verlangten und sich bestätigt fühlten, wenn er ihn nicht zeigte. Sie taten so, als lebten sie, im Vergleich mit ihm, ehrlich. Wir wirken innerhalb des Systems, sagten sie, gut, das ist nämlich der einzige Ort, wo man wirken kann. Aber man muß dann auch ein wenig Liebe dafür übrig haben, Liebe nicht für das System, sondern für die Menschen darin, die ja doch allemal Menschen bleiben, auch die höher Gestellten sind Menschen. Das vergessen die Linken so leicht; sie haben der Liebe nicht. Man kann das, im System leben, solange man der Liebe hat, dann ist es nämlich auf einmal kein System mehr, sondern ein Ort partnerschaftlicher Begegnung, des Interesses füreinander. Nur das eine kann man nicht: vom System leben, wenn man es

im übrigen in Bausch und Bogen ablehnt. So etwas ist dann eben unehrlich, und da hört auch das Verständnis der langmütigsten Freunde langsam auf.
Es scheint, daß diese Leute, die Nachfolger seiner Onkel und Tanten, immer wieder Kraft genug besaßen, daß A. sich mit ihrer Diagnose identifizierte, ihre Schwierigkeit als seine eigene übernahm. Er ließ sich das Gesetz des Handelns von diesen Leuten diktieren, die zwar tätig waren, aber nicht handelten und ihn dafür büßen ließen. Er wollte kein Opportunist sein in ihren Augen, also wurde er zum Gewissenstäter. Zug um Zug brachte er die Opfer, die sie von ihm zu erwarten beliebten, fing bei der militärischen Verweigerung an und endete – wenn die Frau Untersuchungsrichter recht hat – beim gemeinen Banküberfall. Angeblich, um Zerutt kein Honorar schuldig zu bleiben, aber vor allem auch, weil das ein besonders schäbiges und ehrenrühriges Delikt ist in den Augen aller Eigentümer, eins, das man »nicht nötig hat«.

Ein umgekehrter Musterschüler. Unterdrückt jeden Anflug von Ruhe in seiner Brust, weil seine bürgerlichen Götter damit nicht leben könnten. Läßt sich von ihnen suggerieren, so lange er mit sich nicht im reinen sei, habe er als Lump zu gelten. Ein Charakter im Umbau sei so viel wie gar kein Charakter. Da soll einer Bezugsperson sein! Daß er auf Zerutt schießen mußte, um seine Unterdrücker nach beiden Seiten zufriedenzustellen, um endlich radikal genug dazustehen in ihren umflorten Augen, gäbe Zerutt mehr Anlaß zu sittlicher Entrüstung als diesen sicheren Männern. Zerutt ist doch kein helvetischer Kriegsschauplatz und kein Exerzierfeld für Bewußtseinsbildung. Er ist ein Flüchtling.

Wenn Frau Dr. Leumann fragt, weshalb A., nach Zerutts Ansicht, auf Z. geschossen habe, antwortet Zerutt im Sinne

von Dr. Wirz: Das war ein Spezialfall von Übertragung, wir müssen unsere Patienten fortwährend daran hindern, daß sie auf uns schießen; einmal unter Tausenden gelingt es dann eben nicht.
Sie sind kein Psychiater! sagt Frau Dr. Leumann.
Darum ist eben auch mein Berufsrisiko etwas höher.

Aber sich selber antwortet Zerutt: A. hat auf Z. geschossen, weil die schweizerischen Personen, nach denen er sein Leben direkt oder verkehrt ausrichtete, mit ihren unerfahrenen Eltern oder ihren halbwüchsigen Kindern nicht fertiggeworden sind. Weil Z. für ein paar Millionen Leute den Kopf hinhalten mußte, die einander erfolgreich am Leben hindern.
A. hat also gar nicht auf Z. geschossen, zu viel Ehre.
Nur die Kugel steckt in Zerutts Lunge. Und mit dieser Kugel will Zerutt nicht leben.

Ja, Frau Dr. Leumann, Zerutt kennt diesen Brief.

Lieber Hans,
beiliegend stelle ich dir den Marschbefehl wieder zu und, da es in einem geht und ich das zuständige Amt nicht kenne – aber es gibt wohl kein Amt für refüsierte Militärdokumente –, auch Dienst- und Schießbüchlein. Der Offizierskoffer voll Effekten und Reglemente geht gleichzeitig ans Zeughaus ab. Meine Galatracht schreibe ich morgen in der »Neuen Zürcher Zeitung« zum Verkauf aus.
Ich hoffe, daß dir aus dieser Selbstverständlichkeit keine Scherereien erwachsen. Es gibt ja einen Apparat für solche Fälle. Ich habe, wie du weißt, nicht zum ersten Mal mit der

Militärjustiz zu tun. Schon als Rekrut stand ich einmal im Verdacht, ein Pferd vergewaltigt zu haben. Damals wußte ich mich zu entlasten, mit so gutem Erfolg, daß ich einige Tage später zum Unteroffiziersanwärter vorgeschlagen wurde. Wenn die Herren auch von meiner Unschuld nicht überzeugt waren, glaubten sie doch, sich auf mein schlechtes Gewissen verlassen zu können. Dieses Geschichtchen bin ich euch schuldig geblieben. Obwohl es zweideutig genug war, eignete es sich nicht recht fürs Kasino. Zur Zote fehlte ihm das Solide. Ich machte ja auch alles wieder gut: Unteroffiziersschule, sogenanntes Abverdienen, Offiziersschule, wieder Abverdienen. Jetzt bin ich Oberleutnant, da gewöhnen sich die meisten Leute das Schämen ab, weil es doch zu spät kommt und sich nicht mehr lohnt. Ich könnte es mir in deiner Einheit wohl sein lassen. Du führst dein Geschäft vernünftig. Von Alptraum keine Rede, wenn man nicht genau hinsieht. Das ist gut. Denn jetzt brauchst du dir keinen Augenblick einzureden, daß du an meiner »Verweigerung« schuld bist. Ich kann es ungetrübt von persönlichen Rücksichten sagen: es ist mir zu dumm. Ich habe einfach keine Lust mehr.

Sicher hättest du dir von mir eine großartigere Ausrede gewünscht, eine, die dir die Verteidigung leichter macht. Du hältst mich doch für einen geistigen Menschen. Es tut mir leid, daß ich dir sogar diesen einfachen Dienst verweigern muß. Es hat einfach mit Menschenwürde zu tun. Was wir da alljährlich drei Wochen lang zusammen spielen müssen, beleidigt sie, darum spiele ich nicht mehr mit, und das ist alles.

Mit herzlichen Grüßen

Dein P. A.

Z. hielt die dritte oder vierte Durchschrift dieses Papiers fast noch in der Hand, da klopfte es an seiner Tür, zivil, eher schüchtern; so klopft dort sonst niemand. Draußen stand ein untersetzter Mann mit grauen Schläfen und in einem sehr feinen Nadelstreifenanzug.

Entschuldigen Sie, sagte er und fuhr sich über seinen Scheitel, ich bin Herrn Albissers militärischer Vorgesetzter.

Er sagte nicht Hauptmann, wozu er jedes Recht gehabt hätte. Offenbar wollte er Z. nicht erschrecken. Oder er wollte zu erkennen geben, daß sich die Entschuldigung auch auf seine militärische Eigenschaft bezog, die ihm in der Tat nicht anzusehen war. Er hatte ein fleischiges, eher schwammiges Gesicht; Z. kann sich denken, daß sie es hierzulande »weich« nennen. Von A. hatte Z. gehört, daß solche Wörter in »Führungsberichten« tatsächlich vorkommen. Seine kleine Figur ließ die Weichheit des Hauptmanns besonders hervortreten. Kleine sind oft hartgebacken, weil sie sich »durchsetzen« müssen (auch ein Wort). Dieser hatte es offenbar mit einer Mischung aus Jovialität und Melancholie versucht und auch geschafft, denn er war ein gehobener Beamter in der eidgenössischen Kulturpflege. An seinen geröteten Augen zehrte das Bürolicht, oder er hatte wenig geschlafen. Wenn der Hauptmann sich die Brille abnahm – den Hut hatte er schon, vergebens einen Haken suchend, auf Z.s Wartezimmertisch gelegt –, dann rieb er nicht die Gläser, sondern gleich die Augen. Er gehörte auf den ersten Blick zu den Menschen, die Schonung verbreiten, weil sie der Schonung bedürfen. Auch ein heftiger Gram hatte die Höflichkeit nicht aus seinem weichen Gesicht zu verscheuchen gemocht, und beim Anblick von Z.s Mobiliar verstärkte sich deren Ausdruck: diese Möbel scheinen sich feiner organisierten Menschen immer wie etwas Schmerzliches einzuprägen. Wie konnte man diesem Vorgesetzten etwas verweigern?

Ich halte Sie nicht lange auf, sagte der Offizier in Zivil. –

Herr Albisser ist bei Ihnen in Behandlung –
Herr – wer?
Er war mein Freund, sagte er verlegen. – Ich meine: er ist es noch.
Setzen Sie sich doch, Herr.
Meiler, sagte er.
Ich freue mich, daß Ihnen Ihre Pflichten einen kleinen Abstecher erlauben. – Solche Sätze bildet Z. manchmal, und Herr Meiler hält sie sofort für bittere Ironie. Ein empfindlicher Mann.
Sie haben aber nicht gerade jemand in Behandlung?
Ich behandle praktisch nie.
Soviel ich von Analyse verstehe, geht das nicht ohne eine gewisse menschliche Bereitschaft des behandelnden Arztes ab, sagt Herr Meiler.
Z. macht eine verbindliche Geste.
Und das heißt doch –, der Mann gibt sich einen Ruck –, daß Sie auch sein Freund sind, nicht wahr?
Das Wort kann viel oder wenig bedeuten, Herr Meiler.
Mir bedeutet es viel. Und nun bekam ich diesen Brief von ihm. Bitte lesen Sie.
Ich kann mir denken, was drin steht.
Sie haben es kommen sehen? sagt der Hauptmann, und einen Augenblick erscheint Vorwurf in seinen geröteten Augen. – Ich verstehe es nicht. Ich bin ihm wo immer möglich entgegengekommen und manchmal über das Mögliche hinaus, das können Sie mir glauben.
Z. nickt.
Ich kann es mir nur als Kurzschluß erklären, sagt Herr Meiler.
Diese Erklärung hätte viel für sich, wenn sie nicht ihrerseits der Erklärung bedürfte.
Wegen dieser Erklärung bin ich hier. Helfen Sie mir. Wenn der Idiot den Brief nicht an alle möglichen Stellen verschickt hätte – – –. Ich könnte den Fall bügeln. Aber

der Sektionschef ist ein Hornochse, der nur seine Meldepflicht kennt, und das Zeughaus – –.
Beim Gedanken an das Zeughaus tritt dem Hauptmann Schweiß auf die Stirn.
A. wäre glücklich über dieses Gespräch. Seine Härte war aktenkundig und irreversibel, und er hatte damit einem seiner Väter eine schlaflose Nacht bereitet.
Was für ein Unsinn, sagt Herr Meiler. – Was für ein hirnverbrannter Unsinn. Er ist doch gar nicht für so etwas gemacht.
Womit begründet er es?
Das ist es ja. Es sei ihm zu dumm, und er habe keine Lust mehr. Wie der erste beste Halbstarke. Ich bitte Sie. – Ich habe ihm immer die intelligenteste Arbeit gegeben, die ich hatte. Ich wußte doch, daß er kein einfacher Mensch war.
Tja.
Sie meinen, er empfand es vielleicht als kränkend, daß ich ihn geschont habe? Dachte er, ich nehme ihn nicht für voll? Ich habe ihn aber für voll genommen, Herr Doktor. Ich wußte, was ich an ihm hatte. Er ist ein durch und durch sensibler, wertvoller Mensch. Sie wissen es.
Er wischt sich jetzt den Schweiß von der Stirn.
Sie wissen auch nicht, wo er ist?
Nicht zu Hause?
Nein.
Haben Sie schon bei den Lehrlingen nachgesehen?
Bei denen, sagte er nickend. – Natürlich bei denen. Nein, da suche ich ihn nicht. Aber ich hätte es mir denken können. – Er schaut Z. bitter ins Gesicht. – Sehen Sie, das ist es, was mich wahnsinnig macht. Daß er jedes Unterscheidungsvermögen verloren hat. Ich suche mir doch die Gelegenheiten aus, wo ich demonstriere. Ich klettere doch nicht auf die falsche Barrikade. Glauben Sie, die werden es ihm danken? Keine Rede. – Es ist ihm zu dumm. Er hat

keine Lust. Ich bitte Sie. Wem macht das Militär schon Spaß.

Wo ich aufgewachsen bin, war Militär noch etwas Schönes.

Wo war das? Im alten Kaiserreich?

O nein. Hier in der Schweiz. Wir Kinder waren vernarrt in die hochgeschlossenen Offizierskrägen, in das viele Gold am Hut und in die wunderbare Marschmusik.

Und weiter denken Sie nicht, als Psychologe? Sie wissen doch, wozu Militär gut ist.

Nein.

Herr Meiler sieht Z. forschend an. – Ich kann also nicht auf Sie rechnen.

Wobei haben Sie auf mich gerechnet?

Er blickt müde vor sich hin.

Es wird zum Prozeß kommen, sagt er leise, nur noch zu sich selbst. – Ich werde aussagen müssen. Ich wäre gerne nicht allzu blöd dagestanden. Einen Ausschluß aus der Armee kann ich nicht verhindern, bei einem Offizier. Es ist ja auch besser für ihn. Aber ich möchte nicht, daß er seine Stelle verliert, daß er unmöglich wird.

Da sehen Sie doch wohl Gespenster, Herr Meiler.

Sein Blick streift Z. kurz und ist noch um einige Nuancen trauriger und müder. – Entschuldigen Sie die Störung, sagt er und geht.

Seinen Hut hat er vergessen, und er hat ihn nie wieder abgeholt.

Als Dr. Egli noch lebte, fand er den Hut bei der Haussuchung und forschte eine Weile nach dem Eigentümer. Er hielt den Hut für ein östliches Modell.

In den nächsten Monaten ist Z. A. nur noch ein einziges

Mal begegnet, durch Zufall. Es war ein schöner Herbst, oft verlegte Z. seine Spaziergänge auf die Stoßzeiten, ging den Autokolonnen entlang und schlug den Lenkern durch ein Handzeichen vor, ihren Motor abzustellen. Der erste Reflex war fast immer Gehorsam. Erst dann musterten Sie Z., stellten fest, daß er kein Offizieller sein konnte, und dann erschien Erbitterung in ihren Gesichtern. Manche stellten ihre Motoren auf der Stelle wieder an.

Die Farbenpracht der Plakatwände und Litfaßsäulen war noch größer als die der Herbstbäume. Man wählte neue Nationalräte. Am meisten gab ein Politiker zu reden, der aussah wie Graf Bobby und den Z., wie ihm Frau Huber versicherte, nicht zu fürchten hatte. Z. wäre gar nicht auf den Gedanken gekommen. Dieser Mann habe es auf das Unschweizerische abgesehen, erklärte Frau Huber, er werde aufräumen mit den Trams voll Italiener, er werde sie dahin schicken, wohin sie gehörten. Sie macht jedes Jahr in Abano Terme Ferien, aber das ist etwas anderes, da sieht sie keinen Zusammenhang. Bei Z. sei es auch etwas anderes, beruhigte ihn Frau Huber, die Sozialfürsorgerin; wenn schon, möchte sie für die eigenen Leute sorgen, sagt sie immer wieder. Aber Z. sei ja schon so lange hier, habe sich angepaßt, sei ein braver, stiller Bürger, wenn Frau Huber jenen Politiker wähle, so gehe das nicht gegen Z.

Sie las Z. aus der Zeitung vor, was jener Gentleman, weil er an der guten alten Schweiz hange, von den Rüpeln und Kommunisten zu leiden habe. Dabei fiel immer wieder der Name von Schnewlins Gruppe, die den netten Herrn nicht ausreden ließ. Kürzlich hatte sie eine Versammlung gesprengt, weil er sich geweigert hatte, seine Reden gegen die »Überfremdung« zweisprachig zu halten: deutsch und italienisch.

Kastrieren sollte man solche, sagte Frau Huber.

Ich glaube, das würde nicht viel helfen, sagte Z. – Ich bin nicht sicher, ob Sozialismus erblich ist. Viele erwischen ihn einfach durch Nachdenken.

Aber doch die nicht! sagt Frau Huber. – Die denken doch nicht für fünf Rappen!

Guten Tag, sagte Z., als A. vorbeigehen wollte.
Ach – Sie? sagte A., fast wider Willen stehen bleibend. Es klang wie: gibt es Sie noch? woher nehmen Sie den Mut, weiterzuexistieren?
Danke für Ihr Honorar.
Er lacht. – Malen Sie brav Inseln?
Während Sie für Herrn Schwarzenbach Stimmen sammeln.
Richtig. Es muß nämlich viel schlimmer kommen, bis es besser kommen kann.
Z. betrachtete A. A. sah keineswegs wie ein Überzeugungstäter im Rollkragen, sondern eher wie ein Prokurist aus. Z. verstand: das war die Schale, in der A. der Revolution am meisten nützen konnte. Sie saß ihm passend, er sah darin fast ein wenig behäbig aus, als komme er wohlgelaunt von einem Rotarier-Lunch und freue sich auf das Diktat mit einer netten Sekretärin. Ein wenig erinnerte er Z. an jenen Politiker, der wie Graf Bobby aussah.
Z. erfuhr bei dieser Gelegenheit nichts Wichtiges mehr von A.
Nicht, woher die schöne Bräune kam: von einem internationalen Lehrlingslager im Jura. Z. wußte es aus Frau Hubers Zeitungen. Bild: A. mit offenem Mund inmitten junger Leute, eine Spur über sie erhaben wie Könige auf ägyptischen Grabreliefs. Legende: Gymnasialprofessor singt die Internationale.
Z. erfuhr auch nichts von A.s Prozeß. Nichts davon, daß A. sich keinen schicken Verteidiger (wie A. selbst einer gewesen war) besorgt hatte. Er wollte, wie die wirklich Armen, pflichtverteidigt werden, so unbeholfen wie jener Junge im Jäckchen. Kein Wort, was A.s Verurteilung – Z. ent-

nahm sie ebenfalls der Zeitung – für A. bedeutete, oder für seine Stellung an der Schule.

Das Gefängnis: ein Gehöftekomplex unter Bäumen, durch die eine zerklüftete Bergwand herabscheint. Man sieht den Winter über das Felswerk niederrücken, sieht den Schnee über Nacht, wenn die Nacht im Tal wild und regnerisch war, immer tiefergelegene, immer nähere Höhen besetzen, sieht vertraute Tälchen geisterhaft sich entfremden. Wie scheinbar vertraut war das schon geworden, jeder Zug im Gesicht des Berges, durch diesen täglichen leeren Blick über den Arbeitstisch ins Jenseits über Papiertüten, Spinnerei-»Tambours«, und was man ungelernte Gefangene halt wickeln, falten und kleben läßt. Nun ist es November, und die geweißten Ränder der Gegend rücken sie zugleich ferner und näher ins Unbetretbare, sinnlos Heimatliche. Der Weltraum rührt durch kahle Baumkronen an die Sehnsucht nach Rückzug und Zusammenhocken, nach Menschengesellschaft, die es in diesem Gehöft, das für seinen fortschrittlichen Strafvollzug berühmt ist und gerne von Juristenkongressen, Gymnasialklassen, mutigen Volkshochschulgruppen besucht wird, nicht gibt.
Die Besucher sehen, wenn sie in einem kleinen, unverfänglichen Bus, der dem Gefängnis gehört, einem heftigen Flüßchen und gedörrten Pappelfluchten entlang ins freie, dunkelgrüne Feld den weißen Bergen entgegengefahren werden, zuerst eine Versammlung niederer Scheunen sich abzeichnen unter den Obstbaumgerüsten, auch die Kühe rupfen traulich und sind Kühe wie anderswo, das wäre die Landwirtschaft, erklärt der Begleiter, dort erkennen Sie die Werkstätten. Wir kommen jetzt zu den eigentlichen Insassenhäusern, von Gefängnis, das sieht jeder, kann man nicht sprechen. Einige Betonklötze schweben auf ihren Stützen, gute, vertretbare Architektur, kaum unwohnlicher als eine moderne Bankfiliale oder knappe Bürohäu-

ser. Sie stören die Landschaft, die Weite nicht, auch wenn der Beton etwas verloren darin hängt. Man versteht, Abtrennung muß ja sein, auch wenn sie bei so viel Grün kaum noch als Strafe wirkt. Gitter an den Fenstern: kein Gedanke daran, nur gerade öffnen lassen sich die Fenster nicht, bis auf eine schmale Lüftungsklappe oben. Leicht sollen diese Häuser ihren Bewohnern nicht werden, nur nicht unmenschlich schwer, es genügt, daß sie *wissen*, daß das eine Strafanstalt ist, die entsprechenden Gefühle will man ihnen selbst überlassen, das gehört zu ihrer Verantwotung, das ist, sagt der Fremdenführer, ihre Chance; die wäre mit Gittern nicht zu vermitteln. So sieht der Besucher auch nur Hecken, Pflöcke, Kuhdrähte, ein feines Netz ordentlicher Nutzung so weit das Auge reicht, und in der Nähe Maschengitter zum Schutz der Bohnen und Dahlien. Die sanfte Ebene würde keinen halten, den nicht sein Gewissen, seine Klugheit hier hielten; das nächste Mal, das wüßte er ja, würde er wieder Gitter kennenlernen. Zwischen Ökonomiegebäuden und Werkstätten steht ein weißgetünchtes Haus, das zur Zeit seiner Erbauung, der Jahrhundertwende, noch Herrenhaus geheißen hat, die Villa des Brotherrn, der sich nicht nehmen läßt, inmitten seiner Knechte zu wohnen und ihnen ein Beispiel zu sein. Das Haus hat etwas vorzustellen, was es nicht wohnlicher macht; auch die Renovation läßt es mit seinen Turnhallenfenstern kahl und ausgenüchtert erscheinen, man beneidet den Hausherrn nicht darum, aber das will er ja auch: nicht beneidet sein. Es ist seine Arbeitswohnung, wo er sich für immer neues Verständnis der ihm Anvertrauten sammelt. Fast grenzt es an Selbstverleugnung, daß er seine herzigen Kinder im Garten spielen läßt, er schenkt den Insassen auch den Anblick spielender Kinder. Beide Teile sollen verstehen, daß es sich gegenseitig um Menschen handelt, oder auch nur um Menschen. Der Speisesaal im neuen Verwaltungsgebäude, zu dem man über einen wohlbelegten Park-

platz und eine ansehnliche Freitreppe gelangt, ist zwar karg, aber nicht unheiter, mit einem Höchstmaß väterlicher Toleranz für Jugendliche eingerichtet. Da gibt es überlebensgroße Photoreproduktionen an den Wänden, Bilder von Meistern ihres Berufs, die Einblicke in fremdes, etwa indonesisches Leben gestatten, aber, recht betrachtet, auch in das eigene Leben. Das Menschenporträt genießt hier den Vorrang; schwer geprüfte, etwa süditalienische Arbeitergesichter blicken von den Wänden zum Beweis, daß man es andernorts auch nicht leicht hat, daß überall guter Wille benötigt wird. Aber auch das im engeren Sinn Schöne wird nicht versäumt. Luftstudien von faszinierenden, geradezu nichtfigürlichen Flußläufen und Bodenkulturen, auch einige Gebilde von Künstlerhand rufen den Benützer dieser Räumlichkeit dazu auf, nicht nur sein Herz, sondern auch sein Auge zu bilden.
Der Besucher wird unterwegs schon von der Bibliothek (die er noch zu sehen bekommt), dem wöchentlichen Besuch im Schwimmbad, den Gruppengesprächen, der Insassenzeitung, den Fußballturnieren mit auswärtiger Beteiligung gehört haben; jetzt sieht er diesen nicht unfreundlichen Raum mit seinem Bilderschmuck, vielleicht trifft es sich, daß gerade ein paar Insassen ihre Angehörigen empfangen dürfen. Dann überzeugt sich der Besucher selbst davon, daß die Insassen für solche Gelegenheiten keineswegs Uniform oder auch nur Arbeitskleidung tragen müssen, sie bekommen, erfährt er, adrette Hemdchen in drei Farben zur Auswahl. Sie dürfen sogar, wenn es frostig sein sollte wie heute, einen eigenen Pullover darüberziehen, und das Bild, das sie mit ihren Angehörigen zusammen über die Tischgruppen verteilt bieten, hat etwas Privates, angenehm Informelles, als blieben einige Betriebsangehörige noch etwas in der Kantine zusammen sitzen, streckten die Mittagspause mit einem herzlichen Gespräch. Man hat fast Mühe, die meist jugendlichen Insassen unter den gewöhnlichen

Zivilisten auszumachen, sie dürfen ja auch ihr Haar lang wachsen und sogar ihre Bärte stehen lassen. Natürlich weiß der aufmerksame Besucher, daß der Schein der Unbefangenheit trügt, viele der jungen Männer haben fünf Wochen oder länger auf diese zwei Stunden warten müssen. Man wundert sich nicht, oder sieht nicht extra hin, wenn so ein junger Mann nicht nur bildlich, sondern buchstäblich am Mund seines Mädchens hängt, seine Verlobte muß das sein. Man gönnt ihm die Selbstvergessenheit, die er sich selbst in diesen Minuten gönnt. Keine Erleichterung der Welt kann die Last der Vereinzelung ganz von einem Menschen nehmen, aber mein Gott, das gilt nicht nur für ein Gefängnis. Darum sieht man nicht extra hin, aber auch nicht extra nicht hin, man nimmt einfach die Atmosphäre in sich auf und kann sich freuen, daß sie menschlich ist. Der Aufseher im stahlblauen Sonntagsanzug, der mit einer Liste in der Hand und manchmal einem Blick auf seine Uhr die Besuchszeit verwaltet, tut dies mit angenehmer Diskretion, ja Verlegenheit, mahnt mit einem humorvollen Wort zum Aufbruch, ohne ihn pedantisch zu beschleunigen. Er tut seine Pflicht nicht zum Vergnügen, sondern weil es seine Pflicht und als solche unabweisbar ist: das sollen diese jungen Menschen ja gerade lernen.

Der Führer, vielleicht ist es der Direktor persönlich, erklärt halblaut, daß hier viele junge Menschen zum ersten Mal die Chance haben, sich wie Menschen zu fühlen, und daß er es immer wieder erleben darf, daß ihm diese Chance gedankt wird; sonst, da will er ganz ehrlich reden, würde er seinen Beruf lieber heute als morgen hinschmeißen. Die Rückfälligkeitsquote ist bei ihm geringer als in jeder andern vergleichbaren Anstalt des Landes, eigentlich gibt es ja keine vergleichbare. Das Urlaubsrecht wird kaum je mißbraucht, und was das Schönste ist, die Insassen lernen hier nicht nur sich selbst, sondern auch einander disziplinieren. Er staunt oft selbst, wie wenig Beschwerden zu ihm gelangen, wie Leute hier ganz ohne sein Zutun ihr großes Maul verlieren, wenn sie erleben, daß das große Maul bei den Kameraden nicht ankommt, und das erleben sie garantiert. Der Direktor getraut sich zu sagen, daß die hundert jungen Leute, die er hier zu betreuen hat, sozial besser integriert sind als irgendeine vergleichbare Gruppe draußen in der Freiheit, die ihnen zur Versuchung geworden ist und deren rechten Gebrauch sie einander hier beibringen. Oft fragt sich der Direktor im Ernst, nicht wie er die Gesellschaft vor den sogenannten Sträflingen schützen solle, sondern umgekehrt: wie seine Sträflinge vor der öffentlichen Verwahrlosung. Hier sei ja bald der einzige Ort, wo einem Ideal noch ungestraft nachgelebt werden könne.

Juristenkommissionen gegenüber wird sich der Führer weniger bekenntnishaft und soziologisch fundierter ausdrükken, Mädchenklassen aber sollen ruhig einmal die Wahrheit hören, auch wenn sie ihnen unbequem sein sollte. Der Führer wird sie bitten, sich nicht allzu herausfordernd zu bewegen, wenn man nun gemeinsam die Insassen bei ihrer Arbeit besucht – das Kieswerk ist etwas zu weit weg, aber die Mädchen interessieren sich sicher am meisten für die Landwirtschaft, so etwas kennen sie ja gar nicht mehr, das Arbeiten in der beneidenswert frischen Luft und den Umgang mit den Tieren, diesen Gottesgeschöpfen; hier ist mancher erstmals zu sich selbst gekommen. Und in den Werkstätten hat manch anderer zum ersten Mal seine Hände rühren gelernt, auch wenn ihm die Arbeit zuerst etwas eintönig vorgekommen sein sollte, aber der ehrliche Umgang mit Material oder Werkzeug macht auch zufrieden, auf die Dauer entgeht keiner dem Hochgefühl, etwas Nützliches zu schaffen, das sich am Ende auch auszahlt. Der Direktor kennt viele, er hätte es ihnen am Tag ihrer Einlieferung nicht angesehen, die gern freiwillig etwas mehr schaffen als das Notwendige, und dies nicht nur, weil sie sich dann etwas Besonderes leisten, einen kleinen Wunsch erfüllen dürfen, sondern weil das Gefühl, gefordert zu sein und entsprechen zu können, ein menschlicher Wert wird, der, wenn sich der Führer einmal modisch ausdrücken soll, einen Mehrwert erzeugt; früher hätte man einfach gesagt: seinen Lohn in sich selbst trägt. – Und die Mädchen, die das an einem solchen Ort einfach glauben müssen und, um den Direktor und ihren Lehrer geschart, sich Mühe geben, den Blicken der Insassen nicht zuviel unnütze und vielleicht grausame Oberfläche zu bieten, werden zum Beispiel sehen, wie sich da ein Mann um die vierzig, aber bereits ergraut, mit seinen Papiertüten plagt; er sieht nicht so aus, als hätte eine so einfache, aber nutzbringende, dabei nicht unkniffIige Arbeit früher zu seinen Verrichtungen gehört, der Mann wirkt mit seinen tief eingeschnittnen Gesichtszügen geradezu studiert; was muß wohl geschehen sein, um ihn auf Abwege zu bringen! Aber sie sehen ja auch, wie unverdrossen der Mann Papiersäcke faltend und klebend mit seinem natürlichen Ungeschick kämpft. Nie mehr werden sie künftig einen Papiersack gedankenlos wegwerfen, wo sie wissen, was hinter einem gewöhnlichen Papiersack für Schicksale stehen können. Und am Ende des Rundgangs gefragt, ob sie noch Fragen hätten, wird ein Mädchen die Frage haben, ob sich die Insassen denn ihre Freiheiten in der Anstalt, oder gar eine Verkürzung des Aufenthalts, nur durch gute Arbeitsleistung verdienen könnten, es seien doch nicht alle Menschen gleich geschickt im Handwerklichen, im Manuellen, das wäre doch vielleicht ungerecht. Das wird dem Direktor willkommene Gelegenheit verschaffen, sein Punktesystem zu erläutern, das in der Tat keineswegs nur auf der Anerkennung des Meß- und Zählbaren beruht, was wäre das sonst für eine Erziehung, das wäre ja ein Arbeitslager, sondern auch kameradschaftliche, soziale Qualitäten in Rechnung stellt, und das mit Vorrang. So werde durchaus der Einfluß bepunktet, den ein Insasse auf die andern ausübe, ob positiv oder leider manchmal auch anders. Ferner die Bereitschaft, sich bei Schwierigkeiten helfen zu lassen, das sei genauso wichtig wie selber helfen, und werde alles bepunktet. Sehr wichtig sei auch, ob einer hier lerne, in sich zu gehen, statt jede kleine Unstimmigkeit nach außen schlagen zu lassen, was natürlich die einfachste, aber auch billigste Lösung sei. Kurz, das Reifezeugnis der Insassen, wenn sich der Direktor so ausdrücken dürfe, setze sich aus mannigfachen, auch unwägbaren Faktoren zusammen, sogenannten Imponderabilien, für die eine lange Praxis einem das Auge schärfe. Aber das Schönste an diesem Punktesystem sei wohl, daß die Insassen selbst daran mitwirkten, man dürfe hier von einer eigentlichen Mitbestimmung sprechen, ihre Initiativen fänden einen Niederschlag. Er wiederhole: es gehöre zu den Spezialitäten dieses Strafvollzugs, daß man seine Modalitäten, seine eigentliche Ausführung den Insassen selbst überlassen, anvertrauen dürfe, sei es doch eine Erkenntnis der modernen Erziehungswissenschaft, daß die Jugendlichen ihr wahres, wohlverstandenes Interesse eigentlich nur in der Auseinandersetzung mit ihresgleichen kennen lernten. Keineswegs sehe er seine Aufgabe darin, in diesen Prozeß fortwährend einzugreifen, er lasse ihn gewähren, außer wenn die Kameradenerziehung Auswüchse zeitige, wenn auch in der Regel gutgemeinte. Es sei nämlich eine empirische, eine Erfahrungstatsache, daß die Kameraden einen der Ihren schärfer, ja rücksichtsloser anfaßten, als der Erzieher für tunlich erachte: erst dann sei seine Stunde gekommen. Er finde es dankbar, daß er hier praktisch nie als Antreiber und Buhmann tätig werden müsse, sondern dämpfen und die Disziplin, die sich die Insassen selbst auferlegten, im Rahmen des Menschlichen halten dürfe. Danach hatten die Mädchen keine Frage mehr.

Wenn der angegraute Vierziger, der den Töchtern vielleicht aufgefallen wäre – keine Namen, auch der Direktor ge-

brauchte natürlich keine – etwa selbst ein Lehrer gewesen sein sollte, dann kann Zerutt sich ausmalen, warum ihm in diesem Augenblick das Tütenkleben oder Tambourwickeln schwerer von der Hand ging als üblich. So ungeschickt, wie er den Besuchern vorkam, war er bestimmt nicht mehr; was ihm von Natur schwer fiel, mußte er durch die ihm eigene Gewissenhaftigkeit in einigen Wochen wettgemacht haben. Punktemäßig stand er bestimmt nicht schlecht da. Wenn er gehemmt gewesen sein sollte, so hemmte ihn, unter den Blicken dieser taktvoll flüsternden Schulklasse, die neue Offenbarung des Idiotischen seiner Lage.
Angenommen, er habe in den ersten Wochen alles getan, um ein unauffälliger Insasse zu sein, mit sorgfältig getrennten Eigenschaften: ein Partner der paar Jungen, die wie er aus Gewissensgründen saßen; ein Kamerad denjenigen, die wirklich Knast schoben; ein Herr, so weit wie möglich, den Aufsehern aller Grade, – so unterstellt Zerutt, daß dieser Versuch in kurzer Zeit fehlgeschlagen war. Seine Rollen gerieten ihm und den andern heillos durcheinander. Auf gewöhnliche Insassen wirkte er eben durch seine vertraulichen Anläufe wie ein Herr – ihre Selbstachtung war kaum stark genug, um diese Höflichkeit von einem, der einsaß wie sie, zu ertragen. Entweder sie fanden solche Umstände lächerlich oder verübelten sie als eine Art Hohn. Die Gewissenstäter vermißten bei ihm eben das Gewissen, oder was sie in ihrer Heftigkeit dafür hielten; die Politischen wie die Pazifisten sahen die Not, mit der er hier zu sitzen beanspruchte, nicht recht ein, er schädigte durch sein nach allen Seiten gebildetes Verständnis ihr Engagement. Aber auch für die Kontrollpersonen war er ein Krimineller ohne Not. Herablassung empfahl sich nicht, da seine Artigkeit sie bloßstellte; auf Kameraderie der üblichen rauhen Art wußte der Mann keine Antwort, und bei Lebenshilfen hatten sie das dunkle Gefühl, daß er es besser wußte, jedenfalls besser ausdrücken konnte. Die Wärter

fanden für sein Wohlverhalten keinen Schlüssel als versteckten Hochmut, kamen sich mit dem besten Willen betrogen vor und halfen sich schließlich mit Grobheit: es soll hier nur keiner den feinen Pinkel spielen wollen! Dabei wußte jedermann, er spielte nicht den feinen Pinkel, er war einer, er war einfach eine unmögliche Besetzung für das Gefängnis, ohne daß es ihm darin zu einer Sonderlings- oder gar Märtyrerrolle gereicht hätte – dazu, das fand er selbst, war er als Mensch nicht überzeugend genug. Er war bloß nett und gehörte nicht hierher.

So arbeitete er als das leibhaftige Mißverständnis eines Häftlings seine zehn Stunden am Tag. Die Arbeit war darum nicht weniger real, auch wenn sie stumpfsinnig war. Es war Arbeit für geistig Invalide oder historisch Zurückgebliebene, reines 18. Jahrhundert, Manufaktur, Lückenbüßerei für eine Maschine, deren Herstellung offenbar teurer gewesen wäre als diese Lohnsklaverei. Das Gefühl, sie getan zu haben, oder sie gemeinsam mit andern zu tun, färbte dann doch etwas auf die nächsten Kontakte ab, gab ihnen eine beschränkte Selbstverständlichkeit, die genauso lange vorhielt, wie man über sie nicht nachdachte: das aber konnte dieser spezielle Insasse nicht bleiben lassen. Er flüchtete sich in den zwei Stunden vor dem zwangsweisen Lichterlöschen hinter Bücher und Papiere, suchte um Bewilligung zur Anschaffung pädagogischer Werke in mehreren Sprachen nach, von denen selbst der Direktor, der weiß Gott ein Pädagoge war, nie hatte läuten hören, stellte nie einen Antrag, sich besuchen zu lassen, sondern brachte selbst die Sonntage und Fernsehabende in einer Ecke lesend und Notizen machend zu – was Wunder, wenn niemand mit dem Mann etwas Rechtes anzufangen wußte! Er machte ja seine Arbeit, aber er gab einem das Gefühl zu stören, wenn man ihn dazu kommandierte, ihm bitter und lächerlich Unrecht zu tun. Bei Gruppengesprächen aufgefordert, seine Weisheit einmal zum Besten zu geben, be-

merkte er bescheiden, er habe keine Weisheit, er sei hier, um zu lernen, er benahm sich einfach wie ein Gelehrter in einem besonderen Forschungsprojekt. Selbst wenn sein Schweigen wirklich hilflos war, kam es den andern, vom Tresorknacker bis zum Direktor, großsprecherisch und impertinent vor: sie waren schließlich nicht dazu da, sich studieren zu lassen, sondern er war dazu da, eine Strafe abzusitzen.
Es beschäftigte ihn bis zur Verzweiflung, daß auch seine Ehrlichkeit, er kam sich ja ehrlich verloren vor, von den andern nicht empfangen werden konnte. Manchmal ergriff er eine kleine menschliche Initiative, auf die ihm kaum ein Achselzucken antwortete, alles, was er dafür zurückbekam, war die Andeutung, daß man ihn für schwul hielt, für einen verklemmten Schwulen, einen unbelohnten Liebediener, einen blöden Angeber. Er mußte feststellen, daß er, selbst wo er sich nicht rührte, wie ein Angeber wirkte.
Zerutt überlegt sich, was so ein Mensch für Konsequenzen aus seiner Lage ziehen kann. Dort steht nun diese Mädchenklasse und sieht ihm beim Tütenkleben oder Tambourwickeln zu, überlegt sich mit zwanzig eifrigen Köpfen, was einen solchen Mann, der wie eine Persönlichkeit aussieht, auf Abwege gebracht haben kann, verkneift sich das Flüstern, der Direktor hat ja gesagt, daß man hier mädchenhafte Regungen unterdrücken soll, weil sie den Insassen nicht gut tun. Der Mann hat die Wahl, ob er diesen diskret aufgerissenen, schon etwas nachgetuschten Augen lieber wie ein Scheckfälscher mittlerer Güte oder wie ein Arzt, der sich an einer Patientin vergriffen hat, erscheinen will; es stimmt ja nicht, es stimmt alles schon wieder nicht mit ihm, dieser als Grenze gedachte Ort ist einfach die Fortsetzung seiner unmöglichen Existenz, eine besonders komische und triviale Fortsetzung. Nicht einmal geistesgegenwärtig ist er, sonst würde er zu der Gruppe hintreten und sagen, auf Englisch vielleicht: Young ladies don't worry, I am just a professor, an ordinary professor of English, so don't stare

and let's have a look at your irregular verbs. So eine Idee kommt ihm erst abends in der Zelle und wird dort als Gag verworfen, nicht einmal einen Gag würde er sich gönnen oder abnehmen. Und während die Töchter zu ihm hinsehen, ehrfürchtig vor Aufgeschlossenheit und Pietät gegenüber dem Menschenlos, fällt ihm nichts ein, als mit den Händen zu zittern und seine Tüten langsamer und linkischer zu kleben als er eigentlich könnte. Fehlte nur noch, daß er diesen Kindern zu beweisen suchte, daß er auch im Tütenkleben seinen Mann steht.

Es wäre möglich, denkt sich Zerutt, daß der Mann in diesem Augenblick, oder einige Augenblicke später, sich entschlossen hätte, nicht mehr sein eigenes Opfer zu sein und nicht mehr der Dumme seiner Unfreiheit. Die Berge im Hintergrund hätten ihm dazu einfallen können, als wären sie nicht aus Stein, sondern aus Erinnerung gebildet – vielleicht hätte der frisch gefallene Schnee den Übergang vom einen zum andern erleichtert –; Erinnerung an ein Leben, das er ein- für allemal verscherzt hatte, wenn er es nun endlich festzuhalten und zu meistern versuchte. Zerutt hätte auch verstanden, wenn der Mann dann nochmals darauf gewartet hätte, daß ihn diese Erinnerung übernehme bis zu Tränen; wenn er versucht hätte, diesen Augenblick flüssig zu machen und den ganzen Druck seiner Kindheit und der versäumten Jahre darauf verwendet hätte. Aber es wäre nichts gekommen, seine Augen wären starr geblieben; er hätte einmal für immer gewußt, daß ihn sein Entschluß, weiterzumachen, hiemit sein Leben gekostet hatte, und daß es darum nicht schade sein durfte. Er wäre sich nahegekommen in diesem Augenblick der Trennung von sich selbst, denn er hätte in sie eingewilligt; das wäre nicht gewesen, was er sich immer gewünscht hatte, aber es wäre das gewesen, was für ihn übrig war. Er hätte sehen können, wie von den Bergen das Weiße auf ihn zurückte; im Lauf des Winters würde es die Ebene einnehmen. Und wer dieses Gehöft im März verlassen durfte, würde durch den Schnee verschwinden, aber auch wenn der Schnee wieder verschwand, würde die Spur, die der Mann weiterzog, durch die Erinnerung an den eigenen Tod führen: die stille Leere würde nicht mehr abzuschütteln sein. Jedoch sie würde dem Mann eine Bewegung erlauben endlich frei von Rücksicht auf die Hoffnung. Und das Gewicht, das er dabei Schritt um Schritt verlor, würde sich umsetzen in die Kraft, nicht mehr sich selber so viel, aber andern etwas zu sein. Der Gefangene würde tanzen, auch in Freiheit, endlich in Freiheit, wo auch immer; und zum Zeichen, daß die Freiheit schon begonnen hatte, daß es endlich nicht mehr ernst war, hätte er die nächste Papiertüte geklebt, als wäre sie das Erste und Letzte in seiner Hand, als gäbe es nichts mehr nachher.

Schön, Zerutt, so denkst du dir das zwischen Nacht und Morgen. Als ob du nicht erfahren hättest, was bei Tag aus deinem Gefangenen geworden ist: ein Schulmeister, der sich am Ende herauszuschießen versuchte. Oder glaubst du, daß ihn sein zweites Gefängnis geheilt hat, auch von deinen drei Wunden geheilt?

Z. bekam, als A. im Gefängnis war, einen ruhigen, schneearmen Winter, Schwarzenbach hatte mehr Stimmen bekommen als jeder andere Nationalrat, aber die Schweiz schickte Z. noch keine Kündigung. Z.s Wohnung wäre gern wärmer gewesen, sonst entbehrte er nichts als ein paar blühende Bäume, manchmal ging er in das Städtische Kakteenhaus.

Sie werden lange leben, Frau Doktor.
Warum sagen Sie mir das?

Manche Leute hören es gern.
Schon recht. Und warum hat er auf Sie geschossen?
Wir haben über das Wetter gesprochen.
Das ist nicht wahr.
Frau Doktor, sagt Zerutt mit müder Stimme. – Haben Sie das Bild gesehen, das A. unter den jungen Leuten im Lehrlingslager zeigt?
Und?
Für einen August war das Wetter damals wechselhaft. Die Lehrlinge hatten auch im Jura Ärger damit. Ich hätte mich gewundert, wenn gerade der Tag, wo die Presse zu Besuch war, sonnig gewesen wäre.
Und war er sonnig? fragt Frau Dr. Leumann unfreiwillig. Sie kann der Wetterneugier nicht widerstehen, dem Reflex von Frauen, die für Picknicks verantwortlich sind, Sonntagsausflüge, Paßfahrten. Auch Schulreisen? Zerutt weiß nicht einmal, ob Frau Dr. Leumann Kinder hat, man kann nicht danach fragen, ohne daß sie denkt, man versucht ein Geschäft mit ihrer Menschlichkeit.
Am Morgen regnete es, erst gegen zwei Uhr zeigte sich ein wenig Sonne.
Kommen Sie zur Sache.
Das ist die Sache. Wenn Sie sich das Bild genau ansehen: die Lehrlinge sitzen im Gras, und so hohes Gras muß noch naß gewesen sein. Da frage ich A., ob er auch im hohen Gras gesessen habe.
Und?
Und dann schoß er.
Unsinn.
Ich sah auf dem Bild schon, daß er etwas höher saß als die andern. Aber daß er auf einer Decke saß, oder Jacke, das war nicht zu sehen, Ehrenwort. Aber so muß es gewesen sein. Er hatte sich eine Unterlage besorgt, während die Jungen im Gras saßen.
Und da dachte er, Sie wollten ihn damit hänseln?

Ich wollte ihn dafür loben. Erkältungen im Sommer sind tückisch, leicht zu kriegen und schwer loszuwerden.
Sie meinen, Sie haben aus Teilnahme gefragt?
Wir hatten etwas Mühe mit der Konversation. Er war seit Monaten nicht mehr bei mir gewesen. Zuerst tranken wir Tee wie früher. Dann erzählte er mir, daß er seine Stelle verloren hatte –
Sagte er so: verloren? fragt Frau Dr. Leumann. Ihr Kinn zittert.
Ja, verloren, und wie es dabei zugegangen war. Ich wußte nicht recht, was ich sagen sollte. Um ihm zu zeigen, daß ich ihn nicht vergessen hatte, suchte ich die Bilder und Zeitungsausschnitte hervor, aus denen über A. manchmal etwas zu erfahren war. Frau Huber hatte sie mir gebracht, als Beweis für den Niedergang unserer Kultur –
Frau Huber?
Meine Sozialfürsorgerin.
Dieses eine Wort war zu viel für Frau Dr. Leumann, sie läßt ihre Tränen jetzt rinnen, aber ihre Stimme bleibt unbewegt dabei. – Darauf war er bei Ihnen nicht mehr gefaßt. So wenig, daß er schoß. Das erste Mal, wo Sie für ihn ein wenig Interesse zeigen, schießt er auf Sie. Das finde ich beklemmender als alles andere –
Zerutt weiß jetzt, daß Frau Dr. Leumann »alles andere«, was zwischen A. und Z. vorgegangen sein mag, beklemmend findet. Was hätte nicht verhütet werden können, wenn sie mit ihrem Interesse früher zur Stelle gewesen wäre! Sie hätten ja Gelegenheit dazu gehabt, Frau Doktor, A. war ja schon einmal in Ihrer Hand. War die Szene damals einfach noch nicht groß genug?
Es wäre ungalant, Frau Dr. Leumann daran zu erinnern. Zerutt stört ihre Andacht nicht. Er sieht ja, wie sie kämpft. Er spürt: als Frau versetzt sie sich jetzt an A.s Stelle. Wie sich das anfühlt: mit allem, was man anschleppt, Gefühlen, Gedanken, einem neuen Tailleur, einem andern Parfum,

abgeschmettert zu werden. Sie braucht sich das nicht vorzustellen, sie kennt das doch. Es ist doch ein Kapitel aus ihrer Biographie. Sie sind geschieden; Ihr Mann hat sie verlassen. Zerutt weiß nicht, ob Sie ihn geliebt haben, aber er weiß, daß Sie nicht darauf eingerichtet sind, verlassen zu werden. Dafür haben Sie, das hört er Ihrer Stimme an, eine zu verwöhnte Jugend gehabt. Zerutt sieht Ihren Herrn Vater: beherrschend durch Nachsicht, unentbehrlich durch Geduld, aber nicht stark genug, keine sogenannte Persönlichkeit. Also ein Mann, der einem kleinen Mädchen mit seiner Liebe zusammen Unsicherheit einflößt, etwa von der Art: auch Götter sind zerbrechlich. Danach haben Sie sich Ihren Mann ausgesucht. Konträr, dachten Sie; einen, der auch halten würde, was der Vater nur immer versprochen hatte, einen Lebensversicherer. Natürlich haben Sie den falschen gewählt, einen Unsichern, wie ihr Vater war, nur die unerschöpfliche Nachsicht besaß er nicht. Den erdrückten Sie dann mit Ihrer Erwartung.

Scheidung, ein Trauma für Sie. Übernahme des Defizits in die Sozialarbeit. Haben Sie Ihre Jugendkriminellen gern gehabt? Jedenfalls haben Sie Ihre Schuld an ihnen gebüßt. Wenn einem Kind die Vaterfiguren, einer Frau die Männer so hinwelken, muß sie doch etwas falsch gemacht haben.

Jetzt wollten Sie es aber richtig machen. Es bedurfte nur noch einer Partei, die Sie, die tüchtige Juristin, portierte, daß Sie Amtsträgerin wurden und, als bewährte Frau unter Männern, Ihre Schwäche, die unterdessen die Schwäche der ganzen Gesellschaft geworden war, wieder gutmachen konnten. Sie bewährten sich so gut, daß Sie sich jetzt leisten konnten, das Kind, das Sie sind, wieder aus dem Sack zu lassen. Das gab eine entzückende Mischung: Charme plus Engagement, Einsatz mit Caprice, Gewissenhaftigkeit im Kleidchen der Schwäche.

Konnte Ihnen jetzt nichts mehr passieren? Und wie. Diese

Angst wuchs mit Ihrer Karriere: daß man Sie wieder fallen lassen könnte. Und von so hoch! Wie A. gefallen war. Aus einer sicheren Höhe. Nicht auszudenken. Aber tief nachzufühlen. Plötzlich nicht mehr geliebt sein, nachdem man sich's doch so sehr verdient hatte.
Für sich selber bauten Sie da vor, wo Sie konnten. In jeder spitzen Situation wurden Sie brav. Wo Ihr schickes Engagement einen Vorgesetzten hätte stören statt entzücken können, ließen Sie es nicht spielen. Sie haben Mitleid und Politik, Barmherzigkeit und heiligen Zorn auf die richtigen Felder verteilt. Im Rahmen Ihrer Kompetenzen: Krieg den Gefühllosen. Wenn sie keine zu wichtige Stelle bekleiden.

Das einzig Anständige, was Sie jetzt noch tun können, ist: Albisser helfen, sagt Frau Dr. Leumann.
Sehen Sie, Frau Doktor, ich habe das Helfen nie so recht rausgekriegt. So was übt sich in der Jugend, oder man kann es nie.

Es würde naheliegen, daß sie Zerutt jetzt über seine Jugend befragte. Sie unterläßt es, sie will nicht in ein Dilemma kommen. Es wäre schlimm für ihre Gefühle, wenn Zerutt etwa selbst ein Armer wäre und sie zwischen Opfern wählen müßte. Es würde Rechtsunsicherheit schaffen.
Sehen Sie, Frau Doktor, ich könnte ja Ihr Vater sein – Sie?! lacht Frau Dr. Leumann. Es tönt wie der Schrei einer Katze, der man auf die Pfoten getreten ist. – Ich werde Ihnen zeigen, was Sie sind!

Dr. Vögeli wirkt gedrückt, als er heute Zerutts Brustverbände abnimmt, um sie durch kleinere zu ersetzen. Bald sind es nur noch Schönheitspflaster, sagt er.

Medizinisch, sagt er, haben wir bald keine Einwände mehr gegen Sie.
Und sonst?
Ruhen Sie sich doch noch ein wenig aus, sagt er. – Seien Sie doch froh. – Er geht jetzt immer rasch weg.

So lange Frau Dr. Leumann mit Zerutt nicht ganz fertig ist, darf er dieses teure Zimmer behalten.

A.s Entlassung aus der Schule fand in Form eines Gesprächs unter Kollegen statt: A. hatte bei einer Versammlung linker Jugendgruppen eine Rede gehalten, der Vater einer seiner Schüler hatte sie hinter einem Pfeiler mitstenographiert. Am nächsten Tag erschienen einige ausgewählte Stellen in der Presse. Der Rektor bat A. in der großen Morgenpause zu sich.
Peter, es ist mir außerordentlich unangenehm, aber für die Schule ist es auch unangenehm. Du bist beim Erziehungsdirektor denunziert worden, und als Mitglied der Aufsichtsbehörde habe ich den Auftrag, dir zu eröffnen, daß eine Untersuchung gegen dich läuft.
So, sagte A., und warum?
Du hast vorgestern im Volkshaus zur Gewalt aufgerufen.
Ach so, lachte A. – Ich habe über Gewalt gesprochen, das ist richtig. Aber mit Differenzierungen. Ich zitierte einen schwarzen Führer, der gesagt hat: wenn ihr mir die Hoffnung auf Gewalt nehmt, so nehmt ihr mir jede Hoffnung. Wenn du meinst, ich hätte hier und jetzt zur Gewalt aufgerufen, das habe ich nicht.
Das Stenogramm zirkuliert, sagte der Rektor.

Wo? brauste A. auf. – Seit wann? Warum habe ich es nicht zu Gesicht bekommen?
Reg dich nicht auf, bitte, mach es mir nicht noch schwerer, sagte der Rektor mit trostlosen Augengläsern im feingliedrigen Gesicht. – Du wirst Gelegenheit bekommen, dich zu verteidigen.
Sehr verbunden. Darf ich fragen, warum du diesen Unsinn nicht zum vornherein abgebogen hast?
Es stehen schlimme Sachen in diesem Stenogramm, sagte der Schulleiter. – Leider muß ich dir mitteilen, daß eine Kleine Anfrage im Kantonsrat bevorsteht: Was die Erziehungsdirektion zu tun gedächte, um die neulinke Agitation an unseren Schulen zu unterbinden und Lehrkräften, die sich aktiv daran beteiligen, das Handwerk zu legen.
Die Partei des Denunzianten hat Stimmen nötig.
Und die Schule hat einen Kredit von 5 Millionen nötig.
Das ist ein elendes Argument.
Aber ein wirksames, also ein realistisches.
Ihr wollt also Ballast abwerfen. Mich.
Peter, sagte der Schulleiter gequält. – Davon kann doch vorläufig überhaupt keine Rede sein. Aber du wirst dich überzeugend verteidigen müssen. Schau. Erst dein Prozeß. Die fünf Monate Gefängnis. Du weißt nicht, du weißt bis heute nicht, was ich deswegen schon habe einstecken müssen. Ich sage nur so viel: ohne deine fünf Monate hätte man uns die Experimentierphase bewilligt. Nun hieß es: das ist noch verfrüht. Fünf Hauptlehrerstellen, die wir brauchen, werden nicht einmal ausgeschrieben. Drei Sitzungen der Aufsichtskommission habe ich praktisch mit deiner Verteidigung bestritten. Beim Erziehungsrat füllen die Briefe bald ein Dossier, die ich deinetwegen geschrieben habe. Es ist mir damals gerade noch gelungen, den Fall unter Verschluß zu halten. Du weißt, wie ich privat über Zivilcourage denke. Du weißt aber auch, wie ich als Schulleiter über deine hartnäckige Unvernunft denken muß. Der

»Gymnasialprofessor als Dienstverweigerer« war kaum ausgestanden, da kam die Geschichte mit dem Notenkonvent. Du hast mich hineingezogen – man kann nicht gerade behaupten, daß du mich geschont hast. Ich habe immer noch für dich gemauert, ich habe meine Stellung riskiert. Aber damit hast du es fertiggebracht, unser Kollegium endgültig zu spalten. Genauer gesagt: du hast dich praktisch davon abgespalten.
A. schwieg. – Diese Nachrechnerei widersteht mir, sagte er dann. – Aber du wirst mir auch zugeben, daß ich meine Kontakte mit den Lehrlingen auf das Notwendigste beschränkt habe –
Auf das Notwendigste! lachte der Schulleiter bitter. – Und womit erklärst du die Notwendigkeit deiner Rede vom vergangenen Mittwoch?
Nur mit meiner ehrlichen Überzeugung, und mit meinen verfassungsmäßigen Rechten –
Ja, der Hinweis auf die Verfassung steht dir gut.
Was willst du damit sagen?
Das Maß war voll, übervoll. Beim nächsten Tropfen mußte es überlaufen. Und jetzt gehst du hin und desavouierst mich endgültig mit deinem dummen Streich.
Ob du es glaubst oder nicht, es kam mir nicht in den Sinn, dich oder irgend jemand zu desavouieren. Ich hatte keinen höheren Ehrgeiz, als einem Problem so genau wie möglich nachzugehen. Bis dahin, wo es auch für mich unlösbar wird.
Das meine ich. Es kam dir nicht in den Sinn. Du nimmst nicht die Spur einer Rücksicht auf die Stellung einer Schule.
Ich diene dieser Schule nicht, wenn ich aufhöre zu fragen, welche Stellung sie in der Gesellschaft einnehmen soll, und welche Ziele –
Ja, ja, ja, ja! schrie der Rektor.
Wer seiner Sache sicher ist, kann den andern ausreden lassen.
Ach ja! schrie der Schulleiter, nur leiser, es war fast ein

Zischen. – Seit einem Jahr lasse ich dich dauernd ausreden! Du hast diese Schule bereits an den Pranger geredet! Wann wirst du endlich lernen, daß mit deinem Sprachgebrauch hierzulande nichts zu bewirken ist als eine Verhärtung der Fronten? Leute wie du haben es einfach, Propheten zu sein, sie führen das Schlimmste gerade durch ihre Prophezeiungen herbei ... sie provozieren ihre eigene Abschaffung ...

Nicht, solange es um die Sache geht, hoffe ich, und solange du Schulleiter bist und die Verhältnisse übersiehst und wägst.

Das kann ich nicht mehr, Peter, sagte der Rektor. Das war vor einem Vierteljahr noch möglich. Ich habe dir in die Seele geredet, Gott weiß wie. Heute sind mir die Hände gebunden. Deine unglückliche Politisierung der Schule hat Früchte getragen.

Du willst mich also den Wölfen vorwerfen.

Ich muß dir mitteilen, daß die Ereignisse über uns beide hinweggegangen sind. Dahin hast du es gebracht, mit Teufels Gewalt. Ich habe es nicht mehr in der Hand.

In deiner gebundenen Hand, sagte A. – Darf ich mich auch setzen? Reden wir jetzt bitte Klartext. Sind gegen meine Art, Schule zu halten, Klagen laut geworden, ich meine: sachliche Einwände?

Nein, aber politische. Ich weiß, du wirst mich nun an dieser Nuance aufhängen.

Wenn du meine fachlichen Qualifikationen und die Freiheit des Unterrichts eine Nuance nennen willst, bitte schön. Ich gedenke mich für diese Nuance zu wehren, und du wirst es auch tun, wie es deine Pflicht ist. Du hast selbst an meinem Gruppenunterricht teilgenommen. Du weißt, was ich mir davon erhofft habe und was gelungen ist. Was daran nicht gelingen konnte, spielt sich jedenfalls nicht auf dem Niveau dieser Zeitungsmeldung ab. Und wie ich außerhalb der Schule meine Pflicht als Bürger verstehe,

wird in einem freien Land kaum Gegenstand einer peinlichen Untersuchung sein.
Wenn du selbst diesen Unterschied gemacht hättest! Du ständest jetzt anders da. Aber du hast eben deine Kollektivierungstendenzen ins Klassenzimmer eingeschleppt. Du hast –
Moment, unterbrach ihn A. – Du hast dich selbst für das stark gemacht, was du da »Kollektivierungstendenz« nennst. Du hast früher einen andern Namen dafür gehabt. Du hast von einem echten Experiment gesprochen, wenn ich dich einmal erinnern darf. Und als du dich davon zurückzogst, hast du betont: das bedeute keine Dasavouierung meiner Arbeit. Deine Belastung als Schulleiter lasse dir nur keine andere Wahl. Sachzwang also. Oder doch nicht?
Warum hast du dich denn geweigert, Noten zu geben?
Du weißt ganz gut warum. Ich habe drei Schülern damit über eine Phase hinweggeholfen, in der sie nach schlechtem altem Brauch hinausgeflogen wären. Und jetzt sind sie nicht nur sogenannte gute Schüler geworden, sie wissen sogar, warum sie die Schule nötig haben. Das allein hätte für mich den Versuch gelohnt. Die paar Widerstände im Kollegium nehme ich in Kauf. Muß ich dir das alles erzählen? Habe ich unterrichtet, oder habe ich agitiert?
Peter, deine Grundsätze in Ehren. Aber es kommt auf das Maß an. Und da muß ich dir sagen: so nicht.
Einen so idiotischen Satz hätte ich von dir nicht erwartet.
Halte mich, wofür du willst, sagte der Rektor. Und nach einer Pause: Es durfte nichts mehr passieren. Das weißt du ganz genau. Und jetzt ist es passiert, durch deine Fahrlässigkeit, die so grob war, daß ich dich entweder für böswillig oder für debil halten muß. Wenn das Stenogramm im Kantonsrat zitiert wird –
Der Rektor schwieg entgeistert. Dann wurde seine Blässe lebendig: Du hast dich aber auch aufgeführt, als sei alles,

was nicht in deiner Versuchsklasse geleistet wurde, von Pappe, als wäre hier in den letzten hundert Jahren nichts geleistet worden ... Wenn du glaubst, daß man damit Freunde gewinnt! Wir haben auch unterrichtet! Du hast dich deinen Kollegen gegenüber wie ein Trampeltier benommen! Willst du mir bitte sagen, wo jetzt die Unterstützung herkommen soll, die du erwartest?
Wenn diese Herren, schrie A. jetzt auch, eine sachliche Argumentation als persönlichen Angriff empfinden, wenn ihre Meinung von sich selbst so gering ist, daß eine vernünftige Reform ihr Ende als Schulmeister bedeutet, was kann ich dann dafür?
Der Rektor schwieg. Er sah A. nicht an. Dann sagte er in den Boden hinein:
Peter. Ich weiß, wieviel du am Bein gehabt hast. Ich rede gar nicht von deinen Prozessen. Rein privat. Deine Krankheiten, die Scheidung, die Haft. Die Reibungsverluste. Das zehrt am stärksten Mann. Erlaube mir einen ruhigen Vorschlag. Es sind noch drei Wochen bis zu den Ferien. Du nimmst diese drei Wochen frei und gehst an einen ruhigen Ort, wo sich deine Nerven erholen können. Und ich sage der Kommission: er ist überarbeitet. Das schafft schon einmal Luft und ein versöhnliches Klima. Und dann –
Damit die Herren sagen können, bei soviel Ausfällen sei die Regelmäßigkeit meines Unterrichts nicht mehr gewährleistet? Spar dir deine Worte. Ich denke nicht daran.
Bitte Peter. Ich spreche als Freund.
Als Freund weißt du, wieviel mir daran liegt, die Reste von Gruppenarbeit nicht untergehen zu lassen. Ich reiße nicht aus. Am allerwenigsten, wenn die Vorwürfe kommen. Das Vergnügen meiner Invalidität gönne ich den Brunnenvergiftern nicht.
Peter. Als Sozialist solltest du dir wenigstens ein wenig Sinn für Taktik bewahren. Wir nehmen dich jetzt aus der Schußlinie. Ich werde bei der Kommission, beim Erzie-

hungsrat und auch bei den Kollegen deinen Fall so undramatisch wie möglich darstellen. Du hast dich übernommen. Es ist keine Schande, wenn einem da die Nerven durchbrennen. Ich werde tun, was in meiner Macht liegt, die Kleine Anfrage abzubiegen oder, wenn das nicht gelingt, ihr von anderer Seite im Rat eine Abfuhr zu erteilen.

Tu das, sagte A. kurz.

Aber du mußt mich lassen! beschwor ihn der Rektor. – Du willst doch deine Arbeit retten! Das ist nur möglich, wenn du jetzt für den Augenblick zurücksteckst. Ich nehm's auf meine Kappe, es genügt, wenn wir uns unter vier Augen verstehen. Und nach den Ferien –

Wenn du dann Mut zeigen willst, tu's doch lieber gleich.

– und nach den Ferien, wenn das Stürmchen abgeflaut ist, bist du wieder da und hältst wieder Schule.

A. blickte auf seine Uhr. Er sagte: Ich nehme an, du meinst es gut. Ich werde mir meine Gedanken dazu machen und dir Bescheid geben. Aber jetzt entschuldige mich, ich habe Stunde.

Peter, sagte der Rektor und gab sich Mühe, A. fest anzusehen. – Ich habe vergessen, dir mitzuteilen, daß dein Unterricht ausfällt.

Ach? Davon stand gar nichts im Stundenplan.

Nein. Aber es war das einzige Mittel zu verhindern, daß du auf der Stelle suspendiert wurdest.

Und wodurch wird das – verhindert? fragte A. erblassend.

Indem du deinen Urlaub jetzt antrittst. Deine Klassen sind verständigt.

A. starrte seinem Kollegen, der Rektor ist, ungläubig ins Gesicht, an mehrere Stellen dieses Gesichts. Es blieb unbeweglich.

Aha, flüsterte A. und erhob sich. – Ihr werdet euer Wunder erleben.

Schwester Claudia ist keine Akademikerin, und aus der Art, wie ihr Frau Dr. Leumann begegnet, muß Zerutt schließen, wie schwer es für eine Frau immer noch sein muß, Erfolg zu haben; es ist nicht die feine Art, es fällt nur die eisigste Form von Freundlichkeit für eine Krankenschwester ab, die so etwas wie »Gruppenarbeit« bloß aus ihren Frauenzeitschriften kennt.

Aber Claudia will es wissen, von Zerutt, der es auch nicht gut weiß.
Gruppenarbeit ist das, Claudia, was A. mit seinen Schülern gemacht hat und nicht hätte machen dürfen.
Ein Versuch, zwanzig junge Leute nicht mehr als Prüflinge zu behandeln, oder als Konkurrenten, oder als wahrscheinliche Betrüger. Und sich von denen nicht mehr als Lehrer behandeln zu lassen. Nein, auch nicht als Kamerad, einfach als Person, als er selbst.
Er wollte es zum Beispiel nicht mehr natürlich finden, daß Hilfe oder Nachschlagen bei einer Prüfung unter Strafe stand. Daß man dem schwächeren Nachbarn aushelfen sollte, galt ja in allen Fällen als gute Lebensart, nur gerade im Ernstfall sollte es nicht gelten, wenn es um das Überleben eines Schülers ging; dann hatte er einsam in seiner Bank zu sitzen. Das mochte vielleicht eine gute Vorbereitung für das Leben sein, aber es war keine Vorbereitung für ein gutes Leben, darum wollte er es ändern.
An einer Schule? Geht das?
Sie haben es ja gehört: nein.

Es fing damit an, daß A. eine besonders zähe Klasse bekam, die sich ihm einfach nicht öffnen wollte; sie hatte viele Lehrerwechsel gehabt und war nun verwildert, hatte nichts gelernt als die Schwächen der Stellvertreter auszubeuten. Zwei Jahre vor der Matur waren ihre Englischkenntnisse niederschmetternd, beschränkten sich auf Texte der gerade gängigen Pop-Gruppen.

A. war überzeugt – im Gefängnis hatte er ja Zeit gehabt, Überzeugungen zu gewinnen –, diese Klasse räche sich nur dafür, daß sie sich all die Jahre nicht geliebt gefühlt hatte, und er nahm sich vor, diese Klasse zu lieben. Leicht war das nicht. Er verbrachte ganze Viertelstunden schweigend vor dieser Klasse. Er wartete darauf, daß ihr Konflikt aufbreche. Das geschah natürlich nur in kindischer Form, durch Kichern, gegenseitiges Anpuffen, dumme Sprüche, handgreifliche Rüpeleien, Äußerungen der Lustlosigkeit. A. bezwang sich, er dirigierte die Klasse nicht mehr. Er ließ auch jeden aus der Stunde davonlaufen, dem es zu dumm wurde, und nahm selbst eine Privatlektüre in diese Englischstunden mit. Er tat, als ob er beim Lesen nicht gestört sein wolle, was natürlich für die Schüler ein Anreiz war, ihn zu stören. Wenn sie es taten, antwortete er immer auf englisch, als wäre das seine natürliche Sprache. Die Schüler fanden das alles andere als natürlich, einen faulen Gag, was sonst, auf den sie mit Lärm antworteten. Etwa drei Wochen hintereinander leerte sich die Englischstunde immer mehr. A. ließ sich auch dadurch nicht herausfordern, er reagierte wie ein englischer Gast, der zufällig in eine schweizerische Englischstunde geraten ist, unter desorientierte und darum pöbelnde Eingeborene, und abwartet, bis die sich zu einer Art Höflichkeit entschließen. Wenn er sprach, so nie mit der Klasse, immer nur mit einzelnen, nur nebenbei, und immer auf englisch.

Es ging ziemlich lange, bis die befremdeten Instinkte der Schüler auf diese Situation ansprachen und bis einige Jungen sich entschließen konnten, hinter A.s Spiel keine pädagogische Kriegslist zu wittern. Er wußte tatsächlich nicht weiter, so wenig wie sie; und er gab ihnen zu verstehen, daß er nur mit ihnen zusammen weiter wissen wolle. Es wendete sich etwas, als er sich ihnen eines Tages anschloß, als sie wieder einmal das Klassenzimmer räumten, und mit ihnen im Pausenhof herumstand. Er sprach immer noch englisch, wenn er angeredet wurde. Einige hatten sich schon auf ihre Motorvelos gesetzt, aber einem so armen Irren konnte man doch nicht einfach davonfahren. Schließlich trat einer der Schüler auf ihn zu und verlangte in der schärfsten Form wieder einen richtigen Englischunterricht. A. antwortete, daß er zu allem bereit sei, sobald er von der Klasse eine gemeinsame Willensäußerung, ein klares Votum erhalte. Darauf entspann sich Händel im Pausenhof, so daß einige Fenster aufgingen und A.s Kollegen Ruhe! brüllten, freilich verstummend, als sie ihn selbst in der Meute stehen sahen. Einige Schüler ließen das Gas ihrer Motorvelos für ihre Gefühle sprechen.

Schließlich verlangte die Klassensprecherin, daß man ins Zimmer zurückgehe und darüber diskutiere, wie der Englischunterricht auszusehen habe. A. lief mit, die Diskussion wurde so lebhaft, daß das Pausenläuten darin unterging. Da sie auf Schweizerdeutsch geführt wurde, beteiligte sich A. nicht daran. Schließlich tat ihm halb aus Spaß, halb in der Wut einer der Leitwölfe den Gefallen, ihn auf Englisch zum Teufel zu wünschen. Noch während A. die Tür hinter sich schloß, hörte er den Ruf nach mehr Ordnung in der Diskussion, und am selben Abend erhielt er den Besuch einer Klassen-Delegation, die ihm mitteilte, welche Beschlüsse über seinen Unterricht gefallen seien, wohin man kommen müsse, was man am meisten nötig habe, was man lesen wolle etc. Sie redeten deutsch, er englisch, auch in seinen eigenen vier Wänden, das Spiel war jetzt schon bekannt und löste keine Erregung mehr aus, zumal A.s Plattenspieler bald den Ton angab. Man trank farbige Wässer, tanzte, redete über richtige Probleme, es fiel bald nicht mehr auf, daß es einige aus Jux englisch taten (ohne daß sich A. mit den andern deswegen weniger beschäftigt hätte), es wurde ein Fest daraus, das nicht endete, als die letzten Busse und Trams abgefahren waren, und das am nächsten Morgen in der Klasse zu reden gab.

Das Fest mußte in größerer Besetzung wiederholt werden, A. hatte ja wieder eine Junggesellenwohnung, die sich für Feste eignete. Er schien an ihre Benützung keine Bedingung zu knüpfen, außer daß englisch als Verkehrssprache benützt wurde. Aber auch darauf drückte A. nicht. So wurde es ein Spiel, dessen Ende sich die Schüler selbst nicht mehr wünschten; auf Fehler wurde nicht gesehen.

Allmählich entwickelte sich die Klasse zu einer Arbeitsgruppe, die Modelle zur besseren Gestaltung ihres Unterrichts entwarf, nicht nur im Fach Englisch. Man unterbreitete sie dem Kollegen Rektor, der die Klasse in Physik unterrichtete und sich bewegen ließ, sie in den Fächern, deren Lehrer zur Mitwirkung bereit waren, als Versuchsklasse zu führen und den üblichen Stundenplan zugunsten eines sogenannten projektorientierten Unterrichts zurückzustellen. Damit das Experiment seinen Händen nicht entglitt, beteiligte sich der Rektor selbst daran. In A.s Klasse wurde das Lernen und seine Widerstände selbst zum »Projekt« erhoben, das man am Leitfaden der Selbsterfahrung erforschen wollte; das war natürlich ein weites Feld, aus dem sich einige gewichtige Kollegen verdrängt fühlten, aber auch die Schüler litten unter Platzangst, A.s Wohnung wurde zu einer Konfliktsammelstelle, die man auch nach der Schule benützte. Einige Schüler brachten ihr Problem gleich in Gestalt ihrer Freundin mit, zuerst, weil sie sich vor der Intimität mit A. ein wenig fürchteten, dann, weil die Freundin wirklich nicht immer leicht war, dann einfach so. Die Verkehrssprache Englisch erwies sich bald als kein Hindernis mehr, sondern als eine Maske, in deren Schutz man auch Dinge zur Sprache brachte, die einem deutsch nicht über die Lippen gekommen wären.

A. hatte jetzt fast Tag und Nacht Englischstunde, war so etwas wie ein Hordenvater geworden, was seinem Ruf nicht bekam, denn Hausbesitzer, Eltern, Kollegen begannen hinter diesem Hin und Her in A.s Wohnung bald allen möglichen Unrat zu wittern. Peinliche und absurde Situationen häuften sich; eine der mildesten war es noch, wenn sich A. von seiner Versuchsklasse verabschieden mußte, um mit einer anderen eine reguläre Stunde zu halten. Das Reguläre daran ließ sich kaum mehr aufrechterhalten, schließlich hätten ja die andern auch gern ihren Spaß gehabt. Ein solches Experiment ist nicht unter Verschluß abzuhalten, es steckte die Schule, und nicht nur diese, mit Konflikten an, denen weder die neidischen Kollegen noch die ängstlichen Eltern gewachsen waren, wie hätten die Schüler damit leben sollen.
Erst hatten A.s Mitlehrer das Experiment schlucken müssen, aber mit jedem Tag, wo es sich besser trug und ihre eigenen Stunden infizierte, verkleideten sie ihre verletzte Eitelkeit stärker in pädagogische Besorgnis, denen sich manche Eltern, die den Überblick über ihre Kinder längst verloren hatten, zunehmend heftig anschlossen. Briefe wurden an die Erziehungsdirektion geschrieben, einige Zeitungen, die sich für die Öffentlichkeit ausgaben, alarmiert, die Sachzwänge der nahen Reifeprüfung gegen das vermeintliche Bummelleben der Versuchsklasse geltend gemacht; A.s Vergangenheit als Strafgefangener machte die Sache nicht besser. Die paar Kollegen A.s, die bisher mitgezogen hatten, wichen unter diesem Druck in ihre sicheren Stundenplanfächer zurück, nur ein junger Hilfslehrer, Historiker, blieb noch bei der Stange. Der Schulleiter war noch eine Weile für A. gradegestanden, bevor er in Ehren umfallen durfte, und dann war es um die Versuchsklasse geschehen.
A. erklärte die Pleite seinen Schülern, versuchte ihnen auch zu erklären, warum es vernünftig sei, jetzt zurückzustecken

mangels Reife des herrschenden, also selbst unfreien Bewußtseins. An der Schule sei die Lage noch nicht da. Aber seine Wohnung bleibe für alle weiteren Diskussionen geöffnet.
Es wurden harte Diskussionen, Claudia, und es kamen viele Schimpfwörter darin vor – solche aus dem amerikanischen Widerstand, denn die Sprache des deutschen war in A.s Kreis tabu. Wenn Zerutt böse sein wollte – aber er ist wohl nur realistisch – so hatte das Englische auch den Zweck, A.s Freunde aus dem Lehrlingslager von der Diskussion auszuschließen. A. wollte doch lieber Lehrer bleiben als Revolutionär werden, da machte er eben einen Kompromiß und wurde ein revolutionärer Lehrer. Nicht alle seine Schüler nahmen es ihm ab, als er nun selbst wieder zum sogenannten normalen Unterricht zurückkehrte. Sie fanden es faul, wenn er ihnen diesen Rückzieher als gesellschaftliche Erfahrung und das Scheitern als eine spezielle Form des Lernens schmackhaft zu machen suchte. Die gemeinsame Analyse sagte er, habe nun eben zur Analyse dessen geführt, was in einer staatlichen Lehranstalt möglich sei und was nicht; in diesem Sinn sei sie gelungen.
Danach wollte A.s ordentlicher Unterricht nie mehr recht ordentlich werden. Man kann die Büchse der Pandora nicht bloß einen Spalt öffnen. Da wollen dann gleich alle Geister der Erwartung zusammen heraus, und wenn Sie da wieder zuklemmen, schneiden Sie sich.
Die Rechthaber von gestern bekamen nun zum zweiten Mal recht. Für sie war A., im günstigsten Fall, ein entlarvter Phantast.
Und für ein paar Junge, die an der harten Freiheit Geschmack gefunden hatten, war er ein Knecht des *süstems,* der vor Konsequenzen zurückschreckte, wenn es um seine Pensionsberechtigung ging; ein liberaler Scheißer also. Diese Gruppe hatte es jetzt immer weniger mit Englisch und immer mehr mit Scheiße zu tun, sie baute ihren Wider-

stand gegen die enttäuschende Anti-Autorität aus diesen kindlichen Rückständen auf. Mit A. hatte das vielleicht gar nicht so viel zu tun. Aber so war er: er nahm sich den Scheißer viel mehr zu Herzen als den Phantasten. Am meisten bedrückte ihn, daß er bei der Mehrzahl seiner Schüler jetzt keine Bewegung mehr locker machen konnte. Sie hielten ihn für pfiffig und harmlos, für einen, der zwar einmal gebellt hat, aber nicht beißen kann, dessen Stunden der Entspannung dienen, in die man aber nicht mehr kommt, um seine Probleme zu diskutieren; das lohnt sich nicht, das hat man gesehen. Wenn es hart auf hart geht, kneift er ja.

Wenn Sie schon fragen, Claudia: man müßte es auf sich sitzen lassen, daß man es den Schülern nicht recht machen kann. Es gehört ein bißchen Grazie dazu: schließlich haben sie es nötig, sich von einem Menschen abzusetzen, der schon graue Schläfen hat. Was haben sie gegen seine erdrückenden Erfahrungen zu melden: nur ihren Widerspruch; mit dem müßte man leben, den müßte man ihnen lassen können. Man soll ihnen nicht jedes ihrer Wörter aus dem Mund nehmen. A. meinte es wohl gut. Aber als Schüler würde ich nicht wollen, daß man es gut mit mir meint. Ich wollte, der andere lebte, damit ich auch leben kann. Man könnte mir nur einen einzigen Dienst leisten: sich selber sein; sich, wie man ist, auch geben. Rücksichtslos braucht man deswegen nicht zu sein. Wenn man weiß, daß Prahlen mit sich selbst so dumm ist wie Angst um sich selbst, ist schon viel gewonnen, was man da gewinnen kann: ein Stück Vertrauenswürdigkeit. Man muß auch etwas schuldig bleiben können, ohne Angst, wo soll der andere sonst lernen, was er einmal so nötig haben wird wie sein Recht: Großzügigkeit?

A. konnte sich nichts schuldig bleiben. Das erste Mal hatte er die Faust gemacht, als man jenen jungen Historiker entlassen hatte. Eine Faust in der Tasche, denn es war formell nichts einzuwenden. Man hatte eben einen andern Mann voll gewählt, dessen Gesinnung gereifter war, da blieben für den Hilfslehrer keine Stunden mehr übrig. Ein Grund mehr für A., bei der nächsten Notenkonferenz hart zu spielen und den Eclat anzustrengen:

A. weigerte sich, seiner Versuchsklasse Zensuren zu geben. Er müsse die Gruppenarbeit im Rahmen des Stundenplans unter so erschwerten Bedingungen fortsetzen, daß er keine Chance sehe, den Schülern Gerechtigkeit widerfahren zu lassen. Er sehe es dagegen als seine Pflicht an, nach all dem Hin und Her erst wieder ein Klima des Vertrauens in der Klasse herzustellen. Dazu sei eine Note das schlechteste Mittel. Ohnehin habe man während der Versuchsperiode auf Leistungskontrollen der üblichen Art verzichtet. – Aber, rief ein hämischer Kollege dazwischen, A. könne doch wenigstens die Schüler benoten, die seiner Kommune ferngeblieben seien? – A. erwiderte mit mühsamer Ruhe, daß er, anders als gewisse Leute hier, eine Zensur nicht zur persönlichen Rache benütze. – Großer Tumult, den der Schulleiter mit dem Hinweis unterbrach, daß die Schüler ein Recht auf einen klaren Leistungsnachweis hätten, daß man das Feld »Englisch« im Zeugnis nicht einfach leerlassen könne. – A.: Wenn dies die Meinung des Kollegiums sei, werde er sie den Schülern weiterleiten, vielleicht seien sie ja bereit, ihre Leistung selber zu bewerten. – Nach diesen Worten breitete sich im Konferenzsaal eine Stille aus, die noch gefährlicher wirkte als das Geräusch zuvor und die sich der Schulleiter mit dem ruhigen Satz aufzufangen bemühte: Das geht nicht, Peter, das weißt du genau, die Verantwortung kann dir keiner abnehmen, wir brauchen eine Note von dir. – Gut, schrie A. jetzt, dann schreibt in jedes Zeugnis die beste Note –, und damit gab er seinen Kollegen die angehaltene Luft zurück. Der Lärm wurde jetzt so groß, daß der Schulleiter seinen Hammer brauchen mußte, was seit Menschengedenken an dieser Schule nicht geschehen war, außer im Scherz. Hier hatte nun jeder Scherz aufgehört, und der Schulleiter erklärte mit erhobener Stimme das Traktandum für geschlossen, er werde eine Kommission bestimmen, der die Früchte von A.s Unterricht zur Beurteilung vorzulegen seien. Worauf A. erwiderte, das sehe er nicht, da alles Schriftliche, das der Versuchsunterricht abgeworfen habe, als vertraulich zu betrachten sei. Ohne Einwilligung seiner Schüler könne er nichts herausgeben.

Hier kam nur noch ein brüsker Wechsel des Themas in Frage, wenn man A. nicht auf der Stelle entlassen wollte, und das kam ja auch nicht in Frage; erstens, weil es für einen solchen Schritt bei einem Hauptlehrer doch einiger Vorbereitung bedarf, und zweitens, weil sich der Schulleiter selbst in jenes Experiment hatte verwickeln lassen; das war eine teure Unvorsichtigkeit gewesen. Aber ich nehme an, Claudia, daß er in jener Schreckminute einen harten Entschluß faßte, auch wenn er dessen Ausführung noch etwas hinausschieben mußte. Für die momentane Konfliktsituation suchte er eine Lösung mit einem niedrigen Profil, bat A. unter vier Augen, Vernunft anzunehmen und mit der Kommission, die er nun einmal bestellen müsse, im Guten zusammenzuarbeiten. Und siehe da, A. zeigte sich sofort bereit dazu, brachte sogar gleich die Unterlagen mit, aufgrund derer seine Kollegen – alles ältere Englischlehrer – ihr Urteil fällen möchten. Die Unterlagen bestanden aus einem Bündel englischer Gedichte, von jedem Schüler zwei bis drei, die Texten aus der Pop-Szene so geschickt nachempfunden waren, daß die Kollegen, die sich mit dieser Sprache nicht auskannten, an Plagiate glaubten oder argwöhnten, daß A. gemogelt und das Material selbst verfaßt habe. Frau Dr. Leumann, die sich mit diesem Fall beschäftigt hat, erbaut sich heute noch an der Vorstellung, wie drei in Ehren ergraute, an John Masefield und Winnie the Pooh erzogene Englischprofessoren einen geschlagenen

Nachmittag lang in diesen Slang-Blüten herumstochern und ihre anrüchige Qualität mit ihren Benotungsgrundsätzen in Einklang bringen mußten. Die Herren, erzählt Frau Dr. Leumann, hätten es eben seit zwanzig Jahren versäumt, sich zu informieren, wüßten weder was Where It's At noch was Way Out bedeutete, Shit hielten sie für etwas Schmutziges und Pussy für ein Kätzchen –

Und Frau Dr. Leumann weiß, was diese Wörter bedeuten? fragt Schwester Claudia.
Sie hat doch mit kriminellen Jugendlichen gearbeitet. Da schnappt man so was auf. Und dann bringt man es bei der nächsten Party an.
Ich finde das nicht gut.
Nein?
Es ist so – angeberisch. – Haben die Schüler das wirklich selbst geschrieben?
Frau Dr. Leumann sagt: ja. Wenn junge Leute überhaupt noch dichten, dann dichten sie englisch.
Und Herr Albisser fand das gut, was er mit seinen Schülern gemacht hat?
Frau Dr. Leumann glaubt es. Ich weiß nicht. Ich als Schüler wäre mir ausgebeutet vorgekommen. Er hätte mir zu gut gewußt, was sich für mein Alter schickt.

Am gleichen Abend kommt Claudia ins Zimmer, ohne Zögern, als wäre sie von weither zu einem Notfall gerufen worden. Aber sie hält nichts in der Hand, sie zieht nur die Tür hinter sich zu, bleibt stehen und atmet, daß man es hören kann. Sie sagt: Und Sie?
Zerutt: Nicht verstanden.

Claudia: Doch.
Zerutt: Gut. Und Ich.
Claudia: Sie geben auch an.
Zerutt: Womit?
Claudia: Sie haben etwas aus sich gemacht, was Sie nicht sind.
Zerutt: Die andern machen sich etwas aus mir.
Claudia: Und Sie tun so, als schauten Sie nur zu.
Zerutt: Ich tue nicht so. Ich schaue nur zu.
Claudia: Warum?
Zerutt: Ich fahre besser so.
Claudia: Sie denken nur an sich.
Zerutt: Wer sonst?
Claudia: Ich.
Zerutt: Das ist nicht Ihr Ernst.
Claudia: Doch.
Zerutt: Dann ist es noch schlimmer.
Claudia: Warum geben Sie nichts von sich her?
Zerutt: Denken Sie einmal nach.
Claudia: Haben Sie immer nur Enttäuschungen erlebt?
Zerutt: Ich habe immer wieder das Ende erlebt.
Claudia: Das ist kein Grund.
Zerutt: Sie haben recht.
Claudia: Jetzt haben Sie keine Verstellung nötig.
Zerutt: Ich glaube, ich habe Verstellung nötig.
Claudia: Wovor haben Sie Angst?
Zerutt: Hinter der Verstellung ist bei mir nichts mehr.
Claudia: Woher wissen Sie das?
Zerutt: Erfahren.
Claudia: Warum können Sie nicht ehrlich sein?
Zerutt: Damit hätte ich keine sechzig Jahre geschafft.
Claudia: Sie lügen.
Zerutt: Davon reden wir ja.
Claudia: Sie sind jung gewesen. Einmal sind Sie ein Kind gewesen.

Zerutt: Was beweist das?
Claudia: Daß Sie sich etwas erhofft haben.
Zerutt: Das tue ich immer noch.
Claudia: Aber man spürt nichts davon.
Zerutt: Das tut mir leid.
Claudia: Wovor schützen Sie sich? Jetzt?
Zerutt: Sagen wir, vor der Wahrheit, vor dem Schwindel Wahrheit.
Claudia: Nein, vor mir.
Zerutt: Würde Sie das stören? – Warum?
Claudia: Weil.
Zerutt: Sehen Sie.
Claudia: Weil ich Sie gern habe.
Zerutt: Ich Sie auch, das hilft nichts.
Claudia: Weil Sie nicht wollen, daß es hilft.
Zerutt: Weil es keine Hilfe gibt, das ist das Schöne.
Claudia: Sie haben mir nie etwas von sich erzählt.
Zerutt: Aber Schwester, was ich erzähle, ist doch immer von mir.
Claudia: Sie haben mir *nie* etwas erzählt.
Zerutt: Wenn das stimmt, dann hätte ich noch nie jemandem so viel erzählt wie Ihnen.
Claudia: Rätsel interessieren mich nicht.
Zerutt: Mich auch nicht.
Claudia: Dann verstehe ich gar nichts mehr.
Zerutt: Doch, dann verstehen Sie alles.
Claudia: Ich pfeife drauf. Ich finde Sie feige, feige! Sie haben nicht einmal den Mut, zu Ihrer Schwäche zu stehen.
Zerutt: Ich bin schwach, ich habe wenig Mut, aber so weit waren wir schon.
Claudia: Was soll ich denn tun?
Zerutt: Nicht bös sein. Auch nicht verzweifelt. Nur da sein.
Claudia: Aber Sie brauchen mich nicht.
Zerutt: Woher wissen Sie das? Nicht einmal das wissen wir.

Claudia: Sie könnten was merken, wenigstens.
Zerutt: Liebe Schwester –
Claudia: Liebe Schwester! Was bilden Sie sich eigentlich ein? Seit zwei Monaten liegen Sie hier, haben nichts mehr zu bestellen, riechen wie ein Bock und glauben, Sie könnten mich am Schnürchen tanzen lassen!
Zerutt: Das ist viel aufs Mal. Was mißfällt Ihnen denn am meisten?
Claudia: Ihr Hochmut, Ihr widerwärtiger Hochmut. Sie mißfallen mir am meisten, Sie.
Zerutt: Jetzt dürfen Sie nur nicht wieder weich werden.
Claudia: Ich mache genau, was ich will.
Zerutt: Ja, aber Sie haben auch Krankenschwester werden wollen. Darum, wenn das Licht dort an ist, müssen Sie gehen. Jetzt ist es an.
Claudia: Ich habe nicht Krankenschwester werden wollen! Ihr ödet mich an mit Euren Gebresten!
Zerutt: Ihr?
Claudia: Sie. Und dann noch Sauereien, in Ihrem Alter, in diesem Bett.
Zerutt: Sie sagen das etwas spät.
Claudia: Ich kann Sie immer noch anzeigen.
Zerutt: Wenn Ihnen dann leichter ist.
Claudia: Seit hunderttausend Jahren pflegen wir euch. Seit hunderttausend Jahren laßt ihr uns an euren Nestern verkümmern. Und dann versucht ihr noch galant zu sein.
Zerutt: Sie haben recht, aber ich habe nicht das Gefühl, daß Sie jetzt mit mir reden.
Claudia: Das können Sie nicht verlangen. Dafür müßte man wissen, wer Sie sind.
Zerutt: Ein Rest, der nicht aufgeht.
Claudia: Wofür wollt ihr eigentlich immer getröstet werden? Dafür, daß ihr uns kaputt macht?
Zerutt: Für nichts und wieder nichts.
Claudia: Immer noch ein Spruch. Immer das letzte Wort.

Recht haben, fein raus sein, weiter nichts. – Warum sagen Sie nichts mehr?

Zerutt: Sagen wir, ich habe Schmerzen.

Claudia: Pfui Teufel. Erpresser. Entschuldigen Sie, da ruft mich einer, ich geh ihn rasch ermorden, ich bin gleich wieder da.

Zerutt: Es könnte auch eine Frau sein.

Claudia: Oder ein Mensch, ich kenne das.

Aber Claudia kam an diesem Abend nicht wieder, und am nächsten Tag hatte sie frei, und später war sie wie immer. Nur: Zerutt weiß jetzt deutlich daß sie bitter ist, wenn sie wie immer ist, und er will nicht mehr versuchen, galant zu sein. Die Figuren um Zerutts Bett werden grau wie der Tag; es wäre Zeit, sie wie Menschen zu behandeln.

A. ließ noch mehr als ein Jahr verstreichen, bevor er auf Z. schoß. Es muß, wenn man Frau Dr. Leumann reden hört, eine anstrengende Zeit gewesen sein.

So begann es: A. stand am Nachmittag seiner »Beurlaubung« an der Tür des Schulhauses und verteilte seinen eigenen Schülern – die Kollegen grüßten bereits nicht mehr – ein Flugblatt, auf dem das »Manöver« der Schulleitung erläutert war. Tags darauf wurde er im Dienst suspendiert. Im Kantonsrat gab es zwei Kleine Anfragen: die angedrohte bezüglich Unterwanderung des Schulfriedens durch radikale Lehrkräfte; eine zweite, die Entlassung Dr. Albissers betreffend. Beide hatten sozialdemokratische Urheber, aber sehr unterschiedliches Gewicht, denn der zweite Anfrager trug einen Bart, während der andere, ein Angestelltenfunktionär, auch die Besorgnisse der bürgerlichen Par-

teien hinter sich wußte; sie schienen nicht unglücklich, sich hinter seinem breiten Rücken verstecken zu können. Er vertrat ein überparteiliches Anliegen.
Entsprechend kurz konnte sich der zuständige Erziehungsdirektor fassen. Die Entlassung A.s stelle gleichsam die erste Antwort auf jene Kleine Anfrage dar. Ihre Rechtfertigung liefere der Entlassene selbst durch die Tatsachen, die er an seiner Schule geschaffen habe und heute auf der Straße zu schaffen fortfahre. Weitere Antworten in diesem Sinn würden nicht auf sich warten lassen, wenn sie sich aufdrängten. Die Demokratie sei, um ein staatsmännisches Wort zu zitieren, zwar die Staatsform der Geduld, aber nicht des Selbstmordes. In diesem Sinn habe man sich gezwungen gesehen zu handeln. Eine Untersuchung des Falles Albisser laufe in der Erziehungsdirektion, man suche noch Hintermänner und werde zu gegebener Zeit davon Bericht erstatten. (Nachdem A. geschossen hatte, erübrigte sich selbstverständlich jede weitere Untersuchung). Der bärtige Interpellant erklärte sich nicht befriedigt, aber das störte den Rat nicht weiter, im Gegenteil.

An der Schule löste A.s Flugblatt keine Solidarisierungswelle aus. Es gab überhaupt keine Welle, auch in der Presse nicht; A. wurde als privater Fall, das heißt: so gut wie gar nicht behandelt. Er stand in den Augen verschiedener Öffentlichkeiten – auch solcher, auf die man bisher hatte so oder so rechnen können – für nichts Besonderes. Seine Versuchsklasse warf hinterher kaum Zündstoff ab; man war schon durch härtere Sachen verwöhnt. A. wurde schnell eingeordnet und abgelegt; profilieren konnte er sich nicht. Das schmerzte, natürlich; warum soll man einen so starken menschlichen Trieb verleugnen wie den nach Profil. Er selbst hatte seine Versuchsklasse ja als einen Schritt über das Private hinaus aufgefaßt; das war also ein Irrtum gewesen, das herrschende Schweigen bewies es. Aber da wollte er nicht mehr wehleidig sein. Wirklich schmerzte ihn nur eins: daß nicht einmal seine Versuchsklasse für ihn eintrat. Kein Streik, keine Demonstration, nicht einmal eine Unterschriftensammlung. Es war schon am nächsten Tag, als hätte A. nie an dieser Schule unterrichtet.

Aber Schnewlin und die seinen waren jetzt wieder zur Stelle. Sie machten aus A. eine Aktion und führten seinen Skalp durch die Straßen spazieren, so malerisch und blutig wie möglich. Zwei-, dreimal zottelte er mit und stellte sich als Illustration seines eigenen Falles daneben. Es war ihm nicht wohl dabei. Er wollte nur seine einzigen Helfer nicht desavouieren. Über diese Vorfälle wurde kaum berichtet. Sie reichten nur eben hin, jene Tatsachen zu vollenden, auf die sich der Erziehungsdirektor im Rat berufen hatte. Albisser war nun endgültig Einer von Denen. Die letzten Zweifel wurden mit etwas Geräusch fallen gelassen, als hätte man bisher mühsam und fair an ihnen festgehalten.
A. war tapfer. Er stellte sich, als mache ihm das nichts aus und sei ihm gerade recht. Er gab sich Mühe, die Verkürzung seiner Reichweite als Brisanz zu interpretieren. Die wenigen Freunde, die er noch hatte, waren die richtigen; die einzigen, mit denen man noch etwas machen konnte. Er wollte nicht wissen – sagt Frau Dr. Leumann –, daß er auch denen nur als Exempel diente. Er bestand darauf, sich mit seiner radikalen Familie zu identifizieren und ihre Schäden – ziemlich schlimme Schäden – nicht nach außen dringen zu lassen, sondern mitzutragen.
Jenes Mädchen, das er einmal nach Hause gefahren hatte, gehörte nicht mehr zur Gruppe. Sie war es leid geworden, sich nur als Abwaschmagd und Flugblattverteiler gebrauchen zu lassen. Schnewlin: sie hatte emotionelle Probleme, mit denen können wir uns nicht aufhalten. – A.: wo soll

sie mit ihren emotionellen Problemen fertig werden, wenn nicht bei euch? – Schnewlin: wir sind keine Fürsorgestelle, wir sind eine Kaderorganisation.
Der Mechanikerlehrling mit dem schönen Arbeitergesicht war auch nicht mehr da. Die Gruppe hatte ihn im Wald an einen Baum gebunden und halb tot geprügelt. Er hatte, wegen einer neuen Freundin, einen wichtigen Treff verpaßt. – Das ist Mafia-Justiz! sagte A. – Schnewlin: wir brauchen hier jeden Mann, und jeden Mann ganz. Vielleicht hättest du das verhindern können, aber du hast ja damals deine Versuchsklasse gepflegt und lieber englische Konversation gemacht. – A. bekam zu spüren, daß er Gymnasialprofessor gewesen war, und noch mehr, daß er es jetzt nicht mehr war. Schnewlin behandelte ihn wie einen Prolet-Kandidaten, der sich die Achtung des wahren Arbeiters jeden Tag ein paarmal durch Sonderleistungen verdienen und nur ja nicht den feinen Mann spielen muß. – Vergiß nicht, wir sind die einzigen, die zu dir gehalten haben.

Frau Dr. Leumann vibriert beim Gedanken, was sich Dr. Albisser als gebildeter, sensibler Mensch von dieser Meute alles hat bieten lassen. Und wie er das durchgestanden hat. Wie er sich an die Überzeugung klammerte, daß die Schäden dieser Gruppe Schäden waren, die man ihr angetan hatte, die sie, wo nicht liebenswert, so doppelt schutzbedürftig machten. A. schützte sie, so gut er konnte, und auch, wo er eigentlich nicht mehr konnte. Am Spülstein. Beim Reparieren eines revolutionären Fortbewegungsmittels. Beim Verkaufen der Zeitschrift, für die er ein paar Beiträge geschrieben hatte, die ihm Schnewlin aber refüsierte: zu nuanciert, immer noch zu kleinbürgerlich. Der rechte Klassenschneid fehle noch. A. möge einstweilen fortfahren im Lernprozeß. Schnewlins Artikel waren zwar auch nicht besonders verkäuflich – das wäre noch schöner gewesen! –

aber schließlich besaß A. ein Bankkonto, aus dem er Fehlbeträge zuschießen konnte. So viel konnte er doch wenigstens für sein Bewußtsein tun?
Immer wieder zogen A.s kleinbürgerliche Reflexe ihn in seine Dreizimmerwohnung zurück, unter seine Bücher, die er nicht mehr anzurühren wagte. Dort verkroch er sich, brachte Tage im Bett zu, mißbrauchte seine Pfeifen, um dann, ganz klein, wirklich häßlich, doppelt bewährungsbedürftig in die sogenannte Wohngemeinschaft zurückzukehren, die Frau Dr. Leumann einfach als Gruppen-Terror beschreibt. Noch nie sei A. so weit von seinen Lebensgewohnheiten abgewichen, sagt Frau Dr. Leumann. Ganz fremd sei er sich da geworden.

Stimmt das, Herr Dr. Wirz? Zerutt verhört Sie im Abwesenheitsverfahren; er weiß ja, wie viel Sie arbeiten, und er ahnt, woran. Aber da Sie A.s Kindheit rekonstruiert haben, können Sie ja antworten, ohne aufzusehen: ist A. sich damals so fremd gewesen?
Ja und nein, nicht wahr. Ja, weil er sich jetzt wirklich keinen Alibi-Raum mehr erlaubte, von seiner Dreizimmerwohnung einmal abgesehen. Das heißt: kein Alibi mehr nach A.s Maßstäben. Für die weit schärferen und unbarmherzigeren Schnewlins bestand er geradezu aus Bildungs-Tics und Rückzugs-Instinkten, die zudem nichts mehr wert waren, nichts für ihn selbst, für die Gruppe noch weniger. Anderseits, Herr Dr. Wirz: war die Idee des Opfers denn so fremd, wie sich das Frau Dr. Leumann ausmalt? Diese Idee gehörte doch in sein mütterliches Erbe. Auch die Mutter war schließlich ein Opfer gewesen, wenn auch unbewußt und für eine feinere Gesellschaft. A. schmückte sich jetzt, nicht wahr, mit allen Symbolen seiner Passion für die andere, richtige Gesellschaft – und da sie ihn quälte, und er gewohnt war, sich zu quälen, wollte er sie durch sein

Opfer noch etwas richtiger machen. Nobler als sie war in ihrer terroristischen Schäbigkeit. Nur keine lyrische Schelte über die Untauglichkeit der Mittel, nicht wahr, wenn man das Ziel bejaht! Lieber mit den falschen Leuten recht haben, als mit den richtigen Leuten unrecht! Im dicksten privaten Elend den Weg durchschimmern sehen! Einen Weg machen durch den großen Zauber von der Solidarität! Ja und aber ja, wenn man schon Amen gesagt hat! Wer in der Küche der Revolution steht, muß Eier zerschlagen und Kinder schreien hören können –
Nicht wahr, Herr Dr. Wirz.

Nur bei den Lehrlingen schlafen – das schaffte A. nicht. Jeden Abend fuhr er zurück, in seine Wohnung, in seinem Wagen, den er der Vergesellschaftung immer wieder entzog. Habt Geduld mit mir, sagte er dann. Ich brauch das zum Aufladen. Und vielleicht seid ihr nochmals froh, wenn ihr eine Wohnung zum Untertauchen –
Wenn du glaubst, daß der Bundesanwalt deine Wohnung nicht längst auf der Liste hat! sagte Schnewlin. – Morgen um neun Uhr müssen wir übrigens in Ulm sein.
Ich auch? fragte A.
Dein Wagen jedenfalls. Und da du ihn ja wohl nicht aus der Hand gibst –
So wurde der Küchenbursche der Revolution auch zu ihrem Chauffeur.

Und in dieser ganzen Zeit haben Sie ihn allein gelassen! sagt Frau Dr. Leumann mit zitternden Löckchen.
Sehen Sie, wenn einer nicht von selbst zur Analyse kommt, hilft sie nichts.

Gehen Sie zum Teufel mit Ihrer Analyse!
Das wird er sich auch gedacht haben.
Und das hat Sie nicht beschäftigt?
Ich war ihm nicht wichtig, in dieser Zeit.
Ich schmeichle Ihnen ungern, Herr von Krausenegk, aber wichtig und wirklich waren in dieser Zeit nur drei Dinge für ihn: seine Wohnung, sein Auto, und Sie.
Sie meinen: weil er mich immer noch bezahlt hat?
Darum. Und darum. – Frau Dr. Leumann tippt mit ihrem Finger auf Zerutts Brust, wo sie seinen Verband vermutet. Wenn einer sich nicht mehr umblickt wie Albisser damals, Herr von Krausenegk, wenn einer in seiner Verzweiflung nicht mehr links und rechts schaut, dann tut er das nur, weil er noch jemand weiß, *nach dem* er sich nicht umblicken darf, dann hat er nur noch eine Hoffnung: daß dieser andere etwas vermißt. Und dieser andere waren Sie.
Wovon hat er denn die ganze Zeit gelebt? Hat ihm die Schule seine Witwen- und Waisenbeiträge zurückerstattet? Gearbeitet hat er doch nicht?
Frau Dr. Leumanns Blick wird noch eine Spur dunkler und strenger. – Wissen Sie, womit er die Bande bezahlt hat? Wissen Sie, womit er Sie bezahlt hat?
Zerutt weiß es nicht.

Frau Dr. Leumann erzählt:
Am 20. Juli 1973, um 14 Uhr, ein Jahr nach Albissers Entlassung, wurde die Sparkasse Altreutenen überfallen. Der Täter hatte seine untere Gesichtshälfte mit einem rot/grau gestreiften Shawl bedeckt. Er zwang den Bankverwalter und das übrige Personal mit vorgehaltener Pistole zur Herausgabe von 14 000 Franken. Es war nur Teil dessen, was er hätte erbeuten können. Obwohl der Verwalter sofort nach der Flucht des Räubers die Alarmanlage betätigte und um Hilfe rief, konnte der Täter in

einem Wagen mit verhängten Kontrollschildern fliehen, einem roten Volvo. Am nächsten Tag erhält die Lehrlingsgruppe in einem Umschlag ohne Absender 10 000 Franken. Das weiß ich, weil die nämlich plötzlich ihre Miete wieder bezahlen konnten. Und drei Tage später, am 24. Juli, kommt Dr. Albisser zum ersten Mal wieder bei ihnen vorbei und drückt Ihnen 4000 Franken in die Hand. Für die paar Monate, in denen er Ihnen Ihr sogenanntes Honorar schuldig geblieben war.

Macht genau 14 000 Franken, sagt Zerutt. – Und was ist mit dem grau-roten Schal?
Den habe ich bei der Haussuchung sichergestellt. Er lag in Albissers Bett, unter dem Kissen.
Und dabei hatten Sie keinen Zeugen, Sie waren allein in der Wohnung.
Das ist meine Sache.
Und was haben Sie mit dem Schal gemacht?
Krausenegk, eigentlich bin ich es, die hier fragt. Aber wenn Sie's wissen wollen: ich habe ihn Albisser in die U-Haft mitgebracht.
Der rot-graue Schal war nämlich wichtig für ihn. Immer, wenn er sich krank fühlte, oder überfordert, wickelte er nachts sein Gesicht hinein, Nase, Augen, Ohren, alles. Nur in diesen Schal, keinen andern. Sie wissen doch, wo er den Schal her hat?

Zerutt erzählt:
Sie wissen es sicher aus Ihren Akten: als zukünftiger Englischlehrer muß man einen Englandaufenthalt vorweisen können. A. war in Cambridge, es mußte bei ihm ja immer was Rechtes sein. Er lebte nicht in einem College, sondern bei einer alten schlesischen Jüdin, aber eine College-Hals-

binde kann man sich natürlich besorgen, wenn man sie braucht. A. besorgte sich eine. In Cambridge gibt es ein paar riesige Gaskessel, diese Engländer betreiben ja ihre Städte immer noch mit Kohle, kaum zu verantworten, wenn Sie sich diese zerbrechlichen Stadtbilder vor Augen halten. Wer denkt bei Cambridge schon an Gaskessel? Der größte dieser Kessel mußte erstiegen sein. A. nahm sozusagen Rache für die Alpen. Der Gaskessel war eingezäunt und bewacht. Nachts sah das Gelände so aus, wie sich die feinen Leute im 19. Jahrhundert die Hölle vorgestellt haben: wie eine Industrielandschaft. Kohlenhügel, blaues Elmsfeuer zwischen Eisenträgern, menschliche Schatten, die im Widerschein haushoch über geschwärzte Fassaden flattern, und vor allem: Gestank, ein richtiger Gasmordgestank. Und durch diese schwarze Nacht kletterte A., der Student, hoch, an einer hauchdünnen Eisenleiter, deren oberes Ende, war man erst eingestiegen, so wenig zu sehen war wie das untere. Er schob seine Todesangst vor sich her, die schwer und elastisch war wie ein fürchterlicher Körper, der kaum mehr nachgab: die Leiter wurde mit jedem Tritt unersteiglicher. Und als es eigentlich schon nicht mehr weiterging, kam die Leere und ein Rand davor; und über diesen Rand schmuggelte er sein bißchen Schwerpunkt, er hätte den Riesenkessel mit seinen Armen umfassen mögen, wenn er sie nicht bis zum letzten Augenblick so nötig gebraucht hätte, zum Klammern. Und dann stand er also auf dieser schwarzen, leicht gewölbten Decke, unter anderem Schwarz, das sich nicht einmal den Horizonten zu – bedenken Sie abermals die Silhouette der Colleges! – lichten wollte. A. war ja nie gut in Physik, plötzlich kam ihm auch noch die Angst, der Kessel könnte hochgehen auf Berührung, ganz zu schweigen von der Angst, die schon wieder den Kesselrand beleckte –

Sie meinen, er wollte sich was beweisen.
Ich wollte vom grau-roten Schal reden, sagt Zerutt.
Sie machen einen Fehler, sagt Frau Dr. Leumann. – Sie machen es sich mit Albisser zu leicht.
Und dann erklärt sie Albissers Banküberfall auf die schwierige Art:
Er kann sich nicht mehr verhehlen, daß er von diesen Brüdern ausgebeutet wird. Das sagt ihm seine Selbstachtung, seine Vernunft, auch seine Wahrheitsliebe. Anderseits hat er den Brüdern so etwas wie Treue geschworen. Und was macht er nun in seiner Not? Er schließt einen Kompromiß, einen magischen Kompromiß. Er macht diesen Banküberfall, er läßt sich in diese Sphäre hinunter. Aber er macht ihn unter einer Bedingung, unbewußt. Das tu ich noch für euch, soll das bedeuten, so weit gehe ich für euch, aber dann ist es auch genug. Das war das letzte Mal.
Es war ein symbolischer Banküberfall, sagt Zerutt, und darum verfolgen Sie ihn nicht, wie Sie eigentlich müßten. Das finde ich großartig von Ihnen.
Frau Dr. Leumann hört ihm gar nicht zu. Sie sagt leise: Da freßt, wollte er sagen. Und dann laßt mich frei. Ich habe bezahlt.
Jetzt verstehe ich alles, sagt Zerutt. – Zum Beispiel seine Tracht, als er auf mich schoß. So etwas prägt sich natürlich ein. Sein Bart. Wann läßt sich ein Mann einen Bart stehen? Wenn er einen eingefangen hat. Als er noch für die Lehrlinge kämpfte, hatte er sich doch bürgerlich gekleidet. Er glaubte ihnen so etwas nützen zu können. Das glaubte er plötzlich nicht mehr. Darum quälte er sich in echte Jeans, obwohl er gar nicht die Figur dafür hat. Er brachte kaum den obersten Knopf zu. Damit hat er es den Burschen einmal zeigen wollen.
Ich warne Sie noch einmal davor, es sich mit Albisser zu leicht zu machen, sagt Frau Dr. Leumann.
Frau Doktor, sagt Zerutt, ich frage mich nur, warum Sie

sich mit Ihrem Geständnis, daß Sie einen Sparkassenüberfall der Justiz entzogen haben, in meine Hand liefern.
Frau Dr. Leumann erschrickt, ihre Augen werden klein.
Ach, Frau Doktor, Zerutt weiß doch. A.s Banküberfall ist Ihnen so lieb, daß sie einfach nicht darauf verzichten können. Sie kämpfen mit Zerutt um Ihren Sinn. Ihr Engagement als Staatsanwalt lohnt sich für Sie doch nur, wenn Sie einmal eine wunderbare Ausnahme machen dürfen. Gnade walten lassen, ein Opfer bringen. Und nun will Ihnen der hergelaufene Gutsbesitzer das Opfer vermiesen.
Ja, Sie kämpfen mit einem zynischen alten Mann um die linke Ehre seines langjährigen Opfers. Wenn jemand Albisser wieder aufrichten kann, sind Sie es. Und dazu müssen Sie diesem Krausenegk beweisen, daß Albisser ein Mann ist, Ihres Einsatzes, Ihrer Zuneigung nicht unwürdig. Die Erfüllung Ihrer stillen Wünsche nach Illegalität.
In diesem Augenblick kommt Schwester Claudia und schiebt ihr Medizinwägelchen vor sich her. Frau Dr. Leumann und Zerutt verstummen. Geniert zieht Schwester Claudia eine Spritze hoch, und Zerutt hält ihr den Arm hin, so freundlich er kann. Was muß sie von den zwei denken.
Wir fragen uns gerade, ob Herr Dr. Albisser einen Bankeinbruch begangen haben könnte, sagt Zerutt zu Schwester Claudia.
Einen Bankeinbruch? fragt die Schwester mit einem scheuen Blick zur Anwältin, während sie den Saft in Zerutts Ader laufen läßt. – Hat er das getan?
Aber keine Rede, nicht im Traum, sagt Zerutt. – Nicht wahr, Frau Doktor? Frau Doktor hat ihn nur so gut verhört, daß er ihr zuliebe sogar einen Bankeinbruch zugab.
Unsinn, sagt Frau Dr. Leumann und zieht ihr Kinn ins Halsfleisch zurück. Schwester Claudia beeilt sich mit der

Spritze. Als sie draußen ist, sagt Frau Dr. Leumann – ein starkes Zugeständnis, aber für ihren Mann ist ihr nun jedes Mittel recht –:
Auf *Sie* hat er jedenfalls geschossen!

In zwei Fällen hat Zerutt immer recht: wenn er traurig ist, und wenn er das Schlimmste annimmt.
Nach Frau Dr. Leumanns Besuch ist er nicht sehr traurig, also muß es das andere sein.

Aber da sowohl für Herrn Dr. Albisser wie für Frau Dr. Leumann das Schlimmste zufällig grade das Passende ist, kann man ja auch gratulieren. Sie machen ein schönes Paar. Jeder wird pflegen, weil er weiß, daß er Pflege braucht. Sie werden sich fürs Leben beieinander versichern. Ihre Defizits passen zusammen. Manchmal ein kleiner Streit, wer gerade der Kleinere sein darf, das ist das Salz in der Suppe. Hier riecht es plötzlich nach Lebensgemeinschaft, Zerutt, füg dich drein, deine Analyse ist am Ziel. Lebensgemeinschaft mit sozialem Unterton, guten Büchern, echten Gesprächen und funktionellen Möbeln.

Und was bleibt für Zerutt?
Auch das Schlimmste, wie er Dr. Vögelis Blicken entnimmt, der ihm nur noch dienstlich ins Auge zu blicken wagt. In seiner Hilflosigkeit streicht er den Patienten schnell über die Schulter – zart, er weiß, wie wenig diese Schulter verträgt – und entfernt sich mit einem Kummer im Gesicht, der nicht mehr Zerutts Zustand gilt, sondern dem Ende ärztlicher Zuständigkeit. Von jetzt an, das sieht er kommen und kanns nicht verhindern, gilt wieder das Men-

schenschicksal. – Auch Schwester Claudia verweilt sich nicht mehr bei Zerutt. Auch sie weiß offenbar, was Zerutt nicht weiß, das Schlimmste; sie schämt sich, an diesem Wissen vorbei so unbefangen zu sein, wie sie früher war. Verehrtes Personal, Zerutt würde euch gern noch ein Geschenk machen und sagen: die Begriffe von dem, was das Schlimmste ist, schwanken. Zerutt hat eigentlich gar keine. Nur etwas Neugier – unpassend in seinen Jahren – und ein paar Bauernregeln. Etwa: wenn sie dich stoßen wollen, hilft nur: schon gefallen sein. Oder: wenn sie dir wehtun, nimm an, du wärst bloß erfunden. Oder: sobald du wieder gehen kannst, geh.

Das übrige ist dann schon schwieriger: wenn du Hunger hast, iß. Wenn du Durst hast, trink.

Zerutt weiß, wozu sie heute gekommen ist, aber sie ist nicht sicher, ob er es weiß. Und ob sie wünschen soll, daß er es weiß. Ob es nicht lieber ein Schlag aus heiterem Himmel sein sollte. Wenn er es aber heute weiß und schon länger gewußt hat, ist es für sie dann leichter mitteilbar? Oder im Gegenteil: ist es dann nicht doppelt peinlich, weil es schon so lange peinlich gewesen ist?

Frau Dr. Leumann wartet immer noch, läßt Zerutt so lange im Krankenstuhl warten, wo er offenbar einen ihre Festigkeit hart prüfenden, also gefährlichen Eindruck macht. Noch zwanzig solche Sekunden zwischen Räuspern und Ansetzen, und Sie haben Ihre große Szene geschmissen. Darf das sein? Darum sagt Zerutt:
Frau Doktor, ich ginge gern weiter.

Was heißt das? fragt sie ohne Stichwort, kindlich, in ehrlicher Ratlosigkeit.
Sehen Sie, sagt er mit leiser Stimme. – Ich habe einen Onkel in Amerika, der hat mich schon lange eingeladen, und ich – Sie wissen ja, es kam immer etwas dazwischen.
Sie haben einen Onkel in Amerika?! fragt Frau Dr. Leumann.
Habe ich Onkel gesagt? lächelt Zerutt mühsam. – Das ist ja lustig. Wahrscheinlich, weil sich die Vorstellung Amerikas so zwangsläufig mit derjenigen eines Onkels verbindet. Natürlich habe ich einen Neffen in Amerika. Der gibt schon seit meiner Flucht keine Ruhe, und jetzt wäre vielleicht der Zeitpunkt gekommen, ihn zu besuchen.
Das ist nicht wahr.
In Peonia, Illinois. Ich kann Ihnen die Adresse zeigen.
Unsinn.
Es liegt nicht am Meer, aber das ist fast der einzige Nachteil. Mein Neffe ist ein netter Mensch. Er soll eine Frau haben, eine unheimlich aktive Frau mit vielen kleinen Kindern, einen großen Rasen zum Saubermähen und zwei Autos. Ganz in der Nähe soll es eine Gruppe schöner alter Bäume geben, Ulmen, Sie wissen vielleicht, den Ulmen geht es heute nicht mehr so gut –
Zerutt hört auf. Vor ihm steht eine weinende Frau Anwalt. Daß er auch mit diesen Ulmen kommen mußte! Frau Dr. Leumann läßt auf einmal den Kopf hängen, und ihre Lippe zittert. Zwei-, dreimal sieht sie Zerutt noch von unten an, und der Himmel weiß, was sie sieht; nach jedem Blick kommt mehr Wasser nach.
Sie will sich bei ihrem Weinen nicht stören lassen. Sie setzt sich sogar dazu, stellt die Beine auseinander und läßt ihre beiden Hände mit dem Täschchen dazwischen hängen.
Es geht mir wirklich besser, Frau Doktor.
Nennen Sie mich nicht so, stößt sie hervor, stößt wirklich mit dem ganzen Oberleib und drückt den Kopf gegen ihre

Schulter, wo er nicht bleiben kann, ihr Schluchzen ist zu stark.

Wenn Sie die Krankenschwester sieht, mahnt Zerutt.

Soll sie, sollen sie doch alle, sagt Frau Dr. Leumann kaum mehr verständlich. Dann tasten ihre Hände nach dem Verschluß ihrer Tasche, nein, den Schwestern gönnt sie den Anblick einer zerbrochenen Juristin doch nicht, der ist nur für sie selbst bestimmt, dann für Gott, und am Rande für den Auszuweisenden. Sie klaubt ein Tüchlein hervor und putzt sich energisch Nase, Augen, Nase.

Herr von Krausenegk! sagt sie mit hoher Stimme. – Sie haben gewußt, nicht wahr, was ich Ihnen heute sagen muß. Sie haben es mir angesehen.

Ich habe Ihnen nichts angesehen, ich bin wahrscheinlich zu sehr mit dieser Amerika-Geschichte beschäftigt. Es ist ja keine kleine Sache, in meinem Alter wird Amerika zur fixen Idee. – Sie schlägt die Augen auf. – Ich muß Ihnen heute Ihre Ausweisung binnen eines Monats ankündigen. Ich habe Ihre Ausweisung betrieben, wie ich konnte. – Sie muß jetzt alles sagen, alles.

Sie haben so viel zu tun, tröstet Zerutt. – Da läuft so etwas mit.

Sie haben niemanden in Amerika, keinen Onkel, keinen Neffen.

Reden Sie mir bitte nicht in meine Familiensachen.

Versuchen Sie jetzt nicht, es mir leicht zu machen.

Gestatten Sie mir immerhin den Hinweis, daß ich auch ohne Onkel oder Neffen notfalls Lust haben könnte, ein so großes Land zu besuchen.

Notfalls! sagt sie bitterlich. – Und wie wollen Sie Ihr Leben verdienen? Mit Tellerwaschen vielleicht? Und wenn Sie krank werden? – Sie dürfen nicht nach Amerika. – Sie kommen da gar nicht hin! Es gibt Einwanderungsbestimmungen, Quota. Und Sie als Staatenloser – ich meine, als Rumäne –

Es geht nicht weiter. Sie verstrickt sich in Grausamkeiten, eine unabsichtlicher als die andere. Dann sagt sie: Lassen Sie uns bei der Ausreise behilflich sein. Nicht nach Amerika. In ein Land in der Nähe, wo Sie atmen können.

Würden Sie mich einer befreundeten Staatsanwaltschaft empfehlen? Nein, nein. Sie dürfen sich nicht zu sehr anstrengen. Das könnte ich von Ihnen nicht annehmen.

Wenn Sie an Herrn von Krausenegks schäbige Zukunft denkt, darf sie jetzt nicht einmal schmollen.

Herr von Krausenegk, sagt Sie. – Sie wissen vielleicht nicht – Sie lesen ja keine Zeitung. Aber die Schweiz ist heute im Begriff, die Beziehungen zu Ihrer alten Heimat zu verbessern.

Ich habe keine alte Heimat.

Ein Kulturabkommen steht vor dem Abschluß. Wir werden auch einige Repatriierungsfälle regeln können, mit vollständiger Amnestie. Die Gelegenheit ist sehr günstig, politisch –

Ich vermute fast, Sie richten Ihre Hoffnungen auf ein Ostland.

Es hat sich dort vieles geändert.

Sie wollen mich also einem strengen System überlassen, nachdem ich schon mit Ihrem freien nicht recht fertiggeworden bin?

Man würde Ihnen nichts mehr tun.

Das ist mir zu wenig.

Aber irgendwohin müssen Sie doch gehen! sagt sie erschüttert.

Nach Peonia, Illinois.

Gehen Sie zur Hölle! sagt sie. – Sie sind ein Satan. Ich habe kein Mitleid mit Ihnen. Sie haben Albisser fertiggemacht. Aber nicht ganz. Und jetzt wollen Sie mich fertigmachen.

Sie täuschen sich, sagt Zerutt. – Sehen Sie mich doch einmal an.

Ihre schönen blauen Augen sind dunkel vor Entrüstung

über die schreckliche Zweischneidigkeit des Guten, an das sie glauben möchte, wenn nötig mit Teufels Gewalt. Sie hat die Augen so weit geöffnet, daß Zerutt sich darin gespiegelt sehen kann, wie A. ihn gezeichnet hat: ein schmutziger alter Mann im Krankenstuhl, mit einer provisorischen Binde über dem verlorenen Auge, als Brigant getarnt, ausgewiesen um der Gerechtigkeit willen und jetzt der Gerechtigkeit spottend, weil er nur ein elendes Häufchen Mensch ist. Spottend und elend, das ist doch des Guten zu viel.

Sie sind nicht umzubringen, sagt Frau Dr. Leumann, ohne mit der Wimper zu zucken.

Das hat Zerutt auch schon gehört, davon wird es nicht wahrer. – Ich glaube doch.

Aber da Sie so freundlich sind, darf ich vielleicht noch einen Wunsch äußern. Sagen Sie A. nicht, daß Sie mich ausweisen müssen. Das tragen Sie und ich miteinander.

Sie wollen mich also auf der ganzen Linie erledigen, sagt sie. Sie ist zum Fenster gegangen; das Glas an ihrem Mund beschlägt sich.

Ich habe nicht einmal an Sie gedacht. Ich möchte nur nicht, daß A. sich Gedanken macht. Es wären bestimmt die falschen.

Ihnen ist nicht zu helfen.

Doch sagt Zerutt. – Nur nicht von jedem.

Er rollt sich mit seinem Stuhl zum Bett und drückt die Klingel.

Was tun Sie?

Ich möchte ins Bett zurück.

Schwester Claudia steht schon da.

Ins Bett zurück, sagt Zerutt. – Und für die Dame ein Schmerzmittel. Sie hat abscheuliches Kopfweh.

So hätte Zerutt die Szene gefallen. Leider ist sie nur eingebildet und entspricht nicht den Tatsachen.
Richtig ist vielmehr:
Die Justizdirektion des Gastkantons läßt heute dem zur Zeit im städtischen Krankenhaus Vorbühl befindlichen rumänischen Staatsbürger Jancu von Krausenegk-Vacarescu durch Boten mitteilen, daß seine sogenannte Toleranzbewilligung durch regierungsrätlichen Beschluß widerrufen worden ist. Diese Maßnahme erfolgt gemäß Bundesgesetz über Aufenthalt und Niederlassung der Ausländer vom 26. März 1931, Art. 9, Ziffern 2 a und 2 b, wonach eine Toleranzbewilligung (laut Ziffer 5 desselben Artikels) dann widerrufen werden kann, wenn der Ausländer sie durch falsche Angaben oder wissentliches Verschweigen wesentlicher Tatsachen erschlichen hat, bzw. wenn das Verhalten des Ausländers Anlaß zu schweren Klagen gibt. Obwohl die Herkunft des J. v. K.-V. nicht abschließend nachgewiesen werden konnte, hält die Fremdenpolizei, von den Justizbehörden gelegentlich der Strafuntersuchung gegen Dr. Peter Albisser orientiert, und damit auch die Justizdirektion, den Anspruch des Jancu von Krausenegk-Vacarescu (alias Zerutt Contantin) auf die Schweizerische Staatsbürgerschaft für hinreichend widerlegt und damit den Verstoß im Sinne von Art. 9, Ziffer 2, Absatz a für erfüllt. Die anhand von Absatz b erhobene schwere Klage stützt sich ihrerseits auf Art. 10, Ziffer 1, Absatz b desselben Bundesgesetzes, wonach ein Ausländer aus der Schweiz oder aus einem Kanton weggewiesen werden kann, wenn sein Verhalten und seine Handlungen darauf schließen lassen, daß er nicht gewillt oder nicht fähig ist, sich in die im Gaststaat geltende Ordnung einzufügen. Als einschlägig ist ferner der Artikel 16 der Vollziehungsverordnung zum genannten Bundesgesetz (vom Bundesrat beschlossen am 1. März 1949) zu betrachten, wonach eine Ausweisung nach Art. 10, Absatz 1, Buchstabe b namentlich als begründet erscheint –

es handelt sich hier um Absatz 2 des genannten Artikels 16 VV – bei grober Verletzung allgemeiner Gebote der Sittlichkeit (Alinea 3 des genannten Absatzes) oder – Alinea 5 – sonstiger fortgesetzter Liederlichkeit oder Arbeitsscheu. Vom Begriff der Arbeitsscheu kann ausgegangen werden, weil die Arbeit, welcher der Auszuweisende zur Bestreitung seines Lebensunterhalts nachging, gemäß der Art. 10 Absatz 1 Buchstabe b stipulierten Ordnung des Gaststaates nicht als Arbeit im Sinne dieser Ordnung betrachtet werden kann. Anderseits darf angenommen werden, daß der Ausländer, wenn er dieser nicht als Arbeit zu betrachtenden Tätigkeit nicht mehr nachgehen kann, der öffentlichen Wohltätigkeit fortgesetzt und in erheblichem Maße zur Last fallen würde, womit auch der Buchstabe b des Artikels 10 des besagten Bundesgesetztes zur Anwendung gelangen würde. Da die Toleranzbewilligung dem schriftenlosen K. nur vorbehaltlich des Nachweises der von ihm behaupteten Schweizer Staatsbürgerschaft erteilt wurde (vgl. dazu VV Art. 24, Absatz 1), dieser Nachweis aber heute als nicht erbracht gelten muß, entfällt die Vorbedingung für eine weitere Tolerierung des Aufenthalts, ja die Behauptung selbst könnte sich als falsche Angabe gemäß Art. 9 Absatz 2, Buchstaben a des genannten Bundesgesetzes praxisverschärfend auswirken. Eine allfällige Verlängerung der Toleranz des Gastkantons aus humanitären Gründen, insbesondere etwa mit Rücksicht auf Alter und Gesundheitszustand des K., liegt deshalb nicht im öffentlichen Interesse, weil der K. durch die Art seiner Berufsausübung, insbesondere im Fall des Dr. Albisser Peter, seinerseits keinerlei Rücksicht auf die einfachsten Regeln des menschlichen und bürgerlichen Anstandes an den Tag legte. Ohne der Gerichtsverhandlung gegen Albisser vorgreifen zu wollen, darf durch die laufende Voruntersuchung gegen denselben doch bereits als hinreichend erwiesen gelten, daß er in einem extremen, durch von Krausenegk-Vacarescu verursachten psychsichen Notstand gehandelt hat und sich in einer im Sinn des SStGB, Art. 64 nachfühlbaren Weise (Zorn oder großer Schmerz über eine ungerechte Reizung und Kränkung) zu seinem Anschlag gegen Krausenegk hinreißen ließ. Gemäß ärztlichem Zeugnis (Dr.es Vögeli Hans und Kündig Ambrosius vom 28. August 1972) ist Krausenegk heute von den ihm im Verlauf der Auseinandersetzung mit Dr. Albisser Peter zugefügten Verletzungen als hergestellt zu betrachten, womit eine Verlängerung der Toleranzbewilligung im Sinne von Art. 14, Absatz 8 der VV entfällt. Da auch die Untersuchung der Rolle, die er in der Auseinandersetzung mit Dr. Albisser Peter gespielt hat, als abgeschlossen zu betrachten ist und die Anwesenheit bzw. Einvernahme des Krausenegk beim Prozeß gegen Albisser keine neuen Tatsachen zu ergeben verspricht, verfügt die kantonale Justizdirektion im Einvernehmen mit der schweizerischen Fremdenpolizei die Ausweisung des von Krausenegk-Vacarescu Jancu alias Zerutt Constantin binnen vier Wochen, das heißt: bis zum 5. November 1973. Gegen diesen Beschluß kann der Ausgewiesene binnen 14 Tagen Berufung beim Eidgenössischen Justiz- und Polizeidepartement einlegen, das gemäß Art. 20, Absatz 1 des BG vom 26. 3. 31 endgültig entscheidet.

Dazu – aber nicht im selben Umschlag – schreibt Frau Dr. Leumann Zerutt einen kleinen blauen Brief ohne Anrede:

Seit heute ist Albisser wieder auf freiem Fuß. Ich schreibe Ihnen das, weil er Sie besuchen will. Ich glaube, daß er jetzt über dem Berg ist. Ich bitte Sie dringend, ihm nichts mehr in den Weg zu legen. Wir haben ihm nicht mitgeteilt, daß Sie ausgewiesen werden. Wenn Sie es ihm jetzt sagen, gefährden Sie seinen Prozeß. Natürlich ist er immer noch zu einer Kurzschlußhandlung fähig. Ersparen Sie ihm weitere Prüfungen. Das ist das Wenigste, was Sie noch für ihn tun können. Er hat Sie nämlich auch geschont. Nichts, was wir über Sie wissen, wissen wir von ihm. Ich hoffe, das erleichtert Ihnen eine menschlich anständige Haltung. Ich wünsche Ihnen alles Gute auf Ihrem weiteren Weg.

Lili Leumann

Jetzt ist auch Dr. Vögeli in seinem wohlverdienten Urlaub, und Zerutt schreibt eine Englischübung für Herrn Dr. Albisser:

Henry, said the little devil, you look pale again. Whats wrong with you this morning? I am translating the Holy Bible, said Henry. There *are* translations, said the little devil. I want to do it all by myself, said Henry. Thats whats wrong with you, said the little devil. Show me your pad.
Youve translated only one sentence, said the little devil. Youre slow. Youre not efficient. And look here. What does Logos mean in English? Deed, said Henry. You better stick to medicine, said the little devil.
Henry wiped his face. Poor Henry.
Know whatya oughta do? said the little devil. Henry shook his head. Relax, said the little devil. No, said Henry. Henry was very stubborn. I'll make you relax, said the little devil. You won't, said Henry. You bet, said the little devil. I bet you won't, said Henry. And that was that.
Lissen, said the little devil. I got the right shampoo for you. Makes your hair feel clean and creamy all over. O. K., said Henry. Henry was really desperate.
Meet Margret, said the little devil. Hi, said Henry. He felt

much better. Hi Henry, said Margret. Make him relax Margret, said the little devil. Go away you stink, said Margret. That was not nice of her.
Know how? Margret asked Henry. Henry did not make Margret very happy. That was not nice of Henry. He was uptight, bodywise.
Feel better? asked the little devil. He could see very well that Henry did not feel better, little devil that he was. Henry could not look him straight into his eyes. Youre tense, said the little devil. I know I blew it, said Henry. Never mind, said the little devil. He had a kind heart, basically. Relax, Henry. But Henry didnt relax. He didnt relax at all. On purpose.
Know what? asked the little devil. Henry did not know what. Frankly the little devil didnt know either. Lets go to Greece. Take a day off. Brush up your Greek. So you won't translate Logos by ›deed‹ anymore. Come to think of it, he was a conscientous little devil.
What he really had in mind was beaches. Greek beaches and a helluva lot of sun for Henry the Tense. Greece has more sun per year and square mile than any other country in Europe. No kiddin. Ask Olympic Airways. That'll make him relax, thought the little devil. Poor little devil. So they went to Greece. So to Greece they went, thats more educated. Henry had a crew-cut because of the kernels. Sometimes you must make a sacrifice.
Well? said Henry. You could tell he didnt have too much imagination. When there are so many beautiful people on the beach of Greece. Some were really outasight. The little devil introduced Henry to all of them except those he didnt know. But Henry could be expected to mix a bit all by himself. The little devil made him ride a real life Greek horse like the old heroes did. Henry did a few rounds. But he did not relax. In his heart he was still a very tense man. You could tell from his face.

The little devil sighed. Meet Helen, he said. Henry, meet Helen. That'll do you a lot of good. O.K., said Henry. Hi Helen. And then he did it with Helen, a few rounds. Blew it again? asked the little devil. He was really sweating. Felt kind of good, said Henry. Only she wasnt the real thing. Only she sort of faded. Henry could be subtle, sometimes. Everything to annoy the little devil. I meant well, said the little devil. Big deal, said Henry.

O. K., said the little devil. Lets build a dyke. What for? asked Henry. For kicks, said the little devil. We'll dig that, a dyke. O. K., you dig and I kick, said Henry. Henry could be mean, sometimes. The little devil did all the hard work. He felt alone. But he did it anyway.

Henry watched him doing it. Here come my buddies, said Henry. My REAL buddies. Been nice meeting you, little devil.

It was quite a busload full of Henry's REAL buddies. All dressed like angels. All rushing in on the little devil's dyke and trampling it into the ground.

The little devil was too little to do anything but watch. He started to cry. But he didnt want Henry to see his tears. So he turned away. Shit, you win, he said with a sob. He could not help it.

Henry grinned. You could just watch him relax. You could tell that this was just what he had been after all along. Trampling the little devil's work into the ground. Henry is hard to understand, sometimes.

Zerutts Besuch ist da, und Claudia geht. Auf Wiedersehen, Schwester Claudia.

Sie dürfen ruhig rauchen, sagt sie noch.

Danke, der Besuch raucht nicht mehr. Danke, Schwester.

Der Besuch duzt den Patienten. Hier sagen die Leute in solchem Fall: wir haben doch keine Schweine zusammen gehütet. Doch, sagt A., Dr. Albisser.

Zerutt weiß noch, wie A. aussieht, wenn er fein lächelt, aber das Lächeln ist jetzt etwas breiter geworden. Erholt, der ganze Mann, für einen Sonntag gekleidet. Ein richtiger, gewöhnlicher Besuch, ein weiterer Herr Doktor.

Doch, hat Herr Dr. Albisser gesagt. Zerutt hat also wieder einmal laut gedacht. Er wird älter, eine gute Lebenszeit für die Landesverweisung.

Du hast mir die Säue gehütet, in die meine bösen Geister gefahren sind, sagt Herr Dr. Albisser. Du bist mein Hüter gewesen, ich danke dir.

Tut ihm wohl kein bißchen leid, daß er auf Zerutt geschossen hat.

Ich lebe ja nur, weil du noch lebst. Ich muß froh sein, daß alles so gekommen ist.

Der Besuch hat eine robuste Dankbarkeit.

Aber er hält Zerutt ja für gerettet. Er hat im Gefängnis wie ein Löwe für sein Opfer gekämpft. Als er feststellen mußte, daß sein Schweigen gegen Zerutt ausgebeutet werden sollte, hat Dr. Albisser zu reden begonnen und für Zerutt gekämpft. Von den Maßnahmen seiner Untersuchungsrichterin weiß er nichts. Er erzählt Zerutt die Geschichte seiner Ahnungslosigkeit:

Wie erfolgreich er bestreiten konnte, daß ihn Zerutt provoziert habe. Wie Zerutt in allen Stücken planmäßig menschlich gehandelt habe, nur daß Albisser dem Plan nicht gewachsen gewesen sei. Daß Albisser geschossen habe aus mangelhafter Einsicht in die Schönheit von Zerutts Plan. Daß Albisser in diesem Sinn vermindert zurechnungsfähig gewesen sei. Wie er die Frau Untersuchungsrichter davon überzeugt habe. Daß Zerutt jetzt nicht einmal am Prozeß zu erscheinen brauche. Daß er es nicht mehr weit habe bis zu seiner endgültigen Niederlassung.

Siehst du, die konnten sich einfach nicht vorstellen, wie es zwischen uns gewesen ist. Oder sie konnten es sich zu gut vorstellen. Sie ließen sich ja einen Psychiater kommen, der ihnen alles erklärte –

Dr. Wirz.

Kennst du ihn?

Flüchtig.

Und der hat ihnen dann beigebracht, wie es gewesen sein müsse. Du hättest mich zur Übertragung eingeladen und dich dann geweigert, deine Besetzung durch mich anzunehmen. Du habest dich in der gröbsten Form verweigert, sagen sie.

Das hört sich schon sehr prüde an.

Sie haben nichts begriffen, sagt Herr Dr. Albisser. Wer nur das Psychologische begriffen hat, hat nichts begriffen. Aber das habe ich ihnen auch zeigen können. Sie wissen jetzt, daß du kein Feld-Wald- und Wiesen-Analytiker gewesen bist –

Kein richtiger Analytiker.

Ich habe Ihnen von Sokrates erzählt, zur Illustration.

Sehr freundlich.

Weißt du: die Aporie. Man leitet die Erkenntnis bewußt auf einen Punkt, wo sie nicht weiterkann. In die Klemme. Und dann muß sie den Sprung tun –

Sie lächeln beide. Herr Dr. Albisser denkt, sie verstehen einander.

Und da bin ich eben zu kurz gesprungen. Auf dich. Du warst es, der alle Hindernisse für mich verkörperte, auf dem Weg zu mir selbst, also mußte ich dich beseitigen.

Symbolisch, sagt Zerutt.

Ja, symbolisch. Aber dazu war ich nicht frei genug. Ich habe wirklich auf dich geschossen. Wenn ich dich getötet hätte, wäre ich nie mehr zu retten gewesen. Du warst sehr großmütig, am Leben zu bleiben, und ich war sehr glücklich, dich zu verfehlen.

Das Vergnügen ist ganz meinerseits. Sie waren eben kein guter Schütze.
Herr Dr. Albisser lacht herzlich. Dann wird er ernst.
Du hast ein Auge verloren. Ich weiß, ich kann das nie wieder gut machen. Damit muß ich leben.
Ich auch. Zu zweit werden wir das schon schaffen.
Du, sagt er entschuldige – und jetzt wird er rot. – Ich habe mir etwas ausgedacht.

Herr Dr. Albisser hat einen Schulfreund in einer anderen Stadt, nicht weit von hier, aber im Nachbarkanton, im Kanton Claudias. In einer kleineren Stadt, sehr wohnlich, man kann da sehr leben, man ist in zwanzig Minuten fast überall, im Kino, im Theater, es gibt da jetzt eine Autobahn. Dieser Schulfreund ist da unterdessen Schulleiter geworden, und er hat Herrn Dr. Albisser im Gefängnis besucht. Er hat ihn dort nicht sitzen lassen, sondern ihm eine Stelle angetragen. Bis auf weiteres eine Hilfslehrerstelle, aber fast wie eine volle dotiert –
Ich schäme mich nicht, das anzunehmen, weißt du.
Warum auch?
Und da will er also, wenn der Prozeß ausgestanden ist – du brauchst, sagt er, dabei nicht als Zeuge zu erscheinen, das hat er abgebogen, Frau Dr. Leumann hatte Verständnis dafür, du hast ja, sagt Herr Dr. Albisser, innerlich mit seiner Tat nichts zu tun –, zum Glück gibt es diese Frau Dr. Leumann, die da endlich durchsah, eine feine Frau, Genossin auch noch, ein anderes Format als dieser Egli-Bauer, der in seinen Sünden dahingefahren ist, bevor er alles vermasseln konnte, Dr. Albisser hat Frau Dr. Leumann wirklich schätzen gelernt. Aber er wollte ja von diesem Nachbarstädtchen sprechen, da will er sich niederlassen nach seiner Verurteilung, die auf Bewährung ausgesprochen wird, und wieder zu unterrichten anfangen. Es ist eine progressive

Schule, die Schüler bestimmen ihren Lehrplan de facto schon lange selbst, de facto ist die Mitbestimmung dort eingeführt, dafür hat dieser Schulleiter gesorgt, ohne es an die große Glocke zu hängen, es hat de facto eine kleine Revolution stattgefunden, der Generationengraben ist umgebaut in ein menschlich schönes Übungsfeld, und Herr Dr. Albisser wird auf dieser Wiese mitspielen, nicht als Mittelstürmer, das ist jetzt vorbei, er wird nur ab und zu einen durch das Mitbestimmungsmodell bewilligten Flankenball servieren und bescheiden zurücktreten, Tore wird das geben, Tore!, und keiner wird am Ende verloren haben, sondern alle gewonnen. Und A. wird als Nicht-A. Fächer unterrichten, von denen man anderswo erst redet, Literatursoziologie, Medienkritik, Persuasionstheorie, allgemeine Semiotik, aber das wird natürlich nicht so heißen, sondern ganz unscheinbar, es handelt sich ja um elementare Dinge, Herr Dr. Albisser wird Zusammenhänge herstellen dürfen, in welche eine neue Generation so kritisch wie freundlich hineinwächst. Und er schämt sich nicht über diese Aussichten, er ist ganz glücklich damit, nur eines fehlt ihm noch zu seinem Glück –

Hier Herrn Dr. Albissers Wunsch: daß Zerutt mit ihm in die von seinem befreundeten Schulleiter schon ins Auge gefaßte Wohnung zieht, eine Wohnung am Stadtrand, aber in einer sozial gut gemischten Umgebung, ruhig und doch in bequemer Reichweite. In dieser Wohnung wird er dich dann auf Händen tragen, natürlich ohne deine Ruhe zu stören, er wird dich dein verlorenes Auge vergessen lassen; aber das sagt er nicht, er gibt sich Mühe, mit so viel Selbstverständlichkeit so darum herum zu reden, daß du ohne Hemmungen zugreifen kannst. Es gibt, wenn du Herrn Dr. Albisser zuhörst, praktische, sachliche Gründe, die für diese Wohngemeinschaft sprechen, man will ja für so eine Schule täglich zusammenwirken; persönliche Gründe gibt es nur insofern, als er sich, aufrichtig, darauf freuen würde. Aber wichtiger ist, daß es auch für dich an dieser Schule dies und das zu schaffen gäbe, oder schon gibt; er weiß, der Umzug wird dir ein bißchen lästig sein, das Nachbarstädtchen eigentlich zu klein, du bist ja von früher viel Bewegung gewohnt, aber man kann sich helfen, schließlich ist er auch noch da, und vor allem ist es der Fall, daß du in diesem Städtchen gebraucht wirst, daß du da etwas zu vermitteln hättest, wovon es in diesem Land noch fast nichts gibt, aber nicht genug geben kann: dieses Sokratische, Herr Dr. Albisser hat kein besseres Wort.

Wie denn die Fächer hießen, die Zerutt da unterrichten würde?

Was täte das zur Sache, am Etikett hängt doch nichts. Lebenskunde vielleicht, oder praktische Philosophie, einen Namen müßte das Kind ja haben, für die Behörden, aber in Wirklichkeit wärest du frei, dein spezielles Salz zu streuen, dieses Salz wäre es gerade, weswegen du so gebraucht würdest in diesem Nachbarstädtchen.

Herr Dr. Albisser wartet auf die Spur eines Erleichterungsausbruchs von seinem Freund, wegen der kleinen Stadt und ihrer Wohngemeinschaft. Aber er ist auch schon fest entschlossen zu verstehen, daß du nicht sofort reagierst. Für so etwas braucht man Bedenkzeit, er hat ja auch Wochen gebraucht, sich hineinzudenken, bis er sah, daß es seine Aufgabe war, aber für dich kommt es unerwartet, und daß du dich als Gnadenempfänger nicht gleich wohl fühlst, ist er auch bereit zu verstehen. Also vorläufig kein Wort mehr in dieser Sache.

Du hast mir geholfen, wiederholt er.

Aber das ist nicht alles, Zerutt hört das. Seit seinem Kopfverband hat er feinere Antennen: er hört es knistern in Herrn Dr. Albissers Ärmel. Für eine ganze Stunde Besuchszeit benötigt man eine Regie, die nach dem ersten Höhepunkt wieder ins Beiläufige absinkt. Zerutts Zustand

kommt zur Sprache, der Zustand des Oktobers vor Zerutts Fenster, nasser als andere Jahre, seine Pflegebedingungen, befriedigend, danke.
Eine Viertelstunde vor Ablauf der Frist sagt Herr Dr. Albisser – er ist übrigens schlicht, aber nicht ohne Sorgfalt gekleidet:

Es ist etwas Komisches. – Weißt du, im Gefängnis, als du nicht mehr da warst, und die Pleite mit den Lehrlingen – ich wußte nicht mehr weiter –. Es war zuerst bloß ein Gefühl. Du bist fröhlicher, als es den Umständen entspricht, und hast wahrlich keinen Grund dafür. Und dann machst du die Augen zu.
Und dann ist es plötzlich da.
Kennst du es auch?
Nein.
Es ist etwas da, wo du nicht hinreichst. Also fast überall. Es hat kein Gesicht. Aber es ist nicht nichts –
Es hat kein Gesicht.
Woher weißt du das?
Sie haben es eben selbst gesagt.
Es mußte von dieser Seite kommen, draußen hätte ich es nie gesehen, oder abgewehrt. Es mußte so kommen, daß ich nicht wußte, was es war, nur, daß ich es brauchte.
Und was wäre das?
Ich kann ihm keinen Namen geben, obwohl es eine Person ist. Wenn es keine Person wäre, weißt du, dann könnte es ja nicht helfen.
Es hilft?
Weil es da war. Als ich es am wenigsten vermutete. Es war nicht möglich, aber es war da.
Wie sah es aus?
Oft gar nicht, oft wie ein Bruder. Zum Lachen wirklich, wenn einem nicht mehr ums Lachen war. Auch nicht ums Heulen. Einfach um gar nichts mehr. Da fing er an, und

dann hörte er nicht mehr auf. Er war von Heiterkeit nicht zu unterscheiden. Er war in der Nähe, ohne etwas zu tun. Nur in der Nähe.
Schöner Faulpelz.
Verstehst du?
Nein.
Du bist nie verzweifelt genug dafür gewesen.
Das wirds sein.
Entschuldige mich.
Zerutt denkt über diese Entschuldigung nach. Entschuldige, daß du abgelöst bist? Daß ich jetzt einen weiß, mit dem fahre ich besser, auf den brauche ich nie mehr zu schießen, der hilft mir, mich zu ertragen? Daß Herr Dr. Albisser frei ist von A., frei von Z.? Aber in aller Freundschaft, endlich in gewöhnlicher Freundschaft?
Bist du eifersüchtig?
Eifersüchtig? Ich wüßte ja nicht, wo anfangen bei dem. Er hat mir zu wenig Anfang und Ende, aber das ist Geschmackssache. Außerdem wollte ich nie Ihren Retter spielen. Du bist es nur gewesen.
Schönen Dank. Machen Sie das mit Ihrem neuen Bruder allein aus. Ich bin ihm nie vorgestellt worden.
Du, sagt Herr Dr. Albisser bittend.
Ihr neues Verhältnis ist mir noch zu unübersichtlich.
Wenn du mir nur zeigen willst, daß ich noch nicht frei bin, das hast du geschenkt. Natürlich nicht. Aber das macht nichts. Hauptsache, ich spüre: es ist etwas da.
Ein für allemal.
Nein, lacht er. – Immer von neuem, sagt er. – Etwas, was unbekümmert sein könnte in seiner Herrlichkeit, und was sich den Spaß macht, sich notfalls um mich zu kümmern. Nicht von oben herab. Immer von daneben – weißt du.
Geben Sie sich keine Mühe.
Du denkst doch nicht, daß du mit einem Missionar zusam-

menziehen sollst? Das ist vorbei. Ich habe dir nur sagen wollen, daß du dich auch um mich nicht mehr zu kümmern brauchst.
Sie haben keine Angst mehr?
Doch. Aber ich glaube, ich nehme sie jetzt nicht mehr ernst genug. Ich kann sie besser einteilen, vielleicht damit leben. Ich möchte es versuchen. Ich hoffe, daß ich dann auch für jemand anders leichter zu ertragen bin.
Was soll man dazu sagen? Daß Herr Dr. Albisser Frau Dr. Leumann unterschätzt?
Sie sind also gesprungen, sagt Zerutt.
Ach was. Ich möchte mir nur nichts vormachen. Ich habe mich damit um so viel Spaß gebracht. Und um viel Sympathie. Es muß jetzt ohne faulen Zauber gehen.

Herr Dr. Albisser darf nur noch er selbst sein, das ist sehr raumsparend, ein Fortschritt, und es macht nichts, wenn das nicht genügt. Wer genügt schon. Hinter dieser Einsicht dämmert gleich die Menschenliebe. Darum möchte er Zerutt mitversorgen, einbauen in sein Glück.
Sie kennen die Menschen jetzt, Herr Dr. Albisser, aber Frau Dr. Leumann kennen sie immer noch nicht. Sie werden sie aber kennenlernen. Sie sind reifer für Ihr Privatleben, als Sie wissen. Sie würden in Ihrer ruhigen Wohnung in der kleinen Stadt nicht einmal ein Sofa für Zerutt übrig haben.
Das Gefühl, mit Zerutt in einem Echten Gespräch befangen zu sein, ist auch Herrn Dr. Albisser peinlich. Es soll ja nicht DIE Aussprache sein zwischen beiden, nur ein netter Anfang. Vom Prozeß will er nächstes Mal erzählen. Zerutt soll seine letzten Tage hier noch genießen. Er sieht ja schon wieder aus wie immer. Das Auge stört nicht im geringsten.
Und Ihre Lehrlinge? fragt Zerutt.
Du, sagt Herr Dr. Albisser. – Das muß ich dir wirklich

noch erzählen. Die haben nämlich ein neues Leben angefangen –
Die auch, sagt Zerutt.
Die haben Geld gesammelt und in der oberen Provence ein paar hundert Hektar Land gekauft, beintrockenes Land, das entvölkert sich seit Jahrzehnten, außer Lavendel und Maquis gibt der Boden nichts mehr her, und da fangen sie jetzt an zu bauern – ich meine, sie haben eine Arbeiter-Produktionsgenossenschaft gegründet –
Mit Verstand? fragt Zerutt.
Ich glaube schon, sagt Dr. Albisser. – Sie haben sogar das Gutachten einer eidgenössischen Forschungsanstalt oder so etwas eingeholt –
Sie wissen das nicht genauer, sagt Zerutt. – Das ist aber komisch. Da wollen Sie doch hin.
Ich, wieso? fragt Herr Dr. Albisser.
Das sind doch Ihre Leute.
Das Projekt soll wirklich nicht ganz unrealistisch sein, sagt Herr Dr. Albisser. – Vielleicht gehe ich im Urlaub einmal hinunter. Warum nicht.
Das ist nicht Ihr Ernst, sagt Zerutt. – Selbstverständlich gehen Sie nicht in Ihr putziges kleines Städtchen, sondern nach Südfrankreich, wo Sie gebraucht werden.
Jeder soll das tun, was er kann, sagt Herr Dr. Albisser. – Frau Leumann beurteilt das Projekt der Jungen übrigens auch recht positiv. Sie gibt ihnen eine Chance.
Sie können arbeiten, Herr Doktor, sagt Zerutt.
Das habe ich im Gefängnis bewiesen, sagt Herr Dr. Albisser. – Und dir steht es, so zu reden, entschuldige.
Herr, sagt Zerutt. – Entweder ist es Ihnen ernst mit Ihrer Biographie. Dann stehen Sie jetzt zu den Leuten, die zu Ihnen gestanden haben, gehen nach Südfrankreich und fragen nicht nach Ihrer Eignung, sondern erwerben sie sich. Oder Sie verlassen auf der Stelle dieses Zimmer.

Ich kenne dich, lacht Herr Dr. Albisser. – Du erwischst mich nicht mehr.
Habe ich mich vielleicht nicht deutlich genug ausgedrückt?
Doch, doch, du Stromer, sagt Herr Dr. Albisser. Doch doch. Sehr deutlich.
Dann warte ich auf Ihre Antwort.
Ich finde es nicht mehr richtig, mich zu übernehmen, sagt Herr Dr. Albisser.
Sie haben sich noch nie übernommen, sagt Zerutt. – Sie haben bisher jede Minute Ihrer vierzig Jahre ausschließlich Ihrem privaten Vergnügen gelebt.
Herrn Dr. Albisser bleibt einen Augenblick die Luft weg. Dann sagt er: Als Arbeitshypothese ist das nicht schlecht.
Es ist die Wahrheit!
Ich habe dich ja noch nie schreien hören, sagt Herr Dr. Albisser. Sieh an. Daß ich das noch erleben darf.
Sie sind entlassen, sagt Zerutt.
Ich weiß, sagt Herr Dr. Albisser. – Endlich bin ich entlassen.
Adieu.
Du hast mich gelehrt, mit meiner Schwäche zu leben, sagt der Besucher. Nun hast du sie. Worüber wunderst du dich?
Ich wundere mich nicht, ich finde Sie zum Kotzen.
Ganz einfach, sagt Herr Dr. Albisser.
Zerutt schweigt.
Der Besuch lacht, seine Heiterkeit ist nicht mehr umzubringen. – Du hast mich gefragt, was du an der Schule sollst, sagt er. – Du hast die Antwort schon gegeben. Genau das, was du gerade getan hast. Den Kindern nichts schenken.
Raus, sagt Zerutt.
Klar, sagt Herr Dr. Albisser. Unter der Tür dreht er sich nochmals um. Ich bin froh, daß du bald raus bist. Also auf bald. Überleg dir alles.

Sie täuschen sich, Claudia, Sie haben Zerutt nicht weinen sehen, sondern Tränen lachen. Es kam nur ein wenig lange hinterher, und wer dann den Grund nicht kennt, tippt bei ihm auf Schmerz.

No such luck.

Sondern ein Film mit Jacques Tati ist ihm wieder eingefallen. Thema: schon unscharf. Er glaubt: Hindernisfahrt eines Phantasie-Autos an eine Messe neuer Erfindungen; nach Brüssel vielleicht oder Antwerpen; am Ende wird flämisch gesprochen, eine humoristische Sprache.
Es kommen viele Straßen vor. Tati an Straßenrändern, fürchterlich angeweht, schon fast gestreift von den Vorbeirasern. Er geht auf dem Pannenstreifen auf und ab, er will doch die Straße überqueren, um auf irgendeinem Bauernhof jenseits, wenn es eine Autobahn ist: in einem absolut verbotenen, lebensgefährlichen Jenseits, nach Benzin fragen, *essence*. Zum Glück sind heute auch in Frankreich und Wallonien die Bauern motorisiert, das Benzin ist also keine leere Hoffnung. Und da steht Tati, dem beim Fahren einfach das Benzin ausgegangen ist, das dumme Benzin, zum Ausgehen ist es doch gedacht, steht am Straßenrand auf dem Pannenstreifen und will hinüber. Er kann jeden Augenblick überfahren werden, aber seine Haltung ist so, als wäre da eben noch freies Land gewesen und als hätten ein paar Lausejungen über Nacht diese übertriebene Autobahn hingebaut, einen irren Tic, auf den man, weil Jungen halt irgendwas treiben müssen, und weil man kein Spielverderber sein will, beim Überschreiten Rücksicht nimmt. So hüpft Tati, einen Kanister in jeder Hand, in seinem hellen Regenmantel über die Autobahn, mit spitzen Fußspitzen, als wäre das ein Sandkasten und er müßte sich hüten, einen der brüchigen Berge durch Unvorsichtigkeit zum Einsturz zu bringen. Dazu schneuzen die Jaguare, Simcas, Frontlen-

ker und Fernlaster an seinem krummen Bauch, seinem gerade noch eingezogenen Hintern vorüber; er sieht ihnen überrascht nach, tz, tz, und schüttelt heimlich den Kopf, das werden die Jaguare schon nicht bemerken und übelnehmen. Er lächelt immer so, daß man es nicht sieht, auch die Kamera sieht es nie. Er nimmt auch das Verrückteste hin, sogar diese französische Autobahn, er ist ja gewohnt, daß man ihn nie fragt, er hat eine Art Respekt vor dem Realen, eine Art Menschenliebe noch zu Autobahnen, aber keinen haltbaren Respekt; vor der nächsten Autobahn wird er sich wieder wundern auf seine ausdruckslose Art.

Lebensgefährlich mag die Straße ja sein, sie bleibt dennoch zufällig; das drückt Tati mit seinem Gang aus. Er hat diesen Gang immer, auch auf freiem Feld, ein leichtes, elastisches Abschnellen eines Fußes ins Ungefähre, das der andere Fuß irgendwo abfangen muß, um dann seinerseits Fuß 1 – er hat nur 2, aber er scheint sie beim Gehen zu numerieren – mit dem selben kleinen Anlauf auf Reisen zu schicken.

Sieht man diese Bewegung, zu der eigentlich Siebenmeilenstiefel gehören würden, in einer gewissen Abfolge, beim eigentlichen Gehen also, so wirkt sie wie ein fortgesetzter Eiertanz; als suche da einer Tritte auf dem Boden, der für Tritte nicht gedacht und nicht der festeste ist. Und um diesen Eindruck auch für die oberflächlichen Lachmuskeln zu verstärken, trägt Tati seine Hosenstöße immer etwas hochgezogen. Man soll also denken, daß er durch Pfützen geht. Aber das ist natürlich Tatis Trick, mit dem er die Leute so gut täuscht, daß sie lachen. In Wirklichkeit – aber was heißt das hier? – ist nicht der Boden unfest, der Boden ist der landesübliche, sondern Tatis Füße sollen etwas leisten, wofür Füße nicht gemacht sind: sie sollen sich selber davonlaufen.

Man sieht es an Tatis scheinbar unmotivierten Schrittwechseln, an seinen plötzlichen kleinen Seitenschritten, mit denen er, auch wenn es eilt, die grade Linie zwischen zwei Punkten verläßt. Sieht man genau hin, und das muß man, bis einem die Tränen kommen, so versucht Tati unauffällig etwas abzustreifen, was offensichtlich an seinen Füßen klebt, ohne daß er einsieht, daß es dort sein muß. Und daraus wird dann eben: fast gehen. Gehend möchte Tati sein Gehen überlisten, es höflich abschütteln, möglichst diskret, denn er befindet sich ja in guter Gesellschaft, seiner eigenen. Er möchte aus dem Gehen heraustreten wie aus einem falschen Paar Schuhe; das geht natürlich nicht gut, aber es ist manchmal, etwa beim Überqueren einer Autobahn, zufällig lebensrettend. So ein kleiner gedankenvoller Seitenschritt hat wieder einmal grade noch ausgereicht, um ihn vor einem bissigen Kühlergrill wegzuziehen, obwohl es Tati nicht deswegen tut; weil er es nicht deswegen tut. Mit irgendwelcher Berechnung nämlich wäre diese Autobahn niemals lebend zu überschreiten gewesen. Tati, obwohl er ständig pressieren muß, pressiert eigentlich entsetzlich langsam. Er entgeht dem Tod nur wie der Schmetterling dem Vogel, weil er so ausschweifend und unberechenbar langsam ist. Er scheint zu erwarten, daß ihm vielleicht das Gehen einmal von selber davonläuft, aus Ungeduld, wenn er so langsam pressiert.

Wenn Tati neben einer Person, einem liebenswürdigen Mädchen etwa, hergeht, hat er Mühe, diesen unfreiwilligen, störenden Gang – seinen eigenen – im Zaum zu halten. Aber er will dem andern ja nicht den Eindruck geben, als sei es schwierig oder unmöglich, neben ihm herzugehen, das wäre doch kränkend. Deshalb läßt Tati seine Schrittwechsel nur verstohlen mitlaufen, das sieht dann aus, als bemühe er sich, im Takt mit dem Gefährten zu gehen.

Aber es hilft alles nichts, da er seinen eigenen Schritt nicht halten kann, wie soll er sich da dem andern anpassen; gerade daß der so regelmäßig, so schön geht, ist ja das Problem. Man spürt, Tati fürchtet einzusinken, steckenzublei-

ben, gar etwas umzuwerfen, wenn er mit seiner Rücksicht fortfährt. Darum ist ja da vorn immer gleich wieder etwas los, was ihn zu einem kleinen komischen Sprint oder zu einer ungeschickten Flucht zwingt, das heißt: was ihm erlaubt, die Flucht vor seinen eigenen Füßen weiterzuverfolgen. Er darf laufen, jedenfalls sieht es wie Laufen aus, dieser hoffnungslos lustige Versuch, das Laufen abzuschütteln. Selbst die ungeübten Lacher merken sofort, daß mit Tatis Füßen etwas los ist, oder plötzlich harzt, er läßt ihnen die herzerfrischende Täuschung, daß es sich vielleicht um Hühneraugen handelt, oder um einen angeborenen Schaden. Hauptsache, Tatis Gehwerk kriegt wieder Arbeit.
Zerutt versteht, warum in Tatis Filmen so viel los sein muß. Er muß jeden Hinweg benützen, und keine Flucht ist ihm zu blöd, um in der Sache dieser lästigen Füße ein paar Schritte, sehr komische Schritte, weiterzukommen.

Und Sie verstehen, Claudia, warum Zerutt da wie verrückt zusieht und warum er erst hinterher lacht, oft erst einen Tag später, oder ein Jahr, aber dann bis zu Tränen, deren er sich nicht schämt; er schämt sich bloß, daß Sie am Ende nur noch die Tränen gesehen haben.

Eines Morgens, es war der 10. Oktober, fand Schwester Claudia den Patienten erhitzt und heftig hustend in seinem Bett; sein Puls war kaum zu zählen, der Fiebermesser zeigte 39,7. Der diensthabende Arzt, ein Dr. Oberlin, wurde herbeigerufen, hörte den Thorax nach Geräuschen ab, was besonders bei tiefem Atmen und vorgebeugter Haltung des Patienten neue grausame Hustenanfälle auslöste, vergaß nicht, mit den obligaten Blutproben auch Auswurf mitzunehmen, dessen Beschaffenheit den Auskultationsbefund bestätigte, und spritzte vorsorglich ein breit streuendes Antibiotikum – für ein gezieltes mußte der Laborbefund abgewartet werden – und ein Codeinpräparat zur Dämpfung des Reizes. Die völlige Appetitlosigkeit des Patienten sowie eintretender Schüttelfrost paßten, nun ja, ins Bild. Gegen elf Uhr wurde Zerutt in den Röntgenraum gerollt; die Diagnose zeigte einen Schatten in der rechten Lunge bei der Einmündung des Hauptbronchus; die Nachbarschaft des Phänomens zum deutlich sichtbaren Projektil, das Herr Dr. Kündig lustiger- und erlaubterweise hatte stecken lassen, veranlaßte, daß dieser benachrichtigt wurde. Sein Operationsvormittag ging um zwei Uhr zu Ende; um halb drei stand er mit Dr. Oberlin am Krankenbett. Er hatte die Röntgenbilder überflogen – klare Sache – und nur beim eilig angeforderten Laborbefund etwas gestutzt. Unter dem Mikroskop hatten sich statt der zu erwartenden äroben Streptokokken die sauerstoffunabhängigen anäroben gezeigt. Es durfte also nicht von einem Abszeß, es mußte von einem Gangrän die Rede sein. Das war, wie Dr. Kündig dem teilnahmslosen Zerutt erklärte, etwas kurios, aber es war kein Grund zum Alarm. Der Patient mußte in den letzten sagen wir 48 Stunden ganz einfach einen Fremdkörper eingeatmet haben, und er mußte sich ganz einfach daran erinnern. Hatte er sich beispielsweise beim Empfang einer unerwarteten, einer bestürzenden Nachricht verschluckt? War er eingenickt mit vollem Mund und war ihm

dabei ein Bissen in den »falschen Hals« geraten? Keine Erinnerung? Kein unerklärlicher Husten in dieser letzten Zeit? Bitte, Dr. Kündig wußte doch, daß es hoch hergegangen war. Diese ganzen Verhöre, der schlechte Bescheid, da verschluckt sich einer leicht einmal. Die Kugel, ach hören Sie auf, lassen Sie die arme Kugel endlich in Frieden, zum letzten Mal, Zerutt, wenn die hätte Stunk machen wollen, dann hätte sie es vor drei Wochen getan. Daß der Fremdkörper in die gleiche Gegend geatmet worden war, entsprach nicht ganz der Wahrscheinlichkeit, es war eine seltene Koinzidenz, aber eine Koinzidenz, nicht mehr; offenbar hat Zerutt so seine Lieblingsplätzchen für Fremdkörper. Er soll sich den Kopf mal an der richtigen Stelle zerbrechen und sich auf eine jüngere Erwerbung besinnen, die muß er sich nämlich geleistet haben, und ohne heftigen Reiz kann es dabei nicht abgegangen sein. Das wäre seine Hausaufgabe für morgen, morgen wird das Fieber schon brav herunter sein, Husten wird er noch ein bißchen müssen, und zum Beweis seiner Freundschaft jagt ihm Dr. Kündig nun das maßgemachte Antibiotikum in die Blutbahn, ein Hochleistungs-Tetrazyklin. Und weil stechen so schön ist und schlucken so mühsam, reichen wir dem Patienten auch seine nächsten paar Mahlzeiten gleich intravenös, das kennt er ja von früher, die Traubenzuckerlösung ist eine Spezialität des Hauses, und eine kleine Unterstützung für den Kreislauf lassen wir da gleich miteinfließen, mein Gott, viel Aufhebens für eine simple Aspirationspneumonie, aber so sind die Ärzte: Pedanten.
Und während Dr. Kündig die Tropfinstallation am rechten Arm des Patienten anbringt, sagt er, daß er nichts dafür erwartet als ein bißchen klaren Wein. Morgen, wenn Zerutt wieder bei Laune ist und den irren Glanz im Auge etwas abgebaut hat, wird er ihm gestehen, was er sich da Schönes in die Lunge gepustet und was er sich dabei eigentlich gedacht hat.

In der Nacht hat Zerutt seinen ersten Erstickungsanfall und erträgt nur noch Sitzlage. Der Auswurf, gestern noch flüssig mit rötlicher Färbung, nimmt bereits die typische Dreischichtigkeit an: eitrig auf dem Grund, dann wäßrig, und schaumig an der Oberfläche. Der fade Geruch von gestern ist in einen fauligen übergegangen; die Nachtschwester ekelt sich, das ginge noch, aber sie hat auch Angst. Die Atmung ist flach geworden. Der Nachtarzt, nicht vertraut mit dem Fall, beschränkt sich auf schmerzlindernde Mittel. Dr. Kündig, der vor seiner ersten Operation noch schnell hereinschaut, steht vor einem Rätsel. Das Fieber des Patienten hat 41 Grad erreicht. Er erkennt keinen Arzt mehr. Auf Dr. Kündigs Fragen antwortet er wirr oder gar nicht. Dr. Kündig kann noch verordnen, daß das Tetrazyklin von gestern in stärkerer Dosis fortgesetzt wird, dann muß er zum Operieren. Er operiert schlecht an diesem Morgen. Aber die Kugel kann es einfach nicht sein.
Schwester Claudia hält es im Zimmer des Patienten nicht mehr aus. Die Hustenanfälle, die sie nicht lindern darf – wenn schon, muß es heraus, sagt Dr. Kündig – könnte sie mitansehen. Aber der Geruch geht über ihre Kraft. Es ist der Geruch heftiger, bösartiger Fäulnis, wie ihn Bakterien erzeugen, die keinen Sauerstoff nötig haben, um zu zerstören. Es ist ganz schlicht der Geruch der Verwesung. Schwester Claudias gesunde Eingeweide empören sich dagegen, sie muß sich übergeben. Sie muß die Oberschwester um Ablösung bitten. Schwester Agathes Blick ist härter als ein Verweis. Sie übernimmt den Patienten selbst. Das Fieber ist schwächer geworden, der Patient auch. Sein Auge ist geschlossen, die Farbe eher grau als gelb, der Bart einiger Tage schwärzt sein Gesicht, das haltlos in den Kissen liegt.
Am Nachmittag des 11. Oktober und nach einer zweiten Analyse des Sputums beschließt Dr. Kündig, daß auf ein anderes, benachbartes Antibiotikum auszuweichen sei. Er verhört den Kranken nicht mehr nach seinem Leckerbissen

in der Lunge. Er läßt ihn nochmals zum Röntgen rollen; die Verschattung ist fortgeschritten, die Anärobier scheinen keine Grenzen zu kennen. Man muß von einem foudroyanten Verlauf sprechen, der Durchbruch in den Pleuraraum, die allgemeine Sepsis, die Katastrophe ist keine leere Drohung mehr. Angesichts dieser Sachlage und des alarmierenden Allgemeinzustandes des Patienten verzichtet Dr. Kündig auf einen operativen Eingriff; er hat an einer Patientin, die ihm gestern auf dem Tisch gestorben ist, grade genug. Aber er verzichtet nicht länger darauf, einen Kollegen zu konsultieren, der seit dreißig Jahren nur mit Lungen beschäftigt ist. Dr. Kündig ist erleichtert, daß der Kollege mit seiner Diagnose übereinstimmt. Er rät, wenn das zweite Antibiotikum nicht durchschlagen sollte, zum Gebrauch eines dritten, das sich erst in Erprobung befindet, aber es ist klar, daß man hier nichts mehr unversucht lassen kann. Der Patient deliriert. Vielleicht würde die Justiz jetzt mehr über seine Herkunft erfahren. Die Ärzte haben schon manchen delirieren hören. Sie verstehen nur nicht, warum der Mann nicht anspricht. Einmal hätte er ansprechen müssen. Im Auswurf findet sich jetzt zersetztes Lungengewebe.
Die Ärzte sind sich einig, daß der Aufenthalt in diesem Raum für das Pflegepersonal kaum mehr zumutbar ist. Sie diskutieren die Intensivpflegestation und verwerfen den Gedanken wieder. Stärker als hier kann der Patient kaum isoliert sein.
Schwester Claudia: war der Mann in den letzten Tagen auffällig depressiv?
Schwester Claudia ist blaß und schämt sich. – Er war immer lustig, sagt sie. Er erzählte viel.
Und verschluckt – nie?
Das hat Schwester Claudia schon oft beteuert: nie.
Er *will* nicht gesund werden, sagt Dr. Kündig mit einem Vorwurf in der Stimme.
Jaja, sagt der Lungenarzt mit einem Blick auf den Patien-

ten, der, obwohl kaum mehr bei Bewußtsein, mit einem seiner fürchterlichen Hustenanfälle beschäftigt ist. Schwester Claudia hält seine Schultern fest, vor den Ärzten darf sie nicht weglaufen, aber sie dreht den Kopf weg, wenn sich Zerutt zurückwirft und wieder nach Luft schnappt. Er hört sicher nicht, was Jaja unter diesen Umständen bedeutet.
Was geben Sie ihm gegen den Husten? fragt der Kollege.
Noch nichts, sagt Dr. Kündig.
Vielleicht sollte man.
Würden Sie?
Wenn er nicht *mehr* auswerfen kann –
Dachte ich auch schon.
Der Kollege mustert die Fieberkurve. Gamma-Globulin? fragt er.
Dr. Kündig zuckt die Schulter.
Eben, sagt der Kollege.
Ich verstehe es nicht.
Diesmal zuckt der Kollege die Schulter. – Atypisch, sagt er. Wirklich atypisch. Lassen Sie es sich nicht nahegehen. – Ich gäbe ihm jetzt etwas mehr Codein und so – Dr. Kündig sieht sich um, dann nickt er. In dieser Sekunde hat Zerutt sein Auge auf ihn gerichtet, das Auge eines Überwachen. In dieser Phase mehren sich die optischen und psychologischen Täuschungen, Halluzinationen, Naturspiele.
Wir können ja nochmals röntgen, sagt Dr. Kündig.

Dank der starken Codein- und Morphiumgabe hat Zerutt eine ruhige Nacht. Er wird nur schwächer. Eine alte Frau wacht bei ihm. Sie war früher Krankenschwester. Sie hat keine Arbeit, von der Kontrolle des Tropfs abgesehen. Sein Atem pfeift leise auf einem hohlen Ton; manchmal hüstelt er, unwillkürlich, zu mehr reicht es nicht, es steht in keinem Verhältnis zu der Masse, die man im Brustraum rasseln hört. Ab und zu riecht die Schwester an einem Fläschchen. Sie liest einen Roman aus dem alten Zürich und schenkt sich aus einer Thermosflasche schwarzen Kaffee nach.

Am Morgen scheint Zerutt zu schlummern; Dr. Kündig geht rasch hinein und wieder weg. Es ist jetzt Dr. Oberlin, der sich am Tropf zu schaffen macht. Ein Zusatz von Antibiotika ist auf der Flasche nicht mehr vermerkt. Aber verdursten will man Zerutt nicht lassen.

Während der Pfarrer noch redet, springt die Tür auf, weiß ein paar geräuschvolle Augenblicke nicht, was sie will, schwingt dann heftig ins Zimmer Nr. 137 und läßt ein schmales Bett, einen sogenannten Schragen, eintreten; an der Stange beim Fußende halten sich zwei weißgekleidete Männer mit beiden Händen fest; sie haben nicht die Gesichter von Ärzten. An diesem Bettgestell vorbei drängt sich Schwester Agatha, die den Patienten nicht ansieht, sondern in die Ecke beim Fenster marschiert, um den grünen Vorhang aufzuzerren. Jetzt wäre es also ganz hell in diesem Zimmer. Der junge Pfarrer hat sich erhoben; er will nicht im Weg sein. Er trägt ein Rollkragenhemd, rostrot, und keine Jacke.
Die beiden Pfleger drehen ihre Liege an die Längsseite des Krankenbettes, heben den Patienten aus seinem Kissenberg auf die Liege und passen auf, daß sich sein Spitalhemd dabei keine Blöße gibt. Der Patient braucht nicht angebunden zu werden; es genügt, wenn man die Decke um ihn ein wenig feststopft, er hat ja keine Kraft mehr. Schwester Agatha reißt bereits die Laken von Zerutts altem Bett, mit einer Art Wut, die sicher nicht bösartig, nur berufsmäßig

ist; der Pfarrer wundert sich trotzdem, daß die Tücher nicht reißen.
Mein Bett wird wohl gebraucht? sagt Zerutt ganz deutlich.
Einen Augenblick, sagt der junge Mann im Netzhemd zum Personal, das sich nicht stören läßt; die Wärter räumen gerade Zerutts Schlafrock, sein Waschzeug, seine Hemden zusammen, als wäre auch dazu noch Kraft nötig. Das viele Glas im Zimmer klirrt, die Fläschchen, Ampullen, Schüsseln und Plättchen. Der junge Mann muß schreien: Lassen Sie uns allein! Fünf Minuten!
Die Pfleger sehen die Schwester an; Schwester Agatha wendet erst einen Kissenüberzug, dann winkt sie mit dem Kinn. Wir warten draußen, sagen die Männer und gehen langsam aus der Tür; die Schwester fährt fort, Zerutts Bett auszuweiden. Zwischen ihren ausgebreiteten Armen reißt sie die Laken in die Breite straff und schlägt sie dann mit scharfem Schwung in ihre Knicke.
Bitte, Schwester, sagt der junge Mann und legt dazu sogar die Hand auf einen Stapel Bettzeug. – Wenn er grade wach ist. Es ist jetzt doch das Mindeste. Das ist auch ein Mensch.
Die Schwester rückt noch ihr Häubchen zurecht, dann geht sie aus der Tür; die Tür bleibt offen.

Der junge Mann schiebt seine Schultern hin und her, er vermißt die Jacke, die ihm doch wieder zu heiß wäre. Manchmal sieht er zu Zerutt hin, dann wieder lieber nicht. Er hat das kameradschaftliche, tief verlegene Gesicht eines erwachsenen Pfadfinderführers, der sich seit Jahren bemüht, der Welt gegenüber kein Spielverderber zu sein, den Problemen wie ein Kumpel ins Gesicht zu blicken; dabei hilft ihm, daß er die Jugend kennt, in seinem Quartier hat er sie sogar zum Theaterspielen zusammengefaßt; aber er

ist nicht sicher, ob ihm das in diesem Augenblick hilft, gar nicht sicher.
Herr Zerutt, sagt er, ich will hier keine Sprüche machen, ich weiß auch keine, es käme mir selbst wie Lästerung vor, beispielsweise mit Ihnen zu beten, oder wie eine Zudringlichkeit, als wollte ich noch schnell recht haben oder von einer Notlage Gebrauch machen, außer jemand wünscht es ausdrücklich, dann habe ich selber auch den Mut dazu, sehen Sie, eigentlich bin doch ich es, der hier Rat braucht, schließlich steht der andere dort, nicht ich, jeder Trost schiene mir da zudringlich oder indiskret, es wäre im Grund ja nur ein Trost für mich selbst, obwohl ich natürlich weiß, einmal kommt es auch an mich, es ist Menschenlos, darüber hinaus weiß ich nichts, ehrlich, wie käme ich sonst dazu zu glauben, es gelingt mir auch das nicht immer, gar nicht, hilf meinem Unglauben ist das einzige Gebet, was ich in jeder Lebenslage beten kann, vielleicht hat es Gott ja auf meinen Unglauben abgesehen, vielleicht braucht er den, damit er mich recht beschämen kann, also ich habe da keinem Heiden etwas voraus, im Gegenteil, ich gehöre zu denen, die nichts geschenkt kriegen, aber was ist das im Vergleich mit Ihrer Situation, warum sollen Sie Trost von mir annehmen, nur weil ich dafür angestellt bin, ich wollte, ich hätte ihn wenigstens für andere, ich wollte es von Herzen gern, vielleicht ist das ja auch eine Art Gebet, wenn man einem Mitmenschen ins Gesicht blickt und es einem heilig wird, das Gesicht, meine ich, ich sage heilig, weil ich kein besseres Wort finde, wissen Sie, das Zerstörbare in einem Gesicht, und daß es leidet, dann erkennt man etwas wieder, was einfach einen Grund haben muß, es darf einfach nicht das Letzte sein, was man in diesem Gesicht liest, gerade weil es, menschlich gesprochen, vielleicht das Letzte ist, dann wird man frech aus Verzweiflung, wenn ich so sagen darf, dann verlangt man ganz einfach, daß etwas da ist, was weiter weiß als die eigene Vernunft, und als die eigene Verzweif-

lung, man beginnt zu rechten wie Hiob, vielleicht ist das legitim, vielleicht soll man das sogar, vielleicht will dieser Gott gar nicht unsere Ergebenheit, er hat gar keinen Spaß daran, verzeihen Sie, wenn ich von Spaß rede, aber für mich ist das ein sehr hohes Wort, vielleicht will er unsern Zorn gegen die ganze miserable Einrichtung, wissen Sie, ich empfinde dann direkt eine Art Zwang, ihn mit meinen eigenen Händen zu kreuzigen, das ist doch auch eine Art Nachfolge, wie komme ich dazu, weiterzusehen als bis zu diesem Kreuz, ich weigere mich aus Anstand sozusagen, ich will gar nicht mit der Stimme dessen sprechen, der da angeblich dahintersieht und dahintersteht, wehe Ihm, wenn er mich nötig hätte, darum mache ich mir auch die Bibelsprüche schwer, wissen Sie, sogar in der Predigt, wenn Er eine Stimme hat, soll er sie mal selbst erheben und das JETZT, gefälligst, dann soll er sie zum Widerspruch gegen diese Schöpfung benützen, seine Schöpfung, ich warte auf diesen Widerspruch, er wäre eine Erlösung für mich, ich mag mich nicht anbiedern bei diesem Herrn, ich bedanke mich für die Dunkelheit seiner Wege, das heißt, ich kann ihm nicht dafür danken, beim besten Willen nicht, davon gehe ich auch nicht ab, wenn ich an einem Krankenbett stehe, das käme mir so vor, als fügte ich zum Schaden den Spott hinzu, ich weiß nicht, ob Sie mich verstehen, ich verstehe mich ja selbst nicht ganz, ich weiß nur, das darf ich wissen, daß dieser Herr offenbar im Tod selbst keinen Spaß und keine Würde gefunden hat, wozu hätte er sich sonst die Liebesmühe gemacht, mit diesem Tod fertigzuwerden, die Sache mit dem Sohn, wissen Sie, da scheint mir dann plötzlich wieder, ich könne ein Stück weit mit, ich sehe im Gekreuzigten dann plötzlich einen Versuch, den Tod nicht ernstzunehmen, das ist mir schon während des Studiums aufgegangen, das mich von Gott entfernt hat, das sage ich Ihnen ganz ehrlich, aber das muß es wohl, diese Ferne ist nötig, daß man einen Anlauf nehmen kann gegen

Gott und seine schmutzige Unerforschlichkeit, das sage ich auch meinen Konfirmanden, tut euch keinen Zwang an gegen Gott, wenn er euch entgleiten will, laßt ihn fahren, wenn er euch gehen lassen kann, geht ruhig weg von ihm in die Welt hinein, wo sie am dunkelsten ist, versucht euch zu verhärten gegen den, der von euch so viel Härte verlangt, es ist doch wahr, wenn ich euch eine Hilfe sein will, muß ich euch zur täglichen Gemeinheit raten, damit ihr weiterkommt, sonst seid ihr die Dummen, warum sollt ihr Gott damit verschonen, zeigt ihm nur, was euch die Welt kostet, in die ihr geboren seid, macht sie ihm nicht billig durch Friedfertigkeit, Sie sehen, ich weiß wirklich keinen Trost, was ich Erlösung nenne, kann ich an nichts, wirklich nichts messen als am *Bedarf* an Erlösung, dem ich auf Schritt und Tritt begegne, wenn die Erlösung diesen Bedarf decken soll, muß sie schon ganz ungeheuer sein, es muß gar kein Mensch sterben, ein überfahrener Igel am Weg genügt mir schon, Sie sehen, das einzig Heilige an meinem Amt ist der Zorn, mit dem ich es verwalte, wenn ich einmal von Gott rede, dann geschieht es aus der Ferne zu ihm, aus meinem ehrlichen Unverständnis seiner Wege, ich sträube mich dagegen, sie verstehen zu wollen, auch in Ihrem Fall – aber wenn Sie noch einen Wunsch hätten –

Ja, sagt Zerutt leise. – Meine Zähne.

Er sagt es scharf, nicht deutlich; ohne Zähne kann ein alter Mann nicht einmal seine Zähne deutlich verlangen. Der junge Mann blickt jetzt, aus Überraschung, dem Patienten endlich voll ins Gesicht; dieses Gesicht ist kummervoll vor Ernst und Schwäche auf den redenden Besucher gerichtet. Der Pfarrer hält das nicht lange aus; wenn da noch zwei Augen wären, aber die eine Höhle ist ja ausgetrocknet, zugeschnürt von der Narbe, und was da noch Blick ist in diesem Gesicht, hat sich an einer einzigen Stelle gesammelt und trifft ihn mit einer kalten Schärfe, die den jungen Mann mitten in diesem furchtbaren Gestank frösteln macht. Dieses Auge nagelt ihn fest, der junge Mann lächelt vor Angst; sein Lächeln braucht nicht mehr aufrichtig zu sein, der Tod sieht ja durch und durch, aber es folgt nichts mehr daraus, es ist ja der Tod, man ist ihm schuldig, sich stören zu lassen.

Ihre Zähne, sagt der junge Mann, ich weiß gar nicht, ob Sie die jetzt brauchen können, Herr Zerutt. Sollte der Husten wiederkommen, wir hoffen es ja nicht, so wären Ihnen Ihre Zähne doch nur im Weg; auch atmen können Sie besser ohne Zähne. Als Sie operiert wurden, hat man Ihnen doch sicher auch –, die Operation ist doch gelungen, Sie haben Ihre Zähne wiederbekommen –

Meine Zähne, sagt Zerutt und hebt langsam einen Finger von der Decke, einen seiner Trommelschlägerfinger. – Meine Zähne. JETZT.

Sie sollten –, sagt der junge Mann und schluckt, er weiß nicht, daß solche Finger für Lungenpatienten charakteristisch sind. – Sie sollten sich nicht so anstrengen. Ich kann ja einen Arzt fragen. Warten Sie –

Hier ist die Klingel, befiehlt Zerutt.

Der junge Mann seufzt, das kann er nicht unterdrücken; ausgerechnet bei ihm muß der Patient so wach und störrisch sein, aber er gehorcht, lange kann es mit dieser Unvernunft ja nicht mehr dauern. Er geht an der Liege vorbei zu dem abgeräumten Bett, über dem noch die Bakelitglocke baumelt, dazu hält er den Atem an. Schweiß von Kinderangst bricht ihm aus, er drückt und drückt, läutet lautlos Sturm mit dem Bakelitknopf, dabei ist das Ruflicht, der »Geist« über der Tür längst an; mehr als an kann es gar nicht sein.

Die Oberschwester erscheint unter der Tür, sie kommt nicht näher. – Was ist noch? fragt sie den jungen Mann, ohne Zerutt anzusehen.

Herr Zerutt bittet um seine Zähne, sagt der junge Mann. – Und bevor Sie etwas dazu sagen, ändern Sie vielleicht etwas Ihren Ton, Schwester Agatha.

Schwester Agatha ist nicht gekränkt, kaum überrascht; ihr Ton fällt ihr nicht mehr auf, sie ist zu lange im Haus. – Das geht nicht, sagt sie und sieht jetzt den Patienten an. – Er weiß selbst, daß das nicht geht.

Ich würde, sagt der junge Mann sehr langsam und tritt dabei sogar einen Schritt auf die Oberschwester zu, ich würde Herrn Zerutt diesen Wunsch jetzt unter allen Umständen erfüllen.

Sie sind nicht Arzt, sagt die Oberschwester gelassen.

Dann rufen Sie uns einen Arzt, Schwester Agatha, sagt der junge Mann und fügt hinzu: Ich bin auch schon fünf Jahre in diesem Spital tätig, und das ist mir noch nicht passiert.

Doktor Kündig! sagt Zerutt und hebt sogar etwas den Kopf. Das war zuviel, der Husten trifft ihn wie ein Schlag, unter dem er zu zittern beginnt, dabei ist es ein unheimlich gedehnter Husten. Er greift um sich wie etwas, das sich innerlich anschleicht, verdrückt zunimmt, dann aber den schmalen Körper anspringt wie ein Wolf seine Beute, auf ihr herumtrampelt und sie hin- und herschleudert. Der junge Mann hat auch schon Sterbende sehen müssen, aber nie so deutlich, ja fast sichtbar den Eindruck erhalten, daß das Leiden etwas dem Körper Fremdes ist, ein Unwesen für sich. Unwillkürlich fallen ihm die Stellen aus seinem Buch ein, wo von aus- und einfahrenden Dämonen die Rede ist; er hat die Stellen bisher bildlich verstanden.

Gehen Sie augenblicklich, holen Sie Dr. Kündig, sagt der junge Mann, oder ich gehe selbst –

Glauben Sie, bei Ihnen käme er? fragt Schwester Agatha. Sie sieht sich in Ruhe Zerutts Husten zu Ende an. Er erstickt allmählich in diesem schrecklichen Leibesgeräusch, für das »Rasseln« ein zu heftiger und zu harmloser Ausdruck ist; der Atem keucht einfach, bei jedem Zug einsinkend, durch diese lockere Masse Brei; auf Zerutts Lippe hängt etwas Schaum, sein fahles Gesicht hat sich bläulich gefärbt; so, jetzt kann Schwester Agatha gehen.

Ja, Sie, sagt Dr. Kündig. Sie sind mir einer.
Er tritt an das schmale Rollbett an der Seite des geleerten Bettes, dieses zum Sterben flottgemachte Beiboot, das seine Konstruktion nicht mehr versteckt.
Ihre Zähne hätten Sie gern, Herr Zerutt. Was wollen Sie denn damit beißen? Eine kleine Extrawurst, was? Wo man sich noch nicht einmal das Husten abgewöhnt hat?
Herr Doktor, fragt Zerutt mühselig, warum muß ich hier weg?
Ach so? lacht Dr. Kündig. – Das ist ganz einfach. Wir haben nämlich ein kleines Lüftungsproblem, Herr Zerutt. Als alter Kunde wissen Sie ja: wir sind hier vollklimatisiert. Aber wenn einer Sprünge macht wie Sie in diesen Tagen, ist die Technik immer noch überfordert, dann müssen wir wieder auf die gute alte Fensterluft zurückgreifen. Technik hat immer so etwas Schematisches, sehen Sie, und Kranke sind immer noch Individuen und insofern unverbesserlich. Für Sie brauchen wir jetzt ein schönes, klassisches Krankenzimmer mit offenen Fenstern, eins im historischen Trakt. Dieses Zimmer wird für heute abend bereitgemacht. Sie werden vom Wechsel wenig spüren, am Komfort ändert sich nichts, wir wissen, was wir einem Stammgast schuldig sind. Und nun sehen Sie: da wir für dieses Zimmer hier schon auf den Nachmittag einen dringenden Interessenten haben – Sie wissen ja, wie es bei uns zugeht –, verlegen wir Sie vorübergehend in einen kleinen Warteraum. Dort müssen Sie sich noch ein paar Stunden gedulden. Das wird Ihnen leicht fallen, Sie entbehren da nichts außer unserer spitalüblichen Innendekoration, und wie ich Sie kenne, entbehren Sie gerade diese liebend gerne. Sie sind ohnehin schon ein wenig lange wach, am besten gönnen Sie sich gleich ein Nickerchen. Und damit Ihnen das leichter fällt, habe ich Ihnen da eine kleine Spritze mitgebracht, Moment, das werden wir gleich haben –
Nein, sagt Zerutt. – Erst meine Zähne.

Schwester Agatha, wo sind seine Zähne? fragt Dr. Kündig und hört nicht auf, an der Ampulle zu feilen.
Ich dachte –, sagt Schwester Agatha.
Denken Sie nicht immer, zischt Dr. Kündig über die Schulter und zieht dabei die Spritze hoch.
Erst meine Zähne.
o.k., o.k., sagt Dr. Kündig, legt die Spritze auf den Rolltisch und die Hände im Schoß zusammen. Er scheint nicht zu bemerken, daß er die Daumen dreht.
Schwester Agatha kommt mit einem Glas, in dem Zerutts Zähne liegen, gewaschen, von Bläschen umspielt, fast zu weiß geworden, unheimlich gesund. Dr. Kündig greift sich das Glas, zieht die Prothesen heraus, reibt sie mit einer Gaze trocken. – Kommen Sie, Sie Schwerenöter, sagt er dann. Er dreht sich rittlings auf seinem Nickelhocker zum Patienten, der den Mund öffnet, andere mögen wegschauen, aber Dr. Kündig greift ohne Umstände da hinein, er hat schon in ganz anderes hineingefaßt, er füttert dem Schwerkranken sein Gebiß beinahe liebevoll, die Chirurgenhand verrät sich mit jedem Druck. Es knackt ein wenig, dann sieht Zerutt auf einmal nicht mehr wie der leibhaftige Verfall aus, er hat wieder ein Gesicht mit einer Spur von Fülle, zwar lächelt er nicht, aber es ist nicht mehr ganz peinlich, sich sein Lächeln vorzustellen.
Frisch aus der Reinigung, sagt Dr. Kündig. – So, und jetzt einen kleinen Stich –
Nein, sagt Zerutt. – Erst hätte ich noch gern Ihr Ohr.
Sie möchten mir noch was sagen? fragt Dr. Kündig. Der junge Mann hat sich bereits erhoben, der Seelsorger, er hat selbstverständlich Sinn für ein Patientengeheimnis in dieser Stunde und ginge ohnehin gern, der Gestank ist kaum auszuhalten, er denkt an Lazarus –
Wenn Sie nur noch etwas näher kommen wollten mit Ihrem Ohr, sagt Zerutt leise.
Warum nicht auch das noch, steht dem Chirurgen ins Ge-

sicht geschrieben, während er sich zu Zerutt niederbeugt, etwas weggedreht, der Patient will ja auch nur sein Ohr – Und da hat er es schon. Dr. Kündig schreit auf, erst aus Überraschung, dann aus Schmerz. Wie eine Natter aus ihrem Loch ist Zerutts Kopf aus dem Kissen gefahren und zerrt Dr. Kündigs Kopf zu sich nieder, jawohl, am Ohr, das zwischen Zerutts Zähnen einfach verschwunden ist. So genau will Dr. Kündig das Geheimnis des Sterbenden nicht wissen, sein Schrei ist in ein tief entrüstetes Atmen übergegangen, er zerrt mit soviel Gewalt, wie das gefangene Ohr verträgt. Man sieht ihm an, noch zögert er, die Mittel des Stärkeren zu gebrauchen, der Gebissene darf ja nicht vergessen, daß er Arzt ist, den schlichten Kampf vermeiden muß. Fassungslos stehen Schwester Agatha und der Mann im rostroten Hemd daneben, sie möchten eingreifen, wenn sie nur gleich wüßten, wie; wie hilft man einem sportlichen Arzt gegen einen Todkranken, ohne irgendetwas Schreckliches anzurichten. Heftig stehen die Helfer herum, Dr. Kündigs hartes Atmen ist nun wieder in Schmerzlaute, diese in quiekende Befehle übergegangen, er hat Zerutt, von dem kein Laut zu hören ist, beim Kopf gefaßt, es ist eine groteske Gymnastik, aber er kann den Kopf ja nicht wegreißen, ohne daß sein Ohr mitgeht. Dieses Gebiß ist fest, kein Hustenanfall kommt zu Hilfe, Zerutt hat sein Auge geschlossen, er könnte schon tot sein, wenn man sein zerfallenes Gesicht ansieht, das hin- und hergeschleudert wird, aber seine letzte Kraft in diesen Zähnen zusammengezogen hat, vielleicht ist sogar eine Kiefersperre eingetreten. Dr. Kündig schüttelt den Halbtoten wie einen tollen Hund hin und her und halb von der Liege, man sieht das Blut über seine Backe rinnen, er stößt jetzt hemmungslos Flüche aus, es geht nicht mehr anders. Er umklammert Zerutts dünnen Hals mit beiden Händen, man sieht diese Hände sich ballen, während Zerutt schon in der Luft hängt, die Zuschauer sehen mit Grauen, er hängt an diesem

Ohr, seine Arme baumeln wie die einer Puppe, aber die Zähne, die Zähne halten wie Eisen, er läßt ums Verrecken nicht los. Jetzt ist Schwester Agatha zur Stelle, sie ist ja kräftig, hat es aber nicht ungern, wenn man sie Agathli, auch Agetli nennt, sie preßt Zerutt jetzt die Nasenlöcher zu, atmen wird er ja nochmals wollen, der Sterbende, aber nein: an diesem Ohr hängt er wie an seiner armen Seele. Dr. Kündig schreit jetzt, beim Schreien kommt das Gesicht eines kleinen Jungen zum Vorschein; in der Tür bleiben Leute stehen, auch junge Ärzte, die ihren Augen nicht trauen, kommt denn keiner dieser Gaffer auf den Gedanken, eine Betäubungsspritze zu laden, hier ist doch ein wildes Tier los. Einer sucht in seiner Tasche, aber nein, so lange kann der Chef nicht warten, ein Ruck, ein Riß, Zerutt stürzt die ganze Höhe von seinem Notbett auf den Boden hinunter, beim Aufschlag bricht Blut und gelbe Jauche aus seinem Mund, eine Pfütze breitet sich aus, die er immer größer hustet, er windet sich in seinem Dreck, Husten und Gestank. Dr. Kündig scheint sich zu ihm niederzubeugen, aber es ist der Schmerz, der ihn beugt; sein Ohr ist noch dran, aber wie, ein Blutlappen; wahnsinnig vor Qual schnaubt er die Zuschauer an, die aus ihrer Erstarrung erwachen, los, schnaubt er, ein paar Stiche, aber schnell, sagt er, und ist auch schon durch die Tür. Die Ärzte purzeln hinter ihm drein, alle, nein, einer nicht. Einer dreht sich um und geht langsam ins Zimmer Nr. 137. Er ist ein langer, hohläugiger Mensch, dem man nicht recht glaubt, daß er das Staatsexamen gemacht hat. Er hilft Schwester Agatha den bewußtlosen Körper auf die Liege zurückheben, leicht ist das; auf den Bauch, Schwester, sagt er. Den Kopf in Seitenlage, raus jetzt mit diesem furchtbaren Gebiß, auch das geht ganz leicht; dann führt der Arzt einen Plastikschlauch durch Zerutts Nase und beginnt behutsam zu saugen, Himmel, was da kommen möchte, und es kommt auch, der Arzt hat seine Lektion gelernt, er läßt nicht locker, bis das Rasseln in Zerruts Brust immer schwächer wird, aber der Atem ist noch da, erstaunlicherweise; viel kann ja nicht mehr da sein. Einen Augenblick steht eine Mund-zu-Mund-Beatmung zur Diskussion, theoretisch, aber Schwester Agatha braucht nicht überzeugt zu werden, daß das hier praktisch nicht in Frage kommt. Sie hat die Arme über der Brust verschränkt und atmet ihrerseits heftig, es bedarf großer sittlicher Reife, um hier keine sehr starken Wörter zu brauchen, soviel Tücke hat sie noch bei keinem Sterbenden erleben müssen. Der junge Arzt, Marbach heißt er, hebt Zerutt das Augenlid hoch, dann zieht er ein Stethoskop heraus und hört etwas auf dem Rücken Zerutts herum. Die Geräusche sind diskreter geworden, was nur heißen kann, der Organismus nähert sich dem Stadium terminaler Erschöpfung, das Pulsgeräusch ist immer noch dabei, läßt sich auch am Handgelenk noch tasten. Der Bewußtlose hat übrigens seine linke Faust geballt, Dr. Marbach kann sie nicht öffnen, aber wozu auch, es kann nicht mehr lange dauern, bis diese Faust sich von selbst öffnet. Dr. Marbach gibt keine Spritze mehr, er hat keine Instruktionen, und abgesehen davon, der Mann ist tief komatös, braucht nach diesem bizarren Aufbäumen nicht mehr zu erwachen, es wird alles seinen wo nicht guten, so doch bekannten Lauf nehmen.

Kommt er ins 17, fragt der junge Arzt halblaut, vielleicht waschen Sie ihm vorher noch einmal das Gesicht. Das tut Schwester Agatha schon, sie braucht von einem Assistenzarzt keine Weisungen anzunehmen.

Unglaublich, was der aufgebracht hat, sagt der Arzt vor der Lache auf dem Boden. Alles kaputtes Lungengewebe; er weiß, wie das unter dem Mikroskop aussehen muß, darum schreckt es ihn nicht so wie den jungen Mann im rostroten Hemd, der tatsächlich auch noch da ist; entweder hielt er es für seine Menschenpflicht, oder seine Beine tragen ihn einfach nicht.

Dr. Marbach faßt ihn beim Arm. Kommen Sie, Herr Pfarrer, jetzt können wir einen Cognac brauchen. Der junge Mann löst sich von seiner Wand, dreht sich aber, bevor er durch die Tür geht, nochmals nach dem Bewußtlosen um, das ist doch das Mindeste. Dann geht er aber rasch mit und atmet im Gang tief auf. – Schauerlich, sagt er. – Schauerlich. Woher hat er diese Kraft genommen.

Im Office schenkt Dr. Marbach dem Pfarrer halbvoll und dann gleich nochmals; in seinem eigenen Glas läßt er den Cognac eine Weile kreisen.

Oft entwickeln die im Delirium noch Kräfte, es ist kaum zu fassen.

Im Delirium? Er sah nicht so aus.

Das täuscht.

Und das Ohr.

Kriegen wir wieder hin, sagt Dr. Marbach friedlich. – Etwas ausgefranst vielleicht, aber das wird ihm nicht lange wehtun, im Gegenteil. Er liebt Anekdoten.

In diesem Augenblick fährt draußen die Liege vorbei. Von Zerutt, der immer noch auf dem Bauch liegt, ist nur der Hinterkopf zu sehen. Diesmal ist er angeschnallt.

Es geht ihm gut, sagt der Pfarrer. – Er wurde doch ausgewiesen. Er hätte nicht mehr gewußt, wohin.

17 ist ein Badezimmer, weiß gekachelt. Der Patient liegt im Vorraum auf seinem Bauch und ist an die schmale Liege gebunden, aber nicht so straff, daß sein Oberkörper nicht noch etwas Spiel hätte, wenn er wider Erwarten nochmals husten und auswerfen sollte. Eigentlich müßte nach diesem Sturz das Nebengeräusch seines Atems deutlicher sein, das anzeigt, daß alle Patienten in ihren letzten Stunden Lungenpatienten werden. Aber Zerutt atmet so geräuschlos, jemand könnte auf den Gedanken kommen, er atme schon

nicht mehr. Jedoch es ist kein Arzt mehr in diesem Raum, keine Schwester, keine Uhr, keine Klingel, niemand. Die Kacheln kleiden diesen Unraum mit ihrer harten, unbegrenzten Regelmäßigkeit aus, niemand sieht das an, niemand findet da was dabei oder sucht was dahinter, der Raum ist ja nur für einen vorübergehenden Aufenthalt gedacht. Auch der Mann, der da mit seinem betrügerisch offenen Auge auf seinem Schragen liegt, sieht das nicht an; er sieht wohl nicht einmal die Kacheln an, die er ansieht. Er denkt nicht daran, daß er wohl einmal gedacht haben muß, wer im Krankenhaus sterbe, der sterbe hier.

Er denkt nicht daran, und das dauert Stunden so; ab und zu geht die Tür zum Vorraum des Badezimmers auf, ein Gesicht erscheint darin und prüft, ob hier nicht gelitten wird. Wenn offenbar nicht gelitten, wohl aber noch geatmet wird, zieht sich das Gesicht wieder zurück. Der Boden unter dem Mund des Patienten, der ganz an den Rand des Schragens auf ein Stück Plastik gelegt wurde, ist sauber, so sauber ist Zerutt lange nicht mehr gewesen.
Vor der Mittagszeit schaut auch Dr. Kündig herein; er schaut nicht nur herein, er geht dicht ans Bett heran, kauert sogar nieder, um Zerutt ins Gesicht zu blicken. Zerutt beißt nicht mehr, sein Auge ist starr, der Atem geht schwach, aber noch stetig. Nun, das Badezimmer wird zur Zeit nicht benützt, Badepflichtige können auf 15 oder 16 ausweichen. Dr. Kündig trägt einen Kopfverband, aber er ist Arzt, er nimmt einem Mann im Delirium nichts übel. Er wundert sich vielleicht etwas, wie die Oberschwester, die hinter ihm eintritt; so lange pflegt es sonst nicht zu dauern. Angehörige brauchen nicht gerufen zu werden, die Anatomie wird sich freuen. Eigentlich wäre das Badezimmer heute noch zur Reinigung an der Reihe gewesen.

Der Patient weiß nicht, daß es vier Uhr wäre, daß er schon seit neun Uhr unterwegs ist, sozusagen. Der gekachelte Wandteil zieht sich bis weit über Kopfhöhe, es wäre also für einen, der mit seitlich gedrehtem Kopf auf dem Bauch liegt, keine Grenze der Kacheln abzusehen. Die Kacheln sind gegeneinander versetzt, sehr präzis, immer genau über oder unter der Mitte einer Kachel stoßen die Kacheln der nächsten Reihe zusammen. Wenn Kacheln denken könnten, sie müßten denken, hier finde eine Entwicklung statt, in irgendeiner Richtung; sie könnten nicht wissen, daß schon die übernächste Kachelreihe wieder genau gleich liegt wie die eigene; im Ganzen herrscht Stillstand, sonst wäre das ja auch keine Wand. Die Kachelfugen sind mit einer grauweißen, sehr dichten, nirgends bröckelnden Masse verpicht, das muß so sein, in einem Badezimmer darf sich nichts einnisten, Zwischenräume sind so wenig erwünscht wie Ecken und Winkel, darum sind diese auch abgerundet. Es wäre sicher am bequemsten, wenn die Wand ganz in Kunststoff ausgeführt wäre, vielleicht mit einem Kachelmuster, aber wozu dann noch ein Kachelmuster; in diesem Haus braucht doch ein Badezimmer nicht mehr Badezimmer zu spielen. Es muß also einen reellen Grund haben, warum da immer noch Kacheln sind, echte, glasierte Kacheln; daß Badezimmer immer so ausgesehen haben, wenn auch vielleicht etwas fröhlicher, kann kaum der Grund sein, historische Rücksichten gelten hier sicher so wenig wie ästhetische, wo es nur noch auf leichte Pflege ankommt. Die echte Glasur, die echten Fugen müssen also auch einen echten Grund haben. Vielleicht leisten sie dem Scheuerlappen, der Bürste, den Chemikalien durch ihre winzigen Unebenheiten noch eine Spur Widerstand; vielleicht ist dieser Widerstand nötig, um sie vollständig sauber zu bekommen. Vielleicht *wirkt* die Wand aber einfach sauberer, wenn sie ein echtes Muster hat, als eine absolut glatte Wand. Man tröstet sich leichter über unsichtbare Schmutzreste, wenn die Wand selber so sauber gemustert ist, so körperlich aus der Tiefe heraus gemustert. Auf den 11 mal 13 Plättchen, die man von der Liege aus mit einem Blick übersieht – sobald man zu zählen beginnt, das Auge anstrengt, erweitert man die Ränder, sieht mehr Plättchen, und bei noch größerer Anstrengung verschwimmen sie wieder, die 11 mal 13 sind ein fließender Wert, – auf diesen ca. 150 Plättchen also ist so oder so kein unreiner Fleck zu finden, in seiner simplen Strenge ist dieses von nichts als der eigenen Sehkraft, bzw. von weniger deutlichen Plättchen begrenzte Bild vollkommen. Nur etwas links unten, wenn man so sagen darf, ist eine Kachel verletzt, innerlich verletzt, denn die Glasur hat nicht gelitten; es ist ein kleiner Schaden im ursprünglichen Material. Auf diesen gelbgrauen Hick oder Punkt kommt ein Blick, der lange genug auf der glatten, durch die Fugen kaum weniger schlüpfrig, ja sogar verwirrend gewordenen Wand gelegen hat, immer wieder zurück, um etwas haften zu bleiben; hier ist zu erraten, daß auch diese Wand einmal Erde gewesen ist, vielleicht gibt es nichts Härteres als gebrannte und glasierte Erde, das ist gut so, ein Trost, und dieser winzige Schaden verrät, daß immer noch Reste bleiben, und das ist auch ein Trost.

Oberschwester Agatha hat wieder nachgesehen, das Badezimmer ist heute wirklich zur Reinigung dran, alle Räume um 17 herum sind gleich gereinigt, die Kraft hat um fünf Uhr frei, und der Patient atmet immer noch. Schwester Agatha ist für die Reinlichkeit der Abteilung verantwortlich, einer Schwester kann man diesen Dienst, anders als vor 30 Jahren, als Agatha anfing, nicht zumuten; also faßt Schwester Agatha einen vernünftigen Entschluß. Die Kraft soll eintreten, soll vielleicht etwas leiser umgehen mit ihrem Gerät, die Liege sorgfältiger verschieben als sonst; sie hat ja Augen, sie wird also auch ein Gefühl haben, der Patient, sagt sie der Hilfe auf italienisch, merkt es nicht mehr, aber das ist kein Grund zur Rücksichtslosigkeit.

Die Hilfe nickt. Sie ist Ausländerin, jedoch nicht aus Italien; sie ist es gewohnt, italienisch angesprochen zu werden.

Zerutt atmet. Er sieht der Frau zu.

Die Frau weiß, daß er ihr zusieht; das entnimmt er ihren Bewegungen. Sie sind aufmerksam, eine Spur gehemmt. Aus Rücksicht, aber nicht auf einen Sterbenden.

Sie hat aus ihrem Eimer etwas von dem stechend riechenden Wasser an mehreren Stellen des Bodens ausgegossen und beginnt zu schrubben. Zerutt sieht diese Stellen nicht, aber er spürt die Bewegung der Arbeit, langsam, kräftig, unheftig, ein Hin und Her, das sich nicht verkrampft und steigert, als wäre der Fleck am Boden ein Feind; er geht auch so weg, durch einen gleichmäßigen Strich. Manchmal sieht Zerutt ein Stück ihres blaßblauen Überrocks oder ein Stück ihres Körpers, der von dieser Bewegung ergriffen ist. Er sieht ihr nicht nach, wagt keine Anstrengung; sie muß ja wiederkommen, in sein Bild.
Er hört, wie der Schrubber im Eimer platscht; dann das flache weiche Aufklatschen des Lappens auf dem Boden, das Schleifen des Lappens unter Druck, in dem es saugt, schmunzelt, flutscht; Zerutt stellt fest, daß er im Takt dieser Bewegung atmen kann, langsam, aber ohne zu wenig Luft zu haben; es ist das Hin und Her eines menschlichen Armes, das Schaukeln einer Wiege an Seilen. Er könnte dazu einschlafen, er brauchte keine Angst zu haben davor, aber er schläft nicht ein; es wäre schade um die Zeit.

Die Frau bürstet den Boden, als wäre der Boden ein Tier; Zerutts Körper zieht sich zusammen dazu wie vor Schmerz, aber es ist kein Schmerz, oder wenig; nur die Erinnerung daran, daß Zerutt noch da ist. Er freut sich auf jede nächste Stelle dieses Bodens, die sich befeuchten muß und dann »aufgenommen« wird; er freut sich auf die Wände, die auch noch »aufgenommen« sein wollen, so sagt man hier. Es ist Samstag, der Geruch verrät es; die Mutter wischt den Vorplatz auf, er liegt auf dem Dach des Hühnerhofs, sie weiß es, sie ruft ihn nicht an, er ist schon groß genug, daß er aufpaßt; er ist noch klein genug, daß er liegen bleiben darf, wenn gearbeitet wird. Einmal lacht die Mutter zu ihm herauf und fährt sich mit dem ganzen Arm über die Stirn; der Mutter ist warm, wenn ein Mensch arbeitet, riecht er nach seinem Körper; das ist schön. Sie lacht, als hätte die Arbeit sie verlegen gemacht; es ist nicht die Mutter. Das Gesicht dieser Frau ist das Lächeln nicht sehr gewohnt, das sieht er, und lächelt nicht zurück, um sie nicht zu erschrekken. Er genießt nur das Gefühl, er könnte lächeln; er genießt, daß er über dieses unbekannte, von der Vergessenheit eines Augenblicks beleuchtete Lächeln erschrocken ist. Das Mädchen, die Frau sieht nie lange von ihrem Scheuerlappen weg, aber er hat sie gesehen; und es war nicht das letzte Mal, auch wenn er sie nie wiedersieht. Sie bewegt sich so, als wolle sie nicht gegen die Grenzen des Bildes stoßen, das er von ihr hat; o bitte, etwas könnte ihr sein Kopf schon folgen. Sie ist vielleicht fünfundzwanzig, im Gesicht etwas älter, und groß. Er sieht jede kleine Strähne ihres hellen Haars; für diese Art Arbeit ist es eigentlich zu lang, aber sie läßt es so; vielleicht gibt es in ihrer Heimat nicht oft solches Haar. Ihr starkes, aber weiches Gesicht hat schon etwas die Weitläufigkeit des Kummers, und die Kerben um ihren arglosen, fleischigen Mund, die das Lächeln kurz weggescheucht hat, kehren zurück wie auf fremden Befehl. Diesen Befehl hat das Gesicht in sich aufgenommen, aber

Zerutt sieht: es wäre für ein Glück, das es sich lange nicht gönnen durfte, immer noch da, es trägt der Zeit, die an ihm weitergearbeitet hat, nichts nach, und groß brauchte das Glück nicht zu sein; sie empfände es auch, wenn es nicht ihr eigenes wäre; sie freut sich gern. Der Samstagsgeruch von Sagrotan, den sie verbreitet, versetzt sich mit einer kleinen alltäglichen Zukunft, der Nähe zum Sonntag, der Freude auf morgen, auf bald.

Zerutt fühlt sich auf dem Bauch liegen. Er fühlt zwischen den Beinen, daß er ein Mann ist; kein junger Mann, aber ein Mann, der noch da ist. Er drückt seine linke Faust unter der Decke zusammen; er spürt Kraft in diese Faust schießen, wenn auch nicht so ungeheuer viel Kraft, daß er den kleinen Gegenstand in dieser Faust zerdrücken könnte, aber Kraft genug, um seinen Widerstand zu fühlen, um ihn fühlen zu lassen, daß man ihn in der Hand hält. Die Frau arbeitet weiter, aber einmal hat sie schon gelächelt, und ein zweites Mal ist nicht nötig; sie haben schon ein Geheimnis zusammen, das über jeden Zauber erhaben ist: sie leben.

Sie wäscht jetzt die Wände, sie beeilt sich, schön ist die Arbeit nicht, sie will fertig werden, nach Hause. Zerutt sieht ihr nach, sein Hals gehorcht ihm ein Stück weit, die Brust schmerzt noch, aber seine Lunge wird fest unter dem Atem, sie verschließt sich gegen die innere Wunde, gegen das Wachstum der Verwesung, den Tod; er hilft mit seinem Atem nach, Zug um Zug. Die Frau lächelt wieder, etwas weniger flüchtig als das erste Mal. Sie wird jetzt sein Bett verschieben. Er getraut sich zurückzulächeln, ihr Gesicht erschrickt nicht, erstarrt nicht vor Rücksicht, Schonung, verdrücktem Ekel; es wendet sich weiter, das ist alles, zum Flirten ist man nicht hergekommen. Sie zeigt ihm, was recht ist, indem sie ihn mit seiner Liege wegrollt, flott und deutlich; sie bewegt ihn wie ein Mensch den andern. Das ist ein Anfang, bald wird er sich wieder selbst bewegen. Es wird weitergehen, Zerutt weiß nicht wie, die Ärzte fassen es nicht, wozu auch, die Fremdenpolizei ist ratlos, warum denn nicht: hier wird fortgefahren und kein Ende gemacht. Und nicht zur Bekräftigung, zu keinerlei Beweis, kaum zum Scherz zieht Zerutt, immer noch festgebunden in der Mitte seines gekachelten Sterbezimmers, den Gegenstand, den er an Haut oder Sterbehemd notdürftig saubergescheuert hat, zerrt seine linke Faust mitsamt dem Arm unter seiner Decke hervor. Die Entfesselung nimmt ihren Anfang, es ist ein kleiner Anfang, man kann ihn witzig finden, wenn man will. Er schiebt diese Faust an seinem Gesicht vorbei an den Bettrand, läßt sie über die Kante baumeln, während die Frau, aufmerksam nun doch, aufgehört hat zu scheuern und zusieht; endlich hat seine Faust soviel Schwung, daß er sie öffnen kann, das kleine Stück Metall springt über die nassen Kacheln zur Wand. Die Frau hält den Fuß hin, stoppt das Ding, nimmt es auf; sie kennt es nicht, dreht es einmal in den Fingern, sie hat noch keine Kugel gesehen. Sie weiß nicht, wo er das her hat; auf die Lunge würde sie nicht kommen.

Es genügt ja auch, wenn Dr. Kündig, angenommen, er nähme die Röntgenkontrolle, mit der niemand mehr gerechnet hatte, selber vor, das Projektil auf dem Schirm nicht mehr findet. Er wird statt dessen eine Erklärung suchen, er wird sich zur Vermutung durchringen, daß die Kugel unter traumatischer Einwirkung in den Hauptbronchus gelangt und mit dem gangränösen Gewebe zusammen ausgeworfen worden sei. Und es wird seinem Stolz wehtun, daß er diese Entwicklung nicht als Chirurg, sondern als Gebissener ausgelöst hat. Aber anders wird es nicht zu erklären sein, wie ein terminaler gangränöser Fortschritt in einem halben Tag in das medizinische Idyll eines Abszesses übergehen konnte, und Dr. Kündig wird Eile haben, das Wunder hinterher noch mit etwas Chemie zu stützen und zu dämpfen.

Es wird auch als Wunder nicht zu erklären sein. Ein Wunder hätte doch mindestens die Kugel in Zerutts letztem Auswurf erscheinen lassen müssen – Schwester Agatha, die ihn medizinischem Interesse zulieb sorgfältig sammelte, wäre sie nicht entgangen. Die einzige aber, die eine Erklärung hätte geben können, wußte selber keine, als Zerutt ihr das Stück Blei herüberrollte. Sie hob es auf, drehte es ein wenig, fand es schwer für seine Größe; sie suchte das Gesicht des Mannes im Bett, und als sie ihn grinsen sah, so gut er konnte, verstand sie: es war ein Geschenk, ein kleines komisches Geschenk, das er durch alle Kontrollen dieses strengen, unübersichtlichen Krankenhauses geschmuggelt hatte. Vielleicht hing eine Erinnerung daran. Er war wohl nicht reich, er gab ihr, was er hatte, und es sollte etwas Lustiges sein, weil sie ihm gefiel. Sie freute sich, daß der alte Mann noch Zeit hatte für einen Spaß, offenbar ging es ihm besser. Sie dachte sich nicht viel, als sie das Geschenk in die Tasche ihrer Überschürze fallen ließ; wahrscheinlich hat sie es dort vergessen. Ein Lächeln kann nie schaden, dachte sie vielleicht; und so lächelte sie zum dritten Mal in einer halben Stunde, sie hatte nicht mitgezählt. Der Mann im Bett war ja nicht in dem Alter, sich aus diesem Lächeln etwas zu machen, aber vielleicht wäre es ihr auch bei einem Jüngeren entwischt; es überraschte sie selbst. Der Mann auf seiner Liege aber drehte plötzlich den Kopf weg, so plötzlich, als täte ihm nichts mehr weh dabei. Er schloß das eine Auge, aber nicht zum Sterben, nie mehr zum Sterben, oder noch lange nicht, eine kurze Weile nicht; Jahre, die man nicht mehr zu fürchten und zu erzählen braucht, wenn es nur gelingt, sie zu leben.

Von Adolf Muschg
erschienen im Suhrkamp Verlag

Liebesgeschichten. 1972. 172 S. Ln.
und *suhrkamp taschenbuch* Band 164. 1973
Albissers Grund. Roman. 1974. 380 S. Ln.
und *suhrkamp taschenbuch* Band 334. 1976
Entfernte Bekannte. Erzählungen. 1976. 172 S. Ln.

st 278 Czesław Miłosz, Verführtes Denken
Mit einem Vorwort von Karl Jaspers
256 Seiten
Miłosz, zwar nicht Kommunist, aber zeitweilig als polnischer Diplomat in Paris, beschreibt die ungeheure Faszination des Kommunismus auf Intellektuelle. Er stellt sich als Gegenspieler marxistischer Dialektiker vor, deren Argumente von höchstem Niveau und bezwingender Logik sind. Was der konsequente totalitäre Staat dem Menschen antut, zeigt Miłosz in einer Weise, die den Menschen am äußersten Rand einer preisgegebenen Existenz wiederfindet. Von solcher Vision beschreibt der Autor ohne Haß, wenn auch mit satirischen Zügen, die Entwicklung von vier Dichtern, die aus Enttäuschung, Verzweiflung, Überzeugung oder Anpassung zu Propagandisten werden konnten.

st 279 Harry Martinson, Die Nesseln blühen
Roman
320 Seiten
Dieser Roman des Nobelpreisträgers für Literatur 1974 erzählt die Geschichte einer Kindheit. In fünf Kapiteln stehen sich Menschen in der Unordnung von Zeit und selbstgerechten Gewohnheiten gegenüber. Von der Kinderversteigerung geht der Weg Martin Tomassons durch die Schemenhöfe der Furcht, des Selbstmitleids und der Verlassenheit, bis ein fremder Tod ihn aus dieser Scheinwelt stößt. Zuletzt kommt Martin als Arbeitsjunge ins Siechenheim. In dieser Welt des Alterns, der Schwäche, der Resignation regiert der schmerzvolle Friede der Armut. Martin klammert sich an Fräulein Tyra, die Vorsteherin. Ihr Tod liefert ihn endgültig dem Erwachen aus.

st 280 Robert L. Heilbroner, Die Zukunft der Menschheit
Aus dem Amerikanischen von Nils Thomas Lindquist
128 Seiten
Der Ausblick in die Zukunft der Menschheit: sprunghaftes Wachstum der Bevölkerung; verschärfte Polarisierung zwischen Arm und Reich, die zur *ultima ratio* einer atomaren Erpressung der Überflußgesellschaften durch die Habenichtse führen könnte. Wo die Warnungen des

»Club of Rome« und der »Blueprints for Survival« stehenbleiben, geht Heilbroner in seiner illusionslosen Analyse, aber auch in seinen politischen Konsequenzen weiter.

st 281 Harry Martinson, Der Weg hinaus
Roman
362 Seiten
Dieser Band setzt die Geschichte des Martin Tomasson fort. Das ist Martins Problem: die Bauern, bei denen er als Hütejunge arbeitet, beuten seine Arbeitskraft aus. Er wird mit Gleichgültigkeit behandelt, die Gleichaltrigen verhöhnen ihn mit kindlicher Grausamkeit. Ihm bleibt nur die Flucht ins »Gedankenspiel«, in eine Scheinwelt, aufgebaut aus der Lektüre von Märchen und Abenteuergeschichten. Die Zukunft, von der Martin sich alles erhofft, beginnt trübe: der Erste Weltkrieg ist ausgebrochen. Der Dreizehnjährige schlägt sich bettelnd durchs Land, um zur Küste zu kommen. Immer in Gefahr, aufgegriffen zu werden, erreicht er zu guter Letzt eine der Seestädte.

st 283 Edward Bond, Bingo
Szenen von Geld und Tod
Deutsch von Christian Enzensberger
108 Seiten
Der Name eines Glücksspiels, bei dem es um Geld geht: das ist der Titel des neuen Stückes von Bond, das nach seiner Londoner Premiere vorzügliche Kritiken erhielt. Das Stück spielt in den Wirren der Elisabethanischen Epoche, die zentrale Figur ist Shakespeare. »Ich schrieb *Bingo,* weil ich davon ausgehe, daß die Widersprüche in Shakespeares Leben den unsrigen gleichen. Er war ein ›korrupter Seher‹, und wir leben in einer ›barbarischen Zivilisation‹.« *Edward Bond*

st 284 Ernst Fischer, Von Grillparzer zu Kafka
Sechs Essays
284 Seiten
Der Band enthält sechs kritische Essays des Literaten Fischer: Grillparzer, Lenau, Nestroy, Kraus und Musil, im besonderen aber Kafka werden dem Vorurteil der Bürgerlichkeit wie dem der Entartung entzogen, damit

in der Freilegung ihre Bedeutung zu erkennen und ihr Verdienst im Blick marxistischer Theorie zu analysieren ist.

st 285 Kurt Weill, Ausgewählte Schriften
Herausgegeben mit einem Vorwort von David Drew
240 Seiten
Dieser Band druckt Weills eigene in wichtigen Musikzeitschriften veröffentlichte Beiträge wieder ab. Darüber hinaus bringt er zum ersten Mal eine Auswahl aus etwa 400 Artikeln, die Weill in den Jahren 1925–1929 für die Berliner Wochenzeitschrift *Der Berliner Rundfunk* schrieb. Diese Aufsätze zum Thema Rundfunk sind eine wichtige Ergänzung zu den theoretischen Aufsätzen, in denen Weill sich zu Funktion und Wirkung des Musiktheaters in einer modernen Gesellschaft äußert und die Aspekte seiner Zusammenarbeit mit Georg Kaiser, Bertolt Brecht und Caspar Neher untersucht.

st 286 Max Frisch, Mein Name sei Gantenbein
Roman
292 Seiten
Der Roman spiegelt die Verschiebung von Realität und Phantasie im Bannkreis einer Situation, die die erprobte Rolle eines Menschen in Frage stellt, sein Ich freilegt. Die Geschichten des Buches sind nicht Geschichten im üblichen Sinn, es sind Geschichten wie Kleider, die man probiert. Es sind Rollen, Lebensrollen, Lebensmuster, die die Wirklichkeit erraten haben.
»Der Rückzug vom Menschen auf die Spielfigur, der das ästhetische Signum dieses Buches ist, hat dem Autor zu einer neuen Souveränität verholfen.« *Günter Blöcker*

st 287 Horst Bingel
Lied für Zement. Gedichte
Mit einem Nachwort von Karl Krolow
94 Seiten
Karl Krolow sagt zu diesen Gedichten: sie sind »auf den Augenblick und für den Augenblick (und seinen Abgrund)« geschrieben. Der Eigenart der knappen Äußerung, des sprachlichen Kürzels entspricht die Absicht: Rebellion gegen konventionelle Denkschemata, Desillusionierung.

st 288 Erich Heller. Nirgends wird Welt sein als innen
Versuche über Rilke
150 Seiten
Inhalt: Die Reise der Kunst ins Innere; Rilke und Nietzsche. Mit einem Diskurs über Denken, Glauben und Dichten; Rilke in Paris. »Erich Hellers literarische Essays üben seit vielen Jahren eine geheimnisvolle Faszination auf seine Leser aus. Wie er seine Themen anzupacken versteht, das deutet auf eine unendliche eindringliche, schmeichelnde, schöne und sichere Stimme hin – mit der Verführungskraft der Authentizität.« *Bücherkommentare*

st 289 Jean Rudolf von Salis, Rilkes Schweizer Jahre
Ein Beitrag zur Biographie von Rilkes Spätzeit
316 Seiten
Aus dem Zusammentreffen des Autors mit Rilke 1924 in Muzot ergab sich in wiederholten Begegnungen und einem Briefwechsel eine Beziehung, die bis zu Rilkes Tod anhielt. In der Diskussion, wie die heute einsetzende Rilke-Renaissance sich mit der Besonderheit, Unverwechselbarkeit, Isoliertheit der Rilkeschen Lyrik auseinandersetzen und wie sie von neuem aufgenommen wird, kann dieser Band einen wertvollen Beitrag leisten.

st 290 Rilke heute. Beziehungen und Wirkungen
Herausgegeben von Ingeborg H. Solbrig und Joachim W. Storck
331 Seiten
Die hier versammelten Arbeiten gruppieren sich um ästhetische Einzelprobleme, um rezeptionsästhetische und komparatistische Fragen, endlich um allgemein literarhistorische Aspekte und die damit zusammenhängende politische-gesellschaftliche Wirkung. Damit wird ein breites Spektrum von wissenschaftlicher Relevanz erfaßt, werden auch gelegentliche Konfrontationen gegensätzlicher Thesen und Lösungsversuche nicht vermieden. Gerade dies kommt einer getreuen Spiegelung der gegenwärtigen Forschungssituation zugute.

st 291 Hermann Hesse, Die Märchen
Zusammengestellt von Volker Michels
282 Seiten
Dieser Band versammelt erstmals alle Märchen Hesses. Sowohl die frühe, erstmals 1920 unter dem Titel *Märchen*

publizierte Sammlung als auch die späteren, in verschiedenen Büchern verstreuten Märchen aus dem *Fabulierbuch* (1935), den Sammelbänden *Traumfährte* (1945), *Krieg und Frieden,* sowie einige bisher noch kaum bekannte, zu Hesses Lebzeiten noch nicht in seine Bücher aufgenommene Stücke ergänzen diese Sammlung.

st 292 Lillian Hellman, Eine unfertige Frau
Ein Leben zwischen Dramen
Aus dem Englischen von Kyra Stromberg
Mit Abbildungen
288 Seiten
Der Lebensbericht der berühmten Theaterautorin, Harvardprofessorin und erfolgreichen Journalistin Lillian Hellman beginnt mit einer faszinierenden Schilderung ihrer Jugend zwischen New York und New Orleans. Sie beschreibt ihre ersten Jahre in einem New Yorker Verlagshaus, ihren Aufenthalt in Spanien während des Bürgerkriegs, in Rußland während des 2. Weltkriegs. Temperamentvoll beschreibt die Autorin ihre Begegnungen mit großen Namen: Dorothy Parker, Nathanael West, Ernest Hemingway, Scott Fitzgerald, Dashiell Hammett, Norman Mailer, Louis Aragon, Sergej Eisenstein.

st 293 Gustav Regler, Das Ohr des Malchus
Eine Lebensgeschichte
528 Seiten
An allen Fronten, wo in geistiger Auseinandersetzung oder mit der Waffe in der Hand das Schicksal unseres Jahrhunderts bestimmt wurde, ist der Journalist und Schriftsteller Gustav Regler dabei gewesen. Er ging auf die Barrikaden, kämpfte in der Spartakistenzeit und in der Räte-Republik. Er teilte die Illusionen des Sozialismus und des Kommunismus. Mit der Beschreibung seines Lebens schildert Regler eine Fülle von Personen und Bewegungen, die er gekannt hat: Stefan George, Karl Wolfskehl, Maxim Gorki, André Malraux, Ernest Hemingway, Ludwig Renn, um nur einige zu nennen.

st 294 Marieluise Fleißer, Eine Zierde für den Verein. Roman vom Rauchen, Sporteln, Lieben und Verkaufen
206 Seiten
Ihren einzigen Roman, 1931 unter dem Titel *Mehlrei-*

sende Frieda Geier erschienen, hat Marieluise Fleißer 1972 neu bearbeitet und ihm den Titel *Eine Zierde für den Verein* gegeben. In der vermeintlichen Idyllik einer deutschen Provinz in den Jahren vor 1933 sucht Gustl Amricht, Zigarrenladeninhaber und Schwimmphänomen, die Nähe von Frieda Geier, erobert und heiratet sie. Aber an der Selbständigkeit Friedas prallen »die natürlichen Machtmittel des Mannes« ab, sie läuft ihm davon.

st 295 Wolfgang Hildesheimer, Paradies der falschen Vögel
Roman
172 Seiten
Guiskard, der König der Fälscher, erfindet den Maler Ayax Mazyrka und auch einen Kunsthistoriker, der die Biographie des Malers schreibt. Die Hauptwerke Mazyrkas werden zu den begehrtesten Objekten des internationalen Kunsthandels, und der phantasiebegabte Fälscher bringt es zum Kultusminister.

st 296 Hermann Broch, Der Tod des Vergil
Roman
522 Seiten
»Das Buch schildert die letzten achtzehn Stunden des sterbenden Vergil, beginnend mit seiner Ankunft im Hafen von Brundisium bis zu seinem Tod am darauffolgenden Nachmittag im Palast des Augustus. Obwohl in der dritten Person dargestellt, ist es ein innerer Monolog des Dichters. Es ist daher vor allem eine Auseinandersetzung mit seinem eigenen Leben, mit der moralischen Richtigkeit oder Unrichtigkeit dieses Lebens, mit der Berechtigung und Nichtberechtigung der dichterischen Arbeit, der dieses Leben geweiht war.« *Hermann Broch*

st 297 Brecht in Augsburg. Erinnerungen, Texte, Fotos
Eine Dokumentation von Werner Frisch und K. W. Obermeier unter Mitarbeit von Gerhard Schneider
Mit einem Vorwort von Werner Mittenzwei
400 Seiten
Es war nicht die Absicht der Autoren, die Biographie des jungen Brecht zu schreiben, und was vorgelegt wird, ist eigentlich weit mehr: eine minuziös gespannte und aufgebaute Materialmontage. Es ist ein hochinteressanter,

mit Dokumenten und Fotos ausgestatteter Bericht entstanden der nicht nur Dokumentwert für die weitere Forschung hat, sondern der auch höchst vergnüglich zu lesen ist. Das Buch schließt mit den frühen Veröffentlichungen des »Berthold Eugen«.

st 298 Julio Cortázar, Das Feuer aller Feuer
Erzählungen
180 Seiten
Der große argentinische Schriftsteller Julio Cortázar ist, wie Jorge Luis Borges, Schöpfer einer »phantastischen Literatur«, und so sind auch die Erzählungen zu lesen. Er umkreist das Drama, das sich durch die Bedrohung verborgener Wirklichkeiten entzündet, um sich im Wirklichen abzuspielen, und mit geradezu tödlicher Sicherheit berührt Cortázar die Dimensionen des Wunderbaren und Unheimlichen.

st 299 Karl Heinrich Waggerl, Brot
Roman
294 Seiten
»Der Erstlingsroman Waggerls erschien 1930. Dem Buch wurde damals sofort die illegitime Vaterschaft des großen Hamsun nachgesagt. Mit Recht, denn auch Waggerl läßt einen Urbauern in der Einöde sich ansiedeln und ein neues Leben aufbauen. Das ›Blut und Boden‹-Motiv ist damit zwar angeschlagen, aber doch noch auf jene unbefangene Weise, die den Kern eines jeden Bauernromans von jeher ausmachte. Das Sprachliche und der ganze Duktus freilich hamsunisch bis in den Tonfall hinein.« *Bücherei und Bildung*

st 300 Ulrich Plenzdorf
Die neuen Leiden des jungen W.
150 Seiten
»Die ›neuen‹ Leiden des jungen W. sind die alten: Liebe, die als Eifersucht schmerzt, gestörtes Verhältnis zur Mitwelt, das als verletzter Ehrgeiz quält. Auch Werther 1972 liebt eine verlobte, später verheiratete Frau, die er nicht wie sein Vorgänger Lotte, sondern ›Charlie‹ nennt. Die erstaunliche Meisterschaft des Autors, dessen Begabung für die Darstellung gebrochener, jugendlicher Helden sich ausspricht, zeigt sich in der Leichtigkeit, mit der er

die beiden Komplexe Liebe–Politik, Einzelner–Gesellschaft miteinander vernäht.« *Rolf Michaelis*
Ulrich Plenzdorf ist seit 1963 Szenarist im DEFA-STUDIO.

st 301 Paul Celan, Von Schwelle zu Schwelle
Gedichte
70 Seiten
Dem 1952 erstmals erschienenen Gedichtband *Mohn und Gedächtnis* (st 231) folgten drei Jahre später die Gedichte *Von Schwelle zu Schwelle*; beide Bücher begründeten Celans Ruhm. 1958 wurde Celan der Bremer Literaturpreis verliehen. – »Gedichte«, sagt Paul Celan in seiner Bremer Ansprache, »halten auf etwas zu. Sie sind unterwegs, sind in Bewegung, suchen Richtung zu gewinnen.« Den eigenen Anlaß, Gedichte zu schreiben, begründete Celan damals folgendermaßen: »Um zu sprechen, um mich zu orientieren, um zu erkunden, wo ich mich befand und wohin es mit mir wollte, um mir Wirklichkeit zu entwerfen.«

st 302 Stanisław Lem, Die Jagd. Neue Geschichten des Piloten Pirx
262 Seiten
Pirx, der skeptische und unheroische, aber doch couragierte Held dieser sechs Erzählungen, ist von Mißtrauen gegen »unsere eisernen Brüder«, die Roboter, erfüllt. Für ihn repräsentieren sie eine unbestimmte Gefahr, einen Faktor des Unheimlichen. Nicht zuletzt deshalb, weil sie ihn an die Schuld des Menschen der Maschine gegenüber erinnern.

st 303 Hannah Arendt, Die verborgene Tradition. Acht Essays
170 Seiten
Kurz nach dem Zweiten Weltkrieg erschienen sechs Essays von Hannah Arendt über politisch-soziologische und philosophisch-literarische Themen, geschrieben im Bewußtsein der Zeit, das ein Bewußtsein des jüdischen Schicksals war: Über die organisierte Schuld, den Imperialismus, die Existenzphilosophie, über die verborgene Tradition eines Heine, Kafka, Chaplin oder Stefan Zweig. Die Aufsätze dieses bisher nicht mehr erschienenen »Bu-

ches seiner Zeit« sind für die vorliegende Ausgabe um zwei Aufsätze über die Aufklärung und die Judenfrage erweitert.

st 304 Anton Koch, Symbiose – Partnerschaft fürs Leben
272 Seiten
Das vorliegende Buch hat sich ein ebenso faszinierendes wie vielfältiges Phänomen zum Thema gesetzt, das von jeher auch den Laien angesprochen hat, wenngleich ihm oft kaum mehr über Symbiose bekannt ist als die Partnerschaft zwischen Einsiedlerkrebs und Seerose oder die zwischen Läusen und Ameisen.

st 305 Gion Condrau, Angst und Schuld als Grundprobleme der Psychotherapie. Philosophische und psychotherapeutische Betrachtungen zu Grundfragen menschlicher Existenz
Mit einem Geleitwort von Medard Boss
304 Seiten
Die Angst ist zur »Krankheit« unseres Jahrhunderts geworden. Die Begegnung des Menschen mit der Angst führt ihn an die Frage nach dem Sinn seines Lebens. Damit eröffnet sie ihm den Blick für die Übernahme seiner Verantwortlichkeit und seiner existentiellen Schuldhaftigkeit. In der Ablehnung und Verdrängung dieser »Schuld« sieht der Verfasser den Hauptgrund jeder neurotischen Erkrankung. Es muß das Anliegen der Psychotherapie sein, den Menschen zu befähigen, seine Schuldhaftigkeit anzuerkennen, sich selbst und damit der Welt gegenüber ehrlicher zu werden, zu Reife und Verantwortlichkeit zu gelangen.

st 306 Thomas Bernhard, Der Kulterer. Eine Filmgeschichte
122 Seiten
Der Gefangene Kulterer fürchtet sich vor der Freiheit, in die er wieder entlassen werden soll. Das Fundament dieses in Worten ablaufenden Films ist eine Erzählung, die Bernhard 1962 geschrieben hat. Dieser Band stellt nun die beiden Versionen gegeneinander: diejenige von 1962 und die von 1973, die inzwischen mit Helmut Qualtinger verfilmt wurde.

st 307 Ilja Ehrenburg
Das bewegte Leben des Lasik Roitschwantz. Roman
Mit einem Nachwort von Peter Hamm
Aus dem Russischen von Waldemar Jollos
262 Seiten
Lasik Roitschwantz, Herrenschneider aus Homel, wird von einem Lehrmeister eigener Art ins Leben geführt – vom Hunger. Der hat ihn eine geradezu explosive Phantasie gelehrt. So zieht Lasik von Homel fort, auf eine herzzerreißende Odyssee, durch Länder und über Meere, und überall versucht er, sich den jeweils herrschenden Zuständen anzupassen, und jedesmal bringt er sich fast um Kopf und Kragen. Das bewegte Leben ist ein Leben von einer Hoffnung, von einem Hunger, von einem Traum zum nächsten, bis er endlich im Heiligen Land eintrifft und am Jom-Kippur, am heiligsten Feiertag des Jahres, stirbt.

st 308 Dolf Sternberger
Heinrich Heine und die Abschaffung der Sünde.
Mit einem Nachtrag 1975 und zahlreichen Abbildungen
442 Seiten
Heine zwischen Deutschland und Frankreich, zwischen Saint-Simon und Nietzsche, Heine, der Erotiker, der Ästhet, der liberale Fechter und der Verächter des doktrinären Demokraten, der Verteidiger der Autonomie der Kunst, der aufrichtige Bekenner seiner eigenen wie der menschlichen Hinfälligkeit: Sternberger entrollt ein figurenreiches geschichtliches Panorama. »Es ist das beste, aufregendste, glänzendste Buch, das je über Heine geschrieben worden ist – und eine Geschichte des 19. Jahrhunderts, wie sie bislang fehlte.« *Germanistik*

st 309 Wilhelm Kücker
Architektur zwischen Kunst und Konsum.
Auf der Suche nach einem neuen Selbstverständnis
Mit Abbildungen
148 Seiten
In der Vergangenheit diente alles Gebaute im wesentlichen konstanten Bedürfnissen. In Gegenwart und Zukunft hat Architektur immer rascher sich wandelnde Lebensbedingungen zu berücksichtigen. Als alternative Konzepte baulicher Anpassung an Nutzungsänderungen

bieten sich wie bisher langlebige, jedoch zweckneutrale und flexible Strukturen oder aber »Wegwerf«-Bauten. Die eine Alternative beschwört die Gefahr formaler Gleichförmigkeit, die andere könnte in das totale visuelle Chaos führen.

st 310 Manfred von Ardenne
Ein glückliches Leben für Technik und Forschung. Autobiographie
414 Seiten
Es ist selten, daß ein Mann vom Rang Ardennes den Blick auf sein Leben, auf seine Arbeit freigibt: der Schüler, preußischer Offizierssohn, der mit zwölf Jahren einen der ersten Radioapparate baut; der junge Mann, der mit sechzehn Jahren sein erstes Patent anmeldet; der Vierundzwanzigjährige, der u. a. einen brauchbaren Apparat zur Lungendiagnostik entwickelt; der Physiker und Forscher, der seine Theorien sofort in die praktische Tat umsetzt. Heute wartet die wissenschaftliche Welt auf die fortschreitenden Ergebnisse seiner Krebsforschung. Denkwürdig sind die Begegnungen mit Max Planck, mit Otto Hahn, mit Otto Warburg, mit Staatsmännern und Wissenschaftlern. Ein Zeitdokument, das seinesgleichen sucht.

st 311 Peter Rosei, Wege
Erzählungen
158 Seiten
»Bedürfnislos, besitzlos, herrschaftslos ist der Mensch unterwegs, auf der Suche nach seiner Bestimmung ... Der elementaren Bewegung des Gehens wird Roseis Erzählstil in hohem Maße gerecht – mit einer kargen, auf Klischees abgeklopften Sprache, mit kurzen, parallel aneinandergereihten Sätzen, mit eiligen rhythmischen Kadenzen.« *Frankfurter Allgemeine Zeitung*

st 313 Helm Stierlin, Das Tun des Einen ist das Tun des Anderen.
Eine Dynamik menschlicher Beziehungen
150 Seiten
Stierlin sieht die menschlichen Beziehungen als Ausdruck einer komplexen Abgrenzungs- und Versöhnungsarbeit, die in allen mehr als flüchtigen zwischenmensch-

lichen Situationen von den betreffenden Partnern zu leisten ist. In ihnen waltet eine komplexe Beziehungsdialektik, deren Prinzipien Stierlin zunächst therapeutisch entwickelt und dann bei der Analyse zweier entscheidender menschlicher Beziehungen, der zwischen Mutter und Kind und innerhalb der Familie, anwendet.

st 314 Joachim Schickel, Große Mauer, Große Methode. Annäherungen an China
356 Seiten
Schickel führt den Leser vom Standpunkt des voreingenommenen Zeitungslesers oder Touristen immer weiter ins Innere Chinas. Es geht um das alte wie um das neue China, wenn er solche Klischeebegriffe wie die von der Gelben Gefahr, den Blauen Ameisen, dem Roten China untersucht oder die Topographie Pekings als ein mythisches Stadtideal beschreibt. Diese sprachlich eindringlichen und äußerst informativen Essays sind im besten Sinne aufklärend: sie beseitigen das Unwissen, befreien von Mißverständnissen und zeigen »China von innen«.

st 317 Materialien zu Hermann Broch ›Der Tod des Vergil‹
Herausgegeben von Paul Michael Lützeler
368 Seiten
Inhalt: Die Fassungen des Romans. Briefliche Kommentare zur Entstehung und Wirkung. Beiträge aus der Forschung von Götz Wienold, Walter Hinderer, Jean Paul Bier, Paul Michael Lützeler.

st 319 Paul Nizon, Canto
Mit einem Nachwort von Heinz F. Schafroth
154 Seiten
». . . eine Sprachliturgie, die im Sprechen das Leben feiert und in der Leben und Sprechen, Sprechen und Leben eins werden oder doch eins werden möchten in immer neuen, immer kühner gewagten Tanzfiguren.«

Südwestfunk

st 320 Robert Walser, Der »Räuber«-Roman
Aus dem Nachlaß herausgegeben von Jochen Greven unter Mitarbeit von Martin Jürgens
Walsers Räuber ist ein Außenseiter, dem es nicht glückt, »sich der bürgerlichen Ordnung brav anzuschmiegen«.

Er ist ein Zeitgenosse, dem das Entscheidende fehlt, »was fürs Leben und seine Gemütlichkeit wichtig ist«. Er ist der »Nichtsnutz«, der sich in die Rolle eines »Räubers« gedrängt fühlt, da er kein Geld besitzt, noch sich zu arrangieren und auf allgemein respektierte Weise welches zu verdienen versteht. Diese Aufzeichnungen, 1929 geschrieben, zeigen am Beispiel eines exponierten Einzelnen spiegelbildlich die Situation einer ganzen Epoche, ähnlich Rilkes *Malte* oder Hesses *Steppenwolf*.

st 321 Robert Mächler, Das Leben Robert Walsers.
Eine dokumentarische Biographie
Mit zahlreichen Abbildungen
218 Seiten
Je mehr das Werk Robert Walsers zur literarischen Entdeckung gelangt, desto stärker wird auch das Interesse an seinem Leben. Aus zahlreichen Zeugnissen, aus Selbstaussagen und Briefzitaten Walsers hat Mächler umsichtig und einfühlend ein Porträt zusammengefügt. Anstoß zu dieser Biographie war das nachgelassene und hier verwertete Material von Carl Seelig, dem Freund und Vormund Walsers.

st 322 Martin Walser, Der Sturz. Roman
364 Seiten
Mit dieser Ausgabe liegt die Triologie *Halbzeit* (st 94), *Das Einhorn* (st 159), *Der Sturz* (st 321) in Taschenbuchform vor.
»Walser hat im ›Sturz‹ das Höllenhafte unserer Existenz zum Furchtbaren hin zugespitzt ... Seine Gegen-Utopie trägt die realen Züge des Spätkapitalismus«.

Peter Laemmle

». . . das konsequenteste Denkspiel der deutschen Nachkriegsliteratur.«

ARD-Fernsehen

Alphabetisches Gesamtverzeichnis der suhrkamp taschenbücher